ADINA WOHLFARTH

Varius

novum ◢◤ pro

Dieses Buch ist auch als
e-book
erhältlich.

www.novumverlag.com

Bibliografische Information
der Deutschen Nationalbibliothek:

Die Deutsche Nationalbibliothek
verzeichnet diese Publikation in
der Deutschen Nationalbibliografie.
Detaillierte bibliografische Daten
sind im Internet über
http://www.d-nb.de abrufbar.

© 2021 novum Verlag

ISBN 978-3-99107-242-3
Lektorat: Karin Taglang
Umschlagfotos:
Maksim Prochan,
Viorel Sima | Dreamstime.com
Umschlaggestaltung, Layout & Satz:
novum Verlag

Gedruckt in der Europäischen Union
auf umweltfreundlichem, chlor- und
säurefrei gebleichtem Papier.

www.novumverlag.com

PROLOG

Es war eine dunkle, sternenklare Nacht. Wind wirbelte Blätter am Boden des Waldes auf und trug sie hinauf zu den Baumkronen. Die Luft war angenehm kühl, dunkle Schatten spiegelten sich auf der Oberfläche eines kleinen Waldsees. Das Wasser war schwarz und so tief wie ihre Verzweiflung.

Sie lag in der Hütte neben dem See. Eine alte, kleine Wanderhütte. Sie hatte Mühe, den Schmerzen zu trotzen, die aus ihrem Unterleib aufstiegen. Immer wieder wurde sie von Krämpfen heimgesucht, die ihren gesamten Körper erzittern ließen. Und der einzig klare Gedanke, den sie in jener Nacht fassen konnte, war, dass er sie verlassen hatte.

Er hatte sich gegen sie und ihr gemeinsames Kind und stattdessen für sein Volk entschieden.

Nun war sie allein, vollkommen hilflos in dieser Hütte, irgendwo im tiefen Wald.

Eine Wehe ließ sie erneut zusammenfahren und sie krallte sich mit der Hand an einem freistehenden Stuhl fest. Es brannte höllisch. Sie konnte kaum noch klar sehen, die dunklen Umrisse des Raums verschwammen vor ihren Augen.

Plötzlich hörte sie draußen Schritte, die über das kiesige Ufer zur Hütte rannten, in der sie lag. Panik lähmte ihre Glieder.

Sie hatte doch alles extra vorbereitet. Keiner durfte bei der Geburt dabei sein. Keiner durfte das Kind sehen! Keiner durfte seine Augen sehen, sonst wäre alles verloren!

Die einfache Holztür wurde aufgestoßen und eine schmale Gestalt trat ein.

Sie trug einen langen Mantel und das schwarze Haar fiel ihr ins Gesicht. „Ozea?", krächzte die Gebärende. Die Gestalt senkte nur den Kopf und trat neben sie. Sie schob einen ihrer langen, dünnen Arme unter dem Mantel hervor und tastete nach ihrem Bauch. „Es kommt", murmelte sie.

Ihre Augen lagen unter den dunklen Wimpern verborgen, doch dann hob sie die Lider und ihre efeugrüne Iris kam zum Vorschein. Die Gebärende zuckte zusammen, als sie erneut eine Wehe durchfuhr.

Ozea hatte recht, das Kind würde in wenigen Augenblicken kommen.

Ihr wurde die Luft aus den Lungen gepresst. Ihre Kehle war staubtrocken und jeder Atemzug brannte im Rachen. Sie hielt die Luft an und tat alles Mögliche, um ihr Kind endlich zu sehen, es in den Armen zu halten.

Ozea nahm den kleinen Körper entgegen und wickelte ihn in ein Tuch. Sie murmelte beruhigende Worte, während die erschöpfte Mutter langsam wieder Luft bekam.

Ozea übergab ihr das Kind und sie hielt es in den Armen, wie sie sich es vorgestellt hatte. Es war ein wunderschönes Kind.

Dann legte Ozea den Mantel ab, sie wusste, was das bedeutete. Ihre Augen füllten sich mit Tränen.

„Du darfst uns nicht verraten. Ozea bitte, wir sind verloren", flehte sie.

Die Dunkelhaarige sah sie aus schmalen Augen an, das helle Grün hatte sich verfinstert. Sie nahm das Kind wieder an sich und betrachtete es eine Weile.

Sie sog scharf die Luft ein.

Mit zitternden Fingern gab sie der Mutter ihr Kind zurück.

„Warum gibst du ihm keinen Segen?", fragte diese ängstlich, obwohl sie es längst wusste.

Ozeas Blick war flüchtig. „Es sind die Augen deines Kindes. Sie sind nicht so, wie sie sein sollten, und das weißt du. Sie werden es jagen und sie werden es bekommen. Auch wenn du es beschützen willst, du wirst es niemals wie ein normales Kind behandeln können."

Ozea zog die schwarzen Brauen zusammen. „Hüte es, solange du kannst. Liebe es, so sehr du nur kannst, denn eure gemeinsame Zeit ist begrenzt, das weißt du so gut wie ich. Sie werden es herausfinden, früher oder später finden sie jeden."

1

Nell

Ich erwachte durch ein Klopfen an meiner Zimmertür. Müde wälzte ich mich auf die andere Seite und blinzelte vorsichtig. Die Sonne schien zwischen den dünnen Vorhängen hindurch. Ich kaute einen Moment lang auf meiner Unterlippe, dann legte sich in mir ein Schalter um. Ich schlug die Decke zurück, rannte zur Tür und öffnete sie schwungvoll.

Ozea machte einen Schritt zurück und musterte mich von oben bis unten.

„Du bist ja noch gar nicht umgezogen!", tadelte sie und trat ein. Ich hastete zu meinem Schreibtischstuhl, auf dem das Kleid für den heutigen Tag schon darauf wartete, getragen zu werden. Dann verschwand ich ins Badezimmer, zog mich um und ließ mir von Ozea die Haare machen.

„Wie stellst du dir den kommenden Tag vor?", fragte sie, während sie einzelne Strähnen aus meinem Zopf fummelte.

„Du meinst meinen Geburtstag?", hakte ich nach und konnte kaum stillsitzen. „Nun ja, ich werde ganz viele Geschenke bekommen. Die Familie wird zusammen sein und wir werden Kuchen essen!"

Ozea lachte, dann ließ sie von mir ab. „Fertig!"

Ich drehte mich ein paar Mal vor meinem Spiegel, dann atmete ich tief durch.

„Genieß den Tag", sagte Ozea und ihre Stimme klang ungewohnt fest. Ich nickte und lächelte ihr entgegen.

Ihre einst vollkommen schwarzen Haare waren von einzelnen, grauen Strähnen durchzogen. Ihre grünen Augen waren von einem dunklen Wimpernkranz umringt und ihr dünner Körper steckte in einem weißen Kleid.

Wir gingen zusammen nach unten, durchquerten einige Räume des großen Schlosses und kamen schließlich ins Esszimmer. Es war ein langer Raum mit hohen Fenstern und hellen Wänden. Meine Mom stand neben dem Tisch und diskutierte leise mit einem hochgewachsenen, muskulösen Mann. Es war Lenn Ivy, der Anführer der Green Eyes und zufällig mein Vater. Ich schnappte einzelne Wortfetzen auf.

„… Es ist ihr Geburtstag! …"

„… Sie hat ein Recht darauf, es zu erfahren! …"

Ich fluchte innerlich. Nicht schon wieder dieses Thema. Seit einiger Zeit verhielten sich Mom, Dad und auch Ozea immer merkwürdiger. Sprachen andauernd von *diesem Thema* und wenn ich sie darauf ansprach, machten sie dicht.

Ich hatte die Nase gestrichen voll von dieser Geheimnistuerei und eilte auf sie zu. „Können wir endlich essen?"

Mom zuckte zusammen und wandte sich lächelnd zu mir um.

„Natürlich, mein Schatz, alles Gute zum Geburtstag!"

Dad wünschte mir das Gleiche und wir setzten uns.

Ozea hatte alles Mögliche vorbereitet. Es gab Süßes, Deftiges, Saures, allerlei Getränke und Obst. Ich machte mich über das Essen her und übersah die Blicke meiner Eltern dabei nicht. Irgendetwas war hier faul.

Als ich fertig war, legte ich das Besteck ordentlich ab und heftete meinen Blick auf Mom. Sie spürte es sofort und versuchte mich anzulächeln, scheiterte aber kläglich. „Gibt es Probleme im Volk? Rebellen? Werden wir von den Blue Eyes bedrängt? Oder sind es vielleicht die Red Eyes?", zählte ich die Möglichkeiten auf.

Dad stieß ein tiefes Lachen aus und lehnte sich zurück.

„Du bist so erwachsen geworden, meine Kleine", murmelte er gedankenverloren. Ich rümpfte die Nase. „Das beantwortet aber nicht meine Frage."

„Es ist alles in allerbester Ordnung!", warf Mom schnell ein und lächelte.

„Hört auf, mir etwas vorzuspielen! Ich bin jetzt fünfzehn, verdammt! Sagt mir endlich, was los ist!", rief ich und ballte die Hände zu Fäusten.

Mom senkte den Blick, sie sah plötzlich sehr müde und verzweifelt aus.

„Tut mir leid …", murmelte ich, meinte es aber nicht wirklich ernst. Dad atmete tief ein und wieder aus. „Du weißt ja, dass es acht Völker gibt: die Blue Eyes, die Gray Eyes, die Purple Eyes, die Black Eyes, die Yellow Eyes, die Brown Eyes, die Red Eyes und uns, die Green Eyes", fing er an. „Mit manchen sind wir verfeindet, mit manchen befreundet. Ich führe im Moment Krieg gegen die Blue Eyes, Gray Eyes und mit den Red Eyes waren wir noch nie befreundet. Die Lage ist sehr angespannt und deshalb habe ich mir gedacht", er tauschte einen kurzen Blick mit Mom, „dass wir so eine Art *Austausch* mit den Blue Eyes machen. Das heißt, ein Junge – wir haben ihn bereits bestimmt und er ist gestern hier angekommen – wird bei uns einen Austausch machen. Und wir möchten ihn dir heute gerne vorstellen."

Ich war mir fast sicher, dass das nicht der Grund war, warum er seit Tagen mit Mom stritt, aber mein Interesse war geweckt. „Er ist also schon im Schloss?", fragte ich und versuchte meine Aufregung zu unterdrücken.

Dad nickte und lächelte, es sah ziemlich gezwungen aus, aber ich hatte keine Lust, mir an meinem Geburtstag Gedanken über sein unechtes Lächeln zu machen. Deshalb nickte ich ebenfalls und sah ihn fragend an.

„Du willst ihn gleich sehen?", riet er zwinkernd. Ich errötete und senkte den Kopf. Oh mann, warum ließ mein Dad einen Austausch mit einem Jungen aus einem Volk zu, gegen das er Krieg führte?

„Na komm", mischte sich Ozea ein und erhob sich. „Ich stell dich ihm vor."

„Aber ich muss mich zuerst umziehen!", warf ich ein und sprang auf.

„Du siehst blendend aus", meinte Mom. Ich rollte die Augen.

„Das Grün deiner Augen passt perfekt zu weißer Spitze!", fügte sie hinzu.

„Aber das Kleid ist so eng … und ich will mich ja bewegen können." Ich rauschte aus dem Raum, bevor Mom noch mehr Einsprüche hervorbringen konnte.

Nachdem ich mich in eine lockere Jeans und ein weites T-Shirt geschmissen hatte, beeilte ich mich, wieder nach unten zu kommen. Mom und Dad waren nicht mehr im Esszimmer, nur Ozea lehnte an einer der hellen Wände.

Als ich eintrat, stieß sie sich ab und kam auf mich zu. „Du bist so schnell groß geworden", hauchte sie und legte beide Hände an meine Wangen.

Ich blinzelte sie verwirrt an. Ozea war immer wie eine zweite Mutter für mich gewesen. Wenn Mom oder Dad keine Zeit für mich hatten – sie war immer da gewesen und hatte mich in allem unterstützt. Ich liebte sie wie einen Teil der Familie und das war sie für mich vor Geburt an.

„Warum sagst du das?", meine Stimme zitterte leicht.

Ozea seufzte und ließ die Hände sinken. „Ich mache mir Sorgen um dich."

„Warum?"

„Schwierige Zeiten stehen bevor. Ich bin die Seherin deines Vaters, ich habe die kommenden Dinge vorhergesehen."

Meine Brust wurde eng. „Was wird passieren? Was hast du gesehen?"

Ozea schloss die Augen und presste die Lippen zusammen. „Dein Vater führt Kämpfe gegen drei Völker …", hob sie an.

„Die Gray Eyes hat er fast besiegt, mit den Blue Eyes haben wir doch jetzt einen Austausch – da stehen die Chancen gut – und gegen die Red Eyes führt so gut wie jedes Volk Krieg", versuchte ich, vielmehr mich selbst als sie zu überzeugen.

Ozea schüttelte den Kopf. „Dein Vater wird den Krieg nicht gewinnen. Lenn Ivy wird versagen!"

Ich zuckte zurück. Ihre Stimme war plötzlich laut geworden und ihre Augen funkelten wie tödliches Efeu. Der Schmerz saß tief. Wenn selbst Ozea, unsere Seherin, nicht an den Sieg glaubte, wer tat es dann?

„Ich möchte nicht, dass du es jemandem erzählst", stellte sie klar.

Ich nickte, ohne nachzudenken. Die dunkle Vorhersage würde nur Unruhe verbreiten und die Leute in Angst versetzen.

„Und jetzt geh und genieße den Tag, solange du die Möglichkeit dazu hast", murmelte sie und verschwand mit eiligen Schritten.

Wie benebelt machte ich mich auf den Weg aus dem Schloss. Ozeas Worte zogen tiefe Furchen in meinem Kopf und hackten meine klaren Gedanken wie Staubkörner beiseite. *Dein Vater wird den Krieg nicht gewinnen. Lenn Ivy wird versagen!* Ozea hatte Angst, große Angst, und das verhieß nichts Gutes. Auch ich hatte Angst. Angst um meine Familie, meinen Vater, dem ich nichts erzählen durfte. Wenn er wüsste, dass er keine Chance hatte, könnte er sich wenigstens noch geschlagen geben, aber das Wort einer Seherin war Befehl und stand in diesem Fall auch über dem des Anführers.

Als ich auf den großen Vorplatz des Schlosses trat, empfingen mich einige meiner Freunde. Sie wünschten mir alles Gute und wir alberten eine Weile herum. Aber ich war mit meinen Gedanken nicht vollkommen bei der Sache. Mit den Augen suchte ich den Platz ab, doch Ozea war nicht da. Wahrscheinlich hatte sie sich zurückgezogen und war beschäftigt.

Jemand stieß mir seinen Ellenbogen in die Seite und ich fuhr herum.

„Bist du dabei?", lachte Liam und sah mich fragend an.

„B… bei was nochmal?" Ich kam mir ein wenig blöd vor.

„Wir wollen nachher noch mit dem Neuen in den Wald gehen und ihm unsere Kräfte zeigen. Vielleicht können wir danach auch noch ein bisschen trainieren", sagte er und hob dabei eine Braue. Seine hellgrünen Augen funkelten. Ich nickte zustimmend.

„Habt ihr ihn schon gesehen? Den Neuen, meine ich?", fragte ich meinen besten Freund. Liam sah gut aus. Er hatte dunkle Haare, einzelne Sommersprossen auf der Nase und seine hellgrünen Augen waren ausdrucksstark. Aber zwischen uns war nichts – nicht mehr als tiefe Freundschaft jedenfalls.

Liam wurde ernst. „Wie kann man *den* denn übersehen?"

Er konnte ihn offensichtlich nicht leiden. Das fing ja gut an.

Doch er machte eine Bewegung mit dem Kinn und deutete so die Richtung an. Ich hauchte Liam einen Kuss auf die Wange und suchte mir einen Weg durch die vielen Menschen, die sich inzwischen vor dem Schloss versammelt hatten. Ich erspähte meinen Vater, er war gut einen Kopf größer als die übrigen

Leute und stand neben meiner Mom. Als ich die beiden erreicht hatte, trat auch der Junge in mein Blickfeld, der bei ihnen war. Er war größer als Liam, allgemein größer als die meisten Jungs in seinem Alter, hatte dunkelblondes Haar, war muskulös gebaut und seine vollen Lippen hatten sich zu einem breiten Grinsen verzogen. Ich warf einen kurzen Blick auf seine Augen. Sie waren blau, natürlich, er kam ja auch von den *Blue Eyes*. Aber es war kein gewöhnliches Blau. Die Tiefe dieser dunklen Farbe sog mich förmlich auf und für einen kurzen Moment vergaß ich alles andere um mich herum.

„Ah, da ist ja meine kleine Prinzessin!", rief Dad und ich wäre am liebsten im Erdboden versunken. Meine Wangen fingen an zu glühen und meine Finger wurden schwitzig. Als ich Moms misstrauischen Blick sah, der auf meinem weiten T-Shirt lag, wurde mir übel.

„Luan, das ist meine Tochter Nellanyh!", stellte Dad mich vor. Ich warf ihm einen scharfen Blick zu. Warum nannte er vor Fremden immer meinen ganzen Namen? Ich hasste diese acht Buchstaben. Normalerweise nannten mich meine Eltern Nelly, höchstens mal Lanyh. Unter Freunden war ich einfach nur Nell – und so sollte es auch sein.

„Hi", sagte Luan und reichte mir seine Hand. „Nellanyh, ein schöner Name. Selten, aber schön", fügte er hinzu. Seine Stimme war angenehm und weich. Ich hätte mich wahrscheinlich hineingelegt, wenn ich gekonnt hätte.

Ich schüttelte den Kopf und atmete tief durch.

„Nelly ...", Mom beugte sich vor und machte eine vielsagende Geste zu Luan. Ich lächelte flüchtig und legte meine Hand in seine. Als wir uns berührten, stoben tausend Gefühle in mir auseinander und hinterließen ein einziges Caos. Schüchtern zog ich meine Hand wieder zurück und senkte den Arm.

„Wie lange er hier bleibt, ist noch nicht ganz klar", versuchte es Dad mit einem Gespräch, „aber es werden auf jeden Fall mindestens vier Wochen sein".

Ich biss mir auf die Lippe. Vier Wochen also.

„Wir lassen euch dann mal allein", lächelte Mom, ich nahm es ihr aber nicht ab. „Ach und- Liam hat mir gesagt, dass ihr später noch in den Wald gehen wollt, seid bitte zurück bevor es dunkel wird."

Ich schloss die Augen und atmete tief durch. Ich war fünfzehn, verdammt. Keine drei mehr.

„Das kenne ich", sagte Luan plötzlich. Ich hob die Lider und blinzelte zu ihm auf.

„Wie alt bist du?" Wow, das Erste, was ich zu ihm sagte und ich hatte keinen Sprachfehler ans Licht befördert. Ich war stolz auf mich.

Er grinste mich an und kleine Grübchen bildeten sich auf seinen gebräunten Wangen. „Sechzehn."

„Ah", war das Einzige, was mir dazu einfiel. Die Luft zwischen uns schien elektrisch aufgeladen und zum Explodieren gespannt. Mir war unglaublich heiß.

Plötzlich beugte sich Luan zu mir hinab. „Willst du mir das Schloss zeigen?"

„Auch draußen bleiben", stammelte ich.

Er sog scharf die Luft ein und hob eine Braue. Erst jetzt wurde mir klar, was ich gerade von mir gegeben hatte. Mir war zum Heulen. Dann grinste er auf einmal. „Klar, wir können auch draußen bleiben." Kurz darauf stieß er ein schnelles „Aahh" aus und schlug sich mit der flachen Hand gegen die Stirn. „Ich habe ganz vergessen – alles Gute zum Geburtstag!"

Ich wurde rot. „Danke."

Bevor Luan noch etwas erwidern konnte, zwängte sich Liam zu uns durch.

„Liz will sofort aufbrechen, die anderen sind auch dafür", verkündete er den Vorschlag seiner Zwillingsschwester. Keinen Augenblick später stand sie neben mir und fiel mir um den Hals. Sie sah exakt so aus wie ihr Bruder Liam, nur eben die weibliche Variante.

„Oh Nell, alles, alles Gute!", rief sie und erwürgte mich dabei fast. Ich lachte und schob sie sanft von mir. „Danke!"

Dann wandte ich mich an Liam. „Okay, von mir aus können wir sofort aufbrechen."

Er nickte und verschwand in der Menge. Liz und ich folgten ihm, Luan bildete den Schluss.

Unterwegs wurde ich von einigen Bekannten und Freunden meiner Eltern angesprochen, die mir gratulierten, und schließlich trafen wir auf Peroll. Er war der General der Armee meines Vaters und die beiden waren auch privat gut befreundet. Peroll war oft im Schloss und verbrachte Zeit mit Ozea und mir. Ich mochte ihn. Er hatte eine Glatze und einen stets ordentlichen, grauen Oberlippenbart. Als er mich erkannte, fasste er mich an der Taille an und hob mich hoch, als wäre ich nicht schwerer als eine Feder, und lachte.

„Da bist du schon fünfzehn!", rief er und setzte mich wieder ab. Dann beugte er sich hinunter und flüsterte: „Und nachher habe ich auch noch eine Überraschung für meine kleine, große Enkelin!"

Er nannte mich fast immer so und ich hatte mich inzwischen daran gewöhnt. Da er selbst keine Kinder und so auch keine Enkel hatte, schien es ihn froh zu machen, mich so zu nennen, und in gewisser Weise war er auch so etwas wie ein Opa für mich.

Ich küsste ihn lächelnd auf die Wange und winkte ihm zum Abschied zu, bevor ich mich beeilte, den anderen zu folgen.

Als wir endlich unter uns waren, gesellte sich auch der Rest der Gruppe zu uns. Brian, Jess und Nara wünschten mir ebenfalls alles Gute, doch mein Blick fiel auf May. Sie war tatsächlich auch gekommen.

May war ein schlankes Mädchen mit hüftlangen, blonden Haaren. Sie zog jeden Jungen an sich, der sich ihr auch nur näherte. Aber sie sah nun mal wirklich gut aus, das konnte selbst ich nicht leugnen. Dazu kam, dass außer Jess keiner sie so wirklich leiden konnte – Jungs ausgeschlossen –, deshalb wunderte es mich auch, dass sie gekommen war.

„Hi, Nell", trällerte sie, doch ihr Blick huschte gleich weiter zu Luan, der dicht hinter mir stand. „Bist du der Austauschschüler von den Blue Eyes?", rief sie übertrieben und riss die Augen auf.

Luan trat neben mich und lächelte sie breit an. „Freut mich, dich kennenzulernen." Er reichte ihr die Hand.

14

Ich unterdrückte ein Augenrollen, als May ihre weißen Zähne zeigte und sich an ihn ranschmiss. „Ich liebe die Blue Eyes. Auch wenn unser Anführer diesen hirnrissigen Krieg gegen euch führt, weil er denkt, ihr seid böse."

Ich ballte die Hände zu Fäusten. Was war bei der denn für ein Schalter ausgefallen? Sie beleidigte gerade in aller Öffentlichkeit meinen Vater! Eine Hand legte sich auf meine Schulter, ich fuhr herum.

Es war Liam. „Reg dich nicht auf. Sie wird sich nur freuen, wenn du jetzt auf sie losgehst", murmelte er und seine grünen Augen funkelten verständnisvoll. Ich schloss die Augen und als ich sie wieder öffnete, hatte May Luan bereits mit sich gezogen und lief dicht neben ihm auf den Wald zu.

Mit steifen Schritten folgte ich ihnen.

Da ich heute Geburtstag hatte, durfte ich mir auch aussuchen, wo wir hingingen. Ich schlug den schmalen Pfad zur Waldlichtung ein, meinem Lieblingsort. Dort wuchs hohes Gras, man konnte die perfekten Sonnenuntergänge beobachten und es gab genug Platz, um mit Pfeil und Bogen zu üben. Da ich aus feinem Hause kam, wie es Mom immer nannte, gehörte es sich für mich eigentlich nicht, wie ein Junge zu schießen oder im Wald unterwegs zu sein. Ich ging auch nicht mit den anderen zur Schule, sondern wurde von Ozea im Schloss unterrichtet. Ich hasste es. Seit meinem zwölften Geburtstag durfte ich zum Glück Bogenschießen und hatte diese Sportart schnell für mich entdeckt. Seither verbrachte ich jede freie Minute beim Training im Wald.

„Und, wie findest du es hier?", fragte May engelsgleich und blickte mit großen Augen zu Luan auf. Er grinste schief. „Es ist wunderschön."

Ein warmes Gefühl breitete sich in mir aus, als er das sagte. Ihm gefiel dieser Ort genauso sehr wie mir.

„Das ist mein absoluter Lieblingsplatz!", schwärmte May und hüpfte auf die Lichtung zu. Ihre langen Haare wellten sich leicht und die Sonne glitt über ihren Kopf hinweg, als könne sie kaum genug von ihr bekommen.

Ich presste die Lippen aufeinander. May verbrachte nie Zeit im Wald.

„Jaaaa", Liz dehnte das Wort bewusst lang und zog mich hinter sich her. „Wir haben uns ja noch gar nicht richtig vorgestellt. Also das ist Nell, wie du sicher schon mitbekommen hast. Sie ist die beste Bogenschützin in ihrer Altersklasse und total begabt darin, ihren Mittelpunkt aufzurufen", meinte sie zu Luan.

Ich errötete, als ich sah, wie sich seine Lippen erneut zu einem Lächeln formten. Es stimmte zwar, was sie sagte, ich war eine ziemlich gute Bogenschützin und den Mittelpunkt aufrufen konnte ich besser als die meisten. Das war das A und O des Trainings. Der Mittelpunkt war sozusagen die Quelle unserer Kräfte. Die Green Eyes hatten Efeu als Kennzeichen. Mit dieser Kraft konnten wir die verrücktesten Dinge anstellen. Aber es war mir mehr als unangenehm, dass Liz mich so hervorhob.

„Und das sind Jess, Nara und Brian. Wir gehen alle in dieselbe Klasse", stellte Liz weiter vor. „Nur Nell hat das Glück, im Schloss unterrichtet zu werden – privat." Das letzte Wort betonte sie besonders und sah Luan dabei mit großen Augen an.

„Ich wüsste nicht, was das mit Glück zu tun hat", stichelte May und schob sich neben den Blue Eye.

„Ist doch egal", schaltete sich Liam ein und stellte auch sich und seine Zwillingsschwester vor.

„Und jetzt lasst uns endlich anfangen", drängte Jess mit leuchtenden Augen. Bevor jemand etwas erwidern konnte, hob sie die Hände und richtete ihre Fingerspitzen auf einen der Bäume, der am Rand der Lichtung stand.

Mit konzentriertem Blick hob sie langsam die Arme und aus den Wurzeln des Baums schoss Efeu. Es wuchs und wuchs, schlängelte sich den Stamm hinauf und verharrte, als Jess die Arme wieder sinken ließ.

„Wow", machte Luan und nickte anerkennend. Jess strahlte ihn an.

„Aber ich kann noch viel mehr", behauptete May und stellte sich vor Jess.

Luan hob eine Braue. May lächelte süß. Dann drehte sie sich um und warf sich die langen Haare über die Schulter. Sie deutete mit dem Kinn auf eine kleine, blaue Blume, deren Blüten sie in voller Pracht präsentierte. May schloss langsam ihre Finger und richtete den Blick unverhohlen auf die kleine Blume. Die Blüten der Pflanze wackelten, dann knickte der Stiel ein. Das Blau wurde von einem modrigen Grau erstickt und schließlich löste sich die Blume in Staub auf. Mit einem arroganten Lächeln drehte sich May wieder zu uns.

Luan hatte schweigend zugesehen. Dann streckte er die Hand aus und deutete auf ihr Werk. „Das war echt gut! Nein, es war hervorragend."

May kicherte und ihr Blick huschte über seine Schulter hinweg zu mir. Ohne, dass sie die Worte aussprach, konnte ich sie deuten.

Tja, das war's dann wohl für dich.

2

Nell

Meine Lust auf diesen Tag schwand zusehends. Und als sich May auch noch bei Luan einhakte, wurde es mir endgültig zu viel.

„Ich geh wieder zurück", flüsterte ich Liam ins Ohr, als Nara gerade versuchte, einen Schmetterling auf einer von ihr erschaffenen Efeupflanze landen zu lassen. Er drehte sich zu mir um und seine Stirn lag in Falten. „Ich komme mit."

Ich winkte ab. „Lass dir von mir nicht den Tag verderben."

Er umfasste meine Handgelenke und beugte sich vor. „Hast du eigentlich vergessen, dass das *dein* Geburtstag ist und nicht Mays?"

Ich spürte seinen Atem an meiner Wange und schloss die Augen. „Aber alle sehen sie an", brach es plötzlich aus mir heraus. Liam gegenüber hatte ich mich immer geöffnet. Bei ihm waren selbst die verworrensten Geheimnisse in Sicherheit. „Sie ist der Mittelpunkt – sie war es schon immer. Ich bin nicht mal ihr Schatten. Alle sehen ..."

„Schhh", machte Liam und zog mich an sich. Ich spürte sein Herz unter meiner Wange schlagen und entspannte mich etwas. „Es stimmt, alle sehen sie an, aber nur, weil sie sich in den Vordergrund schiebt. Und das tut sie, weil sie gegen dich sonst keine Chance hätte. Du hast nämlich einen gewaltigen Vorteil ihr gegenüber und dafür beneidet sie dich sogar im Schlaf", redete er leise auf mich ein.

Ich schnaubte in seine Brust hinein. „Und welcher sollte das sein?"

Ich spürte seine Lippen, die sich neben meinem Ohr zu einem Grinsen formten. „Du bist die Tochter des Anführers unseres Volkes. Du bist Nell Ivy. Du bist nicht nur unter den Green Eyes, sondern auch unter allen anderen Völkern bekannt. Und das macht sie so wütend."

Ich biss mir auf die Lippe und löste mich von ihm. „Und was soll mir das nützen?", fragte ich skeptisch.

Er legte den Kopf schief. „Du musst diesen Vorteil nutzen. Versuche deine Eltern davon zu überzeugen, dass du mit uns in die Ausbildung gehst. Mit allen anderen Green Eyes zusammen. Wenn sie es nicht erlauben, was höchstwahrscheinlich der Fall sein wird, versuche sie wenigstens für das gemeinsame Training rumzukriegen." Ich seufzte und setzte mich in Bewegung. Liam folgte mir.

„Aber wie soll ich das anstellen?", grübelte ich. Es war ja schließlich nicht so, als hätte ich das noch nie versucht. Da ich immer noch im Schloss unterrichtet wurde, ließ sich leicht schließen, dass meine Versuche nicht funktioniert hatten.

Liam legte mir einen Arm um die Schultern. „Darüber kannst du dir morgen den Kopf zerbrechen. Jetzt habe ich erstmal eine Überraschung für dich."

Ich sah ihn von der Seite an und grinste, als ich seinen geheimnisvollen Blick bemerkte. Er wackelte mit den Brauen und wir fingen beide an zu lachen.

Als wir den Waldrand fast erreicht hatten, hörte ich hinter uns Stimmen, die stetig näherkamen. Ich drehte mich um und suchte mit den Augen die Bäume und Sträucher ab. Ich konnte deutlich Liz' und Brians Worte verstehen.

„Sie suchen uns", bemerkte Liam trocken. Er sah mich an. Ich sah ihn an.

Wir brauchten uns nicht mit Worten zu verständigen und verließen zeitgleich den Pfad. Zusammen krochen wir durch das dichte Unterholz und gingen schließlich hinter einem breiten Brombeerstrauch in Deckung. Ich konnte mir nur schwer ein Kichern verkneifen. Liam ging es nicht anders. Als die verwirrten Gesichter von Liz und Brian auf dem Pfad erschienen, musste ich mir die Hand auf den Mund pressen, um nicht laut loszulachen. Es war vielleicht kindisch, sich mit vierzehn noch im Wald zu verstecken, aber das war mir in dem Moment egal. Ich fühlte mich auf einmal wieder in meine Kindertage zurückversetzt, in denen ich mich wöchentlich mit den Zwillingen im Wald verkrochen hatte und Mom das gar nicht lustig fand.

Doch schließlich konnte Liam nicht anders und wir beide brachen in lautes Gelächter aus.

Liz schob sich zu uns durch und boxte zuerst mich, dann ihren Bruder in die Seite, doch dann fiel sie mit ein in unser Gelächter. Als wir uns wieder beruhigt hatten, stolperten wir auf den Pfad zurück, auf dem auch schon die anderen warteten. Nara zog mir ein Blatt aus dem Haar und ich befreite Liz von einem Spinnennetz, das sich an ihrer Hose verfangen hatte.

„Musstet ihr unbedingt weglaufen?", fragte May und musterte mich kühl. Liam warf mir einen vielsagenden Blick zu und nickte kaum merklich.

„Das war ziemlich kindisch", feuerte sie hinterher.

Ein böses Lächeln hob meine Mundwinkel und mein Blick wurde kalt. „Ich weise nur ungern darauf hin, aber ist es nicht viel peinlicher, beim Singen unter der Dusche vom Nachbarn darauf hingewiesen zu werden, dass man sich woanders duschen soll?", fragte ich und setzte eine unschuldige Miene auf. „Weil der Gesang nicht so vielversprechend ist?", fügte ich hinzu.

May schnappte nach Luft und rote Flecken bildeten sich auf ihren Wangen.

Ich wechselte einen triumphierenden Blick mit Liam.

„D… das ist nicht wahr! Das ist nie passiert!", keuchte sie und ihre Stimme überschlug sich. Ich beugte mich vor und mein Blick wurde hart.

„Was spielt es denn für eine Rolle, ob es wirklich geschehen ist oder nicht? Es ist immerhin viel lustiger, ausgedachte Lügen weiterzuerzählen als die langweilige Wahrheit."

May starrte mich einige Augenblicke sprachlos an, dann presste sie die Lippen aufeinander, drehte sich um und stapfte ohne ein weiteres Wort davon. Unbeeindruckt sah ich ihr hinterher. Ich war überrascht von mir selbst, dass ich in der Lage war, so gemein zu sein – gut zu wissen.

„Musste das jetzt sein?", murmelte Jess und wandte sich ebenfalls zum Gehen. Ich sah sie irritiert an.

„Sie macht mich seit Jahren runter und hat noch nie dafür bezahlen müssen!", konterte ich. Jess verdrehte die Augen und eilte May hinterher. Empört stieß ich die Luft aus und schaute zu Brian und Nara.

Beide wichen meinem Blick aus.

„Wollen wir nicht erstmal das Geschenk überreichen?", mischte sich Liz ein.

„Gute Idee!", rief Liam und trat neben sie.

„Ich habe meiner Mom versprochen, bald wieder zu Hause zu sein. Ich muss ihr noch beim Putzen helfen", warf Nara kleinlaut ein. Brian stolperte hinter ihr her, als sie sich in Bewegung setzte.

„Bei mir ist es auch so, sorry Nell, wirklich."

Ich starrte den beiden hinterher und fühlte mich plötzlich elender als zuvor.

Luan pfiff leise durch die Zähne und näherte sich mir vorsichtig. „Das ist wohl nach hinten losgegangen."

Liam fuhr herum und funkelte ihn an. „Kannst du dich da bitte raushalten, das wäre besser für alle Beteiligten!"

Luan hob unbeeindruckt beide Hände, verschwand dann aber ebenfalls.

Ich wollte nicht, dass er ging, brachte es aber nicht auf, ihm hinterher zu laufen. Mit zitternder Unterlippe ließ ich mich langsam am Stamm einer alten Buche hinabgleiten. So endete es immer, wenn ich versuchte, irgendwie normal zu sein, oder mich wenigstens zu integrieren. Tief in mir wusste ich auch, warum meine Eltern es nicht zuließen, dass ich mit den anderen Kindern in meinem Alter in die Ausbildung ging. Ich war anders. Das hatte ich von Anfang an gespürt. Aber ich wusste nicht, *was* an mir nicht so war, wie es sein sollte. Ich sah vollkommen normal aus, hellblonde, schulterlange Haare und blassgrüne Augen. Dass meine Augen grün waren, war besonders wichtig.

Zwischen den acht Völkern herrschten strenge Regeln. Die wichtigste war, dass sich die Menschen nur mit Ihresgleichen fortpflanzen durften. Wenn gegen das Gesetz verstoßen wurde und ein Kind auf die Welt kam, das nicht die reine Augenfarbe seines Volkes hatte, sondern zwei gemischte Farben, wurden die Eltern umgebracht und das Kind verschwand meist auch von der Bildfläche. Dies kam zwar nicht oft vor, aber Ozea hatte mir davon erzählt, dass solche Kinder als Mutanten bezeichnet wurden und meist das gleiche Schicksal wie ihre Eltern erlitten. Sie hatten keine Chance, sich zu verstecken, denn ihre Augenfarbe verriet sie überall. Dazu kam, dass Mutanten stärkere Kräfte hatten als normale Menschen. Sie übernahmen die des Vaters und die der Mutter und das machte sie gefährlich. Denn meistens konnten sie ihre Kräfte nicht kontrollieren und dadurch erregten sie zusätzliche Aufmerksamkeit.

Aber das war bei mir ja nicht der Fall. Meine Augen waren aus reinem Grün.

Jemand legte mir einen Arm um die Schultern und holte mich somit aus meinen Gedanken. Es war Liam.

Er lächelte mich sanft an und strich mir mit dem Daumen über die Wange. „Sie werden es bereuen", sagte er leise. „Eines Tages werden sie es bereuen."

Ich seufzte und legte meinen Kopf an seine Brust.

„Willst du jetzt trotzdem deine Überraschung aufmachen?", fragte Liz. Sie schien viel aufgeregter als ich, denn sie wippte vor und zurück und fuhr sich mehrfach mit den Fingern durchs Haar.

„Natürlich", sagte ich und bemühte mich, meine wirren Gedanken zu ordnen, doch sie schweiften immer wieder zu den Mutanten ab und dann tauchte plötzlich Luans Gesicht vor meinem geistigen Auge auf. Ich erschrak, als ich ihn sah. Etwas an ihm war anders, als ich es in Erinnerung hatte. Seine Augen waren nicht dunkelblau, sondern blau und von mehreren grellgelben Streifen durchzogen. Plötzlich stand er auf einer kargen Ebene. Er hob die Arme und Licht schoss aus seinen Fingern. Wenige Sekunden später befand er sich am Ufer eines Flusses und mehrere Wasserfontänen schossen über ihm empor. Mir stockte der Atem. Luan war ein Mutant?

Das konnte nicht sein! Seine Augen waren doch dunkelblau.

Und warum lebte er dann noch? Warum war er hier?

Meine Gedanken rasten. Was war nur los mit mir? Warum konnte ich nicht einfach so sein wie alle anderen? Wieso sah ich jetzt auch noch diesen Blue Eye in meinem Kopf? Das ergab alles überhaupt keinen Sinn.

„Hey." Ich nahm Liams Stimme nur leise und gedämpft war.
„Hey Nell, alles okay?"
Ich zuckte zusammen und Luans Gesicht verschwamm. „Ja, alles
gut." Ich bemühte mich um ein Lächeln und löste mich von ihm.
Liz hatte plötzlich einen langen Gegenstand in der Hand, der
unter einer robusten Decke verschwand. Sie grinste breit und
reichte ihn mir.
„Wir haben uns mit den anderen zusammengetan und sie gekauft.
Aber die Spitzen sind aus Diamanten, die Liam und ich persönlich aus dem Wald geschlagen haben und–
„Jetzt verrate doch nicht gleich alles!", schimpfte Liam und setzte eine gespielt beleidigte Miene auf. Liz biss sich auf die Unterlippe und verstummte.
Er grinste, als er sich wieder mir zuwandte. Ich schluckte und
blickte auf die Decke in meinen Händen. Ohne zu zögern riss
ich sie herunter und mir blieb die Spucke weg. Fünf Pfeile kamen zum Vorschein. Sie waren aus dunklem Holz und fühlten
sich wunderschön glatt in meinen Händen an. Hinten waren sie
jeweils mit drei weißen Federn verziert und ins Holz waren ein
großes N und ein I eingraviert. Und die Spitzen … ich konnte es kaum glauben. Es waren tatsächlich fein geschliffene Diamanten, die in der matten Sonne glitzerten.
Ich starrte erst die Pfeile, dann die Zwillinge an.
Den Bogen und die Pfeile, die ich schon besaß, hatte ich mir
unter langer Arbeit selbst gebaut. Aber sie waren nichts im Ver-
gleich zu diesen Prachtstücken.
„Was … was", stotterte ich und senkte den Blick.
Behutsam fuhr ich mit der Fingerkuppe an dem scharfen Diamanten entlang. „Das kann ich nicht annehmen", hauchte ich.
Liz boxte mir in die Seite. „Klar kannst du. Und ein schlechtes
Gewissen brauchst du auch nicht zu haben, denn wie gesagt ha-
ben Nara, Brian und Jess auch was dazugelegt." Die Worte klangen aus ihrem Mund so leicht und einfach, dass sich die Enge in
meiner Brust in Luft auflöste.
Dann hoben sich meine Mundwinkel und ich fiel erst ihr, dann
Liam um den Hals. „Danke, danke, danke!", rief ich und drückte

beide fest an mich. Sie wussten genau, was mir diese Pfeile bedeuteten und ich war ihnen unglaublich dankbar dafür.

Als wir später zurück zum Schloss kamen, waren die meisten der Gäste schon wieder gegangen. Peroll stand mit meinem Vater und einem weiteren Mann in Uniform neben dem Eingang und unterhielt sich leise mit den beiden. Meine Mom prostete mit Mason und Taylor, den Eltern von Liz und Liam, und einige Angestellte bedienten die letzten Gäste. Ich hielt Ausschau nach Ozea, doch sie war nach wie vor nicht zu sehen. Enttäuscht folgte ich den Zwillingen zum Buffet und wählte gebratene Kartoffeln, Gemüse und einen schmalen Fleischstreifen aus, sowie eine kalte Schorle. Wir setzen uns etwas entfernt der Menge an eine lange Bank und machten uns über das Essen her.

„Wo hattest du so plötzlich die Pfeile her?", wollte ich kauend wissen. Liz wackelte mit den Brauen.

„Ich habe sie schon gestern in den Wald gebracht und in der Nähe versteckt."

Ich nickte und legte mein Besteck ab.

Peroll kam an unseren Tisch und reichte mir ebenfalls einen langen Gegenstand, der unter einer groben Decke verborgen war. Ich merkte, wie meine Knie zu zittern begannen, als ich den Stoff zurückzog. Mir entwich ein leises Wimmern, als ich den Bogen sah, der zum Vorschein kam. Er war aus genau dem gleichen, dunklen Holz wie die Pfeile und in ihn waren ebenfalls ein N und ein I eingraviert. Die Sehne war hell und schimmerte leicht. Er war einfach nur wunderschön. Auch Mom, Dad, Taylor und Mason hatten sich zu uns gesellt. Ich fiel allen um den Hals und weinte ein bisschen. Der Tag ging viel zu schnell herum und als die Zwillinge aufbrechen mussten, färbte die Sonne den Horizont bereits blutrot. Es war ein fantastisches Schauspiel, das ich in dem Moment nur zu gern auf der Lichtung beobachtet hätte. Sobald sie gegangen waren, verabschiedete sich auch Peroll. Die Angestellten begannen, die Tische und das Essen wegzuräumen und ich folgte meinen Eltern ins Schloss.

„Luan wurde bereits ein bisschen im Schloss herumgeführt und ist jetzt auf seinem Zimmer. Aber ich fände es toll, wenn du noch einmal bei ihm vorbeischauen würdest", sagte Dad, während er durch die langen Flure lief.

Ich fände es toll, wenn du noch einmal bei ihm vorbeischauen würdest, ja sicher. Doch ich gehorchte und schlug den Weg zu seinem Zimmer ein, das, wie mir Mom vorhin mitgeteilt hatte, direkt neben meinem lag. *Was für ein Zufall.*

Vor seiner Tür blieb ich stehen und atmete tief durch. Dann strich ich meine Haare und das lange Shirt glatt und klopfte zaghaft. Um ehrlich zu sein, fand ich es schon ziemlich daneben von ihm, dass er die ganze Zeit mit May verbracht hatte. Immerhin war er in unserem Schloss zu Gast und hätte mir nicht gleich den Rücken zukehren und sich an meine *Nicht*-Freundin ranmachen müssen.

Die Tür wurde mit so viel Schwung geöffnet, dass ich instinktiv einen Schritt zurücktrat. Ich hob den Kopf und blickte in seine dunkelblauen Augen. *Siehst du, sie sind ganz normal und haben keine gelben Streifen.* Das vorhin musste reine Einbildung gewesen sein.

„Hi, Nell", sagte Luan und lehnte sich lässig in den Türrahmen. Seine verwaschene Jeans saß ziemlich tief, sodass man einen Streifen gebräunter Haut zwischen dem Hosenbund und seinem T-Shirt sehen konnte. Ich starrte einige Augenblicke zu lang darauf, dann hob ich die Lider und zwang mich, ihn anzulächeln. Verdammt nochmal, warum brachte mich dieser Typ schon wieder aus der Fassung?

„Ich wollte … wollte nur mal kurz … vorbeischauen. Ob … ob alles okay ist", stammelte ich und wurde rot. Mein T-Shirt schien auf einmal viel zu eng zu sein und ich konnte ihm nicht in die Augen sehen.

„Aha." Luan zog das Wort elend lang hin. Dann stieß er sich vom Rahmen ab und trat einen Schritt vor. Ich spürte seinen Atem auf meiner Stirn und biss mir auf die Lippe. Fest.

„Ich würde dich ja gerne hereinbeten", fing er an.

Ich hob den Kopf.

Luan verzog gespielt das Gesicht. „Aber ich habe leider schon Besuch."

Er trat wieder einen Schritt zurück und hinter ihm löste sich eine zierliche Gestalt aus den Schatten. Sie hatte hüftlanges, blondes

Haar und eine unschuldige Miene aufgesetzt. Mein Herz setzte für einen kurzen Moment aus. Die Luft wurde mir aus den Lungen gepresst und ich konnte sie nur anstarren. May verzog die vollen Lippen zu einem feinen Lächeln.

„Da war ich wohl schneller", säuselte sie süßlich und legte einen ihrer dünnen Arme auf Luans breite Schulter. „Du weißt ja gar nicht, wobei du uns –."

Ich lachte auf. Es klang irgendwie hysterisch und ich unterbrach sie damit. Heiße Tränen brannten mir in den Augenwinkeln und ich wandte mich schnell ab. Auf keinen Fall würde ich ihr gönnen, mich heulend wegrennen zu sehen.

„Sorry für die Störung, ich bin schon weg", presste ich hervor und eilte an den beiden vorbei. Der Gang verschwamm vor meinen Augen und sobald ich meine Zimmertür hinter mir zugeknallt hatte, konnte ich die Tränen nicht mehr zurückhalten. Heiß rannen sie mir übers Gesicht, obwohl ich nicht einmal wusste, warum ich überhaupt weinte. Ich ließ mich mit dem Rücken an der Tür zu Boden sinken und verharrte dort.

3

Nell

Am nächsten Morgen erwachte ich in meinem Bett. Ich hatte keine Ahnung, wer mich letzte Nacht von der Tür bis unter meine Decke getragen hatte, aber es war mir eigentlich auch egal. Langsam richtete ich mich auf und blinzelte. An meinem Schreibtisch lehnte eine Gestalt. Eine große Gestalt mit breiten Schultern und einem schiefen Grinsen. Ich erstarrte und zog mir die Decke bis unters Kinn.

„Was machst du hier?", fragte ich und meine Stimme zitterte kein bisschen. Jetzt verspürte ich auch keine Scham mehr, wenn ich vor ihm sprach. Ich war einfach nur wütend.

Luans Grinsen wurde breiter, als er meinen Gesichtsausdruck sah. „Ich bin gestern nochmal rübergekommen. Da du noch nicht im Bett warst, die Sonne aber schon untergegangen war, habe ich dich bis dahin begleitet."

Seine Mundwinkel hoben sich noch ein Stückchen, als er meine Fassungslosigkeit bemerkte. Okay, es war mir definitiv *nicht* egal!

„Du hast mich –."

„In dein Bett getragen und dann habe ich dir noch eine Weile beim Schlafen zugeschaut." Er kam auf mich zu geschlendert.

Ich schnaubte. „Komm mir nicht zu nahe. Außerdem, wer gibt dir das Recht, mir beim Schlafen zuzusehen?" Meine Wut stieg

„Ich gebe mir das Recht zu allem", lachte er und setzte sich auf meine Bettkante.

„Runter da", empörte ich mich und versuchte, ihn mit dem Fuß wegzuschieben. Vergebens. Ich knurrte und funkelte ihn warnend an. „Runter von meinem Bett, oder ich hole meinen Vater und dann war's das mit deinem komischen Austausch." Und das meinte ich gewaltig ernst.

Doch Luan musterte mich nur unbeeindruckt. „Du siehst süß aus, wenn du schläfst", sagte er leichthin.

Ich schnappte nach Luft. „Du bist krank." Ich startete einen neuen Versuch, ihn wegzuschieben, und schließlich erhob er sich. „Eigentlich soll ich dich fürs Essen holen", seufzte er, während er sich in meinem Zimmer umsah. Mit zwei langen Schritten war er bei meinem Kleiderschrank angelangt und öffnete die Tür.

„He!", rief ich und sprang auf. Was erlaubte sich dieser Typ? Luan nahm eines meiner Shirts heraus und warf es mir zu. „Zieh dich um und komm dann nach unten. Ich warte auf dich."

Mit diesen Worten verließ er das Zimmer und ich starrte ihm hinterher.

War das gerade wirklich geschehen?

Ich schnaubte abermals und zog mich um. Das Oberteil, das er mir gegeben hatte, war auch noch mein liebstes.

Als ich im Esszimmer eintraf, blieb ich abrupt stehen.

Luan fläzte sich breitbeinig auf dem kleinen Sofa, das neben dem langen Tisch stand. Doch was mich noch viel mehr wunderte, war, dass weder Mom noch Dad da waren. Ozea und Peroll auch nicht.

„Die sind alle schon früh los und haben mir nur gesagt, ich soll dich wecken und aufpassen, dass du keine Dummheiten machst", meinte Luan und deutete mit dem Kinn neben sich. „Setz dich – ich rutsche auch."

Ich wandte ihm demonstrativ den Rücken zu und durchquerte den Raum. An meinem Platz ließ ich mich fallen und starrte auf den leeren Teller vor mir. Warum waren alle verschwunden? Ich konnte mir kaum vorstellen, dass Mom mich freiwillig mit diesem Irren zurückgelassen hätte.

„Sie haben mir nichts gesagt, nur, dass ich auf dich aufpassen soll." Luan stand plötzlich hinter mir.

Verdammt, warum er so leise?

Mein Nacken prickelte, als ich seinen Atem durch meine Haare hindurch spürte. Ich musste wieder an gestern Abend denken, an May, und mir wurde übel.

28

Ich schob den Teller von mir und drehte mich auf dem Stuhl zu ihm um.

„Und, war es schön mit May?", fragte ich schnippisch.

Er grinste. „Willst du das wirklich wissen?"

Zwischen dem tiefen Blau seiner Augen leuchtete für eine Millisekunde etwas auf. Ich konnte es allerdings nicht deuten und der Moment war so schnell wieder vorbei, dass ich mir nicht mal sicher war, ob er überhaupt passiert war. Wut brodelte tief in mir auf, doch ich versuchte, sie zu unterdrücken. Eine kleine, neidische Nell war sicher nicht besonders erwachsen.

„Lass uns einfach nicht über sie reden, okay?", versuchte ich es so kühl wie möglich.

Er hob eine Braue. „Uns?"

Ich stand auf und schob ihm den Stuhl in den Bauch – mit extra viel Schwung, doch er zuckte nicht einmal mit der Wimper.

„Ach halt einfach den Mund", knurrte ich und stapfte aus dem Raum. Er folgte dicht hinter mir.

„Wo willst du hin?", fragte er, als wir auf den Vorplatz traten.

„In den Wald. Ich will den neuen Bogen testen."

Ich hatte ihn zusammen mit den Pfeilen gestern noch zurück zur Lichtung gebracht. Heute musste ich unbedingt herausfinden, wie gut er war.

Den Pfad durch den Wald liefen wir schweigend nebeneinander her. Ein paar Mal hingen mir Zweige oder Gestrüpp im Weg und Luan schob sie für mich zur Seite.

Als wir die Lichtung erreicht hatten, hielt ich inne. Mein Blick glitt über das hohe Gras und blieb an einem wackelnden Brombeerstrauch hängen. Ich spürte, wie sich Luan hinter mir anspannte.

„Was ist?", flüsterte er mit rauer Stimme, die fast wie Musik in meinen Ohren klang. Ich schüttelte den Gedanken beiseite und konzentrierte mich.

„Da ist ein Tier. Ich könnte es erlegen, wenn ich leise genug wäre, um an meinen Bogen und die Pfeile zu kommen."

Enttäuscht ließ ich die Schultern sinken, als ich feststellte, dass das Tier direkt hinter dem Baum verharrte, in dem ich meine Waffen versteckt hatte. Unmöglich, so nah heranzukommen.

Ich würde das Tier aufschrecken, bevor ich die Hälfte der Lichtung überquert hätte.

„Lass mich das machen", meinte Luan entschlossen und schob sich an mir vorbei. „Ich besorg dir deinen Bogen und du versprichst mir ein ordentliches Mittagessen."

Ungläubig sah ich ihm hinterher, als er den Schutz der Bäume verließ. Wie ein Löwe näherte er sich immer weiter dem Baum, bis er ihn schließlich erreicht hatte. Mit seinen langen Armen griff er zwischen die verworrenen Wurzeln und zog den Köcher samt Bogen hervor. Dann kam er wieder zurück und reichte mir beides. „Jetzt dein Job."

Immer noch perplex schaute ich zu ihm auf. „Wie machst du das?"

Seine vollen Lippen verzogen sich zu einem frechen Grinsen. „Ich weiß, dass ich gut bin."

Ich schnaubte und wandte ihm den Rücken zu. Das war zwar keine Antwort auf meine Frage, aber jetzt war ich an der Reihe. Das Tier war ein fettes Kaninchen, was ich schnell bemerkte, als es hinter dem Baum hervorkam. Mit wachsamen Augen sah es sich um, dann senkte es den Kopf und begann, Gras zu knabbern. Ich umfasste den Bogen fester und trat unter den Bäumen hervor. Geduckt schlich ich durch die langen Halme und blieb in sicherer Entfernung stehen. Ich zog einen der neuen Pfeile aus dem Köcher und spannte den Bogen. Plötzlich hob das Kaninchen den Kopf und blickte genau in meine Richtung.

Es öffnete leicht das kleine Maul, dann drehte es sich blitzartig um und sauste auf den Wald zu. Doch ich war schneller. Der Pfeil schoss in hohem Bogen durch die Luft und ich vernahm das satte Knacken, als er ins Fleisch meiner Beute traf.

„Wow!", rief Luan und kam zu mir. „Nicht schlecht."

„Weiß ich." Zufrieden sammelte ich das Kaninchen ein und Luan bot sich an, es zu tragen. Wir überquerten die Lichtung und ließen uns im Schatten der Bäume nieder. Es war ein heißer Vormittag und die Sonne brannte nur so auf uns hinab. Ich holte ein kleines Messer aus meiner Brusttasche und reichte es Luan. Er sah mich überrascht an.

„Damit, Tiere zu töten, hast du kein Problem, sie danach aufzuschneiden aber schon?"

Ich funkelte ihn wütend an. „Das ist etwas ganz anderes!"

„Finde ich nicht." Seufzend begann er, den Bauch des Kaninchens aufzuschneiden und die Eingeweide herauszuholen. Ich wandte mich ab, als er Geruch von Tod zu mir hinüberwehte. Nachdem Luan sein ordentliches Mittagessen zu einer kleinen Zwischenmahlzeit gemacht hatte, begaben wir uns auf den Rückweg. Ich probierte noch ein paar Schüsse aus und der Bogen war gigantisch. Da ich nicht riskieren wollte, dass er kaputt ging, nahm ich ihn mit zurück ins Schloss.

„Habt ihr bei euch eigentlich auch Training und verschiedene Klassen, in denen ihr ausgebildet werdet?", fragte ich, während er mich über einen umgefallenen Stamm führte.

„Ja, alles was mit Schule zu tun hat, ist bei den Blue Eyes ziemlich ähnlich wie hier."

„Und warum bist ausgerechnet du dieser Austauschschüler geworden?"

Er grinste mich an. „Weil ich eben so unwiderstehlich bin."

Ich verdrehte die Augen und wartete auf eine richtige Antwort, doch sie blieb aus. Entweder Luan war ein ziemlich stark ausgeprägter Angeber oder er verheimlichte mir etwas. Ich konnte keins von beidem ausschließen.

„Kannst du mir mal deine Kräfte zeigen?", fragte er nach einer Weile. „Ich meine, das was Jess gezeigt hat, war jetzt nicht wirklich krass. Das von May war schon besser …" Er sah mich provokant von der Seite an. „Aber ich glaube, du hast noch mehr drauf."

Ich errötete leicht. „Warum sollte ich besser sein als die anderen?"

Luan hielt mich an den Handgelenken fest und drehte mich zu sich um.

„Weil du anders bist", flüsterte er und sah mich eindringlich an. Seine dunkelblauen Augen bekamen einen leichten Schimmer und mir drohte, mich in ihren Tiefen zu verlieren.

Als ich auf seine mehr als merkwürdige Aussage nicht reagierte, verzogen sich seine Lippen wieder zu diesem arroganten Grinsen.

„Bist du noch da oder hab ich dich schon in meinen Bann gezogen?", hörte ich seine tiefe Stimme neben meinem Ohr. Gereizt entzog ich mich seinem Griff und wich seinen funkelnden Augen aus.

„Ich bin nicht anders!", blaffte ich und zog die Brauen zusammen. Wie sehr ich es hasste, wenn die Leute mir sagten, ich sei nicht wie die anderen Kinder in meinem Alter. Ich wollte einfach normal sein! So ganz verstand ich sowieso nicht, was an mir so anders war. Ich konnte nicht besonders gut mit Menschen, ja, das stimmte. Warum, wusste ich auch nicht und zu ändern war es ebenfalls nicht.

„Doch bist du, und das weißt du auch", widersprach er. Als er den geringen Abstand zwischen uns zunichte gemacht hatte, wurde ich von einer plötzlichen Hitze umgeben, die eindeutig von ihm ausging. Ein leichter Schauder lief mir den Rücken hinab, ich bekam Gänsehaut.

Luans Augen wurden heller. Das tiefe Blau wurde von mehreren grellgelben Streifen abgelöst, die mich fast blendeten. Er sah mich eindringlich an und seine dichten Wimpern zuckten kurz. Mir blieb die Spucke weg. Luan war tatsächlich ein Mutant! Aber wie …?

Plötzlich riss er erschrocken die Augen auf und stieß mich nach hinten.

Ich kam aus dem Gleichgewicht und taumelte rückwärts, bis mir etwas Spitzes das dünne T-Shirt aufschlitzte und sich in meine Haut bohrte.

„Mist", hörte ich Luan leise fluchen. Er legte mir eine Hand auf den Rücken und zog mir das stachelige Etwas aus der Haut. Ich zuckte zusammen und rieb mir die offene Stelle.

Er ließ die Ranke fallen und rümpfte die Nase.

Ich schluckte und suchte seinen Blick, er wich mir aus.

„Ich geh zurück ins Schloss", knurrte er und drehte sich um.

„Warte!", ich legte eine Hand auf seine Schulter, was ihn erschaudern ließ.

„Warte", wiederholte ich leiser. Er drehte sich nicht zu mir um, als ich zu sprechen begann. „Deine Augen … du bist ein Mutant, stimmt's?"

Seine Schultern bebten und ich konnte jeden einzelnen der durch-trainierten Muskeln spüren, die sich unter meinen Fingern an-spannten.

„Du erzählst vollkommenen Schwachsinn", fauchte er und zog seine Schulter vor, sodass meine Hand nach unten fiel. „Ich bin kein Mutant. Vielleicht solltest du dich lieber mal von einem Arzt untersuchen lassen." Mit diesen Worten fuhr er sich durchs Haar und stapfte in den Wald davon. Ich blieb verblüfft zurück.

Mit angestrengter Miene verstaute ich den Bogen und den Kö-cher in meinem Schrank, während ich darüber nachdachte, was im Wald passiert war. Nein, in einem war ich mir vollkommen sicher: Ich hatte mich nicht getäuscht. Ganz sicher nicht! Die gel-ben Streifen in seinen Augen waren wirklich da gewesen. Nur eins fand ich seltsam. Er schien es kaum selbst bemerkt zu haben, erst, als er meinen verwirrten Blick bemerkte. Und jetzt hasste er mich, oder was? Ich schnaubte und schlug die Schranktür zu. Dieser Typ war mir ein Rätsel – und ja, eigentlich konnte ich ihn überhaupt nicht leiden, aber verraten würde ich ihn trotz-dem nicht. Vor allem, weil ich mich ihm irgendwie … verbun-den fühlte. Es war dieser Schauder gewesen, der mich am gan-zen Körper erfüllt hatte, und die Hitze, die von ihm ausgegangen war. Doch eine viel mächtigere Frage drängte sich in den Vor-dergrund: Wie war es möglich, dass er bei den Blue Eyes lebte? Warum lebte er *überhaupt* noch? Und warum um alles in dieser Welt machte mein Vater mit seinem Volk einen Austausch, wo er gerade Krieg gegen es führte?!

Mein Kopf rumorte und ich trat stöhnend zurück.

Nachdem ich eine Weile auf meinem Bett gesessen und auf den Boden gestarrt hatte, beschloss ich, zu Luan zu gehen und ihm zu versichern, dass ich ihn nicht verraten würde. Aber als Ge-genleistung wollte ich Antworten. Und zwar einige.

Doch Luan war nicht da. Sein Bett war aufgewühlt, die Decke lag auf dem Fußboden und das Kissen war eingedrückt. Mit zit-ternden Lippen verließ ich das Zimmer und fragte mich, ob ihn May wieder besucht hatte.

Dieses kleine …

Plötzlich hörte ich Schritte auf dem Flur, schnelle Schritte, die sich rasch näherten. Liam bog um die Ecke und kam auf mich zugerast.

„Du musst kommen, sofort!", rief er und packte meinen Ellenbogen.

„Was ist denn los?", rief ich verwirrt, doch er hatte mich bereits mit sich gezogen.

Wir hasteten durch das Schloss, stürmten auf den Vorplatz und überquerten ihn. Ich ahnte, wo er hinwollte und meine Brust zog sich zusammen.

Sobald wir in den Wald eingetaucht waren, hob ich meinen freien Arm und ließ eine Efeuranke aus dem Boden wuchern. Liam kam fluchend zum Stehen und ließ mich los.

„Was ist passiert?", fragte ich außer Atem. Er sah mich aus dunklen Augen an.

„Wir verschwenden Zeit, Nell. Du solltest einfach mit mir kommen."

Ich machte einen Schritt auf ihn zu und drückte die Schultern durch.

„Ich bewege mich keinen Zentimeter, bevor du mir sagst, was los ist!"

Liam schloss kurz die Augen und als er sie wieder öffnete, war das schöne Grün überschattet. „Es geht um deine Eltern. Sie wurden überfallen."

4

Nell

Einen Moment lang konnte ich ihn nur anstarren, dann legte
sich in mir ein Schalter um und ich stürmte los.
Liam fluchte abermals und folgte mir eilig. „Es ist weiter südlich
bei der Pfadkreuzung passiert."
Ich wusste sofort, wo wir hinmussten, und beschleunigte meinen Lauf. Meine Gedanken rasten unkontrolliert und hinterließen ein riesiges Chaos.
Keuchend und außer Atem erreichte ich die Pfadkreuzung.
Ich sog scharf die Luft ein, als ich den Wagen meiner Eltern
sah. Er lag verkehrt herum und die Beifahrertür stand offen.
Das schimmernde Blech schien zu dampfen und eine Hitzewel-
le schlug mir entgegen.
Plötzlich spürte ich wieder diesen leichten Schauder auf dem Rücken und eine warme Hand legte sich auf meine Schulter. Ich
fuhr herum und erblickte Luan.
Seine Züge waren hart und verschlossen, doch seine Augen funkelten matt.
„Ich habe das Auto gefunden", murmelte er.
Meine Unterlippe zitterte leicht und meine Hände schlossen sich
automatisch. Mit unsicheren Schritten stolperte ich auf den Wagen zu. Liz stand daneben und musterte mich besorgt, als ich
auf die Knie fiel.
Ich stützte mich auf den Handflächen ab und neigte den Kopf
nach vorne, um ins Innere zu sehen. Die zerfetzten Sitze waren
blutverschmiert und einige Haarsträhnen klemmten im Lenkrad.
Mehr war da nicht. Keine Mom, kein Dad und auch Ozea oder
Peroll waren nicht da. Mit starrem Blick richtete ich mich wieder auf und stolperte zurück. Meine Haare fielen mir ins Gesicht,
winzige Schweißtropfen bildeten sich auf meiner Stirn. „Mom?",
hauchte ich. Meine Stimme klang heiser. „Mom!"

Keine Antwort – natürlich nicht.

Liz trat neben mich und fiel mir um den Hals. „Wir haben sie überall gesucht. Keine Spur von ihnen. Nichts!"

Ich löste mich von ihr und spürte die Tränen, die mir in den Augenwinkeln brannten. Ich hielt sie nicht auf und sie brannten sich wie Narben in meine Haut. Verzweifelt suchte ich mit den Augen die Umgebung ab, doch ich wusste, dass ich nichts finden würde. „Wie ... wie kommt das Auto in den Wald?", fragte ich schluchzend und wandte mich den Jungs zu. Luan wich meinem Blick aus, was mich wütend werden ließ.

„Wir haben keine Ahnung, Nell." Liam schüttelte den Kopf. „Die Straße ist hier ganz in der Nähe, es wäre also nicht schwierig gewesen, es hierher zu bringen."

„Aber warum?", fuhr ich ihn an. Plötzliche Verzweiflung überrollte mich. „Warum sollte jemand meinen Eltern wehtun, sie dann verschwinden lassen und ihr Auto verstecken? Ich versteh das nicht."

Der Wald kam auf einmal immer näher, Dunkelheit und Leere legten sich wie ein schwarzes Tuch über mich. Ich konnte kaum noch atmen. „Wer tut so etwas?", rief ich und fiel nach hinten. Dumpf landete ich auf dem harten Boden und ein eiserner Schmerz fuhr mir den Rücken hinauf. Ich hörte Liz' zitternde Stimme, als sie sich neben mich kniete und mich an sich drückte. Ich spürte Liam, der mir einen schweren Arm um die Schultern legte. Luan wandte sich ab und verschwand im Wald. Doch das alles verschwamm, als mir klar wurde, dass meine Eltern weg waren. Ozea weg war. Peroll. Und vielleicht ... nein! Diesen Gedanken wollte ich nicht zu Ende bringen.

Doch mir wurde schmerzlich bewusst, dass ich es bereits getan hatte.

Vielleicht würde ich meine Eltern nie wiedersehen.

Ich spürte einen eindringlichen Blick auf mir, als ich langsam wieder einen klaren Kopf bekam. Ruckartig öffnete ich die Augen und rechnete damit, noch immer im Wald zu liegen, doch unter mir spürte ich die weiche Matratze meines Bettes.

Verwirrt richtete ich mich auf und das Erste, was ich sah, war Liz. Sie saß auf der Bettkante und ihre wunderschönen, grünen Augen flackerten ängstlich. Ich stöhnte leicht und massierte meine pochende Schläfe. „Was ist passiert?", murmelte ich und warf einen flüchtigen Blick in den Spiegel. Unter meinen glasigen Augen hatten sich zwei dunkle Ringe platziert, meine Haut war blass und meine Lippen trocken.

„Du warst plötzlich irgendwie weg. Also mit deinen Gedanken", fing sie an. „Liam hat dich zurückgetragen und ich habe dir etwas Frisches angezogen."

Als sie meinen unwohlen Blick bemerkte, huschte ein leises Lächeln über ihr Gesicht. „Mein Bruder war nicht dabei."

Einer meiner Mundwinkel hob sich etwas und ich richtete mich halb auf.

„Was ist mit Luan?"

Liz verzog das hübsche Gesicht. „Wie kannst du bei all dem, was passiert ist, an *ihn* denken?" Sie machte eine abfällige Geste. „Er ist abgehauen und hat sich nicht mehr blicken lassen." Sie legte ihre Hand auf meine und drückte sie.

„Wie geht es jetzt weiter?" Ich wollte eigentlich gar keine Antwort.

„Mom und Dad sind da und haben schon die Wächter informiert. Nach deinen Eltern, Ozea und Peroll wird bereits gesucht, aber ...", sie sprach nicht weiter und ich wusste, was das hieß. Es sah nicht gut aus. Niemand konnte wissen, wo sie waren, ob sie noch lebten. Ob es überhaupt eine Chance für sie gab. Alles lag nun im Ungewissen.

Liz beugte sich zu mir hinab. „Sie werden sie finden. Ich glaube fest daran, und Liam auch. Alles wird gut, am Ende wird alles gut", redete sie leise auf mich ein, als ich wieder anfing zu weinen.

Ich liebte sie dafür, dass sie für mich da war, und dass sie versuchte, die Situation so verträglich wie möglich zu machen. Aber es war sinnlos.

Kalte Schauer jagten mir über den Rücken, als mir bewusst wurde, dass jemand sie womöglich gehasst haben musste. Warum sonst klebte ihr Blut auf den Sitzen? Ich war mit meinen Nerven vollkommen am Ende.

Liz schob mir eine Strähne aus dem Gesicht und kniff mir leicht in die Wange. „Liam wartet vor der Tür. Er … er macht sich große Sorgen um dich und möchte dich sehen."

Ich hob den Kopf und blinzelte die einzelnen Tränen fort. „Er kann reinkommen", schniefte ich und zwang mich, nicht weiter zu heulen.

Liz nickte und gab mir einen flüchtigen Kuss auf die Stirn, dann erhob sie sich und eilte zur Tür. „Ich frag mal unten nach, ob es irgendwelche Neuigkeiten gibt." Dann drückte sie die Klinke nach unten und Liam quetschte sich an ihr vorbei.

Mit einem besorgten Schimmer in den Augen kam er zu mir und ließ sich auf meinem Schreibtischstuhl nieder. „Wie geht's dir?"

Ich verzog das Gesicht. „Beschissen kommt dem glaube ich ziemlich nahe."

Er lehnte sich zurück, verschränkte die Arme vor der Brust und setzte eine finstere Miene auf.

„Was ist?", fragte ich und umarmte mich selbst, weil ich plötzlich fröstelte.

„Luan ist weg." Verbissen schüttelte er den Kopf. „Dieser Typ war mir von Anfang an nicht geheuer."

Seine Worte versetzten mir einen leichten Stromschlag. „Glaubst du wirklich, dass er was mit der Sache zu tun hat?"

Liam sah mich überrascht an. „Natürlich, Nell. Das ist doch mehr als offensichtlich!" Wütend erhob er sich und begann, im Zimmer auf und ab zu laufen. „Es ist meine Schuld. Hätte ich ihn nicht an dich herangelassen, wäre das vielleicht alles nicht passiert."

Ich rollte mit den Augen. „Du kannst mich nicht immer beschützen, Liam."

Plötzlich stand er direkt vor mir und sein Blick bohrte sich in meinen.

„Doch." Er beugte sich zu mir hinab und ich konnte seinen schnellen Atem auf meinen Lippen spüren. Das war eine ganz, ganz, ganz schlechte Idee. Ich schluckte und wollte ihn wegschieben, aber es war bereits geschehen.

Liam küsste mich.

Das musste aufhören, sofort. Liam war nur ein Freund. Ich hatte nie mehr als Freundschaft zwischen uns gewollt. Und ich dachte, ihm ging es genauso.

Ich spürte seine Lippen auf meinen und wie er den Kuss intensivierte.

Mir wurde immer unwohler. Mit letzter Beherrschung legte ich beide Hände an seine Brust und drückte ihn sanft von mir weg. Keuchend sah er mich an. Dann schien er zu merken, was er gerade getan hatte, und drehte sich weg.

„Tut mir leid, Nell. Ich wollte nicht –"

„Ist schon gut." Ich biss mir auf die Unterlippe und senkte den glühenden Kopf. Liam wandte sich wieder zu mir und ich spannte mich automatisch an.

„Es war ein Ausrutscher, okay? Können wir uns darauf einigen?", fragte er hoffnungsvoll. „Liz – verdammt – Liz darf auf keinen Fall etwas davon erfahren." Ich hob beide Hände. „Von mir sicher nicht."

„Gut", er wandte sich ab. „Ich geh dann mal."

An der Tür blieb er noch einmal stehen. „Wir finden sie, das verspreche ich dir."

Ich seufzte erschöpft und lief zum Fenster. Auf dem Vorplatz entdeckte ich Liams Eltern. Mason brach gerade mit einem Suchtrupp in den Wald auf. Taylor erteilte Anweisungen und eilte dann auf Liz zu, die ihrem Vater folgen wollte.

In mir zog sich alles zusammen.

Plötzliche Wut übermannte mich und ich straffte die Schultern. Mit den Augen folgte ich Liz und Liam, die sich einem weiteren Suchtrupp anschlossen und kurz darauf zwischen den dichten Bäumen verschwanden. Der gesamte Platz vor dem Schloss war mit Wächterwagen zugestellt, deren Fahrer sprachen in Funkgeräte oder erhielten Informationen daraus. Alles lief auf Hochtouren. Und dann sah ich auf einmal wieder Luan vor meinem geistigen Auge. Er lief durch den Wald. Er bewegte sich schnell und geschmeidig. Dann blieb er stehen und drehte sich ruckartig um. Sein finsterer Blick wurde von Schrecken abgelöst, als er mich direkt ansah.

Ich trat einen Schritt zurück und das Bild erlosch. Doch ich würde mich nicht wieder zurück in mein Bett verkriechen und heulen. Ich fing gar nicht erst damit an, mich über die erneute Einbildung zu wundern, denn ich wusste instinktiv, wo Luan war. Und ich würde ihn zur Rede stellen.

Von einer unbeschreiblichen Wut angetrieben, hetzte ich durch den Wald.

Bald hatte ich die Stelle gefunden, wo Luan in meiner Einbildung gestanden hatte. Ich war eine gute Fährtenleserin, deshalb fand ich seine Fußspuren schnell und folgte ihnen zielstrebig. Schließlich fand ich mich auf der Lichtung wieder, verharrte aber im Schutz der dichten Bäume. Ich hatte mich nicht getäuscht. Luan war da, aber er war nicht allein. Flankiert von zwei stämmigen Männern hockte er auf der gegenüberliegenden Seite. Ich kniff die Augen zusammen, doch über diese Entfernung konnte ich weder etwas Genaues sehen, ganz zu schweigen davon, etwas zu hören. Ich musste näher heran und genau in diesem Moment ärgerte ich mich noch mehr darüber, dass er mir nicht gezeigt hatte, wie lautlos er sich bewegte. Vorsichtig umrundete ich die Lichtung und als ich auf einige Meter herangekommen war, hielt ich inne. Die fremden Männer hatten beide blaue Augen, ein Doppelkinn und einen behäbig wirkenden Körper. Ich hätte sie mit Leichtigkeit ausschalten können und das würde ich auch tun. Siegessicher tastete ich nach hinten, um Bogen und Pfeile hervorzuholen, doch ich griff ins Leere.

Meine Waffen lagen noch im Schloss in meinem Schrank. Ich fluchte laut. Beide Männer hoben den Kopf und starrten in meine Richtung. Dann erhob sich der rechte und stapfte mit schweren Schritten auf den Busch zu, hinter dem ich Deckung gesucht hatte. Bevor ich fliehen konnte, hatte er die Blätter mit seinen dicken Armen zur Seite geschoben und starrte mich feindselig an. Vollkommen unerwartet packte er meine Handgelenke, hob mich hoch und zerrte mich gewaltsam aus meinem Versteck. Ich versuchte mich zu befreien – vergebens. Der Dickarm riss meine Arme hoch und presste sie mir auf dem Rücken zusammen. Ich unterdrückte einen schmerzverzerrten Schrei.

„Wer bist du?", schnauzte der zweite und baute sich vor mir auf. Ich warf Luan einen kurzen Blick zu. Er hatte sich ebenfalls aufgerichtet und musterte mich leicht verbissen, leicht belustigt. Moment mal … fand er das etwa lustig?

Ein sengender Schmerz strahlte von meiner Wange ab, als der Schnauzer mich schlug. Ich wimmerte leise.

„Hast du mich nicht verstanden?", grollte er und schnaubte.

„Das reicht jetzt", knurrte Luan finster und im nächsten Augenblick sackte der Schnauzer mit einem dumpfen Stöhnen zu Boden. Dickarm musste mich loslassen, als Luan auch auf ihn losging und ihn einfach ohne mit der Wimper zu zucken zusammenschlug. Dann richtete er sich wieder auf und sah mich aus funkelnden Augen an.

„Hast du wirklich geglaubt, du könntest um die ganze Lichtung schleichen und uns belauschen, ohne dass ich es gemerkt hätte?"

Ich spürte die Hitze, die meine immer noch schmerzenden Wangen zum Glühen brachte und senkte die Lider, sodass mir die Haare vors Gesicht vielen.

„Wahrscheinlich."

Luan näherte sich mir vorsichtig. „Und dann hast du auch noch Bert und Pert vergessen." Er schüttelte den Kopf und grinste.

„Nicht besonders vorteilhaft."

Ich sah ihn ungläubig an. „Und wer bitteschön sind *Bert* und *Pert*?"

Sein Grinsen wurde breiter. „Bert, der Bogen, und Pert, die Pfeile."

Ich hob eine Braue und konnte ihn einen Moment lang nur anstarren.

„Wenn dann *Perts*", verbesserte ich und musterte ihn unsicher.

„Gut, einigen wir uns auf Bert und Perts – neue, beste Freunde", sagte er in Plauderstimme und ich hätte ihm sein überhebliches Grinsen am liebsten aus dem Gesicht geprügelt. Mit letzter Beherrschung wandte ich mich den am Boden liegenden Männern zu. Schnauzer hatte eine üble Kopfwunde, aus der dunkelrotes Blut quoll, und Dickarm hatte seinen Mund zu einem lautlosen Schrei geöffnet. Beide lagen vollkommen leblos und starr vor mir.

„Sind sie …"

„Tot? Ja, das sind sie", beendete Luan meinen Satz und schien sich nicht im Geringsten darum zu kümmern. „Ich habe kurzen Prozess mit ihnen gemacht."

Mit zitternder Unterlippe sah ich zu ihm auf. Er hatte zwei Menschen gewaltsam umgebracht, und ihm war es *egal*?

Er zuckte mit den Schultern, als ob er meine Gedanken gelesen hätte, und klopfte sich Staub von der Jeans. „Wenn du wüsstest, wieviel mehr oder weniger unschuldiges Blut an meinen Händen klebt, dann würdest du mich verabscheuen."

„Das tue ich jetzt schon", presste ich hervor und wich zurück.

Luan hielt inne und sah mich an. „Jetzt weißt du es ja auch."

Ich schluckte schwer und stolperte noch einen weiteren Schritt rückwärts.

Er richtete sich vollständig auf und legte den Kopf schräg. „Du brauchst keine Angst vor mir zu haben. *Ich* bin hier nicht der Böse."

Ich lachte auf. „Nicht? Es ist ja auch nicht so, dass du gerade zwei Menschen aus deinem eigenen Volk getötet hast."

Luan schnaubte. „Wie kann man so klug aussehen und gleichzeitig so dumm sein?" Er machte eine abfällige Kinnbewegung in Richtung der Leichen zu unseren Füßen. „Sie tragen Kontaktlinsen. In Wirklichkeit sind ihre Augen rot."

Perplex starrte ich ihn an. Luan erwiderte meinen Blick kühl. „Wir können nicht hierbleiben. Ich bringe die beiden weg und du tanzt in dein kleines Schlösschen. Wenn sich der Trubel bei euch gelegt hat, kommst wieder genau hierher und ich lasse mich auf eine Fragestunde ein, okay?", schlug er vor. Ich starrte ihn immer noch an.

Luan hob beide Brauen. „Erde an Nellanyh?"

Sofort hatte ich mich wieder gefangen. „Nenn mich nicht so." Schnippisch fügte ich hinzu: „Und woher weiß ich, dass ich dir vertrauen kann und du mich nicht kidnappen willst wie diese beiden?"

Ein Lächeln huschte über seine Lippen. „Weißt du nicht. Aber wenn du nicht kommst, wäre das echt ärgerlich, weil ich mir dann den gesamten Abend inklusive Nacht den Hintern abfrieren würde, während du im warmen Bettchen süße Träume träumst."

Aha, jetzt wusste ich auch, dass er mich kidnappen würde, wenn ich nicht kam. Also sagte ich zu, ohne wirklich zu wissen, worauf ich mich da einließ.

Wie beruhigend.

Als ich den Vorplatz des Schlosses erreicht hatte, kamen mir Liam und Liz entgegen. Beide hatten rote Flecken auf den Wangen und große Augen.

„Wo warst du?", rief Liz und stürmte auf mich zu. Überrascht stolperte ich ein paar Schritte rückwärts. „Im Wald, mir geht es gut."

Sie löste sich von mir und musterte mich skeptisch. „Sag das nächste Mal bitte Bescheid, okay?"

Liam stellte sich neben sie. „Wir haben uns echt Sorgen gemacht." Ich seufzte und hob beide Hände. „Ja, ich melde mich das nächste Mal schriftlich ab."

Seine Augen verdüsterten sich. „Die Lage ist ernst, Nell."

Ich fuhr zu ihm herum. „Das weiß ich, Liam. Es sind übrigens immer noch *meine* Eltern, die verschwunden sind. Aber trotzdem brauche ich keinen Babysitter, und schon gar nicht zwei." Einen Moment lang schien er eine bissige Antwort geben zu wollen, dann schnaubte er nur und wandte sich ab.

Liz kaute misstrauisch auf ihrer Unterlippe herum. „Zwischen euch, da ist doch was", fing sie an.

Ich senkte den Blick. „Alles wie immer."

„Nell, ich kenne dich besser als du dich selbst. Was ist passiert, als ihr beide allein in deinem Zimmer wart?" Sie sah mich eindringlich an.

Ich fluchte innerlich und hätte am liebsten einen Baum ausgerissen, so viel überschüssige Energie hatte ich. „Das ist doch egal, Liz. Hör bitte auf, danach zu fragen. Und bitte ... bitte fühl dich nicht immer so verantwortlich für mich. Ich komme auch allein klar."

Liz zuckte leicht zusammen und sah mich ungläubig an. „Nell ..."

„Nein, nicht Nell", ich schloss einen Moment die Augen. Wie sehr ich diese Situationen hasste, in denen man kurz davor war, etwas zu verraten, und man wusste, dass die Welt danach nicht besser aussehen würde.

„Ich habe Liam geküsst. Aber es war nicht mit Absicht. Es ist einfach so passiert. Und du brauchst dir keine Sorgen zu machen, dass zwischen ihm und mir mehr ist, als zwischen dir und mir. Wir sind und bleiben beste Freundinnen und –"

Liz sog scharf die Luft ein. Jetzt war ich es, die zusammenzuckte. Das war eigentlich nur die halbe Wahrheit, denn Liam hatte *mich* geküsst, nicht andersrum. Aber ich wollte ihn schützen und um jeden Preis verhindern, dass Liz auf ihn sauer war.

Ihre Augen füllten sich mit Tränen. „Warum? Warum küsst du meinen Bruder?" Jedes einzelne ihrer Worte ließ mich schaudern.

„Du hast mir versprochen – an dem Tag, an dem wir uns kennengelernt haben –, da hast du mir versprochen, dass du ihn niemals mehr lieben wirst als mich." Ihre Stimme klang heiser und brüchig.

Ich streckte eine Hand nach ihrer aus, doch sie zog den Arm zurück. „Aber das tue ich doch immer noch nicht. Ich liebe deinen Bruder nicht mehr als dich. Ihr seid beide immer wie Geschwister für mich gewesen. Es war ein Ausrutscher. Ich war so von Gefühlen überrumpelt … und Liam war in dem Moment zufällig da", versuchte ich sie zu überzeugen.

Liz schnaubte, was für mich wie ein Messerstich in den Bauch war. Und dann ging sie, ohne ein weiteres Wort, mit langen Schritten über den Vorplatz davon. Ich sah ihr nach und fühlte mich auf einmal so hilflos und allein gelassen wie noch nie zuvor in meinem Leben.

Mom war fort. Dad war fort. Ozea war fort. Peroll war fort. Und jetzt auch noch Liam und Liz.

Mit unsicheren Schritten ging ich zurück in mein Zimmer und ignorierte die Wächter, die mich zu beruhigen versuchten. Irgendwann kam Taylor in mein Zimmer. Ich wusste nicht mehr, wie spät es war, auf jeden Fall war längst die Sonne untergegangen. Sie stellte mir eine Tasse Tee auf den Nachttisch und verschwand wieder.

Die Nacht war kalt und der Mond hinter einem schwarzen Vorhang verborgen. Nichts regte sich im Unterholz. Leiser Wind strich mir die Haare aus dem Gesicht und fuhr unter meinen dünnen Schlafanzug. Ich fröstelte. Doch innerlich – innerlich glühte mein ganzer Körper. Die Hitze versengte zuerst meinen Magen, fuhr durch meine Adern und entflammte alles, was sich ihr in den Weg stellte. Als sie bei meinen Lungen angelangt war, schnürte sie mir die Luft ab und ich hörte mich röcheln. Mein gesamter Körper wurde von einem Beben erfasst. Ich wusste, wo das Feuer hinwollte. Wo es mich am besten vernichten konnte. In meinem Herzen. Mit züngelnden Flammen griff es nach ihm, streckte sich und tobte, als es sein Ziel nicht zu fassen bekam. Einzelne Schweißperlen lösten sich von meiner Stirn und rollten mir übers Gesicht. Hinunter zu den Wangen, verklebten meine müden Wimpern und liefen mir in den Mund. Mein Körper würde verbrennen, doch nicht von außen, sondern qualvoll von innen. Und dann legten sich plötzlich zwei starke Arme um meine Taille und hoben mich hoch. Im nächsten Moment wurde ich an eine breite Brust gedrückt. Ich nahm einen vertrauten, warmen Geruch wahr, konnte ihn jedoch nicht einordnen. Meine Mundwinkel hoben sich leicht, als eine beruhigende Stimme in mein Ohr säuselte, eine Hand über mein Haar fuhr und es mir aus dem verschwitzten Gesicht schob. Ich murmelte etwas, was ich selbst nicht verstehen konnte, und dann begannen die schäbigen Umrisse der Bäume näher zu kommen. Sie rückten vor, wie von unsichtbarer Hand getrieben, und versperrten mir und wem auch immer den Weg nach draußen. Die Luft wurde erneut aus mir herausgepresst und ich keuchte. Die Hand fuhr meinen Rücken hinab und wieder hinauf, doch ich bekam immer noch keine Luft, nach der meine wunden Organe schrien. Äste und Zweige bogen sich zu mir hinab, griffen nach mir, schlugen mir ins Gesicht und kratzten mir die heißen Wangen auf. Und dann wurde alles schwarz und leer und still.

5

Nell

Ich spürte etwas Kaltes, Scharfes, das sich unter meine Haut schob, und erwachte. Grelles Licht stach mir in die Augen und nahm mir die Sicht, bis ich mich etwas daran gewöhnt hatte. Ein Kopf erschien und ich richtete mich blinzelnd auf. Ich erkannte Luan sofort. Doch ihm fielen die dunkelblonden Haare wirr in die Stirn, seine Wangen waren blasser als sonst und seine Augen hinter dichten Wimpern verborgen.

„Wo sind wir?", murmelte ich und erschauderte, als ich hörte, wie rau meine Stimme klang. Plötzlich wurde mir der Gegenstand wieder aus der Haut gezogen und ich zuckte zusammen. Eine Frau erschien. Sie hatte lockiges, rotes Haar und funkelnd rote Augen.

Rote Augen.

Ein seltsames Lächeln erschien auf ihren schmalen Lippen, als sie sich vorstellte. „Ich bin Amber Notker. Das, was du gerade gespürt hast, war ein kleiner Chip, den ich dir oberhalb deiner rechten Schulter eingepflanzt habe. Damit wirst du überall registriert."

Ich zog die Brauen zusammen. „Warum registriert?"

Das Lächeln verschwand aus ihrem Gesicht. „Das wird dir alles erklärt, wenn du erst einmal da bist."

„Wo bin?", hakte ich nach und sah Luan hilfesuchend an, doch er wich meinem Blick aus und drückte die Schultern durch.

Erst jetzt nahm ich meine Umgebung wirklich wahr. Ich lag auf einem wackeligen Stellbett, das an den Beinen befestigt war. Die Wände waren auch keine Wände, sondern ein mittelgroßer Kleinbus, in dem haufenweise medizinische Utensilien rumstanden. Luan saß auf einem Klappstuhl neben meinem Bett und erhob sich, als Amber Notker uns verließ und durch eine winzige Tür in den Fahrerraum glitt. Der Bus wackelte bedächtig und ich musste mich an der dünnen Matratze festkrallen, um nicht gegen Luan zu rutschen.

Mit finsterer Miene starrte er auf mich hinab und ich fühlte mich entblößt. Unwohl zog ich mir die Decke bis unters Kinn und starrte zurück, bis er leise fluchte und sich wieder hinsetzte. „Wo sind wir?", fragte ich abermals und jetzt klang meine Stimme schrill vor Angst. Luan stützte sich mit den Ellenbogen auf seinen Oberschenkeln ab und musterte mich aus schmalen Augen. „Auf dem Weg zum Lager."

Nackte Verzweiflung kroch mir den Rücken hinauf, bis sich meine Nackenhaare aufstellten. „Lager?", wiederholte ich.

„Ein Ort, an dem du dich zum ersten Mal in deinem Leben wahrhaftig sehen kannst", sagte er mit rauer Stimme.

Meine Brust wurde eng. „Was soll das denn heißen?"

„Bitte, Nell", meinte Luan und wirkte auf einmal erschöpft. „Tu einfach, was man dir sagt, und stell keine Fragen. Je weniger du weißt, desto besser stehen die Chancen, dass du überlebst." Seine Worte trafen mich wie ein Schlag in die Magengrube.

Ein Kloß bildete sich in meinem Hals, der die gesamte Fahrt über immer dicker wurde. Als der Wagen endlich langsamer wurde und schließlich anhielt, packte mich das Grauen erneut.

Amber Notker erschien wieder und reichte mir eine Cremedose. „Schmiere dich damit ein, so gut es geht. Die Creme schützt deine Haut vor den feinen Lasern, die dich registrieren, sobald du das erste Abteil betrittst", wies sie an und verschwand wieder.

Unsicher folgte ich ihrer Anweisung und bedeckte meine Haut mit der kalten Masse. Dann wurde ruckartig die Schiebetür des Busses aufgeschoben und ein breitschultriger Mann erschien. Ich ging davon aus, dass er der Fahrer war. Der Mann reichte mir eine Hand und sah mich auffordernd an. Ich warf Luan einen kurzen Blick über die Schulter zu, er nickte stumm. Zögernd nahm ich die Hand des Fremden und stieg aus dem Bus. Luan folgte dicht hinter mir.

Vor mir tat sich eine riesige Anlage auf. Hohe Stahlbalken umschlossen ein quadratisches Gebäude. Die Wände waren schlicht weiß mit einem Stich ins Grau, weshalb es in der kargen Landschaft kaum auffiel. Der Block hatte keine Fenster, nur eine breite

Tür, ebenfalls aus massivem Stahl, ermöglichte einen Zugang. Unruhig trat ich von einem Fuß auf den anderen.

„Willkommen im ersten Abteil!", flötete Amber Notker und machte eine einfache Handbewegung, woraufhin sich der Fahrer zurückzog. Der Kloß in meinem Hals war inzwischen so sehr angeschwollen, dass ich kaum noch Luft bekam.

Die Rothaarige setzte sich in Bewegung und Luan legte mir eine Hand auf die Schulter, um mir zu signalisieren, dass ich ihr folgen sollte. Sobald wir vor dem ersten Stahlbalken zum Stehen kamen, beugte sich Amber Notker über eine Sprechanlage und kommunizierte leise mit einer Männerstimme. Dann tippte sie eine Zahlenabfolge in ein Tastenfeld ein und ein leises Klicken war zu hören. Der Balken schob sich zur Seite und wir betraten eine weitere, offene Fläche. Der weiße Klotz wurde immer größer, je näher wir kamen, und als wir die Stahltür erreicht hatten, vollzog sich der gleiche Ablauf wie vor dem Balken. Die Tore wurden automatisch geöffnet und gaben den Blick auf einen riesigen Innenhof frei. Bevor ich die neue Umgebung überhaupt wahrgenommen hatte, eilten zwei Männer herbei und griffen nach meinen Oberarmen.

Luan stellte sich schützend vor mich. „Das ist nicht nötig", knurrte er bestimmt. Doch keiner der Männer machte irgendwelche Anzeichen, mich loszulassen. Luan richtete sich zu seiner vollen Größe auf und seine Züge verhärteten sich.

„Jungs, Jungs", mischte sich Amber Notker kopfschüttelnd ein. „Hört auf mit dem Unsinn und lasst sie los." Mit einem künstlichen Lächeln in meine Richtung fügte sie hinzu: „Mademoiselle kann sowieso keinen Schaden anrichten."

Ich verkniff mir ein empörtes Schnauben, weil ich viel zu viel Angst vor allem hier hatte. Und das lag nicht nur an dieser Notker, sondern auch an Luan.

Ihn schien das alles hier größtenteils kalt zu lassen, was hieß, dass er wahrscheinlich wusste, wo wir waren, wusste, was sie hier mit mir vorhatten.

Es traf mich wie ein Schuss in die Brust. Seit ich den Wagen meiner Eltern gesehen hatte, war ich misstrauisch gewesen, hatte aber versucht, mir nichts Schlimmes einzureden. Ich wollte nicht glauben, dass Luan uns verraten hatte. Doch das hatte er. Und verdammt noch mal, ich kannte ihn nicht mal achtundvierzig Stunden. Oder doch?

„Welchen Tag haben wir?", fragte ich mit belegter Stimme. Amber Notkers Lächeln wurde breiter – und künstlicher. „Es ist der zweite Morgen nach deinem fünfzehnten Geburtstag." Ich konnte sie einen Moment lang nur anstarren, dann wurde mir so kalt, dass mein Körper zu vibrieren begann. „Woher wissen Sie, wann ich Geburtstag habe?" Meine Stimme klang schrill. Sie seufzte. „Ach Schätzchen, wir wissen so gut wie alles über dich." Sie beugte sich zu mir hinab und ihre roten Augen fixierten mich. „Und das, was wir noch nicht wissen, werden wir in den nächsten Tagen herausfinden."

Mein letzter Funke Hoffnung verschwand nun endgültig und ich sackte innerlich zusammen. Die beiden Männer ließen mich los, blieben aber dicht neben mir und trieben mich voran.

Ein breiter Tunnel tat sich vor uns auf, der sich mehrfach teilte und in unterschiedliche Richtungen führte. Der rote Lockenkopf vor mir schien ein bestimmtes Ziel zu haben, denn er bewegte sich schnell und gekonnt durch die Flure. Schließlich hielt Amber Notker vor einer breiten Flügeltür an und drehte sich zu uns um. „Hier beginnt offiziell Abteil 1", erklärte sie in Plauderstimme. „Aber hinter diese Tür wirst du leider erst morgen einen Blick werfen können."

Wie schade.

Sie hob den Zeigefinger. „Jetzt wird dir erst einmal dein Zimmer gezeigt. Wir haben es extra schön eingerichtet, hoffentlich gefällt es dir." Sie nickte Luan auffordernd zu und öffnete eine der Flügeltüren so weit, dass sie gerade so hindurchpasste. Auf einem breiten Schild an der Wand stand in einfachen Buchstaben **Abteil 1 – Säuberung**.

Säuberung? Was zum Teufel sollte das heißen? Ich spürte einen leichten Schauder auf dem Rücken, als sich Luan an mir vorbeischob und hinter Amber Notker verschwand, ohne mir einen weiteren Blick zuzuwerfen.

Sobald die beiden verschwunden waren, ergriff der rechte Mann erneut meine Schulter und zog mich mit sich. Der andere verschwand in einer der vielen Türen. Unruhig sah ich zu meinem Begleiter auf. „Können Sie mir wenigstens sagen, was ihr von mir wollt?"

Stur blickte er geradeaus und ich gab auf. Die Leute hier – Amber Notker ausgeschlossen – waren wohl nicht sehr gesprächig.

Der Mann führte mich eine ganze Weile durch das Labyrinth aus Fluren und Treppen, Türen und Kreuzungen und schon bald gab ich den Versuch auf, mir den Weg zu merken. Schließlich gingen wir durch eine breite Glastür und erreichten einen Gang, auf dem deutlich mehr Trubel herrschte als in den übrigen. Wortlos öffnete Mr. Stumm eine kleine Tür, die kaum auffiel, und wir betraten ein schlichtes, weißes Zimmer. An einer Wand stand ein langer Schrank, ebenfalls weiß, und daneben befand sich eine Tür, die vermutlich in ein Badezimmer führte. Auf der anderen Seite befanden sich zwei Betten; weißes Laken, weiße Matratze. Ich merkte schnell, dass Amber Notker und ich etwas vollkommen anderes verstanden unter *schön eingerichtet*.

Das linke Bett war leer, doch in dem rechten lag eine Person.

„Deine Mitbewohnerin", knurrte Mr. Stumm und ich hörte zum ersten Mal seine zutiefst beunruhigende, raue Stimme. Er nickte mir zu, verschwand ohne ein weiteres Wort und schloss die Tür hinter sich. Überdeutlich nahm ich das dumpfe Klicken war, als er einen Riegel von außen vorschob. Wir waren eingesperrt.

Meine schwitzigen Hände öffneten und schlossen sich unkontrolliert, als ich mich dem Bett näherte. Die Person war ein Mädchen, wie ich schnell bemerkte. Sie hatte langes, braunes Haar, das ihr über die Schultern fiel. Ihre geschwungenen Wimpern verbargen die Farbe ihrer Augen. Sie war schmal und etwas kleiner als ich. Behutsam setzte ich mich auf die Bettkante und zuckte zusammen, als sie ruckartig den Kopf hob.

Funkelnde, braun-grüne Augen kamen zum Vorschein.

Eine Mutante!

Als sie mich sah, erröteten ihre Wangen und sie schob sich eine Strähne hinters Ohr. „Hi." Ihre Stimme war leise und schüchtern.

„Hi", erwiderte ich und versuchte ein vorsichtiges Lächeln.

„Ich bin Louana Cole. Aber alle nennen mich einfach Lou, das hört sich deutlich besser an", stellte sie sich vor und erwiderte mein Lächeln.

„Ich bin Nellanyh Ivy. Aber ich hasse meinen Vornamen und alle nennen mich einfach Nell, das hört sich auch deutlich besser an", erklärte ich.

Lou riss überrascht die Augen auf. „Du bist die Tochter des Anführers der Green Eyes?"

Jetzt war ich es, die rot wurde. „Ja, sozusagen."

Sie rutschte vom Bett und fiel vor mir auf die Knie. Ihre langen Haare verbargen das blasse Gesicht, als sie den Kopf senkte und die Hände faltete.

„Nein, nein, bitte mach das nicht. Ich hasse das", sagte ich flehend und berührte ihre Schulter.

Lou zuckte leicht zusammen, dann erhob sie sich wieder und setzte sich neben mich. „Tut mir leid."

Ich schüttelte den Kopf. „Alles gut." Gedankenverloren sah ich mich um.

„Hast du eine Ahnung, wo wir sind?", fragte ich nach einer Weile des Schweigens. Lous Züge wurden düster. „Wir sind im Lager für Mutanten. In Abteil 1, um genau zu sein."

Ich sah sie irritiert an. „Aber ich bin kein Mutant."

Sie hob den Kopf und ihr Mund verzog sich. „Natürlich bist du das. Wie alle, die sie hier gefangen halten."

Einen Moment lang starrte ich sie an, dann sprang ich auf, raste zur Tür und stolperte in ein kleines Badezimmer. Ich eilte zum Spiegel und krallte mich am Waschbeckenrand fest, als ich mein Gesicht darin sah. Meine hellblonden, schulterlangen Haare waren zerzaust und fettig. Meine Wangen waren noch immer leicht gerötet und hoben sich merkwürdig von meiner Haut ab – sie war noch blasser als die von Lou. Doch meine Augen, oh Gott, meine Augen waren nicht blassgrün, wie ich sie kannte. Sie waren aus einem intensiven Grün, wie ich es noch nie zuvor gesehen hatte, und ein hellblauer Ring ließ meine schwarze Pupille deutlich zur Geltung kommen. Mein Herz setzte für einen

Schlag aus und überschlug sich dann mehrfach. Abermals spürte ich einen Schauder, als Lou neben mich trat.

„So war es bei mir auch", sagte sie mit leiser Stimme. Heiße Tränen brannten in meinen Augenwinkeln und mein Kopf war vollkommen leergefegt.

Wie konnte das sein? Warum hatte ich plötzlich eine andere Augenfarbe – falsch, *zwei* Augenfarben? Ich war ein Mutant! Ein Kind, das nie hätte geboren werden dürfen.

„Aber wie …?", schluchzte ich. „Warum jetzt? Wie so plötzlich?" Lou trat vorsichtig näher zu mir heran. „Ich habe es vor zwei Tagen erfahren. Ich bin bei meiner Tante bei den Brown Eyes aufgewachsen. Mein gesamtes Leben bin ich davon ausgegangen, dass meine Eltern bei einem Autounfall ums Leben kamen, weil es mir so immer erzählt wurde. Doch dann waren sie auf einmal da. Amber Notker und vier weitere Typen standen vor unserer Tür und haben mich einfach mitgenommen. Meine Tante war vollkommen machtlos gegen sie –" Ihre Stimme brach. „Sie haben sie umgebracht, als sie mich beschützen wollte." Als ihr die ersten Tränen über die glühenden Wangen rollten, zog ich sie behutsam an mich und weinte mit ihr. „Ich weiß selbst kaum etwas", schniefte sie in meine Schulter. „Aber das, was ich weiß, ist so grausam."

Ich schob sie ein Stückchen von mir weg. „Ich muss es wissen – bitte", sagte ich eindringlich.

Lou schluckte schwer. „Es gibt da diese Giftmischung. Sie nennt sich Mute Curse."

„Stummer Fluch", hauchte ich und wurde steif.

Sie nickte. „Mute Curse kann man ins Essen oder Trinken mischen. Sogar ins Wasser, denn es hat keine wirkliche Farbe. Und es bewirkt … nun ja, dass die Augenfarbe, je nach Mischung, eine gewollte, einfarbige Tönung behält und gleichzeitig schwächt es die Kraft der jeweiligen Augenfarbe."

Die Luft blieb mir weg, bis sich ein Schalter in meinem Kopf umlegte.

„Meine Eltern oder Ozea haben es mir untergemischt?", stockte ich.

Lou senkte schweigend den Kopf. „Nur die Wenigsten können sich dieses Gift leisten, es ist extrem teuer und es gibt auch nur wenige, die es herstellen." Sie schob sich eine Strähne hinters Ohr. „Ich habe keine Ahnung, woher es meine Tante hatte, aber ..., aber bei dir ... Ich kann mir vorstellen, dass diese Ozea es selbst gemischt hat. Immerhin ist sie doch die Seherin der Green Eyes."

Ich stolperte zurück und stieß mit dem Hinterkopf gegen die Wand. Heiße Tränen brannten in meiner Kehle. „ Aber das heißt, dass meine Mutter oder mein Vater gar nicht wirklich ein Green Eye, sondern ein Blue Eye ist ..."

Mom? Nein! Das konnte nicht sein. Mom war durch und durch Green Eye, das merkte man an ihrer Art. Wie sie sich bewegte, wie gut sie mit Pfeil und Bogen umgehen konnte – sie war eindeutig eine Green Eye.

Dad? Ich hatte nie eine wirkliche Beziehung zu ihm gehabt, hatte sie nie gespürt. Aber auch er war kein Blue Eye, ausgeschlossen. „Aber ... dann muss mein richtiger Vater bei den Blue Eyes leben", stotterte ich und mein Hirn fühlte sich an wie eine einzige, klebrige Masse.

„Und Lenn Ivy ist gar nicht dein leiblicher Vater?", fragte Lou verwirrt.

Ich konnte nicht auf ihre Frage antworten. Meine Umgebung begann sich zu drehen und hörte nicht mehr auf, auch als Lou mich zurück in das größere Zimmer führte und mir auf das schmale Bett half. Eine Weile lag ich dort, bewegungslos, und starrte an die weiße Decke. Irgendwann zog sich Lou leise zurück und ich verfiel einem düsteren Traum.

6

Nell

Ich erwachte ruckartig, als mich jemand an den Schultern packte und schüttelte. Vor Schreck fuhr ich hoch und schlug um mich, bis ich losgelassen wurde und mir die zerzausten Haare aus dem Gesicht schob. Vor mir stand der Typ, der mich hierher gebracht hatte. War es gestern gewesen, oder vorgestern? Ich hatte nicht die geringste Ahnung, wie lange ich geschlafen hatte. Mit rasendem Puls zog ich mir die Decke über die nackten Beine und sah ihn misstrauisch an.

„Jetzt gesellt sich zu stumm auch noch brutal – keine gute Mischung."

„Halt den Mund und zieh dich um!", unterbrach er mich scharf. Ohne ein weiteres Widerwort nahm ich die Sachen entgegen, die er mir hinhielt. Weiße Hose, weißes T-Shirt, weiße Schuhe, welch kreative Farbwahl. Hastig eilte ich an ihm vorbei und warf einen flüchtigen Blick auf Lous Bett. Decke und Kissen lagen ordentlich aufgeschüttelt da und von ihr fehlte jede Spur. Mit einem unguten Gefühl im Bauch zog ich mir die verschwitzten Sachen aus und die neuen über. Das grelle Weiß blendete mich förmlich, als ich meine Haare kämmte und mir eine Strähne hinters Ohr schob. Als ich das Badezimmer wieder verließ, stand er an der Tür und musterte mich von oben bis unten. Dann brummte er in seiner unnatürlich rauen Stimme: „Nenn mich Dexter."

Ich hob eine Augenbraue, verkniff mir aber einen dummen Kommentar und nickte. Dexter öffnete die Tür und platzierte seine schwere Hand auf meiner Schulter, als er mich den Gang hinabführte.

„Jetzt kannst du erst einmal etwas essen und danach darfst du einen Blick hinter die Flügeltür werfen." Er beugte sich zu mir hinab und ich spürte seinen Atem neben meinem Ohr. „Luan wird auch da sein."

Ich konnte die Schmetterlinge in meinem Bauch nicht unterdrücken und ärgerte mich umso mehr darüber. Eigentlich sollte ich diesen Typen hassen. Immerhin hatte er mich verraten – meine Familie verraten. *Aber es war genau diese Familie, die dich dein ganzes bisheriges Leben lang angelogen hat. Sie wussten, was du warst, und haben es dir verheimlicht.* Mit versteinerter Miene lief ich den Gang entlang und versuchte, nicht auf die stechenden Blicke der Erwachsenen zu achten, die sich in meinen Rücken brannten. Schließlich hielt Dexter vor einer Flügeltür, die aussah wie jede andere in diesem verdammten Gebäude, und öffnete sie, um mich hindurchzuschieben. Ich zog meine Schulter vor und schaffte es, seinen Griff loszuwerden, aber nur, weil er es zuließ. Wir betraten einen großen Raum, der mit etlichen Stühlen und Tischen ausgestattet war. Die meisten waren leer, nur an drei von ihnen saßen jeweils zwei Leute, alle erwachsen, und unterhielten sich leise. Dexter wies mir einen Platz an der Wand zu und fragte mich, was ich essen wollte. Nachdem er einige Dinge aufgezählt hatte, entschied ich mich für einen Apfel und ein Glas Wasser. Beides holte er mir von einer Art Theke und schaute mir dann stumm beim Essen zu, was alles andere als schön war. Ich trank gerade den letzten Schluck aus, als ein Junge, grob mein Alter, den Raum betrat. Wie ich wurde er von einem erwachsenen Mann begleitet, der noch grimmiger wirkte als Dexter. Die Haare des Jungen waren weiß, er wirkte müde und war schmächtig. Doch mein Blick wanderte sofort weiter zu seinen Augen. Sie waren hellgrau mit violetten Punkten um die Pupille. Die beiden kamen direkt auf uns zu und setzten sich an unseren Tisch.

Der Junge sah mich verlegen an und wich dann meinem Blick aus. „Das ist David", stellte Dexter vor. „Er wurde am selben Tag eingeliefert wie du und ihr werdet wahrscheinlich zusammen durch die Säuberung sowie die Vorbereitungen gehen."

Ich versuchte ein Lächeln. „Hi, ich bin Nell."

David hob den Kopf und die violetten Punkte in seinen Augen begannen zu leuchten. Er hob kurz die Hand, bevor er sie wieder unter dem Tisch verschwinden ließ.

„Carter", Dexter wandte sich an Davids Begleiter. „Ist Amber soweit?" Carter nickte, immer noch die grimmige Miene im Gesicht. „Gut." Dexter erhob sich und platzierte wieder seine Hand auf meiner Schulter. Diesmal versuchte ich nicht, sie abzuschütteln. „Wir kommen nach, wenn der Junge etwas Anständiges gegessen hat", rief uns Carter hinterher, als wir den Raum verließen. Als wir unter uns waren, drehte ich den Kopf und sah Dexter von der Seite an. Um seinen Mund hatte sich ein angespannter Zug niedergelassen und er blickte stur geradeaus. „Was haben Sie damit gemeint, dass David und ich zusammen zur Säuberung und Vorbereitung gehen?"

Er hob eine Braue. „Wir sind plötzlich beim Sie?"

Ich verdrehte die Augen. „Dann eben *du*." Auch wenn es sich merkwürdig anfühlte, ihn so anzusprechen.

„Das, was ich gesagt habe, meinte ich auch so", war seine Antwort. Nachdem wir etliche Türen und Gänge passiert hatten, blieb Dexter vor der Flügeltür stehen, die ich bereits kannte. Da er es erwähnt hatte, wusste ich auch, dass nun der nächste Tag war, doch das beruhigte mich keinesfalls.

Abteil 1 begrüßte mich mit einem trägen Plopp, als die Tür aufging und wir hindurchtraten. Vor mir tat sich ein Raum auf, der etwas größer war als der, in dem ich gefrühstückt hatte. An den Wänden standen kleine, silberne Tische, auf denen Spritzen lagen oder andere medizinische Utensilien verteilt waren, die ich noch nie zuvor gesehen hatte. Hinter einem Tisch in der Mitte des Raums saß Amber Notker und musterte mich aus ihren wachsamen roten Augen.

Und neben ihr stand Luan.

Seine dunkelblonden Haare wurden durch Gel zurückgehalten. Die breiten Schultern waren angespannt und seine Züge kühl, wie ich es von ihm nicht kannte. Und seine Augen … Die grellgelben Streifen begannen zu glühen, als er mich sah, und hoben sich dadurch außergewöhnlich vom dunklen Blau ab, das sie umgab. Doch ihnen fehlte jeder Funke von Menschlichkeit oder Spott, wie ich es sonst gewohnt war. Ich suchte seinen starren Blick, doch als er es merkte, wandte er sich ab.

„Wie ich sehe, hast du die Laserstrahlen gut überstanden", brach Amber Notker das unangenehme Schweigen. Ich drehte ihr den Kopf zu und sah sie an. „Die Creme von gestern, weißt du nicht mehr?", fragte sie und kam um den Tisch herum auf mich zu. Automatisch wich ich einen Schritt zurück und stieß gegen Dexters Brust. „Ja, ich erinnere mich."

Sie lächelte breit. „Schön." Ein paar Augenblicke stand sie einfach da und musterte mich, dann klatschte sie in die Hände und ging zurück zum Tisch. „Wie du inzwischen bestimmt mitbekommen hast, befinden wir uns in Abteil 1, der Säuberung." Sie stützte sich an der Kante des Tisches ab und ihre roten Augen bekamen einen beunruhigenden Schimmer. „Die Säuberung bedeutet nichts weiter, als dass ich dich untersuchen werde und deinen Namen in eine Liste eintrage, in der alle Mutanten von A bis Z zu finden sind."

Aha.

Amber Notker stieß sich mit den Handflächen ab und ging mit langen Schritten durch den Raum zu einem der Tische. Sie griff nach einem Blutdruckmessgerät und kam damit zu mir. Ein dünner Schweißfilm bildete sich auf meiner Stirn, als sie es mir mit kalten Händen umlegte. Angestrengt starrte sie auf meinen Oberarm, dann hellten sich ihre Züge auf. „Sehr schönes Ergebnis."

Zufrieden ging sie wieder und kam mit einer Spritze zurück.

Mir schwand langsam endgültig die Kontrolle.

Die Rothaarige reinigte meine Armbeuge, doch bevor sie mir etwas unter die Haut schob, dem ich absolut nicht vertraute, zog ich meinen Arm zurück.

„Ich will das nicht", sagte ich mit zittriger Stimme.

Amber Notker hob eine Braue. „Was du willst, zählt hier nicht." Sie sah mich mit gespieltem Mitleid an. Mein Blick schweifte zu Luan, der immer noch stur an mir vorbeistarrte, und ich wurde wütend. „Ich habe keine Ahnung, wo ich bin. Ich weiß nicht, was ihr von mir wollt. Außerdem sind meine Eltern verschwunden und ich habe erfahren, dass mein Vater gar nicht mein Vater ist und habe mich bisher über nichts beschwert. Aber so langsam finde ich, sollten mir mal einige Fragen beantwortet werden."

Meine Stimme überschlug sich fast und jetzt endlich sah Luan mich an. Ich hatte selbst keine Ahnung, warum ich plötzlich so mutig war und meine Gedanken laut ausgesprochen hatte, doch sobald ich die Angst in seinen Augen entdeckte, bereute ich es.

Ein Stich in meinem Arm ließ mich zusammenzucken.

Amber Notker, sie hatte mir die Spritze mit so viel Wucht in die Haut gerammt, dass dunkelrotes Blut hervorquoll und meinen zitternden Arm hinablief. „Nur, damit du es noch einmal aus meinem Mund hörst", sagte sie kühl, „wir legen nicht besonders viel Wert darauf, was unsere Tester *wollen*". Schwungvoll drehte sie sich zu Luan um. „Oder, was meinst du?"

Sein Blick flackerte, als er sie ansah, seine Augen dann jedoch an meinem Arm hängenblieben, der inzwischen vollkommen rot war. Die Wunde brannte wie Hölle. Ich presste zwei Finger darauf, doch es half nichts.

„Wir legen gar keinen Wert darauf", presste Luan hervor und wandte sich ab.

Amber Notker lächelte süßlich. „Fein."

Wütend sah ich sie an, doch sie hatte bereits das Interesse an mir verloren.

„Dexter, bring sie zurück auf ihr Zimmer. Carter wird gleich mit David hier auftauchen und vorher muss erst das ganze Blut entfernt werden", wies sie an und erst jetzt merkte ich, dass mein Blut bereits eine kleine Lache zwischen meinen Füßen gebildet hatte.

„Ach, und Nellanyh", Amber Notker drehte sich schwungvoll zu mir um.

„Morgen früh erfährst du die Ergebnisse deiner Blutwerte und je nachdem, wie sie ausfallen, wirst du dann morgen schon oder erst übermorgen in Abteil 2 gebracht."

Ich spürte Dexters schwere Hand auf meiner Schulter, als er mich zu sich umdrehte und aus dem Raum führte, ohne dass ich einen letzten Blick zu Luan werfen konnte. Mein Begleiter führte mich mit schnellen Schritten den Flur entlang, ich kam kaum hinterher. Seine breite Brust verbarg mich fast vollständig, trotzdem entging mir nicht, wie mich die Erwachsenen musterten, an denen wir vorbeikamen.

Als wir das Zimmer erreicht hatten und eingetreten waren, sprang Lou sofort vom Bett auf. Mit vor Schrecken geweiteten Augen kam sie zu mir und starrte auf meinen blutverschmierten Arm. „Was haben sie mit dir gemacht?" Ihre Stimme zitterte. Dann hob sie den Kopf und schaute an mir vorbei zu Dexter. Ihr Blick wurde kalt. „Ihr seid solche –"

Die Tür wurde aufgerissen und ein Beamter in Uniform erschien. „Lauffeuer in Abteil 5! Der Verantwortliche hat die Kontrolle verloren!", rief er dröhnend. Dexter reagierte sofort. Innerhalb von wenigen Sekunden hatte er Lou angewiesen, mich zu versorgen, und war ohne ein weiteres Wort aus dem Zimmer gerauscht, vergessen, abzuschließen hatte er jedoch nicht.

Überrumpelt sahen wir uns an, dann fing sie sich als Erste. Hastig verschwand sie im Badezimmer und kam kurz darauf mit Klopapier wieder. „Was anderes gibt's nicht", murmelte sie, während sich das Papier mit meinem Blut vollsog.

Eine Weile standen wir schweigend so da, bis die Blutung endlich aufhörte und Lou die roten Fasern von meiner Wunde zog. Zu sehen war noch immer eine kleine Einstichstelle und es brannte unaufhörlich, doch wenigstens musste ich nicht mehr meine Finger darauf pressen und das Risiko, zu verbluten, ging damit wahrscheinlich auch unter.

Sie führte mich zum Bett und ich ließ mich erschöpft darauf nieder. „Warum warst du heute früh schon weg, als ich abgeholt wurde?", fragte ich schließlich. Lou versteifte. „Sie wollten mit mir über die Blutproben sprechen, die sie gestern genommen haben." Ich beugte mich vor. „Und?"

Sie drehte den Kopf und sah mich direkt an. Ihre grün-braunen Augen waren dunkel. „Es sieht nicht gut aus. Anscheinend hat die Lasercreme nicht gewirkt und ich habe zu viele Strahlen abbekommen. Ich muss heute Abend nochmal in den Behandlungsraum, damit Amber Notker mir irgend so ein Mittel spritzt, das mich von den Strahlungen befreien soll." Sie zuckte mit den Schultern.

Ich rutschte näher an sie heran. „Das wird schon", versuchte ich sie etwas zu ermutigen, scheiterte aber kläglich.

Ein Klopfen an der Tür ließ mich zusammenzucken. Lou warf mir einen verwirrten Blick zu und ich erhob mich zögernd. Normalerweise kamen doch alle immer ohne Vorwarnung hereingepoltert … Mit einem kurzen Blick über die Schulter drückte ich die Klinke nach unten und wurde stocksteif.

Luan musterte mich aus besorgten Augen und fuhr sich mit einer Hand durchs Haar. „Wie geht's dir?", fragte er mit rauer Stimme und neigte den Kopf.

Meine Unterlippe begann zu zittern. „Was kümmerst du dich darum?"

Er hielt inne, dann ließ er die Hand sinken und schaute an mir vorbei in den Raum. Ich versuchte, ihm den Weg zu versperren, doch er schob mich einfach zur Seite und trat ein. Wütend stieß ich die Tür hinter ihm zu und stockte. „Dexter hat sie vorhin doch abgeschlossen?"

Luan grinste hinterhältig. „Ich kann Schlösser mit einem einfachen Gedanken knacken, ohne dass jemand etwas davon mitbekommt."

Okay, dieser Kerl war definitiv gruselig. Ich schnaubte und folgte ihm zum Bett, von dem Lou mir entgegenstarrte.

„Ich bin übrigens Luan Moor und du wirst mich ab jetzt öfter sehen, wenn du viel Zeit mit Nell verbringst", erklärte er entschieden. Ich musterte ihn verwirrt.

Lou erhob sich eilig und trat an uns vorbei. „Ich bin im Gemeinschaftsraum." Mit diesen Worten verließ sie das Zimmer und warf mir noch einen letzten, kurzen Blick zu, den ich nicht deuten konnte. Dann war ich mit diesem undurchschaubaren Typen allein.

Mit steifen Schritten ging ich an ihm vorbei und lehnte mich gegen die Wand, da Luan fast das gesamte Bett einnahm. Ich senkte die Lider und dann konnte ich mich nicht mehr zurückhalten.

„Wenn du weißt, wo meine Eltern sind, dann sag es mir", forderte ich ihn auf und bemühte mich um einen drohenden Unterton.

Er wurde ernst. „Warum sollte ich dir das verraten?"

Ich hob den Kopf und ballte die Hände zu Fäusten. „Wo – sind – sie?"

Er hob unbeeindruckt eine Braue und seufzte tief. „Ich weiß es nicht genau, aber ich weiß, dass sie in Abteil 1 untergebracht sind. Beziehungsweise …", er sprach nicht weiter und ich erhob mich. „Was?"

„Ich glaube nicht, dass alle vier noch leben. Die Red Eyes wollten nur zwei von ihnen." Ich starrte ihn an, während sich eine kalte Hand auf meine Brust legte und mir jeden Atemzug erschwerte. Er suchte meinen Blick und seine gelben Streifen zogen mich in einem undurchdringbaren Bann.

„Ich will nichts Falsches sagen, aber ich denke, dass deine Mutter und eure Seherin noch leben, aber der Anführer der Green Eyes und dieser Peroll –" Er schüttelte den Kopf.

Meine Knie gaben nach, ich sackte zusammen. Bevor ich jedoch mit dem Rücken am Boden aufschlug, hatte Luan plötzlich seine Arme um meine Taille gelegt und hob mich hoch, als wäre ich nicht schwerer als eine Feder. Heiße Tränen brannten in meiner Kehle, doch ich wollte nicht vor ihm weinen. Nicht vor *ihm*.

„Es ist okay", hörte ich seine tiefe Stimme neben meinem Ohr. „Es ist okay, Nell. Du kannst es rauslassen."

Verwirrt blinzelte ich zu ihm auf. Als sich unsere Blicke trafen, begannen die gelben Streifen in seinen wunderschönen Augen zu leuchten. Und als er dann auch noch beide Hände an meine Wangen legte, war es endgültig um mich geschehen. Leise wimmernd neigte ich den Kopf an seine Brust und die Tränen rollten mir über die Wangen, durchnässten den Stoff seines T-Shirts an der Schulter, doch das schien ihm egal zu sein.

„Warum?", schluchzte ich verzweifelt. „Warum mussten sie sterben?"

Er fuhr mit der Hand sachte über meinen Rücken und ließ sie dann auf meiner Taille ruhen, um mich näher an sich heranzuziehen. Doch er gab mir keine Antwort. Eine Weile standen wir einfach schweigend zusammen, ich weinte in seine Schulter und er legte das Kinn auf meinen Kopf und gab tiefe Laute von sich, die wunderschön klangen.

„Vor ein paar Tagen im Wald, weißt du noch?", murmelte er schließlich, als meine Tränen versiegt waren. „Als du mich zum ersten Mal als Mutant gesehen hast. Ich habe die Kontrolle über mich verloren. Du hast es tatsächlich geschafft, dass *ich* einmal die Kontrolle verliere."

Ich lächelte matt und löste mich von ihm. „Danke. Für gerade eben", meine Stimme war kaum mehr als ein Hauch.

Sein Blick füllte sich mit Wärme, die gleich darauf auf mich überging.

„Nein, du sollst dich nicht bedanken", sagte er dann entschieden und ließ sich aufs Bett fallen. „Immerhin habe ich tatenlos zugesehen, wie dir Amber Notker eine Spritze in den Arm gerammt hat." Seine dunklen Wimpern senkten sich.

Nervös glitt ich neben ihm aufs Bett und konnte nicht verhindern, dass ich rot wurde. „Es gibt so vieles, was ich nicht verstehe."

Luan drehte den Kopf und sah mich an. „Deshalb bin ich ja zu dir gekommen. Bevor du überwiesen wirst, will ich dir einige Fragen beantworten."

Mein Magen zog sich zusammen, aber ich versuchte, einen klaren Kopf zu behalten. „Peroll und Dad –Lenn –, sie sind wirklich fort? Für immer?"

„Ich nehme es stark an."

In mir zerbrach etwas. Dunkelheit legte sich über mein Herz. Erneut griff die Kälte mit aller Kraft nach meiner Seele und zerrte unbarmherzig daran. Lenn war nie mein leiblicher Vater gewesen, das hatte ich erst vor weniger als 48 Stunden erfahren, doch er hatte mich immer wie seine eigene Tochter behandelt. Ich war sein Licht gewesen, seine Hoffnung. Und er meine. Jetzt wollte mir Luan erklären, dass er tot war? Einfach so? Ohne dass ich mich von ihm oder Peroll hätte verabschieden können? Mein Magen verkrampfte sich, ich schnappte nach Luft. Ich musste mich ablenken, musste auf andere Gedanken kommen, denn wenn ich jetzt keinen klaren Kopf behielt, wusste ich nicht, wie ich den nächsten Tag überleben sollte. Der Schmerz saß tief und das hässliche Loch in meinem Herzen würde sich nie wieder füllen, aber ich konnte nicht trauern. Nicht um Lenn und nicht um Peroll. Nicht jetzt und nicht hier. Ich hasste mich für diese Entscheidung, ich hasste es, dass ich meinen Schmerz unterdrückte und versuchte, nicht mehr daran zu denken, doch es musste sein. Der Tag würde kommen, an dem ich sie beide rächen würde, und dafür musste ich stark sein – sie hätten es so gewollt. „Warum bin ich hier? Und was wollen sie von mir?", wollte ich wissen.

Luan massierte sich die Schläfe. „Die Red Eyes machen gemeinsame Sache mit den Black und Blue Eyes. Zusammen haben sie dieses Lager gegründet, irgendwo im Nirgendwo. Sie suchen nach Mutanten aus allen Völkern und holen sie her, um an ihnen Tests durchzuführen."

„Was für Tests?", unterbrach ich ihn. Er ließ die Hand sinken und ein Muskel in seinem Kiefer zuckte. „Sie testen die Stärke, die Kräfte und die verschiedenen Fähigkeiten der Mutanten. Ich weiß selbst nicht wirklich, was ihr Ziel ist, aber ich glaube, sie wollen uns als Waffen benutzen."

Mir wurde kalt.

„Mit uns, den Mutanten, können die Red Eyes so gut wie jeden Krieg gewinnen. Die Besten von uns sind zu Dingen in der Lage, von denen normale Bürger nur träumen können", fuhr er fort.

„Und warum bist du zu uns aufs Schloss gekommen und hast dich als ein Austauschschüler der Blue Eyes ausgegeben?"

Luan spannte die Schultern an. „Ich bin der Erste, der von den Red Eyes in den Außendienst geschickt wurde. Normalerweise kommen sie, sobald ein neuer Mutant entdeckt wird, immer mit großer Mannschaft an, weil natürlich keiner freiwillig mit ihnen geht. Bei dir ist es insofern schief gelaufen, dass ich eigentlich dein Vertrauen gewinnen sollte, um dich dann ohne großes Aufsehen ins Lager zu bringen. Aber dein Vertrauen hatte ich noch nie, das weiß ich nur zu gut und dann war da dein Fieber …" Er brach ab.

Verwirrt sah ich ihn an. „Wann hatte ich denn Fieber?"

Er schüttelte den Kopf. „An dem Tag, als du mich mit den zwei Männern auf der Lichtung gesehen hast, haben wir ausgemacht, dass du in der Nacht zurückkommst, damit ich dir einige Fragen beantworte. Ich war da … und du auch, aber … du hattest hohes Fieber. Ich wusste nicht weiter und dann habe ich dich bis zur Straße getragen, an der Amber Notker bereits wartete. Ich hatte keine Wahl." Seine Stimme wurde flehend. „Ich konnte dich nicht einfach zurück zum Schloss tragen und dich vor die Tür legen. Und ich hatte auch keine Ahnung, dass Amber Notker auf uns warten würde. Sie haben dich mir einfach abgenommen und ich konnte nichts tun."

Als sich die Fäden in meinem Kopf zusammengesponnen hatte, stieg Wut in mir auf. „Du hast mich also wirklich hintergangen – uns alle."

Luan zuckte zusammen. „Ich hatte keine –."

„Man hat immer eine Wahl", schnitt ich ihm das Wort ab.„Du wolltest dich bei mir einschleimen und mich dann ausliefern."

Ich fühlte mich entblößt und schnaubte. „Ist ja nicht ganz nach Plan gelaufen. Und was ist mit dem Auto? Als wir es gefunden haben, bist du abgehauen. Da hattest du deine Finger auch im Spiel, oder? Du wusstest, dass es die Red Eyes waren. Du wusstest es von Anfang an!"

„Nell …".

„Hör auf." Ich beugte mich vor und sah ihn mit so viel Abscheu an, wie es nur ging. „Und du weißt sicher auch, warum meine Eltern überhaupt so plötzlich weg mussten, ohne mir Bescheid zu sagen, oder?"

Seine Schultern wurden steif. „Vom Lager aus wurde bei ihnen angerufen und gesagt, dass die Gray Eyes an der Grenze großen Ärger machen. Daraufhin sind sie losgefahren, völlig überstürzt … Aber davon wusste ich wirklich nichts. Das wurde mir erst erzählt, als ich im Lager angekommen bin."

„Ich glaube dir kein Wort", stieß ich hervor. „Dann war keiner mehr im Schloss, und du konntest in Ruhe … deine Arbeit zu Ende bringen."

Meine Stimme überschlug sich mehrfach, so wütend und verletzt war ich.

Ich sprang auf, rannte zur Tür, öffnete sie und sah ihn auffordernd an.

„Verschwinde", zischte ich. Luan sah mich flehend an, so verzweifelt hatte ich ihn noch nie zuvor gesehen. „Nell, ich hatte wirklich keine Ahnung, dass sie es *so* weit treiben würden und deine Eltern verletzen."

„Verschwinde", wiederholte ich lauter. Er stand auf und kam auf mich zu.

„Bitte, Nell … ich –."

„Ich hasse dich, Luan Moor! Und weißt du was? Am Anfang, da habe ich dir sogar vertraut. Aber du hast Recht, jetzt ist es vorbei, jetzt ist alles vorbei."

Mit Schwung packte ich seinen Oberarm und zog ihn nach draußen. Er sah mich überrascht an. Bevor ich noch einmal dieselbe Luft wie er einatmen musste, schlug ich die Tür zu und presste mich von innen dagegen. Ich wartete, bis er versuchte, sie aufzuschieben, aber es blieb still.

Keuchend trat ich einen Schritt zurück und starrte auf die Klinke. Fast wünschte ich mir, dass er zurückkam, unterdrückte den Gedanken aber so schnell wie möglich. Meine Wut auf Luan Moor, diesen Verräter, war so groß, dass ich mich fast übergeben musste. Ein letztes Mal spürte ich den leichten Schauder auf meinem Rücken, dann entfernte sich Luan mit steifen Schritten und vor meiner Tür war keine Seele mehr.

7

Nell

Lou kam erst spät aus dem Gemeinschaftsraum zurück und ich hatte mich bereits bettfertig gemacht. Dexter war noch einmal dagewesen und hatte mir Schlafsachen und frische Unterwäsche gebracht. Letzteres war mir ziemlich unangenehm. Ich hatte ihn nach dem Brand in Abteil 5 gefragt, doch er hatte sich verschlossen zurückgezogen.

Leise schlich Lou an mir vorbei, weil sie dachte, ich würde schon schlafen. Doch sie täuschte sich. Ich lag zwar mit geschlossenen Augen da, aber mein Gehirn arbeitete auf Hochtouren. Ich ging den Nachmittag mit Luan noch einmal durch und schweifte bei der Tatsache ab, dass ich weder Mittag noch Abendbrot gegessen hatte. Mit dem Gedanken versank ich schließlich in einen leichten Schlaf.

Das Geräusch einer Dusche weckte mich.

Verschlafen richtete ich mich auf und sah mich im Zimmer um. Wie erstarrt hielt ich inne, als ich den stämmigen Mann erblickte, der vor der Badezimmertür stand. Er war etwas kleiner als Dexter, hatte aber genau wie er und Carter funkelnd rote Augen, die sich in meine Brust bohrten.

„Ich bin Logan", stellte er sich höflicherweise vor. „Der Begleiter von Louana."

„Ah", machte ich und stand auf, nachdem ich mir ein Handtuch geschnappt hatte und es um meinen Körper presste. Logan folgte mir mit den Augen bis zur Badezimmertür, dann streckte er einen Arm aus.

„Sie ist gerade duschen", sagte er mit hochgezogenen Brauen. Ich konnte den Typen jetzt schon nicht leiden. Aber wenigstens sorgte er sich mehr oder weniger um Lou. Mit einem steifen Lächeln entfernte ich mich rückwärts Richtung Zimmertür.

Diese wurde plötzlich geöffnet und ich stieß mit dem größtenteils nackten Rücken gegen Dexters Brust. Erschrocken fuhr ich herum und sah zu ihm auf.

Er grinste. Oh mein Gott, Dexter hatte, seit ich ihn das erste Mal gesehen hatte, nie auch nur den Ansatz eines Lächelns zustande gebracht.

„Überrascht?", zwinkerte er mir zu, als hätte er meine Gedanken gelesen.

Mit ernsterer Miene wandte er sich an seinen Kollegen. „Wann ist Lou fertig? Nell muss sich heute schnell fertigmachen, Amber hat die Ergebnisse der Blutproben bereits und will vorankommen."

Logan nickte und klopfte an die verschlossene Badezimmertür. „Beeilst du dich bitte?", rief er mit tiefer Stimme, die aber bei weitem nicht an die von Dexter rankam.

Die Dusche wurde abgestellt und kurz darauf kam Lou heraus. Ich kannte keinen Menschen, der sich so schnell abtrocknen und umziehen konnte. Doch Lou sah wunderschön aus. Ihre langen, braunen Haare, die bei meiner Ankunft noch etwas fettig gewesen waren, fielen ihr locker über die Schultern. Ihre Wangen waren leicht gerötet und ihre Augen funkelten. „Morgen!", grüßte sie und lächelte mich an. Es war seltsam, sie so fröhlich zu sehen, an einem Ort wie diesem.

Ich umarmte sie kurz und flüsterte ihr ins Ohr: „Alles wird gut." Sie nickte und löste sich von mir. Ich hatte nicht vergessen, was heute für sie anstand und ich hoffte inständig, dass es gut ausgehen würde.

Lou schob sich an mir vorbei und verließ mit Logan das Zimmer. Ich schnappte mir die weißen Sachen vom Bett und trat in das aufgewärmte Badezimmer. Die Scheiben der Dusche waren beschlagen und ich stieg eilig hinein.

Nachdem ich mich in Rekordzeit geduscht und fertiggemacht hatte, entdeckte ich ein kleines Täschchen auf dem schmalen Regal an der Wand. Verwirrt nahm ich es an mich und entdeckte einfaches Tages-Make-up, das ich eilig auftrug, weil ich nicht davon ausging, dass Lou es von zu Hause mitgebracht hatte und deshalb böse auf mich wäre, wenn ich es benutzte. Dann sah ich das Foto. Es steckte ganz unten und war zerknittert, trotzdem konnte ich die junge Frau darauf erkennen. Ich nahm das Papier ganz heraus und nahm es genauer in Augenschein. Die Frau darauf hatte kurzes braunes Haar sowie dunkelbraune Augen. Sie war hübsch. Auf der Rückseite stand: *Schutzengel sind Schutzengel und Göttinnen sind Göttinnen, aber eine Mom ist Schutzengel und Göttin in einem.* Tränen brannten mir in den Augenwinkeln, als ich an meine Mom dachte. Sie fehlte mir so sehr, dass man es niemals hätte in Worten beschreiben können. Ich konnte mir denken, wer die junge Frau auf dem Foto war.

Es war Lous Mom und auch wenn ich versuchte, dagegen anzukämpfen, beneidete ich sie dafür, dass sie ein Bild von ihr hatte. Denn ich hatte nichts, was mich an meine Mom erinnerte, außer spröde Gedanken, aber die waren dunkel und neblig.

Dexter signalisierte mir mit einem groben Klopfen, dass wir aufbrechen mussten, und ich versteckte das Foto wieder in der Tasche.

Sobald ich hinter Dexter den Raum betrat, in dem ich gestern schon gewesen war, schweifte mein Blick zu Luan. Er lehnte mit der Hüfte an Amber Notkers Schreibtisch und musterte mich von oben bis unten. Dann schnellten seine Augen wieder gen Norden und blieben kurz an meinen Lippen hängen, bevor er mich eindringlich ansah. Mein Blick begann zu flackern und nur mit letzter Überwindungskraft konnte ich seinem Bann engleiten. Ich richtete meine volle Aufmerksamkeit auf die Rothaarige, die auf mich zukam.

„Die Tests von gestern sind hervorragend. Genau genommen hast du etwas in deinem Blut, was mich sehr interessiert. Deshalb würde ich jetzt gerne noch einmal Blut abnehmen, allerdings an der Stelle, an der ich dir deinen Erkennungschip eingesetzt habe. Wenn sich diese Probe als positiv herausstellt, ist so gut wie sicher, dass du M-1 in dir trägst", erklärte sie schnell und schien aufgeregt wie ein kleines Kind an Weihnachten, das kurz davor war, das größte Geschenk auszupacken.

„Und was genau ist M-1?", fragte ich unsicher und blickte von Amber Notker zu Luan und wieder zurück.

Sie lächelte mich breit an. „M-1 ist schlicht und einfach die Abkürzung für Muster-1. Das ist eine Blutgruppe, die nur äußerst selten auftritt."

„Und was heißt das?" Ich fühlte mich ziemlich vor den Kopf gestoßen, als Amber Notker eine Spritze oberhalb meiner rechten Schulter unter die Haut schob und weißes Blut zum Vorschein kam. Meine Unterlippe begann zu zittern.

„Keine Sorge. Alle Mutanten haben weißes Blut. Lou hat es dir bestimmt noch nicht erzählt, das liegt daran, dass sie es heute erst selbst erfahren hat. Aber eine weitere Auswirkung des Mute Curse ist auch, dass das Blut rot bleibt und nicht seine tatsächliche Farbe annimmt", sagte Amber Notker, als hätte sie meine Gedanken gelesen. Wahrscheinlich konnten das alle hier.

Nachdem sie mir das Blut abgenommen hatte und es in ein kleines Gläschen umgefüllt hatte, nahm sie ein Klemmbrett und einen Stift von ihrem Schreibtisch und begann, mit der Spitze leicht gegen ihr Kinn zu tippen.

„Zu deiner Frage von gerade eben", meinte sie. „Wie schon gesagt bin ich ziemlich sicher, dass du M-1 hast. Wenn ich es nachweisen kann, und das werde ich, kannst du sofort in Abteil 2 gebracht werden. Dexter wird dich begleiten und dort wirst du in die erste Vorbereitungsphase eingeteilt."

Ich zog die Brauen zusammen und verstand weniger als die Hälfte von dem, was sie mittlerweile von sich gegeben hatte- und das war eine Menge.

„Dexter wird dich jetzt in den Gemeinschaftsraum bringen. Ich muss leider wieder zurück zu Lou und noch einmal ein paar Testes durchführen", sagte sie mit leicht gekränkter Stimme und kritzelte etwas auf das Klemmbrett.

„Wie geht es Lou?", fragte ich und sah sie eindringlich an.

Amber Notker verzog das Gesicht. „Sie wird leider nicht mit dir umziehen können. Die Spritze, die ich ihr gestern Abend gegeben habe, hat sie nicht gut aufgenommen. Durch die vielen Strahlen auf ihrer Haut fließt das Blut langsamer und ihr Herz ist bereits ins Stocken gekommen. Ich musste sie in die obere Etage verlegen und dort wird sie gerade behandelt."

Ich riss die Augen auf. Das konnte nicht sein, das durfte nicht sein. Ich kannte Lou nicht lange, aber trotzdem hatte sich ab dem ersten Moment etwas zwischen uns geregt, eine leise Freundschaft. Ich musste wieder an das Foto ihrer Mom denken und meine Kehle schnürte sich zu. Ich würde ihr das Foto bringen. Jetzt. Sofort. Entschlossen sprang ich auf und rannte zur Tür, kam aber nicht weit, da Dexter seine kräftigen Arme um meine Taille schlang und mich festhielt.

„Du kannst sie später besuchen", raunte er in seiner tiefen Stimme, die mir inzwischen fast vertraut war. „Erst gehen wir in den Gemeinschaftsraum."

Ich biss mir auf die Lippe und nickte. Etwas anderes hätte er sowieso nicht zugelassen. Dexter ließ mich los und öffnete mir die Tür.

„Wenn ich die Ergebnisse deines Tests habe, komme ich vorbei", rief uns Amber Notker hinterher, während wir den Raum verließen.

Dexter lief an meiner Rechten und zu meiner Linken fand sich Luan ein. Ich hob das Kinn, damit ich neben ihm nicht wie eine Zwölfjährige wirkte und blickte stur geradeaus. Luan begann zu grinsen und ich fuhr herum.

„Was ist?" Er hob unschuldig die Arme.

Wütend funkelte ich ihn an. „Warum kommst du überhaupt mit?"

Sein rechter Mundwinkel hob sich und das arroganteste Lächeln erschien, das ich je gesehen hatte. „Weil du dich in meiner Anwesenheit wohl fühlst."

Ich schnaubte verzweifelt und wandte mich an Dexter. „Kannst du es ihm sagen?"

Dexter wischte sich über den Mund, um ein Grinsen zu verbergen, scheiterte aber kläglich. In mir brodelte es und ich war kurz davor, zu explodieren.

„Ich denke, es wäre besser, wenn ich euch beide für ein paar Stunden allein lasse", sagte er mit erhobenen Brauen.

„Für ein paar *Stunden*?", fragte ich perplex.

Er zuckte mit den Schultern. „Wir können das Ganze auch etwas abkürzen, aber ich muss noch eine Trainingseinheit vorbereiten und hole dich dann in einer halben Stunde wieder ab."

Ohne noch einmal in mein empörtes Gesicht zu blicken, drehte er ab und verschwand hinter der nächsten Ecke.

„Der Gemeinschaftsraum ist eine Minute von hier", meldete sich Luan zu Wort. Ich holte tief Luft und folgte ihm mit steifen Schritten. Selbst eine Minute war schon zu viel.

Als wir durch eine halb offene Glastür in einen riesigen Raum traten, fiel mir sofort der weiße Haarschopf auf, der mir ziemlich bekannt vorkam. Mein Rücken wurde von unregelmäßigen Schaudern heimgesucht und ich fragte mich, was das zu bedeuten hatte. Doch plötzlich ahnte ich es, als hätten sich zwei Magnete gefunden und angezogen. Immer, wenn andere Mutanten in der Nähe waren, bekam ich diese Schauder auf dem Rücken ... Es musste also eine Art Verbindung zwischen uns allen geben und da hier haufenweise Mutanten rumsaßen, waren die Schauder so stark und unregelmäßig.

Luan führte mich zu einem runden Tisch, der ganz in der Nähe von Davids stand. Vorsichtig warf ich einen Blick in seine Richtung und sah, dass er nicht allein war. Ein Mädchen saß bei ihm. Sie hatte dunkelbraune Haare, die ihr leicht wellig über die schmalen Schultern fielen. Als sie den Kopf drehte und mich ansah, erkannte ich ihre Augen. Sie waren schwarz und braun. Sie trug also die Kräfte der Black und Brown Eyes in sich.

Erst, als ich mich leicht vorbeugte, merkte ich, dass sie gar nicht mich ansah, sondern Luan. Mein Magen zog sich zusammen, als ihre Augen zu schimmern begannen und sie anfing zu lächeln. Langsam sah ich Luan von der Seite an und mein Herz setzte einen Schlag aus. Er lächelte zurück Und obwohl ich diesen Typen eigentlich abgrundtief hasste, ärgerte es mich, dass er *sie* anlächelte, und zwar nicht arrogant, sondern offen und ... *sexy?* Ohne zu überlegen rammte ich ihm meinen Ellenbogen in die Seite. Er zuckte kaum zusammen, wandte den Blick aber ab und als er mich ansah, verschwand sein Lächeln. Ich schluckte schwer. „Kennst du sie?", fragte ich mit geblähten Nasenflügeln und machte eine schnelle Kopfbewegung in die Richtung des Mädchens.

„Felicity? Ja, ich kenne sie ziemlich gut", sagte er und lehnte sich zurück. Sein Blick ruhte auf meinen Lippen, während er sprach.

„Sie ist so alt wie ich, also ein Jahr älter als du. Wir sind zusammen mit meinem Bruder eingeliefert worden, als wir zehn oder elf waren."

„Moment mal", ich schob mir eine Strähne hinters Ohr und war froh, dass er endlich den Blick von meinen Lippen hob und mir in die Augen sah. „Du hast einen Bruder?"

Luan zuckte mit den Schultern. „Klar."

„Klar?", wiederholte ich. „Warum hast du mir nichts von ihm erzählt?"

„Warum hätte ich das tun sollen, du hasst mich doch."

Darauf konnte ich nichts erwidern, denn zwei dünne Arme schoben sich in mein Sichtfeld und vor Luan. Gleich darauf wurde ich vom starken Duft eines Parfums eingehüllt und bekam kaum noch Luft, weil es so intensiv war.

„Hey", erklang eine helle Stimme. „Ich habe dich gesucht."

Ich beugte mich zur Seite, um etwas sehen zu können, und bereute es gleich darauf. Die bildhübsche Felicity schaute Luan tief in die Augen und ihre Lippen waren nur wenige Zentimeter von seinem Mund entfernt, der sich zu einem warmen Lächeln verzogen hatte.

„Hat sich ja gelohnt", erwiderte er.

Einige Strähnen glitten von ihren Schultern und berührten Luans Kinn. Sein Lächeln wurde breiter, als er sie zwischen zwei Finger nahm und begann, sie einzudrehen. Mir wurde übel und bevor ich mitansehen musste, wie dieses Model ihre vollen Lippen auf seinen Mund presste, erhob ich mich und stieß den Stuhl schwungvoll nach hinten. Felicity schnellte herum und musterte mich aus ihren schimmernden Augen.

„Wer ist sie?", wollte sie mit erhobenen Brauen wissen.

Luan seufzte und erhob sich ebenfalls. „Ein stacheliger Kaktus, der nach Aufmerksamkeit lechzt, und um es genauer zu beschreiben, die Mutante, die aus unserem hübschen Duett ein langweiliges Trio macht."

Mir fiel die Kinnlade herunter und ich konnte ihn nur anstarren. Felicity verzog den Mund, als hätte sie auf etwas Saures gebissen. Und Luan – Luan grinste.

8

Nell

„Sie hat M-1?", schlussfolgerte Felicity ungläubig und musterte mich dabei, als sei ich ein stinkendes Insekt. Luan nickte und verschränkte die Arme vor der Brust, sodass sein schwarzes T-Shirt über seinen Oberarmen spannte. Meine Gedanken drifteten kurz ab und ich stellte fest, dass alle männlichen Mutanten nur schwarz trugen und alle weiblichen nur weiß. Irgendwie langweilig …
Doch ich wurde schnell und hart zurück in die Realität katapultiert.
„Es ist noch nicht bewiesen, aber Amber Notker ist hin und weg von ihr", murmelte Luan und setzte eine gelangweilte Miene auf.
Felicity stöhnte und fing an, ihre Schläfe zu massieren. „Na super. Ein Krüppel am Bein hat uns gerade noch gefehlt."
Ungläubig stieß ich die Luft aus. „Ich stehe gerade neben dir, falls du es noch nicht mitbekommen hast", fuhr ich sie an.
Sie verzog die vollen Lippen zu einem herablassenden Grinsen. „Nicht doch so aufregen, Kleine. Du bekommst schon rote Ohren."
Meine Hände begannen so stark zu zittern, dass ich sie zusammenballte. „Ich bin keine Kleine", knurrte ich finster und hielt ihrem Blick stan. Felicity warf sich mit so viel Schwung die Haare über die Schultern, dass ihre Spitzen gegen meine Wange schlugen. Es brannte höllisch, doch ich ließ mir nichts anmerken.
„Komm nachher auf mein Zimmer. Ich wurde in die 11 einquartiert", sagte sie zu Luan. „Dann kann ich dir sagen, warum ich hier bin." Mit einem letzten, herablassenden Blick auf mich drehte sie sich endlich weg und stakste mit schwingenden Hüften aus dem Gemeinschaftsraum. Ich blieb vor Wut kochend zurück und starrte auf die Stelle, an der sie verschwunden war, als könne ich sie dadurch stolpern lassen. Luan machte neben mir ein tiefes Geräusch und ich löste meinen Blick von der Tür.
„Was war das denn?", fragte er und musterte mich finster.
Ich schnaubte. „*Sie* hat angefangen, mich grundlos zu beleidigen."

„Ach bitte, sei nicht kindisch, Nell." Er winkte ab und schüttelte den Kopf. Da dieses Gespräch immer sinnloser wurde, und ich sowieso keine Chance gegen ihn hatte, wechselte ich das Thema. „Wo ist meine Mom?"

„Nell –."

„Wo ist sie?"

Luan seufzte. „Deine Stimmungsschwankungen sind echt nicht auszuhalten. Und da könntest du sowieso nicht einfach reinspazieren." Zum ersten Mal, seit ich hier war, konzentrierte ich mich auf meinen Mittelpunkt. Ich spürte Energie, die mein Blut durchströmte. Ich spürte meine gewohnten Kräfte, aber auch eine neue, unbekannte Kraft. Sie ließ mich schneller atmen, machte mich stärker und mutiger.

„Das ist eine ganz, ganz schlechte Idee", warnte Luan und spannte die Schultern an. Ruckartig drehte ich ihm den Kopf zu. Ich spürte den Mittelpunkt, der in mir tobte wie ein Tornado und endlich freigelassen werden wollte. Meine gesamte Energie ballte sich in meinen Händen und ich fixierte mein Ziel.

Ich würde mich nicht aufhalten lassen, auch nicht von ihm. Ich wollte zu meiner Mom, es war mein gutes Recht. Ich *musste* sie sehen.

Ich hob die Arme und die Energie schoss aus meinen Handballen ins Freie. Von der unglaublichen Wucht wurde ich nach hinten geschleudert, fing mich aber wieder, bevor ich zu Boden ging. Die Mutanten im Raum hoben die Köpfe und musterten mich feindselig, doch das war mir egal. Erneut rief ich den Mittelpunkt auf und ließ meine Kräfte zum zweiten Mal frei. Eine Wasserfontäne schoss aus meinen Händen auf Luan zu, doch bevor sie ihn erreicht hatte, hob er beide Arme und erhellte den Raum mit einem Lichtblitz. Geblendet ging ich zu Boden und verlor die Kontrolle über meine Energie, die nun in unregelmäßigen Abständen aus mir herausschoss. Mein ganzer Körper bebte und zitterte. Ich hörte aufgeregte Schreie und um mich herum brach Chaos aus. Stühle wurden umgestoßen und die Leute verließen hektisch den Raum. Ich hob den Kopf und sah Luan über mir.

Er hielt beide Arme erhoben und Energie knisterte über seinen Handballen.

„Bring deinen Mittelpunkt unter Kontrolle", befahl er.

Ich schüttelte schwer atmend den Kopf. „Nein."

„Bring deinen Mittelpunkt unter Kontrolle oder ich werde es tun!" Jetzt fauchte Luan und seine Brust bebte.

„Nein!" Selbst wenn ich gewollt hätte, wäre es mir nicht gelungen, wieder zur Ruhe zu kommen. Die Energie in meinem Körper machte es mir unmöglich, aufzuhören.

Er presste die Lippen aufeinander. „Nell, ich will dir nicht wehtun, aber wenn du nicht tust, was ich dir sage, wird es so kommen." Ich schüttelte erneut den Kopf. Tränen hatten sich in meinen Augenwinkeln gebildet, während ich vor ihm auf dem Boden kauerte. „Ich glaube nicht, dass du ein Problem damit hättest, mir wehzutun."

Ich sprang auf und ließ die gestaute Kraft frei. Wasserfontänen fluteten den Raum und zwei Efeuranken fraßen sich um Luans Beine.

Doch er schleuderte sie einfach weg und baute sich vor mir auf.

„Ich habe versucht, es zu verhindern, aber du willst anscheinend wirklich nicht auf mich hören."

Plötzlich schossen Lichtblitze an seinen Armen hinab und blendeten mich. Kurz darauf spürte ich einen stechenden Schmerz in der linken Schulter. Ich taumelte rückwärts, bis ich mit der Hüfte gegen einen Tisch stieß. Verzweifelt nahm ich wahr, wie sich Luans Energie durch mich hindurchbiss und meine Gedanken verschleierte. Ich begann zu glühen, aber nicht von außen, sondern von innen. Es fühlte sich an, als würden meine Adern durchtrennt und Eingeweide von innen ausgekocht werden. Nach Atem ringend taumelte ich und fiel wieder zu Boden. Den Schmerz des Aufpralls nahm ich kaum wahr und als sich die Energie einen Weg zu meinem wild schlagenden Herzen durchgebahnt hatte, wurde alles schwarz um mich herum.

★★★

Mit einem fernen Tosen im Kopf erwachte ich aus meiner Ohnmacht. Blinzelnd öffnete ich die verschleierten Augen und krümmte mich, als ein eiserner Schmerz von meiner linken Schulter ausstrahlte. Eine kräftige Hand legte sich auf die gesunde Schulter und drückte mich sanft zurück ins Kissen. Dexters Gesicht erschien. Seine Stirn war gekräuselt und die roten Augen hatten einen merkwürdigen Glanz.

Dann spürte ich einen wohligen Schauder auf dem Rücken und war wenig überrascht, als kurz darauf auch Luans Gesicht erschien. Seine sonst gebräunte Haut war blass und unter seinen besorgten Augen lagen dunkle Ringe.

„Was ist passiert?" Meine Stimme klang rau und war fast eine Konkurrenz für Dexters.

Er lächelte und ließ sich auf einen Stuhl neben dem Bett fallen.

„Du hast gegen Luan gekämpft und dann musste er dich ruhigstellen, bevor du dir oder anderen ernsthaften Schaden zugefügt hättest", erklärte er stumpf.

Ich lachte matt und schloss die Augen. Ja sicher. Luan *musste* mich ruhigstellen, weil ich sonst eine *Gefahr* für mich und andere gewesen wäre. In Wirklichkeit hatte mich Felicity zur Weißglut getrieben und Luan hatte seinen Teil dazu beigetragen.

„Wie fühlst du dich?", fragte Luan und sobald ich seine tiefe Stimme hörte, fühlte ich mich wohler.

Ich öffnete die Augen und sah ihn an. „So, wie ich wahrscheinlich aussehe", erwiderte ich.

Ein Lächeln huschte über sein Gesicht und die vollen Lippen öffneten sich leicht. „Du hast ganz schön viel Power."

Ich hob eine Braue und ließ sie dann wieder sinken, weil mir keine Antwort darauf einfiel. Ihm schien es zu genügen, denn er setzte sich vorsichtig auf die Bettkante und fuhr sich mit einer Hand durchs Haar.

„Ich lass euch dann mal allein", mit einem Schnaufen stand Dexter auf und klopfte sich den nicht vorhandenen Staub von der Hose. Nachdem er das Zimmer verlassen hatte, biss ich mir auf die Unterlippe und wich Luans Blicke aus. Nach einer Weile des peinlichen Schweigens brach er die Stille. „Es tut mir leid." Jetzt schaute ich ihn an und erschauderte, als ich ihn so verzweifelt sah. „Ich habe echt Mist gebaut. Mal wieder. Und ich habe deine Gefühle verletzt, deinen Stolz – ich habe *dich* verletzt und deshalb dürfte ich gar nicht hier sein. Du hast jemand bessern verdient als mich, der hier jetzt sitzt und ..." Er hob den Kopf und sah mir tief in die Augen. Sofort war ich wieder von den grellgelben Streifen gebannt und konnte den Blick nicht abwenden. „Liam sollte jetzt hier sein. Er sollte deine Hand halten, dir die Augen öffnen damit du endlich verstehst, wie dumm ich bin." Der Gedanke an meinen besten Freund versetzte mir einen tiefen Stich. Ich senkte den Kopf und war hin- und hergerissen, was ich dazu sagen sollte. Ich konnte Luans Handeln nachvollziehen, jeder hätte das Gleiche getan und eigentlich war ich diejenige, die sich entschuldigen musste, denn ich war durchgedreht ohne Rücksicht auf Luan. Ich musste endlich anfangen, mich nicht mehr wie ein kleines Mädchen zu verhalten.

„Und was ist, wenn ich das nicht will?" Meine Stimme war kaum mehr als ein Hauch. Luan zog die Brauen zusammen und sah mich verwirrt an.

Ich schluckte. „Wenn ich es okay finde, dass du jetzt hier bist und nicht er?"

Sein Blick flackerte. Einen Moment lang sah er mir einfach nur tief in die Augen, aber dann schüttelte er den Kopf. „Ich bin ein Idiot", knurrte er.

„Ein Vollidiot", verbesserte ich und versuchte ein Lächeln. „Aber ich bin nicht besser."

„Du solltest mich hassen, Nell. Das ist das einzig Richtige im Moment. Das wird dir einige unangenehme Situationen ersparen."

Mit aufkommender Verzweiflung sah ich ihn an. „Ich hasse dich aber nicht. Ich weiß, dass ich es sollte. Du bist gemein und doof und ich kenne dich überhaupt nicht. Ich sollte dich hassen und ich weiß, dass ich das gestern zu dir gesagt habe, aber es stimmt nicht. Ich kann nichts dagegen tun."

Vorsichtig richtete ich mich auf und suchte seinen Blick. Als er mir wieder und wieder auswich, streckte ich eine Hand aus und umfasste sein Kinn. Die schüchterne Berührung ließ ihn erschaudern und endlich sah er mich an.

„Ich hasse dich nicht", wiederholte ich und ließ die Hand sinken. „Ich weiß, was du getan hast. Ich weiß, dass du meine Familie und mich verraten hast und ich weiß, dass du mit Felicity … eine gewisse Verbindung hast. Und ja, ich weiß auch, dass du sie sicher liebst und sie dich auf jeden Fall liebt und dass ich das nicht schön finde, aber es ist dein Leben und ich habe darin nichts verloren."

Luan beugte sich vor und legte eine Hand an meine Wange, die sofort zu glühen begann. Unsere Gesichter waren nur wenige Zentimeter voneinander entfernt, als er sprach. „Ich liebe Felicity nicht."

Diese vier Worte genügten mir. Ich glaubte ihm, ich glaubte ihm voll und ganz, obwohl ich mein Leben gerade überhaupt nicht verstand. Alles passierte so schnell. Einem Ereignis folgte das nächste und wenn ich versuchte, meine Gedanken zu ordnen, musste ich mich schon wieder mit neuen beschäftigten. Ich fühlte mich vollkommen fehl am Platz, verstand so gut wie gar nichts. Ich vermisste meine Familie und meine Freunde, gleichzeitig hatte ich keine Ahnung, was ich von Luan halten sollte. Von meinen unkontrollierbaren Gefühlen für ihn.

Er öffnete leicht den Mund und sein Atem kitzelte meine angespannten Lippen. „Weißt du, was ich jetzt gerne tun würde?", fragte er, während sein Daumen in kreisförmigen Bewegungen über meine Wange strich.

„Was denn?", meine Stimme überschlug sich fast.

Er legte den freien Arm um meine Taille, um mich noch ein Stück näher an sich heranzuziehen. „Ich würde dich sehr gerne … berühren."

Ich schluckte. „Das machst du doch schon."

„Stimmt."

Mein Herz begann zu rasen, als er den Kopf leicht schräg legte und dann stockte es, als er mich losließ. „Wir sollten die Zeit sinnvoller nutzen."

Verwirrt sah ich ihn an, dann wurde ich wieder rot und nickte.

„Was du noch nicht weißt, ist, dass Felicity und ich bisher die einzigen Mutanten im Lager waren, die M-1 haben", begann Luan und setzte sich auf den Stuhl, auf dem zuvor Dexter gesessen hatte. „Jetzt hat Amber Notker eine ziemlich sichere Spur, dass du es auch hast, und das ist wie zehn Geburtstage auf einmal." Ich lehnte mich mit dem Rücken gegen das Bettgestell und begann, an meinen Haarspitzen zu fummeln. „Das geht Felicity natürlich gewaltig gegen den Strich."

„So kann man es auch sagen."

„Und warum ist sie hier?", wollte ich wissen.

Er hob eine Braue. „Das weiß ich selbst nicht. Ich bin mir aber ziemlich sicher, dass sie mich sehen wollte. Immerhin kennen wir uns seit knapp sechs Jahren und haben in der Zeit einiges durchgemacht. Sie ist zurzeit noch in Abteil 10, aber wird wahrscheinlich bald, genau wie ich, in den Außendienst gehen."

Mein Gehirn war immer noch komplett überfordert. „Und dein Bruder? Wo ist er?", fragte ich und ließ meine Haare in Ruhe.

Luan holte tief Luft. „Zurzeit in Abteil 9. Er hat kein M-1 und wird deshalb Tag für Tag von den Red Eyes erniedrigt. Er … er war der Grund, warum ich der Sache zugestimmt habe, dich hierher zu bringen. Hätte ich mich geweigert, für die Red Eyes zu arbeiten oder wäre ich nicht mit dir zurückgekommen, hätten sie ihm schlimme Sachen angetan", sagte er verbissen und voller Abscheu.

Ich riss die Augen auf. Verstand ich das gerade richtig?

„Aber dann ist ja alles gar nicht deine Schuld. Du kannst nichts dafür, dass ich jetzt hier bin. Du wolltest nur deinen Bruder beschützen. Warum hast du das nicht gleich gesagt?"

Er schnaubte. „Weil es nichts geändert hätte. Eigentlich sollte ich froh sein, dass du mich gehasst hast. Das machte alles einfacher."

„Ach ja?", schnappte ich und sah ihn wütend an. Nur er war in der Lage, meine Gefühle von jetzt auf gleich explodieren zu lassen. Zaghaft klopfte jemand an die Tür und ich hob den Kopf. „Ja?"

Die Tür wurde geöffnet und Lou kam herein. Logan blieb vor dem Zimmer stehen und verschwand aus meinem Sichtfeld, als die Tür zufiel, doch ich wusste, dass er immer noch direkt davorstand.

Besorgt schob ich die Decke zurück und erschauderte, als meine nackten Füße den kalten Boden berührten. Dann stand ich entschlossen auf und eilte auf Lou zu. Sie sah vollkommen erschöpft aus. Ihre Haare waren wieder fettig und hingen strähnig vor ihrem blassen Gesicht. Über den braun-grünen Augen lag ein matter Schimmer, ihre Lippen waren trocken und aufgeplatzt. „Was ist passiert?", fragte ich und führte sie zu ihrem Bett. Lou fasste sich an die Kehle, als würde es ihr Schmerzen bereiten, zu sprechen. „Wir können nicht zusammen in Abteil 2 untergebracht werden. Ich muss hier bleiben."

„Ich weiß", murmelte ich und drückte ihre Hand. Mit gläsernem Blick sah sie zu mir auf. „Ich soll nur ein paar Sachen holen, aber dann muss ich wieder in die obere Etage."

Ich bat sie, sich auszuruhen, und verschwand im Bad, um die Tasche mit dem Foto ihrer Mom zu holen. Als ich kurz in den Spiegel sah, erblickte ich hinter mir Luan. „Ich gehe dann mal ..."

„In Raum 11", beendete ich vielsagend seinen Satz. Er seufzte nur und verließ das Zimmer. Ich trat wieder zu Lou und reichte ihr die Tasche. „Ich habe das Foto gesehen", sage ich leise. „Die Frau darauf ist deine Mom?"

Sie nickte müde und kramte, bis sie das Papier gefunden hatte und sich an die Brust presste. „Sie hieß Amy."

„Hieß?", wiederholte ich, während mir eisige Schauder über den Rücken jagten.

„Mom ist an einer Lungenentzündung gestorben. Ist schon etwas länger her."

„Lou, das ... das tut mir so leid."

Sie verzog den Mund. „Das ist lieb, ändert aber nichts."

Ich nickte stumm und umarmte sie lange und fest.

Als sie von Logan wieder in die obere Etage begleitet wurde, kam Dexter zurück. Wir gingen zusammen essen, unterhielten uns aber kaum. Danach musste ich wieder in den Behandlungsraum und Amber Notkers Miene nach zu urteilen, gab es etwas Tolles zu erzählen. „Bevor ich die Neuigkeiten verkünde", trällerte sie und wurde etwas ernster. „Nach dem kleinen Zwischenfall im Gesellschaftsraum hast du keine Schmerzen mehr?"

Ich rieb mir die linke Schulter, sie tat aber kaum noch weh. „Schön, schön", meinte die Ärztin. „Und wegen deiner Mom: Wenn du umquartiert wurdest, kannst du sie vielleicht heute Abend noch sehen." Ich sah sie erstaunt an und mein Herz begann zu rasen. „Danke!" Amber Notker machte eine wegwerfende Handbewegung und räusperte sich. „Luan kann jetzt leider nicht hier sein, da er zusammen mit Felicity an einem neuen Auftrag arbeitet, aber er wird es ebenfalls noch heute erfahren." Sie verschränkte die Arme vor der schmalen Brust und schien kaum stillhalten zu können. Es war seltsam, sie in so einer Situation zu sehen. „Wir haben endlich unsren dritten Achat!", rief sie laut und drehte sich einmal, was fast albern aussah. Außer ihr und mir war nur noch Dexter im Raum. Als ich ihm einen verwirrten Blick zuwarf, blickte er mich nur ehrfürchtig an. „Das heißt jetzt was genau?", versuchte ich die Lage zu erfassen. Sie strahlte. „Mutanten mit M-1 bezeichnen wir als Achate. Sie sind unglaublich vielfältig und bunt, eben wie die außergewöhnlichen Steine", erklärte sie. „Und du bist ab heute die Dritte im Bunde. Luan, Felicity und du, ihr drei werdet ein unschlagbares Trio, eines, das keines der acht Völker je gesehen hat." Ich sah sie regungslos an. Dass ich nicht die geringste Ahnung hatte, was hier vor sich ging, schien sie überhaupt nicht zu bemerken. Luan und ich wäre wahrscheinlich gerade so aushaltbar. Aber Felicity? Das könnte umständlich werden. Es war verrückt, denn ich kannte sie noch keine 24 Stunden und hatte kaum mit ihr geredet, aber dieses Mädchen war auch so schon anstrengend genug.

„Aber wir müssen bei der Sache bleiben", mahnte sich Amber Notker selbst und hob die Brauen. „Dexter wird dich jetzt in Abteil 2 begleiten und dir dein neues Zimmer zeigen. Da Lou leider noch in Abteil 1 bleiben muss, wirst du dir erstmal mit David eins teilen müssen."

David? Erst nach kurzer Überlegung fiel mir der Typ mit den violett-grauen Augen wieder ein, der mit Felicity zusammen an einem Tisch gesessen hatte.

„Und meine Mom?", hakte ich nach. Amber Notker spitzte die Lippen.

„Wie gesagt, wahrscheinlich wird sie heute Abend auf dein Zimmer gebracht."

Nachdem sie Dexter die neuen Schlüssel zugesteckt hatte, führte er mich zu meinem alten Zimmer zurück, damit ich meine Sachen packen konnte. Ich beeilte mich und verließ das Zimmer mit einem letzten Blick auf Lous Bett. Mir war plötzlich kalt geworden und das lag nicht an dem dünnen T-Shirt. Dexter führte mich eine gefühlte Ewigkeit durch die verzweigten Gänge und schließlich gelangten wir an einen Tunnel, der von zwei Wärtern versperrt wurde. Er zeigte die Schlüssel, die ihm Amber Notker gereicht hatte, und sagte ausdruckslos: „Achat."

Die beiden Männer musterten mich kurz und angespannt, dann ließen sie uns in den Tunnel hinein. Er war mit grellen Lichtern erhellt und ich musste die Augen zusammenkneifen, weil es so blendete. Am Ende des Tunnels traten wir durch eine weitere Tür und ich hörte Dexters raue Stimme über mir. „Willkommen in Abteil 2."

Ich erschauderte leicht und sah mich um. Es sah eigentlich genauso aus wie in den Gängen von Abteil 1. Überall liefen konzentrierte Red Eyes herum, manchmal erkannte ich auch einen Black Eye. Doch es gab etwas, was anders war, das merkte ich sofort. Die Türen von einigen Räumen standen offen und die Zimmer dahinter waren viel größer als die in Abteil 1. Außerdem waren es insgesamt weniger Türen und Räume und auch die Gänge erschienen mir ein bisschen übersichtlicher.

Dexter führte mich gar nicht allzu lange herum und schon bald blieb er vor einer schmalen Holztür stehen. „Dein neues Zimmer", verkündete er. „Du wirst es dir diesmal mit David teilen, aber du kennst ihn ja jetzt schon halbwegs."

Vorsichtig lugte ich an seiner Schulter vorbei, als er die Klinke nach unten drückte. Wir traten in einen Raum, der fast die gleiche Größe hatte wie der, den ich mir mit Lou geteilt hatte. An einer Wand stand ein breites Regal, an der anderen zwei Betten. Wieder führte eine zweite Tür in das abgetrennte Badezimmer.

Ich ließ den Blick zurück zu den Betten schweifen, neben denen jeweils ein Stuhl stand. Auf einem von ihnen saß David. Er hatte den Kopf erhoben und musterte mich aufmerksam, während sein Blick jeder einzelnen meiner Bewegungen folgte.

„Deine Mom wird bald hergebracht", meldete sich Dexter von hinten.

Ich nickte stumm und ließ mich etwas steif auf mein neues Bett fallen.

„Ihr habt gute zehn Minuten, ich bin vor der Tür", er warf mir einen vielsagenden Blick zu und verschwand kurz darauf.

„Wir sind jetzt also neue Zimmer… Gefährten?", versuchte ich ein einfaches Gespräch anzufangen und sah ihn von der Seite an. Er drehte mir den weißen Schopf zu und die ungewöhnlichen, grau-violetten Augen richteten sich abermals auf mich. Als er nichts erwiderte, versuchte ich es weiter.

„Du bist aber kein Achat, oder?"

David zog die Brauen zusammen. „Achat?"

Ich war froh, dass er überhaupt sprach, auch wenn es nicht besonders viel war, und erklärte ihm, was ich von Amber Notker erfahren hatte. Er hörte aufmerksam zu, unterbrach mich kein einziges Mal und ich begann langsam, ihn irgendwie zu mögen.

Sobald ich geendet hatte, klopfte eine schwere Hand gegen die Tür und kurz darauf erschienen Dexters breite Schultern. Hinter ihm trat auch Carter ein, Davids Begleiter. Ich spürte sie, auch wenn sie hinter den beiden Männern noch nicht zu sehen war. Ich spürte sie und mein Herz begann zu rasen.

„Wir gehen etwas essen", teilte Carter David mit und die beiden verließen den Raum. Als sie auf dem Gang verschwunden waren, konnte ich sie endlich sehen. Ich sprang auf und rannte zu meiner Mom, schlang ihr beide Arme um den Hals und drückte sie an mich. Sie erwiderte meine Umarmung mindestens genauso fest und stürmisch und ich vergrub leise schluchzend mein Gesicht in ihrer Schulter. Eine Weile standen wir einfach so da und hielten uns in den Armen. Ich genoss ihren warmen Atem an meiner Wange und ihre beruhigende Hand, die langsam über mein Haar strich. Als wir uns voneinander lösten, konnte ich kleine

Tränen in ihren Augen erkennen. Mir selbst rannen sie nur so übers Gesicht und ich versuchte gar nicht erst, sie aufzuhalten – ich wollte es gar nicht.

„Ihr habt eine halbe Stunde, dann muss deine Mom wieder in ihr Zimmer", erklang Dexters raue Stimme neben mir. Sein eiserner Blick verriet mir, dass ich mich fügen musste, deshalb nickte ich. Nachdem er noch einmal meine Mom gemustert hatte, verließ er abermals das Zimmer und wir waren allein. „Mom …"

„Lass uns erstmal setzen", unterbrach sie mich und ich erschauderte leicht, als ich ihre ungewohnt heisere Stimme hörte. Wir ließen uns auf meinem Bett nieder und sie nahm meine zitternden Hände in ihre. „Wie geht es dir?"

„Gut …" Auf einmal hatte ich keine Ahnung, was ich sagen sollte, deshalb hörte ich einfach nur zu, was sie mir erzählte.

„Weißt du … Ozea hat dir sicher auch erzählt, dass Lenn …, dass er den Krieg nicht gewinnen wird, oder?"

Ich nickte verwundert.

Sie atmete tief durch. „Aber damit war nicht gemeint, dass er den Krieg gegen die Gray Eyes oder gegen irgendein anderes Volk verlieren wird." Sie beugte sich vor und suchte meinen Blick. „Damit war gemeint, dass er den Krieg um dich nicht gewinnen wird. Er wird dich verlieren und", sie wurde leiser, „so ist es nun auch gekommen."

Ich blinzelte heftig. Der Blick meiner Mom brach mir fast das Herz. Ihre Augen waren dunkel vor Kummer, Schmerz und Verzweiflung.

„Er ist nicht mein Dad", meine Stimme klang unwirklich. „Warum habt ihr mich die ganze Zeit angelogen?"

Sie drückte meine Hände. „Uns ging es immer nur darum, dich zu beschützen. Hättest du gewusst, dass du ein Mutant bist, wäre das zu gefährlich gewesen."

„Warum?" Ich biss mir auf die Lippe. „Ich wäre doch nicht so dumm gewesen und hätte mich selbst verraten."

Mom schüttelte nur den Kopf. Ich fluchte leise und versuchte, mich zu konzentrieren. „Stimmt es, dass Lenn und Peroll … das sie tot sind?"

Sie schien förmlich in sich zusammenzusacken. „Ja. Beide sind sie … nicht mehr unter uns."

„Aber Ozea lebt noch?", fragte ich. Sie nickte. Auch wenn Lenn nicht mein Vater und damit nicht ihr richtiger Mann gewesen war, hatte sie ihn dennoch geliebt – und ich auch. Verdammt, er war für fünfzehn Jahre lang mein Dad gewesen. Wäre es möglich gewesen, hätte ich getrauert. Hätte mich auf ihrem Schoß zusammengekauert und hätte geweint, bis keine Träne mehr übrig war. Ich wäre in dieser dunklen Phase ertrunken wie ein hilfloses Kleinkind im offenen Meer. Aber ich konnte nicht. Ich konnte jetzt nicht trauern, auch wenn ich nichts lieber getan hätte. Ich musste weiterhin einen klaren Kopf bewahren, sonst würde ich durchdrehen. Und das würde nichts leichter machen – im Gegenteil.

„Die Red Eyes wollen sie aus irgendeinem Grund unbedingt lebendig. Vielleicht, weil sie eine so kluge Seherin ist und ihnen in vielen Bereichen hilfreich sein könnte", meinte Mom. Sie wirkte trübsinnig und erschlafft, aber ich merkte auch, wie sie versuchte, ihren Kummer zu unterdrücken.

Für mich.

Ich stieß die angehaltene Luft aus. Die Frage lag mir seit der Sekunde auf der Zunge, in der ich erfahren hatte, dass Lenn nicht mein Dad war.

„Wer ist mein Vater?"

Mom begann ruckartig ihre Stirn zu massieren. „Das ist unwichtig."

Ich schüttelte den Kopf. „Das finde ich aber nicht."

„Er hat uns im Stich gelassen, als ich kurz vor dem Entbinden war. Er hat sich gegen uns und für sein Volk entschieden! Er will von uns nichts wissen. Nicht einmal hat er nach dir fragen lassen. Nicht einmal habe ich wieder seinen Namen gehört. Nicht einmal habe ich ihn gesehen, seit er mich sitzenlassen hat!", schrie sie plötzlich und ich sah sie erschrocken an.

„Mom, bitte", fing ich an. „Es ist doch nur ein Name."

Jetzt war sie es, die den Kopf schüttelte. „Dieser Name hat schon genug Schaden angerichtet, aber –" Sie beruhigte sich ein wenig und seufzte. „Aber du hast Recht. Du sollst ihn wenigstens von mir hören anstatt von jemand anderem." Als sie mich ansah, funkelten ihre wunderschönen, grünen Augen wie geschliffene Smaragde. „Dein Vater ist Talis Water. Der Anführer der Blue Eyes."

9

Nell

„Talis Water?", wiederholte ich ungläubig.

Mom nickte verbissen und ballte die Hände zu Fäusten, sodass ihre Fingerknöchel weiß hervortraten. Ich kannte den Anführer der Blue Eyes nur aus Erzählungen, aber dass er mein Vater war, hätte ich nicht erwartet. Wahrscheinlich hätte ich normalerweise um einiges emotionaler reagiert nach dieser Offenbarung, aber ich hatte mich bereits an die täglichen Schicksalsschläge gewöhnt.

„Wir haben uns auf einer Volkssitzung kennengelernt", sagte Mom leise. „Lenn und ich sind von klein auf unzertrennlich gewesen. Aber dann habe ich Talis getroffen ... Es war sozusagen Liebe auf den ersten Blick."

Sie atmete zitternd ein. „Wir haben uns von da an immer wieder heimlich besucht und irgendwann war ich schwanger."

Ich konnte mir ein Schnauben nicht verkneifen. „Und dann warst du *irgendwann* schwanger?"

Sie schüttelte den Kopf. „Keiner wusste von Talis und mir. Nicht einmal Lenn. Aber als ich schwanger wurde, habe ich es ihm erzählt."

Mom seufzte schwer und schloss kurz die Augen. „Wir wussten, dass du eine Mutante werden würdest. Von da an hatte ich jeden Tag solche Angst um dich. Lenn hat sich dann angeboten, dich als Vater aufzuziehen. Keiner schöpfte Verdacht, immerhin verbrachten er und ich viel Zeit zusammen."

Ihre Miene verfinsterte sich. „Ich habe Talis angefleht, bei mir – bei *uns* zu bleiben, aber er hat es nicht gewollt. Er ist abgehauen und hat mich zurückgelassen. In der Nacht, in der du geboren wurdest, kam Ozea zu mir. Lenn hat mir später erzählt, er habe sie geschickt, weil er sich Sorgen um mich gemacht hatte."

Sie begann auf ihrer Unterlippe zu kauen, wie ich es so oft tat. „Nachdem Ozea dich in den Händen hielt, hat sie deine Augen gesehen und … und sie hat dir keinen Segen gegeben –" Ihre Stimme brach.

Ich blinzelte und rutschte näher an sie heran. Ich war nicht die Einzige, die litt.

Meine Mom hatte mich immer nur beschützen wollen. Sie war verzweifelt, allein gelassen und jetzt … jetzt waren Peroll und Lenn tot.

„Mom …", begann ich leise, doch sie schüttelte entschieden den Kopf.

„Jetzt weißt du, wer dein Vater ist, aber ich möchte nicht, dass du ihn als deinen Dad bezeichnest. Er ist ein Monster. Er wollte dich nie kennenlernen, und will es jetzt immer noch nicht."

Ich schluckte.

„Und bevor du damit anfängst: Menschen ändern sich, das stimmt. Aber nicht alle, und Talis gehört zu denen, die für immer ein Monster bleiben", knurrte sie finster.

Wir unterhielten uns noch eine Weile, um uns auf den neusten Stand der Dinge zu bringen. Wir trauerten um Peroll und Mom dachten viel an Lenn. Ich erzählte ihr, dass ich ein Achat war und dass ich schreckliche Angst vor dem hatte, was Amber Notker mit mir anstellen wollte. Aber wir unterhielten uns auch, wenn nicht besonders lange, über normale Dinge, zum Beispiel über Lou und ich berichtete ihr von David. Luan und Felicity ließ ich bewusst aus.

„Ich vermisse Liam und Liz so sehr", murmelte ich schließlich und sie zog mich näher zu sich heran. „Das Schlimmste ist, dass wir im Streit auseinander-gegangen sind und ich keine Gelegenheit hatte, mich bei ihr zu entschuldigen."

Mom verengte die Brauen. „Wofür entschuldigen?"

„Liam hat mich geküsst."

„Was?", sie sah mich irritiert an. „Warum?"

Ich zuckte mit den Schultern. „Mir ging es nicht gut, weil ihr gerade verschwunden wart, und dann ist es passiert."

Mein Magen zog sich zusammen. „Nachdem Liz davon erfuhr, war sie nicht besonders gut drauf, natürlich nicht. Sie glaubte, ich möge ihn mehr als sie, wollte aber nicht wahrhaben, dass das nicht stimmt."

Bevor sie darauf reagieren konnte, ginf die Tür auf und Amber Notker, gefolgt von Dexter und einem weiteren Wachmann traten ein. „Die Zeit ist abgelaufen, ich hoffe, ihr habt sie genutzt", verkündete die Ärztin trocken und schnipste mit dem Finger, woraufhin der fremde Wachmann vortrat und meiner Mom eine Hand auf die Schulter legte.

Ich schluckte schwer. „Was soll das heißen?"

Mit einem kurzen Blick zu meiner Mutter sagte sie: „Ihr werdet euch in den nächsten Tagen nicht sehen. Du musst in die beiden Vorbereitungsabteile und damit wirst du schon alles Mögliche um die Ohren haben. Und Bella", sie wandte sich an meine Mom, „du wirst dich morgen mit Talis treffen."

Meine Mutter verzog ihr hübsches Gesicht. „Niemals."

Amber Notker lachte hölzern. „Es tut mir leid, aber es gibt nichts, was du dagegen einwenden könntest." Sie beugte sich zu uns hinab. „Ich bin mir sicher, ihr beide habt euch eine Menge zu erzählen."

Mom schnaubte und versuchte, sich aus dem Griff des Wachmanns zu befreien, es gelang ihr jedoch nicht – er drückte nur noch fester zu. Nach einem kaum merklichen Nicken der Rothaarigen wurde meine Mom abgeführt und ich konnte nichts dagegen tun, weil Dexter mich an seine breite Brust drückte, als ich versuchte, zu ihr zu gelangen.

Als wir nur noch zu dritt im Raum waren, wandte sich Amber Notker an mich.

„Am besten gehst du jetzt schlafen. Morgen wird ein anstrengender Tag für dich und David müsste auch bald gebracht werden", riet sie mir mit erhobenen Brauen.

Ich wollte schlucken, doch meine Kehle war wie ausgetrocknet und brannte höllisch. „Wo ist Luan?", fragte ich und wusste selbst nicht, warum.

Die ganze Zeit über, hatte ich an ihn denken müssen und daran, dass er vermutlich gerade mit Felicity zusammen war.

Ein nicht deutbares Lächeln erschien auf Amber Notkers Gesicht. „Du willst wissen, wo er ist?", wiederholte sie.

Ich warf einen kurzen Blick zu Dexter, er starrte unbewegt auf seine Füße.

„Das kann ich dir leider nicht verraten, aber ich kann dir sagen, dass er gerade mit Felicity an einem neuen Auftrag arbeitet. Wie bereits erwähnt."

Ihr Lächeln wurde breiter und ihre Stimme leiser. „Und wenn du dich morgen besonders anstrengst, könnt ihr vielleicht sogar zu dritt daran weiterarbeiten."

Ich kann dir sagen, dass er gerade mit Felicity an einem neuen Auftrag arbeitet und wenn du dich Morgen besonders anstrengst, könnt ihr vielleicht zu Dritt an dem Auftrag arbeiten.

Ich schnaubte in mein Kissen. Die Worte der Ärztin spukten seit mindesten einer halben Stunde in meinem dröhnenden Kopf herum und wollten mich einfach nicht in Ruhe lassen.

Kurz nachdem sie und Dexter gegangen waren, brachte Carter David zurück. Wir wechselten kein einziges Wort. Ich hatte mich aufs Bett geschmissen und schlafend gestellt.

Ich fluchte leise und rollte auf den Rücken. Luan Moor – dieser Junge war doch verflucht! Immer wieder schlich er sich in meine Gedanken und nistete sich dort ein wie ein Insekt. Doch trotz all den Gründen, ihn *nicht* zu mögen, fraß sich zielstrebig ein anderer Gedanke nach oben durch: Ich mochte ihn sehr wohl, und zwar sehr. Mit dem Gedanken schlief ich letztendlich ein und ich konnte nicht leugnen, dass es ein schöner war.

Ich hob die Lider und das Erste, was ich sah, waren dunkelblaue Augen, die von grellgelben Streifen durchsetzt waren. Der Anblick faszinierte mich jedes Mal aufs Neue. Doch als mein Gehirn bereit war, zu reagieren, begann mein Herz zu rasen und ich riss die Augen vollständig auf. Hektisch setzte ich mich auf und zog die Decke über meine nackten Beine, während mein Gesicht knallrot anlief.

„Du wirst rot", stellte Luan belustigt fest und musterte mich von oben bis unten.

Oh, wirklich?", grummelte ich und mir wurde noch heißer.

Bevor ich mir die Decke womöglich über den Kopf gezogen hätte, schnappte er sie und zog sie wieder nach unten, was meine ganze Arbeit zunichtemachte.

„Du siehst aus wie ein Engel, wenn du schläfst", sagte er mit tiefer, beruhigender Stimme, die mir einen wohligen Schauder über den Rücken jagte.

„Hast du mich schon wieder angestarrt?", fragte ich fassungslos. „Das ist echt merkwürdig."

Er lachte auf. „Ich habe gar nicht gestarrt. Ich habe lediglich zugesehen."

Ich verdrehte die Augen und griff nach der Decke, die er immer noch festhielt. Er ließ zu, dass ich sie ihm entzog, ließ sich aber mit ihr nach vorne fallen und stützte sich mit den Händen links und rechts von meiner Hüfte auf. Mir war inzwischen so heiß, dass ich Angst hatte, vor ihm zu verglühen.

„Was soll das jetzt wieder?"

Er ging nicht darauf ein, stattdessen suchte er meinen flackernden Blick und die gelben Streifen um seine Pupillen begannen zu leuchten, als er ihn gefesselt hatte. „Mir ist zu Ohren gekommen, dass du gestern nach mir gefragt hast", fing er an und ein überhebliches Grinsen umspielte die vollen Lippen.

Mein Herz geriet ins Stocken und meine schwitzigen Hände begannen zu zittern. „Ich wollte nur sicherstellen, dass ich dich den Abend über nicht sehen muss", entgegnete ich heiser.

Er hob eine Braue und musterte mich skeptisch. „Das ist aber eine schmutzige Ausrede."

Ich blinzelte und versuchte, Luft zu holen. „Warum musst du eigentlich immer eine schlagfertige Antwort parat haben?"

Seine Mundwinkel zuckten. „Ich bin halt unschlagbar, unfassbar, unglaublich toll."

Ich verdrehte die Augen. „Du erstickst vielmehr in Überheblichkeit."

Luan beugte sich weiter vor, sodass unsere Gesichter nur noch wenige Zentimeter voneinander entfernt waren. „Ich glaube, du hast mich einfach vermisst."

Meine Nasenflügel bebten, als sein warmer Atem über meine Lippen fuhr.

„Und wenn?"

Er öffnete leicht den Mund. „Dann wirst du Probleme mit Felicity bekommen."

Einen Moment lang konnte ich ihn nur unverhohlen anstarren, dann stieß ich ihn mit beiden Händen an den Schultern kräftig zurück. „Ich hasse dich!", fauchte ich und spürte die Tränen, die heiß in meiner Kehle brannten.

Luan verschränkte die Arme vor der Brust. „Da bin ich aber anderer Ansicht."

Mit Schwung stand ich auf und eilte Richtung Bad. Im Vorbeigehen warf ich einen kurzen Blick auf Davids Bett. Er lag dort und schlief – hoffentlich.

„Hast du nicht mal gesagt, du wolltest mich nie verletzen oder sowas?", fragte ich über die Schulter hinweg.

Plötzlich stand Luan vor mir und versperrte die Tür mit seinen breiten Schultern. Ein Muskel in seinem Kiefer zuckte und ich konnte deutlich sehen, wie sich seine Oberarme anspannten. „Ja, und das meinte ich auch so."

Ich hob den Kopf und sah ihn an. „Das ist ja schön und gut. Aber zwischen etwas *meinen* und etwas *tun* liegt ein gewaltiger Unterschied."

Sein Blick wurde starr. Dann wandte er sich ab. „Du solltest dich jetzt fertigmachen. Dexter kommt gleich."

Mit zitternder Unterlippe sah ich ihn an. „Was ist das für ein Auftrag, an dem Felicity und du arbeiten?"

Er hielt inne und schüttelte dann langsam den Kopf. „Es ist besser, wenn du es nicht weißt. Vorerst zumindest." Für ihn war das Gespräch damit beendet.

Ich war frisch geduscht, hatte meine Haare gewaschen und mich in die langweilige, weiße Kleidung gezwängt, als ich das Badezimmer verließ. Luan war nicht mehr da und wenig überrascht stellte ich fest, dass Dexter bereits vor mir an der Wand lehnte. Er unterhielt sich mit Carter.

David kam auf mich zu und wünschte mir einen guten Morgen, dann verschwand er im aufgewärmten Bad.

„Bereit fürs Frühstück?", fragte Dexter und stieß sich mit der Hüfte ab.

Ich nickte leicht irritiert. Sowohl er als auch David schienen irgendwie aufgeregt zu sein. Im Vorbeigehen warf ich Carter einen kurzen Blick zu, doch er starrte, grimmig wie immer, auf die Tür, hinter der David soeben verschwunden war.

Dexter und ich passierten einige Gänge und erreichten bald einen Speisesaal, der um einiges kleiner war als der in Abteil 1. Wir suchten uns einen ruhigen Platz am Rand und Dexter brachte mir ein Tablett mit Brötchen, Käse und Marmelade. Ich verschlang alles und wählte noch einen Nachtisch, da ich ahnte, dass ich meine Kräfte heute brauchen würde.

Als ich fertig war, erschienen David und Carter und übernahmen unseren Tisch.

„Was steht heute an?", fragte ich, während mich Dexter stumm durch die labyrinthartigen Gänge führte.

„Heute beginnt die erste Vorbereitungsphase", meinte er und ich hatte Mühe, seinen langen Schritten zu folgen. „Es wird getestet, was du kannst, und in der zweiten Phase, die morgen oder übermorgen dran ist, wirst du in eine Trainingsgruppe eingeteilt, mit der du ab dann täglich übst."

Mehr sagte er nicht und ich hatte auch keine Lust mehr, weitere Fragen zu stellen.

Schließlich blieb er vor einer Doppelglastür stehen. An der weißen Wand daneben stand **Abteil 2**. Ich erschauderte, weil ich keine Ahnung hatte, was mich auf der anderen Seite erwarten würde. Dexter schob die Tür auf und gab den Blick auf einen kleinen Vorraum frei. Sofort flankierten mich zwei Wachmänner und Amber Notker erschien. Sie trug ihre roten Locken zu einem festen Knoten gebunden und hatte einen verheißungsvollen Schimmer in den Augen, der mich abermals erschaudern ließ. „Wie schön, dich zu sehen", grüßte sie mit trockener Stimme und zog mich zu sich. Mit ihren dünnen Fingern deutete sie auf eine dunkelgraue Stahltür an der Wand gegenüber. „Dahinter befindet sich eine große Halle. Sie ist mit zahlreichen Kameras ausgestattet und wir können auch jedes Wort hören, was du sagst.

Auch wenn du flüsterst", meinte sie und ich wusste nicht, ob das eine Drohung oder eine Warnung sein sollte.

„Was soll ich dort drin machen?", fragte ich mit fast schriller Stimme.

Amber Notker antwortete nicht. Sie ließ mich los und machte eine Handbewegung, woraufhin die beiden Wachmänner von mir abließen und sich daranmachten, die Stahltür zu öffnen. Mir drehte sich der Magen um.

Ich spürte Dexters schwere Hand auf meiner Schulter, als er mich auf die Tür zuschob. „Du schaffst das", raunte er mir zu.

Ich atmete stockend aus.Was sollte das? Was wollten sie von mir? Doch bevor ich den Gedanken zu Ende fassen konnte, fiel das Schloss hinter mir dröhnend zu.

Ich zuckte zusammen.

Ich befand mich tatsächlich in einer großen Halle mit dunklen Stahlwänden. Was zum Teufel?

Plötzlich ging eine Deckenlampe an. Ihr Schein erhellte die Mitte der Halle und fiel damit auf ein Mädchen. Sie hatte rabenschwarzes Haar und einen kräftigen Körper, der sie furchteinflößend wirken ließ.

Über eine Sprechanlage hörte ich Amber Notkers Stimme: „Das ist Noemi. Sie ist aus Abteil 7. Du wirst jetzt gegen sie kämpfen. Sie ist halb Black halb Yellow Eye."

Eisige Schauder jagten mir über den Rücken und mein gesamter Körper wurde von einem Beben erfasst. Ich sollte gegen sie *kämpfen*?

Noch einmal erklang die Stimme der Red Eye: „Luan ist übrigens auch hier."

Ruckartig hob ich den Kopf und starrte auf einen riesigen Spiegel, der außer Reichweite oben an der Wand hing. Ich wusste, dass er einseitig durchsichtig war und Luan, der anscheinend mit Amber Notker dahinterstand, mich in diesem Moment wahrscheinlich ansah.

Die Deckenlampe ging aus und die Halle lag auf einmal vollkommen im Dunkeln. Ich konnte nicht einmal mehr die Hand vor Augen sehen. Panisch drehte ich mich um meine eigene Achse und plötzlich sah ich ein Licht. Es bewegte sich zielstrebig und geschmeidig auf mich zu und ich ahnte schnell, dass es mir nicht den Weg erhellen wollte. Kurz vor mir stoppte das Licht und ich bekam keine Luft mehr, als gelbe Augen wenige Zentimeter vor meinem Gesicht zu glühen begannen. Schwarze Wolken umhüllten mich und ich spürte einen starken Luftzug, der mir die Haare nach hinten blies. Spätestens jetzt war in mir wirkliche Panik ausgebrochen. Ich wollte zurücktreten und abhauen, aber eine Hand schnellte vor, glühend heiße Finger schlossen sich um meinen Hals und drückten zu.

Ich schrie auf.

Noemi, oder wie diese lebensmüde Mutante hieß, hob den anderen Arm und um sie herum begann es matt zu leuchten. Wäre sie nicht gerade dabei gewesen, mich zu erwürgen, hätte ich das Licht wahrscheinlich sogar schön gefunden.

Sie schnellte vor und rammte mir ihre geballte Faust in die Magengrube. Ich stöhnte auf und sackte zusammen. Doch bevor ich auf dem Boden aufschlug, packte sie meine Schultern und ich spürte einen stechenden Schmerz, der durch meinen gesamten Körper strahlte und jede einzelne Zelle zu versengen schien.

„Warum wehrst du dich nicht?", hörte ich ihr Zischen neben meinem Ohr.

Ich rang noch immer nach Atem und war unfähig zu antworten. Als nächstes fuhren ihre langen Fingernägel über meine Wangen und hinterließen ein Brennen, das kaum zu beschreiben war. Als ich mich noch immer nicht wehrte, schlug sie erneut zu. Diesmal traf sie meine Nase. Ein widerliches Knacken war zu hören und im nächsten Moment spürte ich einen metallischen Geschmack im Mund.

Es war Blut. Mein Blut.

Die Schmerzen benebelten meine Gedanken und die Dunkelheit wurde größer, drängender, erstickender.

„Wehr dich!" Jetzt kreischte Noemi. Sie packte meine Oberarme und drückte zu, dann riss sie sie hoch. Die sengenden Schmerzen nahm ich kaum noch wahr. Ich wurde von einer Schwere erdrückt, die mir die letzte Luft zum Atmen nahm. Meine Lungen schrien nach Sauerstoff, meine Kehle brannte, meine Nase war ein einziges Wrack aus Blut, Knochen und zerrissenem Fleisch, mein Magen zog sich immer weiter zusammen und meine Knie gaben nach. Diesmal hielt mich Noemi nicht aufrecht. Ich knallte mit einem dumpfen Geräusch auf dem Boden auf. Mein Kopf fiel nach hinten und schlug auf kalten Stein. Ich krümmte mich vor Schmerzen und das Letzte, was ich mitbekam, war, dass die Lichter angingen und ein wildgewordener Luan auf mich zustürmte. Neben mir fiel er auf die Knie und in seinem Blick sah ich etwas, was ich noch nie zuvor gesehen hatte.

Es war Angst.

10

Nell

Leise Stimmen schlichen sich in meinen unruhigen Schlaf. Ich versuchte zu schlucken und es gelang mir fast ohne Probleme. Blinzelnd öffnete ich die Augen und starrte an eine weiße Decke. Ich konnte einzelne Satzfetzen auffangen, sie aber nicht richtig deuten, da sie wie das Summen tausender Bienen in meinem Kopf widerhallten. Als nächstes erschien ein gebräuntes Gesicht mit Augen, in denen grellgelbe Streifen hervorstachen, wie Sterne in der Finsternis. Ich wusste, wer es war, und mein Herz begann schneller zu schlagen. Doch als sich ein zweites Gesicht in mein Blickfeld schob, stockte es. Das Gesicht war blasser als das von Luan, hatte gerötete Wangen und matte, grün-braune Augen.

Lou.

Ich erhob mich ruckartig und durch das plötzliche Aufrichten wurde mir schwindelig.

Luan legte mir eine schwere Hand auf die Schulter, um mich sanft zurückzuschieben. „Du musst dich ausruhen", sagte er mit tiefer Stimme.

Mir wurde warm, als ich seinen Oberkörper an meinem spürte, während er mir behutsam die Decke bis über die Schultern zog.

Ich sah Lou verwirrt an. „Was machst du hier?"

Sie warf Luan einen kurzen Blick zu, bevor sie antwortete. „Amber Notker hat bei meiner letzten Untersuchung von dir erzählt und da wollte ich unbedingt zu dir."

Mein Herz sackte zusammen. „Also hat die Lasercreme immer noch nicht gewirkt?"

Sie blinzelte. „Noch nicht, aber ich bin auf dem Weg zur Besserung."

Wenigstens etwas.

„Wo sind wir?", fragte ich mit einem unangenehmen Pochen im Kopf.

„In deinem Zimmer", antwortete Luan. „David ist schon beim Frühstück."

Als ich ihn irritiert ansah, fügte er hinzu: „Du standest gestern den restlichen Tag unter Narkose. Die meisten Schrammen sind abgeheilt, aber deine Nase noch nicht ganz."

Ein Kloß bildete sich in meinem Hals, als ich vorsichtig über meine trockenen Lippen fuhr und dann hinauf zu meiner Nase. Meine Fingerkuppen trafen auf Gips. Erst jetzt nahm ich richtig wahr, wie sich meine Nase anfühlte. Stockend atmete ich aus. „Ich konnte gar nicht so schnell reagieren", versuchte ich zu erklären. „Sie hat einfach weitergemacht, bis ich zusammengebrochen bin."

Ein Schatten legte sich über Luans Gesicht. „Sie hätte es nicht so weit kommen lassen dürfen."

„Wer?"

Sein Brustkorb hob sich. „Amber Notker." Er schluckte. „Aber ich auch nicht. Ich hätte vorher eingreifen müssen, nicht erst, als du bewusstlos vor mir lagst." Er sog scharf die Luft ein und legte den Kopf in den Nacken. „Verdammt, ich hätte es verhindern müssen."

Ich schüttelte den Kopf. „Du kannst nichts dafür."

Er stieß sich vom Bett ab und zog die Brauen zusammen. „Hör auf, mich immer vor mir selbst zu verteidigen. Ich hätte es verhindern müssen, Punkt. Und ich kann sehr wohl etwas dafür."

Erschrocken von der Schärfe in seiner Stimme zuckte ich zusammen.

„Sie will nur nicht, dass du dir Vorwürfe machst", schaltete sich Lou ein.

Er fuhr zu ihr herum und musterte sie aus kalten Augen. „Sie soll sich nicht um mein Wohlbefinden sorgen. Ihr Leben ist wertvoller als meins. Und ohne mich wäre es jetzt noch lebenswert", fauchte er.

Mir entwich ein leises Wimmern, was bestimmt total albern klang, aber ich konnte es einfach nicht zurückhalten. Warum machte er sich nur selbst schlecht? *Ich* war die, die versagt hatte, nicht er.

„Können wir kurz –", hob ich an und Lou verstand.

„Logan wartet eh vor der Tür. Wir sehen uns." Mit diesen Worten verschwand sie eilig aus meinem Zimmer und es bildete sich ein ekliges Gefühl in mir, weil ich sie fortgeschickt hatte.

Als wir allein waren, ließ sich Luan neben mir auf dem Bett nieder. „Weißt du, was ich nicht verstehe?", fing ich mit leiser Stimme an. „Mal sagst du, du willst mich berühren und ich denke, du magst mich. Aber dann bist du wieder auf äußersten Abstand aus und verlangst, dass ich dich hasse." Ich legte den Kopf leicht schräg. „Ich weiß, dass ich das gestern gesagt habe, aber das meinte ich nicht ernst. Ich hasse dich nicht. Das könnte ich gar nicht." Meine Stimme wurde mit jedem Wort leiser und ich errötete. Luan drehte den Kopf und sah mir direkt in die Augen. „Als ich angefangen habe, mit Felicity zu trainieren, wurden wir ab dem ersten Tag darauf gepolt, uns gegenseitig zu beschützen. Wir sind immer mehr zusammengewachsen und konnten uns blind vertrauen. Wir hätten uns für den anderen geopfert, wenn es ihn gerettet hätte." Er änderte seine Sitzposition. „Die Red Eyes haben das gemacht, weil sie wussten, dass wir Achate waren und dass wir irgendwann in den Außendienst gehen würden. Draußen war es gefährlich, da gerade Völkerkrieg herrschte, also mussten sie sich etwas überlegen, um ihre besten Mutanten zu schützen. Und dieser Schutz waren letztendlich wir selbst." Seine Rückenmuskulatur spannte sich an. „Verstehst du das?"

Als ich nicht antwortete, fügte er hinzu: „Ich will das zwischen Felicity und mir nicht kaputtmachen. Ich will sie nicht verletzten, weil sie … sie ist mir wichtig."

Ich verstand seine Situation und ich verstand seine Handlungen, aber seine Worte versetzten mir trotzdem einen tiefen Stich.

„In den Momenten, in denen wir uns nah waren, hatte ich mich nicht mehr unter Kontrolle. Es ist das Beste für alle, wenn zwischen uns nichts entsteht. Felicity würde darunter leiden und wenn sie leidet, leide ich auch."

Er beugte sich vor. „Ich weiß, dass dir das nicht gefällt, aber so ist es nun mal. Felicity und ich haben so viel zusammen durchgemacht. Sie ist wie eine Schwester für mich."

Ich schnaubte. „Für sie bist du aber kein Bruder, sondern viel mehr als das."

Er kräuselte die Lippen. „Nell, es ist kompliziert und es tut dir weh, ich weiß das. Aber genau das meine ich. Wenn du mich hassen würdest, würde dich auch die Verbindung zwischen Felicity und mir kaltlassen. Ich will nicht, dass du Tag für Tag in den sauren Apfel beißen musst, wenn du uns zusammen siehst." Ich hob das Kinn. „Du verlangst also, dass ich dich hasse? Aber so einfach ist das nicht. Sowas kann man nicht einfach von jetzt auf gleich beschließen." Er seufzte. „Ich weiß. Aber mehr, als es dir zu raten, kann ich nicht."

Er erhob sich und wollte sich vom Bett entfernen, aber ich hielt ihn am Handgelenk zurück.

„Du willst sie, oder?", meine Stimme zitterte vor inneren Schmerzen.

Mit dunklen Augen drehte sich Luan zu mir um. „Ich habe dir schon einmal gesagt, dass ich sie nicht liebe und das tue ich noch immer nicht. Ich will sie nur beschützen."

Ein Schlag in die Magengrube.

Und noch einer.

Die Schmerzen, die ich in diesem Moment empfand, waren viel schlimmer als die, die mir Noemi zugefügt hatte.

Nachdem Luan gegangen war, geschah nichts mehr, außer dass Dexter mir Essen brachte und mich ein wenig abzulenken versuchte. Ich musste an Mom denken, an Talis und auch an Luan – die ganze Zeit. Seine Worte taten weh. Sehr sogar, und ich versank mehr und mehr in Wut und Verzweiflung.

Am nächsten Tag wurde ich wieder in die Halle gebracht.

Die Deckenlampe war bereits ausgegangen. Amber Notkers letzte Worte, „Luan ist auch heute wieder dabei", schwirrten mir im Kopf herum und hinterließen ein einziges Chaos.

Wieder nahm ich das matte Licht wahr, das auf mich zuschoss.

Wieder bildeten sich schwarze Wolken um mich herum. Wieder packte mich Noemi am Hals. Doch etwas war anders als vorgestern. Es waren die Gefühle. Vorgestern hatte ich Panik ohne Ende, aber heute fühlte ich nichts.

Gar nichts, nur Kälte.

Und diesmal ließ ich mich nicht herumschupsen. Ich konzentrierte mich auf den Mittelpunkt und spürte berauschende Kräfte durch meine Adern strömen. Es war Wahnsinn, mein Körper begann zu beben. Ich warf Noemi einen warnenden Blick zu, den sie nur belächelte.

Ein Fehler.

Die Energie schoss aus mir heraus und traf die Mutante mit voller Wucht in der Schulter.

Sie ließ mich los und taumelte zurück, hatte sich aber gleich darauf wieder gefangen. Ein hinterhältiges Grinsen erschien auf ihren schmalen Lippen. „Du spielst endlich mit, schön, jetzt ist es wenigstens nicht mehr so langweilig."

Sie ließ ein grelles Licht frei, das mir direkt ins Herz schlagen sollte, doch ich wich kurz vorher aus. Erneut sammelte ich mich, hob mit Schwung beide Arme und brachte meine mütterlichen Kräfte an den Tag. Efeu schoss aus dem Boden, schlängelte sich über den kalten Stein und klammerte sich um Noemis Beine. Die paar Sekunden, in denen sie unfähig war, sich zu bewegen, nutze ich und sprang vor. Ich packte sie an den Haaren und schleuderte ihren Kopf in den Nacken. Sie kreischte auf.

Doch ich war klug genug, um zu wissen, dass ich ihr im Nahkampf gnadenlos unterlegen war und wollte mich zurückziehen, aber sie war schneller. Mit einer fließenden Bewegung packte sie meinen rechten Arm, verdrehte ihn und riss ihn nach hinten, was mich zum Straucheln brachte. Eiserner Schmerz strahlte von meiner Schulter ab und ich war mir fast sicher, dass sie ausgekugelt war. Trotzdem blieb ich bei der Sache. Die Kräfte von Talis hatte ich noch nicht wirklich getestet, ganz zu schweigen davon, sie unter Kontrolle zu haben, und genau deshalb ließ ich sie frei. Mehrere Wasserfontänen schossen an meinen Armen hinab und schlugen in Noemi ein. Sie röchelte und gab unkontrolliert Lichtblitze und Nebelwolken frei, die die Luft verpesteten und meine Lungen zuschnürten. Doch ich ließ mich nicht beirren und sprang auf sie zu. Mit Schwung hob ich das Knie und rammte es ihr unterhalb des Bauches ins Fleisch. Sie schrie schmerzverzerrt und fiel zu Boden. Einige Sekunden blieb sie reglos liegen und ich war mir sicher, dass ich sie erledigt hatte.

Doch sie täuschte mich.

Plötzlich war sie auf den Beinen, schoss vor und umschloss meinen Hals mit glühend heißen Fingern. Mit der freien Hand packte sie meinen schmerzenden Arm und riss ihn nach vorne. Dann formte sie meine Finger zu einer Faust und schlug mir mit meiner eigenen Hand auf die Nase.

Ich hörte den Gips knacken und kleine Bröckchen fielen mir auf die Lippen.

Ich spuckte und spürte im selben Moment das träge Blut, das mir aus der zum zweiten Mal aufgerissenen Wunde rann. Schwerfällig holte ich Luft.

Noemi grinste kühl. „Hat viel Spaß gemacht, danke für die Unterhaltung."

Wie aus dem Nichts wurde ich von einer rasenden Wut gepackt und ihre Umrisse verschwammen vor meinen Augen. Stattdessen erschien Felicity an ihrer Stelle. Ich krallte mich in ihren dunkelbraunen Haaren fest, mein Kiefer schnappte nach ihrem Kinn und verfehlte es nicht. Unter Felicitys Schreien bohrten sich meine Zähne in ihr Fleisch und als ich meinen Kopf zurückriss, konnte ich das Blut schmecken.

Ihr Blut.

Auf meiner Zunge.

Zufriedenheit machte sich in mir breit, und endlich lockerte sich der tödliche Griff um meinen wunden Hals. Felicity sackte zu Boden und blieb verdreht dort liegen, doch ich war noch lange nicht fertig.

Giftige Efeuranken krümmten sich um ihren Hals, ihre Schultern und ihren Oberkörper. Langsam schloss ich meine zitternde Hand und damit zogen sich die Ranken immer mehr zusammen. Ich würde sie ersticken.

Ein letztes Zucken erfasste ihren Körper, dann wurde er steif, leblos.

Tot.

Grelle Lichter gingen an, die mich blendeten und einen Moment lang hatte ich vergessen, wo ich war. Vor mir lag nicht Felicity, sondern Noemi.

Sie war tot.

Ich hatte sie umgebracht.

Allmählig kehrten auch die Schmerzen zurück. Die Schulter, die sie mir verrenkt hatte, stach und brannte. Mein Hals war noch immer wund von ihren heißen Fingern und meine Nase blutete. Der Gips auf meinen aufgeplatzten Lippen bröckelte hinab und verstaubte die Luft. Trotz allem, was sie mir zugefügt hatte, war ich erschüttert von mir selbst.

Ich hatte sie wirklich umgebracht. Und sie hatte leiden müssen, es war qualvoll gewesen bis zum letzten Atemzug, der sie endlich erlöste. Ich hatte ein Leben genommen. Ausgelöscht. Einfach so.

Mit trockener Kehle taumelte ich einige Schritte zurück und nahm kaum wahr, wie die Stahltür geöffnet wurde und Amber Notker, gefolgt von Dexter und Luan hereinkamen.

Ich hatte getötet aus Zorn auf eine andere Person. Noemi war vollkommen schuldlos.

Dexters schwere Hand legte sich auf meine Schulter und er zog mich sanft zurück. Ich zuckte vor Schmerz zusammen. Mit großen, verschleierten Augen sah ich ihn an. Meine Unterlippe zitterte.

„Ich habe sie getötet." Meine Stimme war nicht mehr als ein verzweifelter Hauch. Er hob den Brustkorb und sah mich mitfühlend an. Seine roten Augen zeigten Gefühle, die ich noch nie bei einem Red Eye gesehen hatte.

„Hervorragend!" Amber Notker klatschte begeistert in die Hände und würdigte die Leiche am Boden keines Blickes. Ihre kalten Augen waren auf mich gerichtet. „Das war hervorragend!", wiederholte sie, verringerte aber nicht den Abstand zwischen uns, da ich immer noch unter Storm stand.

„Dexter wird dich auf dein Zimmer bringen, damit du dich waschen kannst, und dann wirst du gleich in Abteil 3 verlegt."

Ich stieß schnell die Luft aus, um Platz für neue zu machen.

„Was passiert jetzt mit ihr?" Ich zeigte auf Noemis lebloses Körper, ohne sie anzusehen. Amber Notker machte eine wegwerfende Handbewegung.

„Sie wird fortgebracht."

Ich ging nicht darauf ein und ließ mich ohne Protest von Dexter abführen. Im Vorbeigehen warf ich Luan einen kurzen Blick zu.

Seine Augen glänzten, was die gelben Streifen noch viel anziehender wirken ließ. Doch als er eine Braue hob und versuchte, meinen starren Blick zu lockern, schlug mir seine Abneigung wie eine Axt mitten ins Herz.

Ich blinzelte zu ihm auf und hielt an. „Ich wollte sie nicht umbringen."

Seine Nasenflügel bebten. „Das spielt keine Rolle. Ich hoffe, du hast endlich verstanden, worum es geht." Er beugte sich ein wenig zu mir hinab.

„Du wirst ab jetzt öfter verletzen, als dir lieb ist. Und wenn du dich weigerst, bist *du* diejenige, die die Halle nicht mehr verlassen wird – zumindest nicht bei Bewusstsein."

Ungläubig sah ich ihn an.

Mit ausdrucksloser Miene zog er sich zurück und kehrte mir den Rücken zu. Dexter führte mich ab und die Stahltür schlug hinter mir dumpf ins Schloss.

Man gab mir eine halbe Stunde, um mich umzuziehen und mich zu waschen.

Mit Schrecken betrachtete ich meinen Körper im Spiegel. Das Oberteil war von weißen Blutspritzern übersät, die sich trotz der gleichen Farbe des Stoffes deutlich abhoben. An meinem Hals zeichneten sich mehrere Würgemale ab, die Haut war teilweise offen. Meine Haare waren zerzaust und hingen mir strähnig vor die Augen, doch am schlimmsten war meine Nase.

Der Gips war vollständig verschwunden und hatte den Blick auf offenes Fleisch freigegeben. Es blutete zum Glück nicht mehr, trotzdem war es ein fürchterlicher Anblick.

Schließlich riss ich mich los und stieg in die Dusche. Das Wasser brannte in den Wunden und Schrammen, aber ich versuchte, es zu ignorieren. Die ganze Zeit über dachte ich an Luans Worte und wie sehr sie mich innerlich zerrissen hatten. Ich sehnte mich an den Tag zurück, an dem er mir gesagt hatte, dass er mich gerne berühren wollte. Ich war nicht gut darin, Dinge vorauszusagen, aber trotzdem wusste ich, dass er mich geküsst hätte, wenn er sich nicht unter Kontrolle gehabt hätte. Es tat mehr weh als gedacht, dass meine Gefühle für ihn das Ergebnis davon waren, dass er sich nicht unter Kontrolle gehabt hatte.

Ich ließ mir den Wasserstrahl so kurz wie möglich über das Gesicht laufen, bevor ich ihn abschaltete und die Dusche verließ. In ein Handtuch eingewickelt verließ ich das Bad und erstarrte, als ich David auf seinem Bett sitzen sah. Peinlich berührt senkte er den Kopf und räusperte sich.

„Entschuldige."

Ein schüchternes Grinsen huschte über meine Lippen, was er zum Glück nicht mitbekam. „Willst du auch duschen?", fragte ich und lief auf mein Kissen zu, auf dem frische Kleidung lag.

„Ja, danke." David erhob sich und verschwand im Bad, sorgsam darauf bedacht, mich nicht anzusehen. Ich schüttelte den Kopf und wollte gerade das Handtuch loslassen, als die Tür aufgerissen wurde und Dexter hereinstürmte. Ohne auf meinen entsetzten Gesichtsausdruck zu achten, packte er mich am Ellenbogen und wollte mich aus dem Zimmer ziehen, aber ich stemmte mit aller Kraft meine Beine in den Boden.

„Was ist denn los?", rief ich und sah ihn verblüfft an.

Seine Augen nahmen einen Ausdruck an, der mit kalte Schauder über den Rücken jagte. „Wenn du jetzt nicht freiwillig mitkommst, muss ich dich über der Schulter nach draußen befördern", warnte er und seine raue Stimme duldete keinen Widerspruch. Ich warf einen verzweifelten Blick auf die geschlossene Badezimmertür.

„David ist noch da drin."

In dem Moment polterte Carter mit einer unvergleichlich grimmigen Miene, herein, riss die Tür auf und zog einen erschrockenen David heraus.

„Wir müssen Abteil 2 evakuieren", knurrte Dexter, während er mich aus dem Zimmer schubste.

Auf dem Gang herrschte Chaos.

Tausende rote Alarmanlagen leuchteten und gaben schrille Töne von sich. Angestellte und Ärzte, aber auch andere Mutanten mit ihren Begleitern rannten an uns vorbei und schlängelten sich einen Weg zu den überfüllten Fahrstühlen. Ich wollte ihnen gerade folgen, als Dexter mich herumzerrte.

„Wir gehen da lang", brüllte er über den panischen Lärm hinweg und deutete in die entgegengesetzte Richtung. Ohne Protest ließ ich mich von ihm mitschleifen und spürte auch Carter mit David hinter mir. Wir rannten durch die Gänge als jage uns der Tod. Schließlich erreichten wir einen Fahrstuhl, der vollkommen leer war, wie der Gang, in dem wir uns nun befanden. Mir war mulmig zumute und ich sah mich hastig um. Dexter begann, sich im System des Fahrstuhls einzuloggen und als die Türen mit einem leisen *Bing* aufgingen, schubste er mich energisch hinein. Hinter Carters breiten Schultern schlossen sich die Türen wieder und mein Atem begann noch schneller zu rasen.

„Wo fahren wir hin?", fragte ich mit zittriger Stimme. Da Dexter nicht reagierte, weil er angestrengt auf der Anzeige herumtippte, wandte ich mich an Carter. Seine Nasenflügel bebten.

„In den Keller von Block A", war die trockene Antwort, mit der ich mich zufriedengeben musste, auch wenn ich keine Ahnung hatte, was Block A war. Plötzlich geriet der Fahrstuhl ins Ruckeln. Ich wurde nach vorne geschleudert und fiel in David hinein, der versuchte mir auszuweichen – es gelang ihm nicht ganz. Carter fluchte.

Dexter schlug auf die Anzeigetafel ein.

David lief rot an.

Mich packte die nackte Angst.

Hinter mir hörte ich das leise *Bing,* als sich die Türen wie von selbst öffneten.

Langsam drehte ich mich um.

Mein Hals war wie ausgetrocknet, während mein Herz drohte, zu explodieren. Bevor ich in eine Schockstarre verfallen konnte, hatte mich Dexter von hinten an der Taille gepackt und mich auf den Gang befördert.

Wieder Chaos.

Schnell wurde mir klar, dass wir uns noch nicht im Keller befanden, denn in dieser Etage gab es Fenster. Die meisten waren jedoch eingeschlagen und die scharfen Spitzen, in denen sich mattes Sonnenlicht spiegelte, waren entweder von rotem oder von weißem Blut befleckt.

Mir wurde übel.

„Wir müssen sie in Sicherheit bringen!", brüllte Dexter Carter zu und erst einige Sekunden später verstand ich, dass er mich meinte. Wir setzten uns in Bewegung und rannten direkt in eine Masse von panischen Menschen und Mutanten hinein. Dexter bremste ab, drehte sich mit mir im Arm um und rannte in die andere Richtung los. Völlig überrumpelt stolperte ich über meine eigenen Füße und hörte nur die verzweifelten Schreie der Leute hinter mir. Plötzlich spürte ich kalte Luft, die mir entgegenblies. Ich wusste sofort, dass sie von einem Black Eye kam, da ich diese Kälte auch bei Noemi gefühlt hatte.

Vor uns im Gang rannte eine Frau. Ihr Rock war zerfetzt und die Bluse blutig. Mit einem Mal blieb sie stehen und erstarrte. Ich hörte Dexter fluchen, doch es half nichts. Die Frau fasste sich an die Brust und drehte sich langsam zu uns um. Ihr Blick war starr, leer, kalt.

Hinter ihr begann ein rotes Licht zu flackern, das immer heller wurde und eine unerträgliche Hitze mit sich brachte. Die Frau stöhnte auf und ihre Augen begannen unkontrolliert zu rollen, bis man nur noch das Weiße sah.

Mein von Angstschweiß überzogener Körper zitterte bei diesem Anblick.

Und dann explodierte sie.

Ihr Körper wurde in die Luft geschleudert und zerrissen wie ein Stück Papier. Mir drehte sich der Magen um.

Fleischfetzten, verbrannte Kleidung und magere Knochen regneten zu Boden. Der Geruch von Tod verpestete die Luft und schnürte mir die Kehle zu. Steif hob ich den Kopf von den Überresten der Frau und starrte in rot-schwarze Augen. Mein Herz blieb stehen.

Der Junge, der urplötzlich direkt vor mir stand und zu dem diese furchteinflößenden Augen gehörten, war etwas älter als ich. Er reckte den Hals und atmete tief ein. Sein Mund verzog sich zu einem kalten Grinsen.

„Achat, endlich."

Die gefühllose Stimme ließ mich erschaudern.

Er holte aus und verpasste mir einen Schlag in die Brust. Durch den Aufprall begann mein Herz wieder zu schlagen, aber kurz darauf schossen eiserne Schmerzen in meinen Körper. Ich spürte Dexters Arme, die mich hinter ihn schoben. Doch bevor er seine Kräfte freilassen konnte, hatte der fremde Junge es mit seinen getan. Mit voller Wucht schlugen sie in Dexters Kopf ein. Er ging stöhnend zu Boden. Einen Moment lang starrte ich auf seinen verdrehten Oberkörper und das dunkelrote Blut, das aus einer üblen Kopfwunde troff, bis ich begriff, was gerade geschehen war. Inzwischen hatte sich Carter vor mich geworfen, doch auch er wurde von dem Fremden problemlos erledigt. Jetzt standen nur noch ich und der zitternde David vor ihm und seine Augen begannen zu leuchten.

„Das wird lustig", säuselte der Fremde mit eiserner Stimme, während er sich uns näherte. Ich wich zurück und stieß gegen David, der ein leises Wimmern von sich gab. Der Junge lachte auf; er lachte David *aus*.

Ich schnappte nach Luft, doch nur der Gestank nach Tod drang in meine ächzenden Lungen.

Schwarze Ringe bildeten sich um die Iris des Fremden, bevor er seinen Hals vorstreckte und ich plötzlich seine Zunge an meiner Wange spürte. Mein Magen zog sich vor Eckel zusammen.

„Lass sie in Ruhe", ertönte eine tiefe, bedrohliche Stimme hinter uns.

Der Fremde hielt inne, dann hob er den Kopf und wen auch immer er hinter mir sah – es schien ihn nicht besonders zu freuen.

„Du stiehlst mir die Show!", meckerte er mit gespielter Beleidigung.

„Lass sie in Ruhe."

Mit erhobenen Brauen hob er die Hände. „Ich hatte Lust auf einen Snack. Ihre Seele ist für mich wie ein Süßigkeiten-Paradies", sagte er in Plauderstimme.

Ein Schnauben. „Das kann ich mir vorstellen, aber heute wirst du wohl auf deinen Snack verzichten müssen, Arlo."

Arlo.

Er sog scharf die Luft ein. „Ich mag es gar nicht, wenn du mir sagst, was ich zu tun habe, Luan. Und ich glaube, das weißt du."

Bei seinem Namen schlug mein Herz schneller und ich war kurz davor, mich zu ihm umzudrehen.

„Geh weg von ihr", sagte Luan mit kalter Stimme und ich konnte ihn jetzt deutlich hinter mir spüren.

Arlos Miene versteinerte. „Ich glaube, du hast mich nicht verstanden –"

Luan schoss vor und rammte ihm seine Faust in die Brust. Ein greller Blitz erhellte den Gang und verbrannte Arlos Hemd. Er strauchelte kurz, ließ sich aber nicht aus der Fassung bringen.

„Du hast es nicht anders gewollt", knurrte er und senkte den Kopf. Schwarze Wolken umhüllten uns und schnürten mir die Kehle zu. Mit einem seltsam kehligen Laut stürzte sich Luan auf seinen Widersacher und die beiden gingen in den dunklen Schwaden zu Boden.

„Wir müssen hier weg!", schrie Davids ängstliche Stimme.

Ich dachte nicht einmal daran. „Ich kann ihn nicht mit diesem Irren allein lassen!"

Konzentriert sammelte ich meine Kräfte und schickte sie in Form einer giftigen Ranke zur Wolke, unter der die Jungs verschwunden waren. Ich konnte es deutlich spüren, als das Gift unter Arlos Haut begann, seine Zellen zu zertrennen, und genoss seinen kurzen Aufschrei. Doch auch das hielt ihn nicht lange auf. Luan wurde in die Luft geschleudert und prallte gegen die Wand, sodass der Putz bröckelte. Vor Wut kochend landete er, trotz der Schmerzen, die er haben musste, elegant auf dem Boden und hob beide Arme. Energie knisterte über seinen Handballen und Wasserfontänen fluteten den Gang.

Arlo wurden die Beine unter dem Körper weggerissen und er knallte auf die Fliesen. Sofort war Luan über ihm und schlug zu. Ich konnte einen von Arlos Armen sehen, die sich unter Luans Gewicht hervorrangen und eine Flamme losließen. Doch sie traf nicht seinen Gegner, sondern mich.

11

Nell

Die Zeit schien plötzlich stillzustehen.

Nachdem die Flamme genau auf die Stelle getroffen war, unter der mein Herz lag, spürte ich jeden einzelnen von Millionen Messerstichen, die meine Adern, Sehnen und Knochen zertrennten. Meine Beine gaben nach und ich fiel auf den Rücken. Den kalten Boden unter mir nahm ich kaum wahr, weil meine Sinne von den Schmerzen der Flamme wie benebelt waren.

„Nell!", brüllte Luan, doch ich war unfähig, ihm zu antworten. Mein Blick war starr und bewegungslos zur Decke gerichtet und wurde immer ausdrucksloser. Ich konnte es spüren.

Mit einem Mal hörte ich eine erstickte Mädchenstimme, die nach Luan rief.

„Geh du zu Nell, ich kümmere mich um Arlo!", rief sie.

Ich wusste sofort, wer es war. Felicity.

Aber ich musste mich täuschen, denn warum sollte sie wollen, dass Luan sich um mich kümmerte und sie mit diesem Monster allein ließ?

Doch gleich darauf schob sich Luans vor Besorgnis verzerrtes Gesicht in mein schwindendes Blickfeld. Mit leicht geöffnetem Mund legte er mir beide Hände auf die Brust und sah mich eindringlich an. Mein Körper bebte.

„Ich bin da", sagte er mit leiser Stimme, die in meinen rauschenden Ohren wie eine Melodie klang. „Alles wird gut, Nell. Ich bin da."

Er beugte sich leicht vor und ich spürte berauschende Wärme, die von seinen Händen in meinen Körper überstrahlte. Mir fielen die Augen zu. Wie ein Wunder stürzten sich seine Kräfte zwischen meine zerschnittenen Innereien und verbanden sie, wie von allein, wieder miteinander. Ich spürte seinen ruhigen Atem auf meinem Hals und bekam leichte Gänsehaut. Die Schmerzen ließen langsam nach und ich konnte wieder normal atmen. Mein Herz schlug zwar immer noch schnell, aber als ich die Augen wieder öffnete, sah ich grellgelbe Streifen auf einem dunklen Blau, in dessen Tiefen ich mich sofort zu verlieren drohte.

„Luan –", krächzte ich und zuckte beim Brennen in meiner Kehle zusammen. Seine Mundwinkel hoben sich leicht.

„Luan!" Das war kein Krächzen, sondern ein schmerzverzerrtes Kreischen.

Und es kam nicht von mir, sondern von Felicity.

Luan schoss herum und seine wärmenden Hände glitten von meinem Oberkörper. Sofort wurde mir kalt, doch ich richtete mich trotzdem vorsichtig auf und erstarrte.

Arlo hatte Felicity zu Boden gepresst und beide Hände an ihren schlanken Hals gelegt. Er war dabei, sie zu erwürgen. Zusätzlich hatte sich um die beiden eine Rauchwolke gebildet, die der am Boden Liegenden die letzte Luft zum Atmen nahm. Ihr Körper begann unkontrolliert zu zucken und ihr Rücken krümmte sich vor Schmerz.

Arlo drehte uns den Kopf zu und grinste. „Jetzt hast du versagt", verhöhnte er Luan. „Du hast deine Heilkräfte für *sie* verschwendet", ein hasserfüllter Blick in meine Richtung, „und jetzt wird Felicity sterben – deinetwegen."

„Nein!", brüllte Luan, sprang auf und stürzte sich auf Arlo. Dieser hob jedoch einen freien Arm und Flammen stiegen vom Boden auf, bildeten einen Kreis um die beiden, gegen den Luan wehrlos war.

„Ich würde dir nicht raten, jetzt den Mittelpunkt aufzurufen. Es würde dich am Ende selbst umbringen. Du bist zu schwach, das wissen wir beide", mahnte Arlo mit triumphierendem Blick. Felicity stöhnte unter ihm, dann rollte ihr Arm zur Seite und blieb reglos neben ihrem steifen Körper liegen. Luan stand vor dem Flammenring, seine Schultern bebten und seine Hände waren zu zitternden Fäusten geballt.

„Geh runter von ihr!", brüllte er unter rasender Wut.

Arlo stand freiwillig auf und entfernte sich mit erhobenen Armen. „Ich habe meine Arbeit für heute getan. Ihre Seele wird mich noch stärker machen und bald kann mich *niemand* mehr aufhalten!", rief er und verschwand so plötzlich, wie er aufgetaucht war, in einer schwarzen Wolke. Der Flammenring erlosch und gab den Blick auf Felicity frei.

Bevor Luan vor ihr niederkniete und mit seinen breiten Schultern die Sicht versperrte, konnte ich einen Blick auf sie erhaschen. An ihrem Hals zeichneten sich mehrere, dunkelrote Würgemale ab. Ihr T-Shirt war kaputtgerissen und gab den Blick auf ihren nackten Oberkörper frei. Die gebräunte Haut war von tausenden Blutspritzern befleckt. Ihr Mund war zu einem stummen Schrei geöffnet und die Augen starrten ins Leere. Aus ihrer Nase, einer fleischigen Wunde über ihrer Brust und aus ihren Augen lief weißes Blut. Es bildete mehrere Lachen neben ihrem leblosen Körper. Ich konnte mich nicht länger aufrecht halten und rutschte zurück auf den Boden. Meine Lippen pressten sich aufeinander, als Luan anfing, tierische Klagelaute auszustoßen.

Felicity war tot.

Sie hatte gegen Arlo gekämpft … war sie für mich gestorben?

Aber das ergab keinen Sinn. Sie hatte mich gehasst.

Schlagartig wurde es mir bewusst. Luan hatte gesagt, dass sie alles füreinander tun würden – auch sich selbst opfern, damit der andere überlebte. Felicity hatte Luan damit abgelenkt, mich zu heilen, damit er außer Gefahr war.

Sie war für *ihn* gestorben.

Auf einmal kamen Männer in schwarzen Schutzanzügen und merkwürdigen Waffen in den Gang gepoltert. Sie bildeten einen Durchgang, durch den Amber Notker auf mich zugerannt kam. „Bring sie sofort in den Behandlungsraum!", wies sie einen jungen Arzt an, der jetzt hinter ihr erschien. Dann eilte sie weiter zu Luan, den bereits fünf uniformierte Männer von Felicitys Leiche gezerrt hatten. Er tobte wie ein Besessener, doch als zwei weitere Männer hinzukamen, hatte er keine Kraft mehr. Immer und immer wieder stieß er diese Klagelaute aus, während er weggeschafft wurde.

Mir brach es das Herz, ihn so zu sehen.

„Miss Ivy", begann der junge Arzt und umfasste meinen Oberarm. „Würden Sie mich bitte begleiten, Sie müssen untersucht werden."

Wie in Trance erhob ich mich und warf einen letzten Blick auf den leblosen Körper am Boden, bevor ich mich abwandte. Was zur Hölle war hier gerade geschehen? Wie hatte die Situation so außer Kontrolle geraten können, dass es ein weiteres Leben gekostet hatte? Warum erzählte mir keiner, was hier los war und was diese Leute von mir wollten?

An der Ecke des Gangs angelangt, hielt ich inne. Hier waren Dexter und Carter zu Boden gegangen. Mein Magen zog sich schmerzhaft zusammen, als ich daran dachte, dass Dexter wahrscheinlich ebenfalls tot war.

Doch nirgendwo lag eine weitere Leiche, nur dunkelrote Blutflecken übersäten die Fliesen.

Von dem Arzt und mindestens acht weiteren Männern in schwarzen Anzügen und mit bedrohlich aussehenden Waffen in den Händen wurde ich durch die leeren Gänge geführt. Die meisten Leute mussten in den Keller geflüchtet sein, waren tot oder versteckten sich hinter den geschlossenen Türen.

Nachdem mich der junge Arzt in einem mir unbekannten Zimmer untersucht hatte und mit meinen Werten einigermaßen zufrieden war, verließ er den Raum und Amber Notker kam herein. Ihr Gesicht spiegelte Erschütterung wider, was seltsam aussah bei ihren sonst so straffen Zügen und kalten Augen.

„Wie geht es Luan?", war meine erste Frage und ich erhob mich von dem Stuhl, auf dem ich zuvor Platz genommen hatte.

Die Red Eye verschränkte die Arme vor der Brust und musterte mich eine Weile prüfend, bevor sie antwortete. „Wir haben ihm ein Narkosemittel gegeben, damit sich sein Herz für ein paar Stunden ausruhen kann. Er hat dir sicher erzählt, dass es eine Art Verbindung zwischen ihm und Felicity gegeben hat."

Sie sog scharf die Luft ein.

„Mit ihrem Tod ist diese Verbindung gebrochen und er hat sozusagen ihre Schmerzen seelisch auch gespürt, als sie … naja, du weißt schon."

Amber Notker strich ihre Bluse glatt. „Es ist auch ein riesiger Verlust für mich – für die ganze Abteilung, die jeden Tag für das Überleben und die Weiterentwicklung der Achate gekämpft hat, und nun ist so etwas passiert. Ich bin zutiefst erschüttert und mir ist unbegreiflich, wie Arlo abermals einen solch großen Schaden anrichten konnte."

Ich runzelte die Stirn. „Abermals?"

Sie seufzte ehrlich getroffen. „Vor dir gab es schon einmal einen dritten Achat. Es war ein Junge, nicht älter als zehn. Sein Name war Jupiter, er war halb Purple, halb Brown Eye. Arlo hat von ihm gewusst, damals haben wir Jupiters Entdeckung nicht geheim gehalten. Er war der erste Achat überhaupt."

Sie senkte den Kopf, als würde sie sich dafür schämen. „Damals wussten wir auch noch nicht, dass Arlo ein Diamant ist. Die härteste und kälteste Mutantenrasse, die es gibt. Diamanten lechzen nach Seelen. Sie *essen* sie sozusagen. Die Seele eines Achats verleiht ihnen doppelte Kräfte, was sie zu einer einzigen Bestie macht."

Die Ärztin rümpfte ihre spitze Nase. „Nachdem Arlo Jupiter umgebracht hatte, merkten wir schnell, dass ihm kaum jemand, und wenn, dann nur ein jahrzehntelang ausgebildeter Mutant aus Abteil 10, überlegen war. Er merkte das natürlich auch und richtete großen Schaden an. Wir mussten sein Zimmer, in dem er damals gelebt hatte, komplett umbauen und es in eine Stahlzelle verwandeln. Seit Jupiters Unglück arbeiten wir daran, ein Mittel zu finden, mit dem man Arlos Kräfte unter Kontrolle bringen kann. Mit den Jahren haben sie zwar nachgelassen, aber jetzt …"

„Jetzt beginnt das Spiel mit Felicitys Seele von vorn?", schlussfolgerte ich.

Amber Notker nickte finster. „Es ist nur eine Frage der Zeit, bis er wieder ausbricht und dann wird er auf dich aus sein. Das war er zwar von Anfang an, aber Luan kam ihm dazwischen", murmelte sie verbissen.

„Aber wie hat er denn von mir erfahren, wenn geheim gehalten wurde, dass ich ein Achat bin?", wunderte ich mich.

Sie steckte sich eine widerspenstige Locke hinters Ohr. „Erinnerst du dich an den Zwischenfall von vorhin, als es in Abteil 5 gebrannt hat?"

Ich nickte.

„Dafür war Arlo verantwortlich. Wir gehen davon aus, dass er einige Ärzte dort, die von dir wussten, bedroht oder sogar gefoltert hat, um Antworten von ihnen zu bekommen. Seit Neustem wissen wir nämlich, dass Diamanten die Anwesenheit von Achaten in ihrer Nähe spüren können", erzählte sie. „Andersherum auch, hat uns Luan verraten."

„Was ist mit diesen Ärzten passiert?" Ich war mir gar nicht sicher, ob ich es wissen wollte.

„Er hat sie nach ihrer Aussage umgebracht", erwiderte sie trocken. Mir wurde kalt. „Und wo ist er jetzt?"

„Meine Männer haben ihn in der Nähe deines Zimmers aufgefunden. Er ist bereits zurück in seiner Zelle, du brauchst dir vorerst keine Sorgen zu machen", sagte sie. Doch ihre Worte konnten mich nicht beruhigen. Ich musste wieder an seinen leblosen, kalten Blick denken, der mir noch jetzt Schauder über den Rücken jagte.

„Kann ich zu Luan?", fragte ich schließlich und sah sie hoffnungsvoll an.

Er war der einzige, bei dem ich mich jetzt sicher fühlte und ich musste ihn einfach sehen. Er hatte mir das Leben gerettet.

Amber Notkers schmale Lippen verzogen sich bitter. „Nein. Wir wissen nicht, wie er sein wird, wenn er aufwacht, das Risiko ist zu hoch", sagte sie bestimmt.

Mein Magen zog sich zusammen. *Wie er sein wird?*

„Was wollen Sie damit sagen?" Meine Stimme zitterte leicht.

„Das wir nicht wissen, wie er sein wird", wiederholte sie.

Ich versuchte, den Kloß in meinem Hals zu ignorieren. „Können sie mir wenigstens sagen, wie es kommt, dass ich keine Schmerzen mehr habe und meine Wunden verheilt sind?"

Amber Notker ließ die Arme sinken. „Diamanten haben die Fähigkeit, die Seelen anderer für sich zu gewinnen, um damit ihre Kräfte zu stärken. Achate hingegen haben die Fähigkeit, verletzte Seelen zu heilen."

Als ich nicht verstand, fügte sie hinzu: „Alle glauben immer, die Seele wäre unbedeutend, aber das ist sie ganz und gar nicht. Hat die Seele Schmerzen, bekommt das der ganze Körper zu spüren.

Hat der Körper Schmerzen, bekommt das die Seele zu spüren. Achate haben die Möglichkeit, die Seele von Verletzten ausfindig zu machen und sie zu heilen. Luan hat deine geheilt, und somit wurden auch die körperlichen Schmerzen gelindert. Deine Nase zum Beispiel hat nur noch ein paar Schrammen, sonst sieht sie wieder normal aus."

Sie strich sich abermals die Bluse glatt. „Und je nachdem, wie groß die Verletzungen sind, ist mehr oder weniger Kraft erforderlich, um sie zu heilen. Bei dir war es sehr ernst, deshalb war Luan nach deiner Heilung erschöpft, er konnte sich nicht mehr gegen Arlo behaupten und war auch nicht mehr in der Lage, Felicity zu heilen."

Ich ließ die Schultern sinken. „Also bin ich schuld an ihrem Tod."

„Nein. Du kannst schließlich nichts dafür, dass Arlo erst dich und dann Felicity verletzt hat", warf sie energisch ein.

Darauf antwortete ich nichts und nach einer Weile des Schweigens machte sich Amber Notker daran, das Behandlungszimmer zu verlassen.

Ich hielt sie noch einmal zurück. „Was ist mit Dexter und Carter? Und wo ist David?"

Sie drehte sich nicht zu mir um, während sie sprach.

„David ist unverletzt, nur verschreckt auf seinem Zimmer. Carter geht es bereits etwas besser, aber für Dexter sieht es im Moment sehr schlecht aus."

Ohne nachzudenken offenbarte ich meine Idee: „Ich könnte ihn heilen."

Sie lachte angespannt. „So einfach ist das nicht. Bei einer Heilung kann auch viel schiefgehen. Wenn man die Seele nicht finden kann, also nur im Geist des Verletzten stöbert, führt das zum noch schnelleren Tod. Hinter einer erfolgreichen Heilung steckt jahrelange Übung und viel Konzentration. Wenn Dexter es nicht schafft, wird Nathan dich übernehmen", erklärte sie.

Ich wollte nicht einmal darüber nachdenken, denn ich kannte Nathan gar nicht und ich wollte auch keinen anderen als Dexter. Ich mochte ihn. Er war immer nett zu mir gewesen und hatte es schlicht und einfach nicht verdient, zu sterben – und schon gar nicht für mich.

In diesem Moment fühlte ich mich nutzloser denn je. Ich wollte helfen, wusste aber nicht, wie.

Amber Notker ließ mich allein. Ich verkroch mich in dem Krankenbett, das noch in dem Zimmer stand und versuchte, etwas zu schlafen.

Ich sah Luan vor mir.

Wir befanden uns in der Halle, in der ich gegen Noemi gekämpft und sie schließlich umgebracht hatte. Eine Deckenlampe leuchtete direkt auf seine breiten Schultern, die bei jedem seiner tiefen Atemzüge bebten.

Er stand vor mir, drehte sich aber nicht zu mir um.

Sein Körper wirkte verkrampft und angespannt; die Hände waren zu Fäusten geballt. Vorsichtig machte ich einen Schritt auf ihn zu, bis ich direkt hinter ihm stand.

„Luan?", fragte ich leise und sah seinen Hinterkopf an.

Beim Klang meiner Stimme drückte er die Schultern durch und fuhr herum. Ich erschrak, als ich den kalten, hasserfüllten Blick, die eisernen Gesichtszüge und den mahlenden Unterkiefer erblickte.

„Du bist schuld", knurrte er mit Augen voller Abscheu mir gegenüber.

Ich wusste einen Moment lang nicht, was er meinte, aber als er weitersprach, wurde es mir bewusst.

„Du bist schuld an Felicitys Tod!" Jetzt fauchte er. Ich wich zurück, doch er packte mich an beiden Oberarmen und hielt mich fest. Es war kein behutsamer Griff, sondern ein energischer, schmerzhafter. Ich zog die Brauen zusammen und versuchte, mich zu befreien.

„Es tut mir leid, Luan!", schrie ich, als er mich nicht losließ. „Ich habe nie gewollt, dass sie stirbt."

Er schnaubte verbissen. „Deine Worte sind schmutzig, Nellanyh. Genauso schmutzig wie deine Gedanken und deine gesamte Art als Mutante."

Seine Worte schnürten mir die Kehle zu und begannen, mir qualvoll den Bauch aufzuritzen. „Es tut mir leid", wimmerte ich unter seinem festen Griff und den giftigen Augen.

„Nein, das tut es nicht!", brüllte er mich an. „Ich – hasse – dich!"

In Schweiß gebadet schreckte ich hoch. Mein ganzer Körper zitterte und mein Atem ging stoßweise. *Nur ein Albtraum,* versuchte ich mich zu beruhigen. *Nur ein dummer Albtraum.* Doch Luans hasserfüllte Worte ließen mich auch nach einigen Stunden nicht los. Ich wusste, dass Nacht war, ohne irgendwo einen Wecker zu haben oder gar ein Fenster. Im Zimmer war es dunkel und bis auf das leise Piepen einer elektrischen Anlage stumm.

Ich holte einmal tief Luft und griff nach einer langen Strickjacke, die man mir zurückgelassen hatte. Erst jetzt wurde mir wirklich bewusst, dass ich barfuß und nur in ein Handtuch gewickelt vor Arlo gestanden hatte.

Entschlossen verließ ich das Bett, schlüpfte in unscheinbare Flipflops und lauschte an der Zimmertür.

Stille.

Ohne lange darüber nachzudenken, öffnete ich die Tür einen Spalt breit und linste auf den Gang hinaus. Zu dieser Zeit war niemand unterwegs.

Ich ließ das Zimmer hinter mir, durchquerte einige Flure und schon bald konnte ich Luans Anwesenheit spüren. Angenehme Schauder jagten mir über den Rücken und hinterließen eine Gänsehaut. Vor einer schlichten Tür blieb ich schließlich stehen. Auf dem kleinen Schild an der Wand daneben stand *Luan Moor.*

Ich war richtig.

Vor Nervosität begannen meine Hände zu zittern, als ich sie auf die Klinke legte und nach unten drückte. Ich betrat einen kahlen Raum, in dem lediglich ein kleiner Tisch, mehrere Messgeräte und ein Bett standen. Mein Blick blieb an einem hellbraunen Haarschopf hängen. Bevor ich das nächste Mal Luft holen konnte, fuhr er herum und gelbe Augen, belegt von einem hellblauen Schimmer, fixierten mich.

In dem Zimmer brannte nur eine Lampe, doch das Licht fiel direkt auf den Fremden. Äußerlich sah er genauso aus wie Luan, nur dass seine Schultern etwas schmaler waren und sein Körper insgesamt ein bisschen kleiner. Doch die hellbraunen Haare unterschieden sich von Luans Dunkelblond – wenn auch kaum merklich. Außerdem war die Verteilung der Augenfarben anders. „Wer bist du?", fragte der Junge mit drohender Stimme.

Ich biss mir auf die Lippe. „Nell … Nell Ivy."

Er verengte die Augen zu Schlitzen. „Dritter Achat?"

Ich zuckte unsicher mit den Schultern. „Jetzt sind es nur noch zwei."

Der Junge schien sich etwas zu entspannen und lockerte die Schultern.

„Ich bin Con, Luans Bruder", stellte er sich vor und erhob sich von der Bettkante, um auf mich zuzugehen. Automatisch wich ich einen Schritt zurück. Er verzog den Mund zu einem bitteren Lächeln, das sich kaum von dem seines Bruders unterschied. „Ich tu dir nichts."

Seine Worte beruhigten mich und ich nickte. „Wie geht es ihm?"

Con imitierte meine Geste. „Er schläft. Und das ist gut so, denn ich will nicht wissen, wie er ist, wenn er aufwacht."

Genau das hatte Amber Notker auch gesagt.

Ich ging mit steifen Schritten auf das Bett zu, in dem Luan lag. Seine breite Brust hob und senkte sich gleichmäßig und sein Körper wirkte relativ entspannt, aber als mein Blick zu seinem Gesicht wanderte, wurde dieses Bild sofort ausgelöscht. Die Lippen hatte er energisch zusammengepresst, seine Stirn war in Falten gelegt und um seine zuckenden Lider war ein angestrengter Zug sichtbar.

Mit pochendem Herzen ließ ich mich neben ihm aufs Bett gleiten und tastete nach seiner Hand. Cons Anwesenheit hatte ich längst verdrängt, ich sah nur noch Luan. Nachdem ich sie gefunden hatte, umklammerte ich seine Hand und genoss für einige Augenblicke seine weiche, warme Haut. Dann führte ich seine Fingerknöchel an meinen Mund und schloss die Augen, als mich ein angenehmes Prickeln übermannte.

Con räusperte sich von hinten. Mit hochrotem Kopf drehte ich mich zu ihm um. „Hab ich vielleicht irgendetwas verpasst?", fragte er stirnrunzelnd, klang aber nicht misstrauisch, sondern eher überrascht.

Ich ließ Luans Hand los und erhob mich. „Nein, ich mache mir nur Sorgen um ihn."

Cons Miene wurde finster. „Felicitys Tod ist schmerzvoll und er geht tief", begann er leise. „Auch ich kann mir ein Leben ohne diesen Kaktus kaum vorstellen. Sie war wie eine Schwester für Luan und mich, es tut einfach weh, dass sie jetzt nicht mehr da ist. Mein Bruder hatte mehr Kontakt mit ihr, da ich kein Achat bin. Ihm geht es näher als mir und die Schmerzen, die er haben wird, wenn er wach wird, kann man nicht in Worte fassen." Ich nickte stumm und trauerte leise mit den beiden. Felicity und mich konnte man nicht gerade Freundinnen nennen und auch wenn ich durch meine Wut auf sie Noemi umgebracht hatte, wünschte ich ihr keinen so grausamen Tod. Es fühlte sich falsch an, dass sie nicht mehr da war und ich machte mir immer mehr Vorwürfe.

„Ich muss wieder zurück", brach Con die Stille. „In Abteil 3 habe ich nichts zu suchen." Langsam drehte ich mich zu ihm um und schniefte.

„Danke."

„Für was?"

„Dass du mich nicht hasst. Zumindest zeigst du es nicht offen." Verwirrt sah er mich an. „Warum sollte ich dich hassen?"

Ich sah zu ihm auf. „Weil ich schuld bin an ihrem Tod."

Er schnaubte ungläubig. „Sich selber die Schuld in die Schuhe zu schieben, macht es auch nicht leichter. Du kannst nichts dafür, okay?" Er sah mich eindringlich an. „Es war doch nicht deine Schuld."

Tränen stiegen mir in die Augen. „Doch. Ich hatte vorhin einen Traum, in dem ich Luan gesehen habe. Er hat mich angebrüllt und mich für Felicitys Tod verantwortlich gemacht. Und er hat recht. Egal, was ich tue, irgendjemand leidet immer und es sterben immer mehr unschuldige Leute wegen mir."

Con schüttelte überzeugt den Kopf. „Das war nur ein Traum. Einer von den bösen." Er umfasste meine Schultern und drückte sie. „Auch wenn ich nicht weiß, was das zwischen euch ist, Luan würde dich nie eines Todes beschuldigen. Schon gar nicht Felicitys", sagte er mit tiefer Stimme, als wolle er ein weinendes Kind beruhigen – und so war es in gewisser Hinsicht ja auch. „Hast du das verstanden, Nell Ivy?", wollte er mit erhobenen Brauen wissen. Ich nickte, auch wenn ich ihm noch immer nicht glaubte.

Er ließ die Arme sinken und holte tief Luft. „Ich muss jetzt gehen. Du solltest auch wieder zurück in dein Zimmer. Wenn dich jemand sieht, wird er Großalarm auslösen, um auf dich aufmerksam zu machen. Ich begleite dich", fügte er hinzu und öffnete mir die Tür.

„Muss nicht sein. Ich finde den Weg allein", winkte ich ab.

Doch Con unterschied sich auch in seiner Entschlossenheit nicht von Luan.

„Was, wenn Arlo zurückkommt? Einen weiteren Achat zu verlieren, wäre nicht akzeptabel", warf er ein und setzte sich in Bewegung.

Ich warf Luan einen letzten Blick zu und betete, dass er mich nach seinem Aufwachen nicht hassen würde.

12

Nell

Ich wurde von einem festen Griff um meine Schultern geweckt. Als ich hochschrak, blickte ich in zwei schwarz-glänzende Augen, die mich fixierten. „Ich bin Nathan", grummelte der Mann mit straffen Zügen und ein paar dunkle Haare fielen ihm ins Gesicht. Er war jünger als Dexter, sah aber nicht unbedingt netter aus.

Ich rappelte mich hoch und zog mein Schlafshirt zurecht. „Was ist mit Dexter?"

Nathan seufzte und richtete sich auf. „Er wird dich nicht wieder übernehmen können. Mehr weiß ich selbst nicht."

Ich presste die Lippen zusammen und sah mich zur Ablenkung im Raum um. Alles war unverändert, nachdem Con mich gestern noch hierher gebracht hatte.

„Zieh dich um, aber mach bitte schnell. Amber Notker hat heute einen Besuch für dich bestellt, der nur ungern wartet", richtete Nathan aus und wies auf die Badezimmertür.

Mit versunkener Miene streifte ich meine verschwitzten Nachtsachen ab und zog mir die weiße Kleidung über. Kurz riskierte ich einen Blick in den Spiegel. Meine Haare waren glücklicherweise nie verknotet, wofür ich an Tagen wie diesen, an denen es weit und breit keine Bürste gab, sehr dankbar war.

Mein Magen rebellierte, als ich wieder zu Nathan trat, und ich fragte mich einmal mehr, was für Besuch wohl auf mich wartete. Doch ich kannte die Regeln, deshalb fragte ich nicht nach. Ich würde es noch früh genug erfahren.

Der junge Mann reichte mir eine kleine Tüte mit etwas zu Essen und winkte mich auf den Gang. „Du kannst auf dem Weg etwas zu dir nehmen."

Ich verschlang alles, was ich kriegen konnte, und achtete kaum auf den kurzen Weg, den wir zurücklegten, bis wir vor einer unscheinbaren Tür anhielten.

Nathan warf mir einen bedeutenden Blick zu und öffnete. Ich trat in eine Art Empfangsraum. Er war nicht besonders groß und es gab nur vier Stühle, einen dunkelbraunen Schrank und einen runden Tisch, auf dem Hefte lagen. Mein Herz pulsierte, als ich meine Mom sah, die auf einem der Stühle hockte. Ihr Haar hing wirr vom Kopf und sie hatte dunkle Ringe unter den matten Augen. „Mom!" Ich löste mich aus Nathans Griff und stolperte auf sie zu. Sie erhob sich und presste mich an sich, als wollte sie mich aufsaugen. Ich spürte ihren zitternden Atem auf meinem Haar und krallte mich in ihrem T-Shirt fest.

„Was ist los?"

Mit nassen Wangen schob sie mich leicht von sich. „Talis ist hier." Der Name meines Vaters hinterließ ein mulmiges Gefühl in meinem Magen.

„Und er hat seine Kinder mitgebracht", presste Mom hervor.

Ich starrte sie an. „Seine Kinder?"

Sie nickte eisern. „Adam und Kate – ich habe bis heute auch nichts von ihnen gewusst." Sie beugte sich vor. „Hör zu. Mir wurde nicht viel gesagt, aber was ich weiß, ist, dass sie Adam und Kate mutieren wollen. Die Diamanten arten anscheinend aus und keiner kann sie wirklich stoppen. Amber Notker hat jetzt dazu übergegriffen, normale Menschen mutieren zu lassen und zu hoffen, dass sich aus der Mutation neue Achate ergeben. Adam und Kate werden die ersten sein …"

Bevor sie mir mehr sagen konnte, griff Nathan dazwischen und zog mich weg. „Einen Mann wie Talis Water lässt man nicht warten", meinte er.

Mom schnaubte.

„Mom, ich –" Doch Nathan schubste mich von ihr weg und durch eine halb geöffnete Tür in ein Nebenzimmer. Dort blieb ich wie versteinert stehen.

Hinter einem Tisch saß ein groß gewachsener Mann mit schmalen Lippen und gebräunter Haut, die ich definitiv nicht von ihm geerbt hatte. Ich wusste sofort, dass das mein Vater war. Abgesehen von der gefühllosen und undurchschaubaren Miene sah er sogar ziemlich gut aus. Nur schwer konnte ich meinen

Blick von seinen eisblauen Augen lösen und zu einem Jungen schauen, der links neben ihm stand. Mit seiner ebenfalls gebräunten Haut, einem sanften Blau in den Augen und den fast schwarzen Haaren hatte ich kaum Ähnlichkeiten mit ihm. Wenn man genau hinsah, konnte man auch kleine Sommersprossen auf seiner Nase ausmachen. Dem Mädchen, das rechts von Talis stand, sah ich schon ähnlicher. Sie hatte, genau wie ich, hellblonde Haare, die allerdings etwas kürzer waren als meine. Dazu kam eine spitze Nase, abermals stark gebräunte Haut und ein Blick, der sich kaum von dem ihres Vaters unterschied. Kalt und verschlossen musterte sie mich von oben bis unten, als wolle sie eine Gegnerin einschätzen.

„Ach, ist es nicht schön, so viel junges Blut auf einem Haufen zu sehen?", erklang Amber Notkers helle Stimme, die mich zusammenfahren ließ. Sie löste sich aus einer hinteren Ecke und glitt auf mich zu. „Nell, das sind Adam und Kate", sie deutete auf den Jungen und das Mädchen, „deine Halbgeschwister. Ist das nicht aufregend?"

Ich gab einen undefinierbaren Laut von mir und wich Kates stechendem Blick bewusst aus.

Die Ärztin ließ eine Braue nach oben schnellen, hatte sich aber wieder gefangen, bevor ich das nächste Mal Luft geholt hatte.

„Ihr drei werdet in nächster Zeit viel zusammen sein", sie drückte die Schultern durch und ihr Blick wurde fester. „Deine Mutter hat dir sicher schon erzählt, was wir vorhaben. Genaueres erfährst du heute Abend oder morgen. Jetzt habt ihr erstmal genug Zeit, euch ein bisschen besser kennenzulernen", verkündete sie und ließ Nathan die Tür zu dem Zimmer öffnen, in dem ich meine Mom vorgefunden hatte. Ich biss mir auf die Unterlippe. *Kennenlernen?*

Ich kannte meine Halbgeschwister gar nicht, wusste bis vor wenigen Minuten nicht einmal, dass sie existieren. Wie stellte sie sich das vor?

Ohne ein Wort schob mich Nathan aus dem Raum und zu meiner großen Enttäuschung war meine Mom nicht mehr da.

Hinter mir reihten sich Adam und Kate ein, Amber Notker und Talis blieben zurück.

„Wir gehen ins Gemeinschaftszimmer", sagte mein neuer Begleiter und führte uns auf den Gang hinaus. Auf dem kurzen Weg dorthin wechselte keiner von uns ein Wort.

Nachdem wir uns einen ruhigen Platz auf einer Couch gesucht hatten, zog sich Nathan zurück, ich wusste aber trotzdem, dass er mich die ganze Zeit nicht aus den Augen lassen würde. Mit einer peinlichen Röte im Gesicht hob ich den Kopf und versuchte, die Geschwister so offen wie möglich anzusehen. „Wie lange seid ihr schon im Lager?", versuchte ich unsicher, ein Gespräch anzufangen.

Kate schaute demonstrativ zur Decke, was ein enges Gefühl in mir auslöste. Anscheinend hatte sie sich fest vorgenommen, kein Wort mit mir zu wechseln und mich zu hassen?

Zum Glück war Adam nicht so mies drauf und antwortete mir in freundlichem Ton: „Seit gestern Abend. Aber wir bleiben nicht lange. Heute Nachmittag geht's schon wieder zurück und dann kommen wir irgendwann Ende dieser Woche nochmal."

Ich nickte, auch wenn ich nicht mehr das geringste Fünkchen Zeitgefühl besaß.

„Und warum genau seid ihr überhaupt hier?", fragte ich vorsichtig.

Adam wechselte einen kurzen Blick mit seiner Schwester. „Wir wissen auch nicht viel mehr als du", meinte er. „Die Diamanten machen anscheinend ziemlich viel Ärger in letzter Zeit und vermehren sich. Um dagegen zu steuern, braucht Amber Notker mehr Achate, die sich gegen die Diamanten behaupten können. Soweit ich weiß, gibt es momentan nur zwei Mutanten mit M-1, Luan Moor und dich."

Auf seinen fragenden Blick hin nickte ich abermals.

„Seit Längerem schon arbeiten die besten Ärzte an einem Serum, das normale Menschen mutieren kann. Jetzt ist es fertig und soll erstmals getestet werden."

Ich unterbrach ihn mit erhobenen Brauen. „Und ihr seid diejenigen, an denen es getestet werden soll – die Nachkommen des Anführers der Blue Eyes?", fragte ich ungläubig. „Und wenn etwas schiefläuft?"

Kate schnaubte und sah mich an. Ihr Blick war kalt und distanziert.

„Die Chancen stehen besser als gut. Und natürlich wurde das Serum schon vor uns an anderen getestet. Im Geheimen und nicht an Menschen, sondern an Tieren. Alles hat einwandfrei funktioniert und selbst wenn das Serum nicht anschlägt, gibt es immer noch ein Gegenmittel", sagte sie mit entschlossener Stimme.

Ich war nicht überzeugt, wollte aber keinen Streit provozieren.

„Das Serum besteht aus den Blutgruppen M-1, also Achat, und M-2, Diamant", mischte sich Adam ein. „Und dann noch aus einer abgewandelten Form des Mute Curse. Alles zusammen ergibt eine Mischung, die das Blut enorm stärkt und den Mittelpunkt vielfältiger macht."

Er schien bereits sehr gut Bescheid zu wissen dafür, dass er am Anfang gesagt hatte, er wisse nicht viel mehr als ich. Für mich klang das aber alles nach einer unzuverlässigen Erfindung.

„Es gibt allerdings einen Haken bei der ganzen Sache", wandte er ein.

Ich wurde hellhörig.

„Das Serum wirkt nur bei denjenigen, die zu einer Familie gehören, in der es bereits Mutanten gibt."

Kate sog die Luft ein. „Das ist in unserer Familie ja leider der Fall."

Ich sah sie scharf an. „Soll das eine Beleidigung gegen meine Mutter sein?"

Sie hob beschwichtigend die Hände, versuchte aber nicht, das böse Grinsen auf ihren Lippen zu verbergen. „Du bist eine Mutante – und leider mit uns verwandt. Wir sind zwar durch und durch Blue Eyes, trotzdem steckt eine Art Gen in uns, das mithilfe des Serums Achate aus uns machen kann. Das ist alles, was ich damit sagen wollte."

Ich schüttelte den Kopf. „Ihr wollt euch also einfach mal so zu einem Achat machen lassen. Durch ein Serum, das bisher nur an Tieren getestet wurde?"

Kate schnaubte abfällig. „*Ich* würde gerne darauf verzichten. Aber da du ja schon ein supertoller Achat bist, stehen bei Adam und mir die Chancen am besten. Und diese Notker ist ziemlich scharf darauf, uns zu Wesen wie *dich* zu machen, damit wir dann ihre Fehler mit den Diamanten wieder in Ordnung bringen."

„Und wie?", wollte ich wissen.

Kate lachte auf. „Das hat sie uns verschwiegen, aber ganz ehrlich … Wahrscheinlich müssen wir am Ende so oder so gegen sie kämpfen."

Mir wurde kalt.

Sie legte den Kopf schief. „Was ist? Du bist doch eine Art Killermaschine, da muss es dir doch gleichgültig sein, ob du Mutanten oder Diamanten umbringst."

„Kate!", rief Adam und sah sie böse an.

Sie spitze die Lippen. „Ist doch so."

Mit zitternden Fingern hielt ich mich an der Lehne der Couch fest. „Nein, das stimmt nicht." Ich sah sie fest an. „Achate sind keine Killermaschinen. Achate können Seelen heilen und haben einen ausgeprägten Beschützerinstinkt. Die Diamanten sind diejenigen, die töten, um ihre Kräfte zu verdoppeln, die nach Macht und Stärke lechzen. Sie sind Einzelgänger, während wir Achate die Gruppe vorziehen." Ich war selbst erstaunt über meine Worte, doch keines davon war gelogen. Nach der Begegnung mit Arlo hatte ich mir einiges über diese Spezies selbst erschließen können.

Kates Lippen bogen sich. „Du klingst wie ein Tier."

Ich setzte eine Maske auf, die allen Schmerz und alle Verzweiflung – Angst um Luan, um Dexter, um meine Mom, Ozea und auch um Liam und Liz – verbarg wie ein schwarzes Tuch. Mein Gesicht war kalt, konnte es locker mit dem von Kate aufnehmen und auf einmal nahm die ganze Geschichte für mich eine andere Wendung. Ich war gefangen in einem Lager. Hätte ich mich nicht den Anweisungen der Erwachsenen gefügt, hätten sie meiner Mom etwas angetan, das wusste ich instinktiv. Seit vielen Tagen, inzwischen Wochen, hatte ich kein richtiges Tageslicht mehr gesehen. Heute sah ich zum ersten Mal meine Halbgeschwister, meinen Vater. Und mir wurde einfach mal so offenbart, dass ich irgendwann gegen Diamanten kämpfen sollte, um die restliche Bevölkerung oder schwächere Mutanten zu schützen und zu verhindern, dass das Böse die Oberhand gewann.

Ich erinnerte mich wieder an Luans Worte, als ich eingeliefert wurde.

Er hatte mir geraten, keine Fragen zu stellen, er hatte gesagt, ich müsse um mein Überleben kämpfen, und es stimmte. Jederzeit könnte Arlo wieder abhauen und vor mir stehen. Er wollte meine Seele, das wusste ich. Luan würde er nicht bedrohen, weil er bei ihm keine Chance hätte. Die beiden hatten die gleiche Position. Sie waren gleich stark. Doch ich war eine leichte Beute für ihn. Und selbst wenn Amber Notker alles daran setzte, mich zu schützen – es konnte nicht immer jemand in meiner Nähe sein. Und selbst wenn: Arlo würde einen Weg finden, an mich heranzukommen. Denn jetzt war er durch Felicitys Tod zum ersten Mal wieder auf den Geschmack gekommen und würde vor nichts zurückschrecken, um es abermals zu tun.

„Nell?", fragte Adam und beugte sich besorgt vor.

Ich holte tief Luft. „Alles gut." Ich glättete mein weißes T-Shirt an der Schulter und erhob mich. Ich spürte Nathan, der sich in Bewegung setzte und auf mich zukam. Auf einmal nahm ich meine Umgebung viel deutlicher wahr. Mein Gehör war um einiges intensiver, meine Augen wachsamer. Mein Gespür nahm jede kleinste Anspannung war und Kates Worte hallten in meinem Kopf wider. Ich *klang* nicht wie ein Tier, ich *spürte* wie ein Tier. Und die kurzen Einblicke, in denen ich Luan sehen konnte, ohne dass er in Sichtweite war, in denen ich mit ihm sprach – sie waren die Vorboten dessen gewesen. All das wusste ich plötzlich, ohne dass es mir jemand gesagt hatte. Ich schloss die Augen und das Zimmer tauchte auf, in dem ich Luan gestern Nacht gesehen hatte. Mein Herz begann schlagartig zu pulsieren, als ich ihn sah. Doch es geriet ins Stocken, nachdem er das Gesicht so gedreht hatte, dass ich es genau inspizieren konnte. Seine Augen waren nicht blau und mit wunderschönen, kraftvollen Streifen durchzogen, sondern milchig weiß und gläsern. Sein Blick war starr und gefühllos.

Ein dünner Schweißfilm bildete sich auf meiner Stirn.

Luan war wach, aber nicht normal. Felicitys Tod hatte ihn tatsächlich verändert.

Mein Kopf wurde leergefegt, nur ein Gedanke konnte sich festklammern und gewann die Oberhand.

Ich musste zu ihm.

Jetzt.

Ein Beben erfasste meinen Körper und Energie strömte durch meine Adern. Ich hob ruckartig den Kopf und steuerte auf die geschlossene Tür des Gemeinschaftsraums zu.

Ich spürte Nathan neben mir, der versuchte, mich aufzuhalten, aber ich war schneller als er.

Adam rief meinen Namen, doch ich reagierte nicht.

Kate schnaubte, doch ich beachtete sie nicht.

Mit zum Zerreißen gespannten Gliedern schoss ich durch die Gänge. Ich konnte Luan spüren, ganz deutlich. Es war nicht mehr weit und mein Instinkt täuschte mich nicht. Keuchend erblickte ich seine Zimmertür, machte jedoch nicht halt, sondern riss sie auf und stürmte hinein.

Abrupt blieb ich stehen, als ich Amber Notker zusammen mit vier Wachleuten erblickte. Sie drängelten sich in dem engen Raum und fanden kaum Platz für ihre massigen Körper und die breiten Schultern.

„Nell!", rief die Ärztin überrascht und zupfte ihre Bluse zurecht, wie sie es so oft tat.

Meine Adern pulsierten vor Kraft, die ich irgendwie herauslassen musste. Sie schien es zu merken, denn sie schob sich eilig hinter einen der Männer.

„Wir mussten Luan ein Betäubungsmittel geben. Er hatte sich nicht mehr unter Kontrolle und hätte sich selbst ernsten Schaden zugefügt", klärte sie auf.

Der Mann vor ihr trat zur Seite und ließ seine Kollegen durch, die den Achat trugen. Sein sonst gebräuntes Gesicht war blass und die Augen waren glasig weiß, wie ich es bereits in meinen Gedanken gesehen hatte.

Ich stolperte zurück, um ihnen Platz zu machen, konnte den Blick aber nicht von Luan abwenden. „Wo bringen sie ihn hin?" Meine Stimme klang schrill.

„In eine der Trainingshallen", sagte sie. „Dort kann er in Ruhe zu sich kommen und hat für den Notfall auch genug Platz um … sich abzuregen."

Eine Ewigkeit war vergangen, seit ich Luan das letzte Mal gesehen hatte. Nathan hatte mich in meinem Zimmer eingesperrt und mir vorher noch etwas zum Essen gebracht. Ich hatte nichts davon angerührt.

Ich würde nicht essen, nicht bevor ich zu Luan durfte.

Ein zaghaftes Klopfen an der Tür holte mich aus meiner Starre, in der ich eisern an die Decke gestarrt hatte. „Ja?"

Zu meiner Überraschung betrat David das Zimmer.

Mit eingezogenem Kopf näherte er sich mir. Ich richte mich im Bett auf, schwang die Beine auf den Boden und erhob mich geschmeidig. David verharrte einen Meter vor mir.

„Carter hat es erlaubt", sagte er mit kleinlauter Stimme.

„Was?"

„Dass du wieder zurück in unser Zimmer kommst. Deine Verletzungen sollten nach Luans Heilung keine Probleme mehr machen."

Ich nickte und machte einen Schritt auf ihn zu. Er wich zurück.

„Was ist los?", wollte ich verwirrt wissen.

Davids Finger zuckten. „Es tut mir leid, dass ich dir nicht geholfen habe, gegen Arlo zu kämpfen. Ich verfalle in kritischen Situationen oft in eine Art Schockstarre. Hätte ich mich im Griff gehabt, wäre Felicity jetzt nicht –"

Ich schüttelte den Kopf. „Es ist nicht deine Schuld, David. Wirklich nicht."

Die violetten Punkte um seine Pupille begannen zu tanzen. „Du bist mir nicht böse?"

„Nein, natürlich nicht. Ich habe kein Recht dazu", meinte ich behutsam.

Er amtete erleichtert aus und hob den Kopf. „Gehen wir?"

Ich holte meine Wechselsachen aus dem Bad und folgte David auf den Gang. Draußen wurden wir sofort von Carter und Nathan flankiert.

Zurück in meinem alten Zimmer warf ich mich aufs Bett, richtete mich aber gleich danach wieder auf. Carter und Nathan verharrten vor der geschlossenen Tür, während ein Lächeln über Davids Gesicht huschte.

Die Badezimmertür war leicht geöffnet und ich konnte einen Schatten erkennen, der sich im fahlen Licht bewegte. Ich spürte einen wohligen Schauder auf dem Rücken und auch wenn das bei jedem Mutanten geschah, wusste ich, wer im Bad stand. Ein brauner Schopf erschien, dann grün-braune Augen und rote Wangen.

„Lou!", kreischte ich und sprang auf.

Ich fiel ihr um den Hals, als wollte ich sie erdrücken. Lachend folgte sie meinem Beispiel und drückte mich an sich. Ich spürte Tränen in meiner Kehle brennen und versuchte nicht, sie aufzuhalten. Schluchzend vergrub ich mein Gesicht in ihrem Haar.

„Ich habe dich so vermisst", murmelte sie neben meinem Ohr. Ich konnte nur nicken, war zu überwältigt von ihrer Anwesenheit.

Ich wusste, was es hieß, dass sie da war. Die Lasercreme hatte gewirkt und ihre Haut war von nun an gegen die Strahlen geschützt. Mit rasendem Herzen löste ich mich von ihr und betrachtete sie von oben bis unten.

„Du siehst gut aus", stellte ich fest.

Sie verzog die Lippen zu einer Grimasse. „Du nicht besonders."

Ich stöhnte und fasste mir an die Schläfe. „Weißt du, was passiert ist?"

Ihr Gesicht wurde überschattet. „Ja. So gut wie jeder im Lager weiß davon."

Ich biss mir auf die Lippe. „Felicity ist tot. Luan am Boden zerstört und er ..., er ist anders."

Sie zog die Brauen zusammen. „Wie meinst du das?"

Ich holte Luft. „Er hat weiße Augen, er wirkt krank und verwirrt. Ich mache mir Sorgen um ihn, Lou. Du kannst dir nicht vorstellen, wie sehr ich ihn vermisse." Meine Augen brannten.

Lou drückte meine Schulter. „Er wird wieder gesund. Lass Amber Notker ausrichten, dass du ihn sehen willst. Wenn du vor ihm stehst, wird er dich mit Sicherheit erkennen."

Ich schluckte nur, massierte meine pochende Stirn und konzentrierte mich.

„Und Dexter wird mich nicht mehr übernehmen können."

Lou presste die Lippen aufeinander. „Oh Nell, es tut mir so leid."

Ich schüttelte den Kopf. „Aber dafür habe ich auch eine gute Nachricht."

Sie hielt inne und hob eine Braue. „Okay?"

Ich konnte mir ein Grinsen nicht verkneifen und beugte mich vor, damit nur sie es hören konnte. „Ich habe Luans Bruder kennengelernt. Und er sieht ziemlich gut aus ..."

Lous Wangen nahmen an Farbe zu. „Oh mein Gott, hast du keine anderen Sorgen?"

Ich lachte und sie stimmte mit ein. „Glaub mir, ich habe genug. Er heißt übrigens Con und du wirst ihn kennenlernen, dafür werde ich sorgen", triezte ich. Sie stöhnte theatralisch.

Den Rest des Tages verbrachten wir zu dritt.

Carter und Nathan ließen uns allein, während wir über alles Mögliche redeten.

Als eine gefühlte Ewigkeit vergangen war, betrat Amber Notker den Raum.

Mein Begleiter war bei ihr, sonst niemand.

„Nell?", fragte sie und blieb stehen.

Ich warf Lou und David einen kurzen Blick zu und sah sie dann verwirrt an.

„Ich möchte, dass du mich begleitest", sagte die Ärztin.

„Wohin?"

Sie tippte ungeduldig mit dem Finger auf ihren Rock. „Zu Luan."

Innerhalb weniger Sekunden war ich aufgesprungen und stand direkt vor ihr.

„Gibt es ein Problem?" Ich beugte mich etwas nach vorne.

Sie wich meinem Blick nicht aus, aber ihre roten Augen wurden dunkler.

„Ich will, dass du mit ihm in Kontakt trittst." Mit einem vielsagenden Blick auf die Mutanten hinter mir fügte sie hinzu: „Den Rest erkläre ich dir auf dem Weg zur Halle."

Ich war sofort einverstanden.

Bevor ich hinter Nathan das Zimmer verließ, hielt Lou mich am Arm fest.

Sie sah mich eindringlich an. „Pass auf, Nell. Und tu nichts, was du später bereuen wirst."

Mein Magen zog sich zusammen und ich nickte. „Wartet hier auf mich."

Mit besorgter Miene ließ sie mich gehen.

Amber Notker legte ein zügiges Tempo vor, doch ich hielt mühelos mit.

„Er ist aus seiner Narkose aufgewacht, die wir ihm verabreicht haben", begann sie eisern. „Doch sein Verhalten hat sich nicht gebessert. Im Gegenteil. Er verhält sich rücksichtslos und schießt um sich wie ein Irrer."

Die Ärztin senkte die Stimme, als wir an einer Gruppe Mutanten vorbeikamen.

„Ich musste dementsprechende Maßnahmen ergreifen."

Mir wurde übel. „Was für Maßnahmen?"

Ihre roten Locken wippten mit den eiligen Schritten auf und ab.

„Ich habe ihn anketten lassen und –" Sie hielt inne.

Ich zog die Brauen zusammen. „Und?"

„Und habe mit deiner Sicherheit gedroht."

Ich schluckte, doch ein fetter Kloß in meinem Hals nahm mir die Luft.

„Wie genau meinen Sie das?", wollte ich wissen.

Sie legte den Kopf leicht schräg. „Ich habe ihm gesagt, dass ich dir etwas antun werde, wenn er sich nicht beruhigt und weiterhin wie besessen auf alles schießt, was sich bewegt", sagte sie ausdruckslos.

In meinem Kopf entstand Nebel. „Er hat trotzdem nicht aufgehört?"

Sie lachte auf. Es klang kalt. „Natürlich nicht. Er hat mich für wahnsinnig erklärt und ist durchgedreht."

Ich biss mir auf die Zunge, um nicht auszusprechen, was ich ihr gerne entgegengebrüllt hätte. „Und was soll ich jetzt tun?", fragte ich stattdessen und obwohl ich es wusste, wollte ich weder darüber nachdenken, noch es wahrhaben.

Inzwischen hatten wir den Vorraum der Halle erreicht, Nathan schloss hinter mir die Tür und ich war gefangen. Eingesperrt mit einem muskelbepackten Typen, der auf die Anweisungen einer geisteskranken Ärztin hörte.

Mit Schwung drehte sie sich zu mir, ein kaltes Lächeln auf den Lippen.

„Ich habe mich entschlossen, vorerst kein Blut fließen zu lassen", begann sie.

Sollte ich ihr dafür jetzt dankend um den Hals fallen? Auf ein Schnippen hin zog Nathan zwei Eisenketten von einem kleinen Tisch und reichte sie Amber Notker. „Ich werde dir jetzt eine um den Hals legen, und die andere um deine Handgelenke", sagte sie mit ruhiger Stimme. „Vom Kontrollraum aus habe ich die ganze Halle im Überblick, ohne dass ihr mich sehen werdet. Dort habe ich auch Zugriff auf einen Schalter, der diese Ketten", sie deutete auf die Eisenstücke in ihren Händen, „mit Strom versorgt. Das bedeutet, du bekommst pro Minute einige Stromschläge. Sie sind nicht lebensgefährlich, tun aber weh."

Meine Kehle brannte, während in mir Panik aufstieg.

„Du wirst zu Luan gehen und ihn anflehen, zu tun, was ich ihm sage", fuhr sie fort. „Tut er es nicht, wird er mit eigenen Augen miterleben, wie du seinetwegen leiden musst."

Ich keuchte. „Das ist krank."

Ihre Lippen bogen sich zu einem eisigen Lächeln. „Das ist das Leben im Lager."

Als Nathan vortrat, um mir die Ketten umzulegen, wich ich automatisch zurück.

„Ach", Amber Notker schüttelte den Kopf. „Fast hätte ich es vergessen. Dieser Raum hier und auch die Halle sind mit Lasern ausgestattet, die verhindern, dass Mutanten ihren Mittelpunkt aufrufen können. Luan ist sehr hartnäckig, er ist Gold wert, denn er kann sich gegen die Laser behaupten und seine Kräfte trotzdem benutzen. Sei also vorsichtig, falls er sich wieder nicht unter Kontrolle hat."

Ich war mir sicher, dass eine Warnung hinter ihren Worten stand. Die Halle und ihr Vorraum waren ganz sicher nicht die einzigen Räume, in denen schneidende Laser zum Einsatz kamen.

Nathan legte mir die Ketten so schnell an, dass ich mich nicht hätte wehren können. Dann öffnete Amber Notker eine Stahltür und vor mir tat sich eine Halle auf. Sie hatte kaum Unterschiede zu jener, in der ich gegen Naomi gekämpft hatte, was mir großes Unbehagen bereitete.

Hinter mir fiel die Tür zu und ich war eingeschlossen.

Es gab kein Zurück mehr.

13

Nell

Durch den leichten Schauder auf dem Rücken spürte ich ihn, bevor ich ihn sah.

In der Mitte der Halle stand eine einfache Holzbank. Darauf saß Luan.

Mein Herz setzte einen Schlag aus, als ich ihn erblickte. Er saß mit dem Rücken zu mir, die breiten Schulter bebten und man konnte deutlich seine Muskeln sehen, die zum Zerreißen gespannt waren.

Das schwarze T-Shirt, das er trug, war an mehreren Stellen aufgerissen und gab den Blick auf gebräunte Haut frei.

Ich trat einen Schritt nach vorne, die Ketten schliffen mit mir über den Boden und gaben ein widerliches Knirschen von sich. Luan fuhr nicht wie erwartet herum. Ganz langsam drehte er erst den Oberkörper und dann den Kopf.

Mein Herz fror ein, als ich seinen Blick auf mir ruhen sah – die Augen immer noch milchig weiß und gläsern.

„Luan." Ich flüsterte seinen Namen und hob einen Arm.

Ein Stromschlag brachte meinen Körper zum Beben. Ich zuckte zurück. Der Schmerz war kurz, hallte aber in unendlicher Stärker zwischen meinen Adern wider.

Luan erhob sich und blieb hinter der Bank stehen. Um seine Handgelenke lagen Schellen, die um einiges dicker waren als meine Ketten. Über die Schellen war er an die Bank gefesselt, die fest im Boden verankert war. Er hätte drei, vielleicht auch vier Schritte machen können, aber mehr nicht, und er tat es auch nicht. Er stand einfach da und sah mich an.

Meine Kehle schnürte sich unter seinem trägen Blick zu, so fest, dass mir die Luft wegblieb.

Über eine Sprechanlage hörte ich Amber Notkers Stimme: „Denk an deine Aufgabe, Nell", erinnerte sie trocken.

Als ich mich nicht rührte, gefesselt von Luans bloßer Anwesenheit, strahlte Elektrizität von meinen Ketten meinen Hals hinab. Ich schrie auf.

Von der Hitze schien meine Haut versengt zu werden und ich fiel auf die Knie. Der Aufprall war hart, doch meine Gedanken mussten die immer häufigeren Stromschläge verarbeiten.

Nach kurzer Zeit war mein Körper nicht mehr als ein zuckender Haufen, der sich vor Schmerzen krümmte und bebte.

Ich hörte Luan keuchen und dann, wie seine schweren Schritte um die Bank herum auf mich zugingen. Als die Kette zu Ende war, stand er zwei Meter von mir entfernt. Ich hörte ihn fluchen, brüllen.

Mit letzter Kraft hob ich den Kopf. Meine Haare fielen nach hinten und gaben die Sicht auf ihn frei. Durch meine Bewegung hielt er inne und sah mich an.

Vor mir ging er zu Boden. Sein Blick flackerte. „Das ist alles meine Schuld, Nell. Es tut mir so leid. Du hast etwas so viel Besseres verdient als diesen grausamen Ort." Seine Stimme war kratzig und rau.

„Bitte", stöhnte ich. „Bitte tu, was sie sagen. Bitte."

Die Schmerzen hatten mich längst überwältigt, doch ich hielt meinen Oberkörper aufrecht. Luans Augen hielten ihn aufrecht, denn sie wechselten ihre Farbe. Das milchig Weiße verschwand und ein klares, intensives Blau machte sich breit. Durchzogen von grellgelben Streifen, die mich fast hypnotisierten. Ich konnte gar nicht anders, als ihn anzustarren.

„Okay", flüsterte er. Und dann lauter: „Ich tu, was ihr von mir wollt, aber bringt sie hier weg."

Tatsächlich verließen die Schmerzen meinen Körper, bis nur noch das Brennen an meinem Hals zurückblieb.

Meine Augen füllten sich mit Tränen, die nicht mehr aufzuhalten waren.

Die düstere Maske verschwand von Luans Gesicht und er beugte sich vor.

„Nicht weinen", flehte er. „Bitte nicht weinen."

Schluchzend schüttelte ich den Kopf, doch die Tränen rollten mir weiterhin über die erhitzten Wangen. Er streckte beide Arme aus, konnte mich jedoch nicht erreichen. Mit einem kurzen Blick zur Tür schob ich mich näher an ihn heran. Er griff nach mir und zog mich in einer flüssigen Bewegung an sich.

Ich spürte sein Herz; es schlug genauso schnell wie meins unter seiner Brust.

Seine Arme schlossen sich um meinen Oberkörper und hielten mich fest. Ich vergrub mein Gesicht in seiner Schulter und weinte, bis sein T-Shirt vollständig durchnässt war. Doch das störte ihn nicht im Geringsten, er drückte mich nur noch fester an sich. Das Kinn auf meinem Kopf redete er leise auf mich ein und streichelte meinen Rücken.

„Es tut mir so leid", schluchzte ich, als die Tränen versiegt waren.

Er legte beide Hände an meine Wangen und schob mich leicht von sich.

„Das muss es nicht. Felicitys Tod war einzig und allein Arlos Schuld und er wird dafür bezahlen. Er wird genauso qualvoll sterben wie sie, während ich lächelnd dabei zusehe", seine Stimme war entschlossen und fest.

Ich schluckte schwer.

Mit einer sanften Miene zog er mich auf die Beine.

„Und jetzt werden wir gehen."

Er senkte den Kopf auf seine Schellen, fixierte sie mit einem eiskalten Blick.

Plötzlich schoss ein Blitz zwischen seine Hände und spaltete das Eisen. Die Schellen fielen nutzlos zu Boden und er schleuderte sie mit einem Tritt gegen die Wand hinter sich.

Ich sah ihn erstaunt an und er … oh mein Gott, er lächelte.

Erst jetzt wurde mir klar, wie sehr ich diese Krümmung seiner vollen Lippen vermisst hatte.

„Ich liebe –"

„Nein." Er legte mir einen Finger auf den Mund. „Nein, das tust du nicht."

Ich blinzelte. „Doch, genau das tue ich."

Ein Muskel in seinem Kiefer zuckte. „Das hier ist noch nicht vorbei. Noch lange nicht. Erst wenn es hinter uns liegt und ich es geschafft habe, dich lebend aus der ganzen Sache herauszubringen, will ich diese drei Worte hören, okay?"

Widerstrebend nickte ich.

Amber Notkers Stimme erklang über die Sprechanlage.

„Ich werde jetzt die Tür öffnen."

Luan verdrehte die Augen. „Sollen wir auch mit erhobenen Händen rauskommen?"

Ich lächelte selig. Er war endlich wieder bei mir. Endlich wieder er selbst.

Nachdem Amber Notker Luan Blut abgenommen und mit seinen restlichen Werten zufrieden war, war sie so gütig, uns den Rest des Tages freizulassen, und auch Nathan ließ von mir ab. Wahrscheinlich fand Amber Notker Gefallen daran, Luan in meiner Nähe zu wissen, falls Arlo erneut zuschlagen würde.

Wir setzten uns in die hinterste Ecke eines Gemeinschaftsraums. Er lehnte sich zurück und machte sich breit, bis ich kaum noch Platz hatte.

„Warum hattest du weiße Augen?", fragte ich schließlich, auch wenn ich nicht gerne darüber sprach. Er drehte den Kopf und sah mich an. Die gelben Streifen begannen zu leuchten und er sah einfach nur umwerfend aus.

„Ich war nicht ich selbst. Keine Ahnung, was da oben abgelaufen ist, aber es muss mit ihr zu tun haben", meinte er.

Mit *ihr* meinte er Felicity und ich konnte es ihm nicht verübeln, dass er ihren Namen nicht aussprechen wollte.

„Aber das ist jetzt vorbei. Ich bin wieder der Alte, der coole Typ", er legte den Kopf leicht schräg und grinste. „Nicht, dass ich vorher nicht auch cool gewesen wäre, aber –"

„Schon gut." Ich schüttelte lachend die Hand. „Ich weiß, worauf du hinaus willst."

Ein paar Augenblicke sahen wir uns einfach an. In jeder anderen Situation wäre ich rot angelaufen, aber mit Luan war es etwas anderes.

„Nell!", rief plötzlich eine Stimme von weiter vorne im Raum und ich musste den Blick abwenden.

Es war Adam.

Er eilte auf mich zu, hinter ihm folgte Kate, sie wirkte allerdings nicht so erregt wie ihr Bruder.

„Was ist?" Ich erhob mich.

Die Geschwister hielten vor mir an, doch ihre erstaunten Blicke richteten sich auf Luan. Ich wusste, ohne mich umzudrehen, dass er ebenfalls aufgestanden war.

„Bist du der männliche Achat?", fragte Adam interessiert.

Luan lachte tief. „Ja, sozusagen."

„Dir geht es wieder besser?", fragte Kate und drängelte sich neben Adam, um Luan mit glänzenden Augen zu mustern – was sie irgendwie noch unsympathischer machte.

Er nickte und trat so nah an mich heran, dass mein Rücken seine Brust berührte. Mit wurde unglaublich heiß.

„Das mit …", begann Adam, doch Luan schüttelte den Kopf.

„Ich möchte nicht darüber sprechen."

Kate nickte eilig, ohne den Blick von dem Achat hinter mir zu wenden, der angefangen hatte, an meinem T-Shirt herumzuspielen. Inzwischen musste es mein Gesicht mit einer reifen Tomate aufnehmen können. Ich schob einen Arm nach hinten und schlug auf seine Hand. Doch er dachte gar nicht daran, aufzuhören.

Adam räusperte sich und brach damit das peinliche Schweigen.

„Eigentlich wollten wir uns nur verabschieden", sagte er an mich gewandt.

Ich nickte und war dankbar für den Schritt, den ich auf ihn zumachte und gleichzeitig Abstand zwischen Luan und mich brachte.

„Es war schön, euch kennenzulernen. Immerhin sind wir Halbgeschwister", sagte ich etwas steif.

An das letzte Wort würde ich mich erst noch gewöhnen müssen.

Zu meiner Überraschung umarmte mich Adam fest und ehrlich, ich erwiderte seine Geste. Ihn als Bruder – daran könnte ich mich gewöhnen. Er war nett, verständnisvoll und auch noch hübsch.

Mein Blick ging zu Kate. Ich war mir nicht sicher, ob sie mich jemals mögen würde, aber ich wollte nicht urteilen, schließlich hatte ich sie heute erst kennengelernt. Trotzdem störte es mich, dass sie Luan beäugte, als wolle sie ihn mit sich zerren.

Ich trat hastig vor und zog sie an mich, erdrückte sie fast. Überrumpelt gab sie einen hohen Laut von sich und versuchte, mich von sich zu schieben, ich war damit einverstanden.

„Was war das denn?", funkelte sie wütend und richtete ihre Haare.

Ich setzte eine zuckrige Miene auf. „Schwesternliebe."

Sie schnaubte.

Adam sah auf die Uhr, die über der Tür hing, und erschrak. „Wir müssen wirklich los. Dad wartet." Er sah erst mich und dann Luan entschuldigend an. „Bis Ende der Woche."

„Bye!", rief Luan, bevor die beiden uns allein ließen.

Kate drehte sich noch einmal um und lächelte ihm zu, dann folgte sie ihrem Bruder und verschwand.

Mit erhobenen Brauen wandte ich mich Luan zu. Er grinste blöd.

„Ich habe einen heimlichen Fan", stichelte er und ließ sich wieder fallen.

Ich setzte mich neben ihn. „*Heimlich* würde ich das jetzt nicht unbedingt nennen."

„Bist du etwa eifersüchtig?"

Ich schlug ihm auf den Arm. „Hör auf damit."

Luan wurde schlagartig ernst, als sein Blick an mir vorbeiglitt.

„Was denn?", fragte ich verwirrt.

Er räusperte sich und winkelte die Beine an, strich sich die Hose glatt und folgte mit den Augen einer Person, die sich uns näherte.

Ich zog die Brauen zusammen und drehte mich um.

Vor mir stand Amber Notker. Sie wirkte aufgewühlt und ihre Haare hingen wirr vom Kopf. Die roten Augen waren von Trauer matt.

Plötzliche Angst schnürte mir die Kehle zu.

„Nell, es geht um Dexter", begann sie mit leiser Stimme.

Mein Bauch verkrampfte sich.

„Er ist vor einigen Minuten leider von uns gegangen. Sein Herz war zu schwach, aber bis zum letzten Atemzug hat er gekämpft – er war ein tapferer Mann", verkündete sie, von eigener Trauer noch ganz überwältigt.

140

Wie ein Schuss in die Brust platzen ihre Worte in meinen Kopf.

„Oh mein Gott", flüsterte ich.

Amber Notker verließ uns kurz darauf wortlos wieder und ich fiel nach hinten, stieß mit dem Rücken gegen die Couchlehne. Tränen brannten in meiner Kehle, überrumpelten meine Gefühle. Ich spürte Luans Arme, die sich um meinen Körper schoben und mich an sich drückten. Er küsste mein Haar und ich vergrub das Gesicht in seiner Halsbeuge.

Was war das für ein schreckliches Leben geworden? Freude und Leichtigkeit im einen Moment und im nächsten nichts als erdrückende Leere. Es war nicht mehr *mein* Leben, schon lange nicht mehr. Was durfte ich noch selbst entscheiden? Was ich essen wollte oder wann ich duschen ging, aber das war auch schon alles. Ich hatte so viele Menschen verloren – zu viele. Zu viele Unschuldige waren tot, wegen mir. Und dafür hasste ich mich. Meine Schultern bebten vor Schluchzern und ich krallte mich in Luans T-Shirt fest. Ich vermisste Ozea, Lenn, Peroll, meine Mom, Liz und Liam, mein altes Leben. Ein Leben, in dem es mir noch gut ging und ich allein darüber entscheiden konnte, was ich am nächsten Tag tun wollte. Ich ertrug es nicht mehr, die Schuldgefühle wegen Noemis Tod mit mir herumzuschleppen. Die düsteren Gedanken an Felicity, die sehnsüchtigen an Dexter. Mit diesen Gefühlen, aus nackter Verzweiflung und Wut, wuchs der Wille nach Rache. Ich wollte diejenigen rächen, die meinetwegen gestorben waren.

Plötzlich nahm ich alles wieder überdeutlich wahr, wie in dem Moment, als ich Luan gespürt hatte. Meine Sinne waren so scharf wie die eines Raubtieres. Ich hob den Kopf und ließ den Blick durch einen Tränenschleier über die Köpfe der Mutanten gleiten, die um uns herumsaßen. Meine Nasenflügel weiteten sich und mein Kiefer zuckte. Meine Augen, ich konnte es spüren, wurden eiskalt und undurchdringlich. Mein Entschluss stand fest. Ich würde Arlo töten.

Mit der Schnelligkeit eines wilden Tieres sprang ich auf und rannte aus dem Gemeinschaftsraum. Ich hörte Luan hinter mir fluchen, beachtete ihn jedoch nicht. Meine Sinne waren bis aufs

Äußerste angespannt und hatten sich fokussiert – auf den Diamanten, der Dexter und Felicity getötet hatte.
Mit rasenden Beinen schnellte ich durch die Flure, bis ich einen leeren Gang erreicht hatte. Ich spürte Luan, der locker mit mir mithalten konnte und jetzt einen Arm nach mir ausstreckte. Ich schleuderte meinen Ellenbogen zur Seite und traf Luan direkt in die Rippen. Er stöhnte auf und verschwand kurz aus meinem Sichtfeld. Doch dann stand er plötzlich breitbeinig vor mir. Ich hatte keine Gelegenheit, auszuweichen, als er mich an den Oberarmen packte und herumzerrte. Ich schrie und biss nach seinen Händen, doch er hielt mich weiterhin fest. Als ich zu treten begann, riss er mich zu Boden und nagelte mich fest. Mit wutentbrannten Augen starrte ich zu ihm auf.
„Lass mich los!"
Er verzog den Mund. „Damit du mich umbringst?"
Ich biss die Zähne zusammen. „Nicht dich, Arlo."
Er lachte auf. „Du willst Arlo umbringen? Weißt du, das will ich auch. Aber ich bin nicht so dumm, raste aus und renne wie eine Irre durch den Gang. Arlo ist schlau, er weiß längst was du vorhast und es interessiert ihn nicht."
Ich schnaubte und startete einen erneuten Befreiungsversuch.
Luan wurde ernst. Seine Finger gruben sich in meine Haut. „Würdest du bitte damit aufhören? Ich will dir nämlich nicht wehtun."
Schließlich schaltete sich mein Gehirn ein und ich begriff, dass ich gegen diesen Achat nicht die geringste Chance hatte. Zumindest nicht in diesem Zustand. Ich ließ alles locker und meine Arme rollten von seiner Brust. Er musterte mich prüfend, dann erhob er sich langsam, ohne mich aus den Augen zu lassen. Ich nahm seine Hand, als er sie mir hinhielt, und ließ mich von ihm auf die Beine ziehen.
„Was sollte das gerade?", fragte er, als er sichergestellt hatte, dass ich nicht auf ihn losgehen würde. „Du bist plötzlich vollkommen durchgedreht du warst ziemlich auf Speed. Die Sache mit dem Ellenbogen – das hat echt wehgetan", murmelte er.

Ich schluckte. „Tut mir leid", meinte ich kleinlaut. „Ich weiß auch nicht, was mit mir los war. Ich hatte meinen Körper nicht mehr unter Kontrolle."

Erschöpft schüttelte ich den Kopf. Der plötzliche Energieschub hatte mich Kraft gekostet und jetzt fühlte ich mich elender denn je.

Vorsichtig machte Luan einen Schritt auf mich zu, die grellen Streifen in seinen Augen schimmerten im matten Licht. „Geht es dir gut?"

Ich fuhr mir mit den Fingern über die Wange – sie war eiskalt.

Mein Magen zog sich zusammen, als meine Zähne zu schmerzen begannen. Panisch sah ich Luan an. „Meine Zähne ... sie tun schrecklich weh."

Er sog scharf die Luft ein und umfasste meine Hand mit seiner.

„Irgendetwas stimmt nicht mir dir", murmelte er finster.

Mein Herzschlag beschleunigte sich, als die Schmerzen im Mund zunahmen.

„Luan!"

„Schhh", flüsterte er. „Setz dich hin."

Ich ließ mich an der Wand hinabsinken und blieb steif am Boden sitzen.

Er hockte sich neben mich, ohne den Blick von mir zu wenden.

Plötzlich wurde sein Griff um meine Hand fester und sein Kopf fuhr ruckartig herum. Verwirrt blickte ich auf, als er sich erhob.

Ein Knurren drang aus seiner Kehle – ein tierisches Knurren.

Entsetzt sah ich zu, wie er den Rücken krümmte und sich sein Körper streckte. Nach und nach fiel seine schwarze Kleidung zu Boden und wurde durch Fell ersetzt. Seine Hände wurden zu Pranken, seine Nägel zu Krallen. Ich schrie panisch auf und stieß mich von der Wand ab.

Luan schnellte herum und mein Herz blieb stehen.

Er war kein Mensch mehr, kein Mutant, kein Achat – er war ein verdammter Löwe.

Nell

Einen Moment lang starrten wir uns einfach nur an. Ich in die Augen eines wilden Tieres. Er in die Augen eines geschockten Menschen. Ich wusste instinktiv, dass ich ihm nicht entkommen konnte. Mit seinen breiten Schultern, dem erhobenen Kopf, dem fesselnden Blick und der noch nicht ganz ausgereiften Mähne war ich ihm gnadenlos unterlegen.

Er war ein prächtiger Löwe.

Sein Körper bebte vor Kraft. Die schwarze Mähne war beeindruckend und die bloße Anwesenheit seines muskulösen, hellbraunen Körpers war einschüchternd, beängstigend.

Hätte ich in seinen Augen nicht die gelben Steifen über dunklem Blau gesehen, hätte ich ihn überhaupt nicht wiedererkannt.

Das Tier blinzelte und seine Schultern schienen sich etwas zu lockern. Ich musterte ihn ängstlich.

Dann schüttelte er den massigen Kopf und seine Form begann sich wieder zu ändern. Die Verwandlung sah so verstörend aus, dass ich wegsah und betete, dass er mich nicht umbringen würde. Doch schließlich ragte Luan, der menschliche Luan, wieder vor mir auf.

Meine Kehle war staubtrocken, als ich ihn beäugte – die ebenmäßige Haut, muskulöse Schultern und ein leichtfertiges Grinsen auf den vollen Lippen.

Ohne darüber nachzudenken, schoss meine geballte Hand vor und ich boxte ihm in den Bauch. Meine Knöchel trafen auf harte, durchtrainierte Muskeln und Luan zuckte bei der Berührung nicht einmal mit der Wimper.

„Wofür war das bitte?", wollte er mit gespielter Beleidigung wissen.

Ich starrte ihn an. „Du hast dich gerade vor meinen Augen in einen Löwen verwandelt! Du hast mich zu Tode erschreckt und du *grinst?*", fragte ich ungläubig. „Ganz zu schweigen davon, wie gewöhnungsbedürftig und ekelhaft deine *Umwandlung* war." Er schüttelte die Schultern aus. „Hätte ich dich lieber auffressen sollen?"

„Ich hasse deine Art von Humor", schnaubte ich und wandte mich zitternd ab.

Luan umfasste meinen Arm und drehte mich wieder zurück. „Und ich möchte dein Gesicht sehen", murmelte er.

Ich wurde feuerrot. Das alles hier, diese ganze Situation war einfach nur verwirrend. Ich wäre vermutlich in eine Schockstarre verfallen, wenn ich nicht schon daran gewöhnt gewesen wäre, dass mir inzwischen fast täglich solche Dinge passierten, auch wenn das gerade eben noch etwas anderes gewesen war.

„Du bringst mich vollkommen aus dem Konzept!", schimpfte ich.

„Das war der Plan", grinste er.

Ich atmete tief durch und konzentrierte mich. „Wie ist das möglich? Du kannst dich in einen Löwen verwandeln und ich habe übernatürlich scharfe Sinne?"

Er zog mich neben sich nach unten und begann, mit den Fersen zu wippen.

„Diese Sinnesschübe, wie ich es nenne, habe ich schon seit längerem. Genau genommen, seit du ins Lager gebracht wurdest", begann er. „In der Zeit, in der Felicity und ich an unserem neuen Auftrag gearbeitet haben, habe ich mich bereits zwei, drei Mal verwandelt. Amber Notker weiß zwar von den Sinnesschüben, aber nicht, dass ich zu einem Tier werden kann. Und sie darf es auch nicht erfahren." Er beugte sich so weit vor, dass sein Atem über meine Lippen strich. Sein Blick war eindringlich und ernst. „Es ist eine Sache, von der nur Felicity und ich wussten. Solange es Amber Notker nicht weiß, ist diese Sache sicher vor ihr. Wüsste sie davon, würde sie mich sicher ins Labor stecken und dort auf ewig Tests an mir machen — darauf kann ich verzichten." Seine Augen huschten über mein Gesicht und blieben an meinem Mund hängen. Er lächelte ein wenig. Mit dem Daumen begann er, meine Unterlippe nachzufahren. Jede seiner Berührungen ließ mein Innerstes explodieren und seine Nähe löste etwas Unbeschreibliches in mir aus.

„Und jetzt hast du auch diese Sinnesschübe. Was wiederrum bedeutet, ich gehe stark davon aus, dass auch du bald deine Gestalt wechseln kannst", flüsterte er mit tiefer Stimme.

Mein Herz kam ins Stolpern. Was hatte er da gerade gesagt? „Ich will aber überhaupt nicht meine Gestalt wechseln können." Er verzog die Lippen, ohne den Blick von meinen zu wenden. „Du wirst es gut machen, Nell. Ich weiß das. Und hey", er hob den Kopf und sah mich an, „immerhin bist du mit dieser Neuigkeit nicht allein. Felicity hatte keine Schübe und konnte sich nicht verwandeln – ich war damals also größtenteils auf mich allein gestellt". Er schob eine Hand in meinen Nacken, was meinen gesamten Körper zum Vibrieren brachte. „Und ich habe es hinbekommen. Mit mir hast du also einen echten Profi an deiner Seite", murmelte er belustigt.

Ich blinzelte zu ihm auf. Auch wenn es gerade zweitrangig war, musste ich ihm diese Frage stellen. „An was für einem Auftrag haben du und Felicity gearbeitet?"

Er zog die Hand aus meinem Nacken und senkte die Lider. „Du wirst mich hassen ... Ich wusste davon, ich wusste von Adam und von Kate und ich wusste von Amber Notkers Ziel. Sie will die beiden zu Achaten machen und Felicity und ich sollten ihr dabei helfen."

Ich verengte die Brauen. „Adam hat mir gesagt, dass er bis vor Kurzem nichts davon wusste."

Luan sah mir endlich in die Augen. „Das stimmt. Amber Notker und Talis Water planen das schon seit Längerem. Er hat seinen Kindern anscheinend bis jetzt nichts davon erzählt."

Mein Magen zog sich zusammen und ein unwohles Gefühl beschlich mich.

Luan hatte mir nichts davon erzählt – gar nichts.

„Ich wollte dich schützen, das ist das Einzige, was ich immer wollte", hob er an.

Mit angespannten Schultern brachte er Abstand zwischen uns und reckte die Brust.

„Mach schon", knurrte er.

Ich sah ihn verständnislos an.

„Tu, was ich verdient habe", drängte er mit finsterer Miene.

Jetzt wusste ich, was er von mir wollte. Er ging davon aus, dass ich mich schreiend auf ihn werfen würde, um ihn zu boxen und meinen aufgestauten Frust an ihm abzulassen. Davon war ich auch ausgegangen, doch stattdessen tat ich genau das Gegenteil.

„Du gehst mir auf die Nerven", sagte ich mit erhobenen Brauen.

„Du gehst mir auf die Nerven mit deinen schlechten Sprüchen, deinem unverschämt perfekten Aussehen und deinem Mut, deiner Stärke und deiner Anziehungskraft."

Ich schob mir eine Strähne aus dem Gesicht und schluckte.

„Und damit, dass ich dich eigentlich gar nicht verdient habe …"

Er schaute mich überrascht an, was bei ihm unnormal gut aussah.

„Und jetzt will ich dich endlich küssen", fügte ich kleinlaut hinzu.

Luan hob eine Braue. „Wirklich?"

Ich nickte stumm.

In wenigen Sekunden saß ich auf seinem Schoß und er hatte eine Hand auf meine Taille und die andere an meine Wange gelegt.

Mein Herz stolperte vor Aufregung.

Ein warmes Lächeln zog über sein Gesicht. „Dann tu, was du nicht lassen kannst."

Diese Worte genügten mir und ich hätte sowieso nicht länger warten können. Es war mir egal, ob er ein Tier war oder nicht. In diesem Augenblick vergaß ich all die Momente, in denen er unmöglich gewesen war. Ich wollte endlich wieder etwas anderes fühlen als Schmerz, das war mein sehnlichster Wunsch.

Ich legte beide Hände auf seinen Schultern ab und drückte vorsichtig meine Lippen auf seine. Luan zog mich näher an sich heran und bewegte leicht den Mund.

Dann intensivierte er den Kuss.

Ich tat es ihm gleich und genoss das Flattern in der Magengegend, sobald sich seine Finger in mein Haar gruben. Seine Lippen waren berauschend und obwohl ich noch nie zuvor jemanden von mir aus geküsst hatte, fühlte ich mich bei ihm sicher und geborgen.

Er löste sich leicht von mir, unsere Münder waren nur wenige Millimeter voneinander entfernt. „Du bist Wahnsinn, Nell Ivy", murmelte er mit rauer Stimme.

Ich lächelte.

Und dann zog ich ihn wieder an mich und fuhr fort, wo ich aufgehört hatte.

Irgendwann lösten wir uns schwer atmend voneinander.

Meine Finger waren noch immer in seinem dunkelblonden Haar vergraben, seine strichen gedankenverloren über meine leicht geöffneten Lippen.

„Ich will dich", hauchte er und sah mir direkt in die Augen.

Ich legte meine Stirn an seine. „Du hast mich schon längst."

Er grinste schief. „Im Ernst?"

Ich nickte und lehnte mich zurück. „Aber ..."

Er musterte mich eingehend. „Aber?"

„Ich habe dich nicht verdient. Du verdienst etwas Besseres als mich." Meine Stimme zitterte.

Luans Augen verdunkelten sich. „Warum sagst du das?"

Ich senkte beschämt den Kopf. „Weil es die Wahrheit ist."

„Nein." Er schob zwei Finger unter mein Kinn und hob sanft meinen Kopf.

In meiner Kehle brannten bereits die ersten Tränen.

„Das kannst du nicht machen", flüsterte er. „Du kannst mich nicht erst küssen und dann so eine eklige Lüge in die Welt setzen."

Ich schluckte schwer. „Luan –"

„Ich habe nein gesagt", knurrte er. „Wenn überhaupt, bin *ich* derjenige, der dich nicht verdient hat."

„Das stimmt nicht", murmelte ich leise.

„Du bist perfekt."

Ich lachte auf. „Nein, ganz sicher nicht." Meine Stimme brach und eine heiße Träne kullerte mir über die Wange. Luan jagte ihr mit dem Daumen nach.

„Warum musst du es so kompliziert machen?", fragte er heiser.

Ich blinzelte ihn durch den Tränenschleier an. „Siehst du, du kannst es so viel leichter haben. Warum *ich*? Mit May hättest du es leicht, unbeschwert und mit Felicity hattest du es sicher auch so. Du musst nicht nett zu mir sein ..."

Weiter kam ich nicht, denn er presste erneut seine Lippen auf meine.

Diesmal war er energischer.

Ich konnte die Tränen nicht mehr zurückhalten. In Schaudern, die meinen Körper zum Beben brachten, rannen sie über mein Gesicht. Luan hörte auf, meine Lippen zu berühren und machte sich daran, meine Wangen zu küssen. An den Stellen, an denen die Tränen mich innerlich zerfetzt hatten, hielt er sich etwas länger auf. Nachdem auch die letzte versiegt war, hob er den Kopf und sah mich an.

„Ich will dich, Nell. Mag sein, dass du dich nicht als perfekt empfindest, aber ich tue es. Und wenn ich daran denke, dass du mich geküsst hast, fühle ich mich wie ein Gott. Du machst mich zu einem Gott. Für mich bist du perfekt", flüsterte er und küsste meine Wange.

Unter erneuten Schluchzern lächelte ich. Nur er konnte so etwas in mir hervorrufen.

„Und ich will den Namen May nie wieder aus deinem Mund hören", murmelte er bestimmt. „Ich wollte sie nie. Ich wollte dich nur eifersüchtig machen. Ich bin ein Idiot."

Ich lachte. „Ein Vollidiot."

Er grinste verhalten. „Du bist wunderschön."

Meine Wangen wurden heiß. „Woher willst du das wissen? Das, was du siehst, vielleicht, aber der Rest …"

Er stand auf und zog mich mit sich hoch. „Hör auf damit, Fee. Ich will das nicht hören."

Ich hob eine Braue. „Fee?"

Sein Grinsen wurde breiter. „Mein neuer Spitzname für dich."

„Ich habe keinen Spitznamen."

„Jetzt schon."

Ich verdrehte die Augen und schlug ihm leicht auf die Brust. „Du bist echt unmöglich." Ich schüttelte lächelnd den Kopf.

„Kannst du auch was Nettes sagen?", wollte er schmunzelnd wissen.

Meine Kehle war plötzlich trocken. Ich sah zu ihm auf.

„*Du* bist wunderschön. *Du* bist der Wahnsinn und *du* bist perfekt."

Jedes dieser Worte hätte ehrlicher nicht sein können.

Er hob zufrieden das Kinn. „Dann passen wir doch bestens zusammen."

Ich erwachte durch eine sanfte Berührung an meiner Wange und gab einen verschlafenen Laut von mir. Sobald ich die Augen einen Spalt breit geöffnet hatte, erblickte ich gelbe Streifen zwischen intensivem Blau. Mein Mund verzog sich zu einem matten Lächeln. Mit diesem Anblick wollte ich jeden Tag beginnen. Luan zog seine Finger von meiner Wange und rutschte etwas von mir weg.

„Gut geschlafen?", fragte er grinsend.

Ich setzte mich auf und gähnte. „Sehr gut."

Luan trug bereits die schwarzen Lager-Klamotten und seine Haare waren gemacht, mehr oder weniger. Erst jetzt fiel mir wieder ein, dass ich letzte Nacht nicht zu Lou zurückgekehrt war, sondern mir mit Luan ein Zimmer geteilt hatte, jeder in seinem eigenen Bett.

„Du solltest dich jetzt umziehen", meinte er und erhob sich von der Matratze. „Ich war bereits bei Amber Notker und habe ihr Bescheid gegeben. Sie hat gesagt, ich soll dich nach dem Frühstück in Halle 1 bringen."

„Und was soll ich dort?", wollte ich wissen, während ich mich auf den Weg Richtung Bad machte.

Er folgte mir wie ein Schatten. „Du befindest dich in Abteil 3, Block A."

„Was heißt denn *Block A*?", unterbrach ich ihn und drehte mich zu ihm um.

Er seufzte. „Block steht für das Gebäude und A, damit man alle Gebäude im Lager auseinanderhalten kann. In Block A befinden sich die Abteile 1 bis 3. In Block B 4 bis 6, in Block C 7 bis 9 und in Block D die Abteile 10 und 11."

Jetzt verstand ich endlich.

„Du befindest dich in Abteil 3, Block A", fuhr er seinen Satz fort. „Und in Abteil 3 ist die zweite Vorbereitungsphase untergebracht. Das heißt, dass hier alle Mutanten in Trainingsgruppen eingeteilt werden", erklärte er. „Deshalb soll ich dich in Halle 1 bringen, damit du dort in deine Gruppe zugeteilt werden kannst."

Ich verengte die Brauen. „Wofür sollen diese Gruppen gut sein?"

Er zuckte ungeduldig mit den Schultern. „Weil du danach in Abteil 4 kommst und dort deine Kräfte väterlicherseits trainieren wirst. Wenn jeder Mutant einzeln trainieren würde, würde das zu viel Zeit in Anspruch nehmen. Deswegen gibt es diese Trainingsgruppen."

„Und mit wem bin ich in einer Gruppe?"

Seine Züge wurden angespannter. „Wahrscheinlich mit zwei Diamanten in deinem Alter."

Diamanten? Waren das nicht die Bösen, zu denen auch Arlo gehörte?

Die Panik schien mir deutlich im Gesicht zu stehen, denn er legte beide Hände um meine Wangen. „Hey", sagte er mit tiefer Stimme. „Die beiden wurden vorher geprüft, sie sind nicht so wie Arlo. Wenn du mit normalen Mutanten trainieren würdest, wärst du ihnen deutlich überlegen und das Training hätte keinen Sinn. Die Diamanten und du sind ungefähr auf einem Niveau, du kannst deine Kräfte stärken und besser kennenlernen, wenn du mit ihnen übst." Er beugte sich so weit vor, dass sein warmer Atem über meine Lippen und mein Kinn strich. „Und ich werde versuchen, bei jedem Training dabei zu sein. Ich werde verhindern, dass dir jemand wehtut. Ich werde dich beschützen, okay?"

Ich nickte stumm und fuhr mit den Fingerkuppen seine Gesichtszüge nach.

„Und jetzt mach dich fertig", sagte er lauter und ließ mich los. „Sonst komm ich mit rein."

Ich schnappte nach Luft und lief knallrot an. Eilig drehte ich mich um und verschwand im Bad. Luans Worte hatten mich kaum beruhigt, aber ich vertraute ihm.

Beim Frühstück hielt ich nach Lou und David Ausschau, konnte aber keinen der beiden finden. „Sie werden jetzt sicher schon in Trainingsgruppen eingeteilt", meinte Luan, der meinem Blick gefolgt war.

Ich spürte einen Stich neben dem Herzen. Lou und David waren für mich bereits gute Freunde geworden und ich hatte mich gestern gar nicht mehr bei ihnen gemeldet. Außerdem hatte ich Sehnsucht nach ihnen. Und heute würden wir in Trainingsgruppen eingeteilt werden und uns dann sicher noch seltener sehen.

Ich versuchte, mich abzulenken. „Ich habe Con getroffen", fing ich an. Er sah mich überrascht an. „Als du wegen Felicity krank warst. Er ist nett, aber hat genau den gleichen Sturkopf wie du", stichelte ich.

Luan rümpfte die Nase. „Er kann wirklich nervig sein."

„Ich kenne da einen, der es sogar ziemlich oft ist."

„Keine Ahnung, wen du meinst." Er ließ sich zurückfallen und verschränkte die Arme hinter dem Kopf.

Ich sah ihn mit erhobenen Brauen an. „Hat er eine Freundin?"

Luans Schultern spannten sich an, sein Blick durchbohrte mich.

„Willst du dich an meinen Bruder ranmachen?"

Empört boxte ich ihn in die Seite. „Natürlich nicht! Ich hatte Lou im Hinterkopf. Die beiden würden gut zusammenpassen."

Seine Mundwinkel hoben sich. „Ich glaube nicht, dass er eine Freundin hat. Aber ich kann mir auch nicht vorstellen, dass er der Typ für Beziehungen ist."

„Du gönnst es ihm einfach nicht", murmelte ich finster.

Blitzschnell war er nach vorne gerutscht und sah mir tief in die Augen.

„Mein Bruder ist in romantischen Dingen eben nicht so gut veranlagt wie ich", sagte er.

„Hörst du dir eigentlich selbst zu, wenn du redest?", wollte ich wissen.

Er grinste spöttisch. „Wir sollten uns aufs Wesentliche konzentrieren."

Ich seufzte tief und massierte meine Schläfe. „Wahrscheinlich hast du recht."

„Natürlich habe ich recht. Ich habe immer recht."

Halle 1 unterschied sich nicht im Geringsten von den anderen, in denen ich schon gewesen war. Sie war groß, dunkel und von mehreren Deckenlampen beleuchtet. Im Vorraum hatte mir Amber Notker Blut abgenommen und sich dann in den Kontrollraum zurückgezogen. Von dort aus wies sie nun an, ich solle mich in die Mitte der Halle stellen. Luan war ebenfalls mit ihr im Kontrollraum und ich konnte es kaum ertragen, dass er mich in dem Moment sehen konnte, ich ihn jedoch nicht.

Die Diamanten waren noch nicht eingetroffen, also nutzte Amber Notker die Zeit, mir etwas über meine neuen Trainingspartner zu erzählen.

„Es sind zwei Mädchen", erklang ihre Stimme über die Sprechanlage.

„Die jüngere, sie ist so alt wie du. Ihr Name ist Esme Hill. Sie ist Green und Gray Eye. Scarlett Hunter ist vor Kurzem sechzehn geworden und halb Purple, halb Brown Eye." Genau wie Jupiter, der erste Achat im Lager.

Plötzlich gingen mehr Lichter an und die Stahltür wurde aufgeschoben. Ich erhaschte einen flüchtigen Blick auf Nathan, dann betraten zwei Mädchen die Halle. Ich wusste sofort, dass es sich bei ihnen um Diamanten handelte, denn von ihnen ging eine eisige Kälte aus, die meine Haut frösteln ließ.

„Carle, Esme, das ist Nell Ivy", stellte Amber Notker vor.

Ich wollte schlucken, doch meine Kehle war staubtrocken.

Hinter den beiden Gestalten fiel die Stahltür ins Schloss und ich war mit ihnen gefangen. Angst regte sich in mir, doch ich gab ihr keinen Platz. Ich würde nicht klein beigeben, ich würde Stärke beweisen, weil ich es Arlo gegenüber nicht geschafft hatte. Ich würde ihnen kalt gegenübertreten und sie verachten, weil einer aus ihrer Spezies Dexter umgebracht und Luan mit Felicitys Tod innerlich zerstört hatte.

Scarlett, sie war größer als Esme, hatte schwarzbraunes Haar, helle Haut und fixierte mich steinern. Esme dagegen war klein, hatte bleiche Haare, geschwungene Brauen und ihr Blick war relativ freundlich.

Die Sprechanlage rauschte und Amber Notkers Stimme drang an mein Ohr: „Geht näher zusammen und lernt euch kennen. Aber Carle, bitte halte deine Kräfte im Zaum. Wir wissen alle, wie sehr du Achate verabscheust, aber du wirst mit Nell in Zukunft so gut wie jeden Tag verbringen."

Im Stillen dankte ich der Ärztin dafür, dass sie mir implizit klargemacht hatte, dass ich mich vor Scarlett in Acht nehmen musste. Diese rümpfte die Nase, trat jedoch näher, ohne mich aus den Augen zu lassen. Sie drückte die Schultern durch und war somit fast einen halben Kopf größer als ich, doch ich ließ mich nicht einschüchtern. Bedeutsam machte auch ich mich auf den Weg zu den beiden, hielt dabei das Kinn erhoben und musterte sie mit kalter Miene. Es war wie ein Machtspiel, bei dem man nur durch Bewegung und Blicke siegen konnte. Einen halben Meter voneinander entfernt, blieben wir zeitgleich stehen.

„Du bist also der Achat, dessen Seele geheilt werden musste?", fragte Scarlett mit spöttischer Stimme. Eine Anspielung auf meine Schwäche?

Meine Mundwinkel hoben sich zu einem kalten Lächeln. Ich war nicht unvorbereitet gekommen. „Und ihr habt eure Kräfte durch die Seele eines Achaten schon mal verdoppelt?", entgegnete ich distanziert.

Scarlett schloss den Mund und funkelte mich an. „Gibt ja nur zwei von euch."

Ich lehnte mich vor. „Da wird es schwieriger, nicht wahr?"

Plötzlich schoss sie vor und griff nach meinem Hals, doch ich war schneller. Mit einer geschickten Bewegung wich ich ihrer Hand aus, schnappte sie im nächsten Moment und riss sie herum. Scarletts Handgelenk knackte und sie stöhnte auf. Ich ließ gleich darauf von ihr ab und brachte so viel Abstand zwischen uns, dass ich einen neuen Angriff hätte vorhersehen können.

Sich vor Schmerzen das Gelenk haltend, sah der Diamant zu mir auf. „Du bist genauso widerlich wie alle, die deiner Spezies angehören!", keifte sie.

Ich zuckte mit den Schultern und wiederholte ihre Worte: „*Gibt ja nur zwei von uns.*"

Esme, die sich die ganze Zeit über zurückgehalten hatte, trat jetzt vor. Ihre Unterlippe bebte leicht. „Hört doch auf damit! Sich zu hassen verhindert auch nicht, dass wir in einer Trainingsgruppe sind. Und erträglicher wird es dadurch erst recht nicht."

Kurz blinzelte ich sie an. Nie hätte ich gedacht, dass ein Diamant solche Worte hätte sagen können. Esme schien eine Ausnahme zu sein.

„Wollen wir nicht einfach vernünftig miteinander reden?", schlug sie vor.

Scarlett ließ ihr Handgelenk los. „Was gibt es zu bereden?",
knurrte sie.

Für einen erschreckend langen Augenblick, schienen sich ihre
Eckzähne zu verlängern und ihre Wangen wurden von leichter
Behaarung überzogen.

Gestreifter Behaarung.

Meine Hände schlossen sich zu Fäusten und lockerten sich wieder. Das tat sie mit Absicht. Sie wollte, dass ich sah, dass sie zur
Raubkatze werden konnte. Sie wollte mich einschüchtern.

Ich reckte den Hals und hielt ihrem Katzenblick stand. Im Gegensatz zu ihr wäre ich nicht so dumm, vor Amber Notker meine tierische Gestalt zu zeigen – vorausgesetzt, ich hatte überhaupt
eine. Und jetzt wusste ich auch, dass Diamanten ebenfalls ihre
Gestalt wechseln konnten.

Bevor ich das nächste Mal gezwinkert hatte, war der Augenblick jedoch vorbei. Sie hatte anscheinend ihren Fehler bemerkt.

Esme holte hörbar Luft und warf Scarlett einen warnenden Blick zu.
Ich musterte sie weiterhin stumm.

Die Nasenflügel des Diamanten weiteten sich und sie spreizte
zwei Finger.

Staubige Erde puffte vor mir auf, brannte sich in meine Augen
und schnürte mir die Kehle zu. Ich hustete und kniff die Lider
fest zusammen.

Ein Fehler.

Im nächsten Moment grollte etwas über mir und ein Wasserschwall rauschte auf mich nieder. Ich hatte vollkommen vergessen, dass die Purple Eyes zu den stärksten der acht Völker zähl-
ten. Sie konnten mit ihrer Kraftwolke die Sonne verdüstern, es
regnen lassen und zusätzlich Blitze schießen. Im hintersten Teil
meines Gehirns regte sich die Erinnerung, dass sie dafür aber sehr
schnell schwach wurden und ihre Kräfte nur über kurze Zeit ver-
wenden konnten. Ohne zu vergessen, dass Scarlett noch immer
ihren Earth-Mittelpunkt aufrufen konnte, hob ich beide Arme.

Zu Eis erstarrte Kristalle rauschten auf sie zu und ich vernahm
ihren panischen Schrei, als sich die Splitter in ihre Haut bohrten.
Ich rieb mir kurz die Augen, doch die Erde nahm mir weiterhin

die Sicht. Durch einen wirren Schleier aus Schmutz und Dreck blickte ich zu Scarlett auf.

„Aufhören!", kreischte Esme, als sie ahnte, was ich als nächstes tun würde.

Doch ich ignorierte sie.

Efeuranken schossen aus meinen Handflächen und schlangen sich um Scarletts Füße. Mit dem Heben meines Arms sprossen sie ihren Körper nach oben und fesselten die ihren auf dem Rücken. Sie fluchte und schleuderte zwei Blitze von sich. Einer verfehlte mich knapp, doch der zweite traf mich direkt in die Schulter. Ich taumelte benommen zurück. Die Efeuranken lösten sich und Scarlett sprang auf mich zu. Mit unerwarteter Kraft stieß sie mich zu Boden.

Mein Rücken schlug auf kaltem Stein auf und ich gab ein Wimmern von mir, als der Schmerz meinen Körper durchstrahlte. Mit einer einzigen, geschmeidigen Bewegung war Scarlett über mir und nagelte mich fest. Ihr Oberkörper begann zu beben, ich bekam Panik. Sie sammelte ihre Energie, um sie mit voller Wucht in mich hineinzuschleudern. Sie wollte mich wirklich umbringen!

Doch dazu kam es nicht, denn die gesamte Halle wurde von einem intensiv leuchtenden Blitz durchzuckt, der den Putz zum Bröckeln brachte.

Scarlett hob den Kopf und ich nutzte die Gelegenheit, um ihr mein Knie in die Seite zu rammen. Sie zuckte zurück und wurde gleich darauf in die Luft katapultiert. Luan stand breitbeinig vor ihr, beide Hände an ihren Schultern presste er sie gegen die Wand. Er beugte sich vor und flüsterte ihr etwas ins Ohr. Ich konnte es gerade so verstehen.

„Normalerweise tue ich Mädchen nicht weh, aber bei Diamanten-Mädchen mache ich gerne eine Ausnahme." Seine Stimme war eiskalt.

Ich hielt wie erstarrt die Luft an. Was hatte er vor?

Scarletts panischer Blick glitt zu mir, ihre Augen schienen mich stumm um Verzeihung zu bitten. Ich wollte mich abwenden, wollte weggehen. Aber ich konnte nicht. Es ging nicht.

Stattdessen rappelte ich mich hoch, wischte mir die restliche Erde aus den Augen und eilte an Luans Seite, um ihm eine Hand auf die angespannte Schulter zu legen.

„Lass sie los."

Ein Muskel in seinem Kiefer zuckte. „Sie hat dir wehgetan."

„Ich ihr auch. Luan bitte, lass sie los", drängte ich.

Sein harter Brustkorb hob sich leicht, dann packte er Scarlett noch einmal fester. „Wenn du sie das nächste Mal auch nur dumm ansiehst, werde ich dich eigenhändig zweiteilen", sagte er mit beunruhigend tiefer Stimme.

Dann ließ er endlich von ihr ab und sie sackte wie ein nasses Handtuch zu Boden. Ich starrte Luan fassungslos an. Als er sich langsam zu mir umdrehte, funkelten seine Augen in einem matten Schimmer, aber seine Züge waren entschlossen. Jetzt verstand ich seine Art, sein Handeln. Dieses Mädchen gehörte derselben Spezies an wie Arlo. Arlo, der Felicity getötet hatte.

Scarlett hätte mich tatsächlich umgebracht und Luan hätte es nicht ertragen, einen weiteren Achat an seiner Seite zu verlieren. Ich konnte es ihm nicht verübeln.

Meine Augen füllten sich mit Tränen und ich legte beide Hände auf seine Brust, ohne wirklich zu wissen, was ich da tat.

Seine Nasenflügel bebten, als er mich stumm ansah.

Inzwischen waren auch Amber Notker, Nathan und einige weitere Wachleute in die Halle geströmt. Die Wachleute brachten eine verwirrte Esme und die leise wimmernde Scarlett aus der Gefahrenzone, während Amber Notker Luan und mich fasziniert beäugte.

Ich ignorierte sie, hatte nur Augen für ihn.

Vorsichtig stellte ich mich auf die Zehenspitzen und legte meine zitternden Hände um seinen Hals. Ich zog mich an seinen muskulösen Körper, während er immer noch reglos vor mir stand.

„Luan?", hauchte ich und öffnete die Lippen, um ihn zu küssen.

Doch er umfasste meine Handgelenke und zog sie von seinem Hals, schob mich sanft, aber bestimmt von sich.

Seine Augen hatten sich verdunkelt und wurden von nacktem Schmerz geplagt. „Es geht nicht, Fee", sagte er leise.

Seine Stimme klang rau. Das, was er gerade getan hatte, zerfetzte mich innerlich. Mein Herz stolperte und ich sah ihn verständnislos an.

Seine Brauen verengten sich. „Ich kann das nicht noch einmal. Felicity habe ich zwar nicht geliebt, aber sie trotzdem verloren. Verstehst du das? Ich war nicht da, als sie mich gebraucht hätte. Ich bin schuld – ich allein."

Ich grub meine Fingernägel in seine Oberarme. „Luan Moor, du bist verdammt nochmal nicht schuld an ihrem Tod."

„Doch. Ich kann diese Gefühle, die ich für dich habe, nicht mehr zügeln. Deswegen sollten wir ab jetzt besser Abstand halten. Ich werde dich auch verlieren und wenn ich so weitermache wie bisher, werde ich den Verlust nicht ein zweites Mal überleben", murmelte er.

Eine Träne löste sich aus meinem Augenwinkel. „Du wirst mich nicht verlieren. Wir können das gemeinsam durchstehen, wir können es schaffen. Gemeinsam."

Er löste meine steifen Finger von seinen Armen und trat zurück. „Ich hätte dich niemals küssen dürfen", meinte er.

Mein Herz zerriss. „Was sagst du denn da? Du wolltest es, ich wollte es. Es war richtig –" Meine Stimme brach.

„Wenn ich sterbe und du Gefühle für mich hast, wird deine Seele auch sterben. Aber wenn ich sterbe und du keine Gefühle für mich hast, bleibt deine Seele stark und ganz, *das* will ich", knurrte er, während er weiter zurückwich.

„Was redest du denn? Du wirst nicht sterben. Das, was ich für dich empfinde, wird immer da sein. Ich werde nie wieder keine Gefühle für dich haben. Also lass uns –"

„Nein", fauchte Luan und ballte die Hände zu Fäusten.

Ich zuckte zurück. „Du kannst dich vor deinen Gefühlen nicht verstecken", sagte ich bitter.

Er senkte den Kopf, seine gelben Streifen in den Augen loderten auf. „Ohne mich bist du sicherer."

„Nein, das stimmt nicht. Was, wenn Arlo zurückkommt?", rief ich, doch Luan war verschwunden. Verzweifelt sah ich mich in der Halle um, doch er war nicht mehr da.

Luan war fort.

15

Nell

„Nell? Nell, bist du wach?", fragte eine leise Stimme dicht über meinem Gesicht. Ich stöhnte und blinzelte in grelles, unnatürliches Licht.

„David, sie ist wach!", rief die Stimme jetzt lauter und ich zuckte unwillkürlich zurück. Lous gerötete Wangen erschienen, dann ihre glänzenden Augen. „Oh mein Gott, Nell. Wie geht's dir? Hast du Schmerzen?", fragte sie besorgt.

Ich schüttelte leicht den Kopf und richtete mich auf. Ich lag nicht wie erwartet in einem Krankenzimmer, sondern in einem großen Raum mit drei Betten. Lou plapperte weiter, während sich David auf einen Stuhl fallen ließ.

„Wir haben jetzt ein Zimmer zu dritt. Und wir sind bereits in Abteil 4, Block B. Eigentlich wollte dir Amber Notker nach deiner Einteilung in die Trainingsgruppe noch etwas sagen, aber dann warst du zu schwach und sie hat dich auf dein Zimmer bringen lassen. Dann hast du einige Stunden geschlafen und jetzt ist es Abend."

Ich wusste, dass Amber Notker mit mir noch über Adam und Kate reden wollte – darüber, sie zu Achaten zu machen, aber das interessierte mich in dem Moment nicht. „Wo ist Luan?"

Lou verstummte, während sich David unbeholfen räusperte.

„Er arbeitet wieder an seinem Auftrag – keine Ahnung was für einer – und will sich ablenken. Aber mehr weiß ich auch nicht", murmelte Lou leise.

Ich wusste allerding, was für ein Auftrag das war. Aber dieses Wissen brachte mich keinen Schritt weiter. Mein Herz tat weh, als ich an den Achat dachte. Er hatte beschlossen, mich nicht mehr zu sehen, weil er glaubte, dass er mich so beschützen konnte, dass es mir so besser ging. Aber da täuschte er sich.

Zwei Tage vergingen, in denen David und Lou zum Duo-Training aufbrachen, um ihre Kräfte väterlicherseits zu testen. Auch ich wurde an beiden Morgen von Nathan abgeholt, weigerte mich jedoch, das Zimmer zu verlassen.

In Trauer und Verzweiflung versunken starrte ich an die Decke. Dachte nach über Luans Worte und wieviel Schmerz und Überwindung es ihn gekostet haben musste, sie auszusprechen. Wieviel Schmerz und Verzweiflung sie in mir ausgelöst hatten. Ich fühlte mich leer ohne ihn. Ich sah keinen Sinn, warum ich weiterhin hätte atmen sollen, wenn er nicht dabei war. Mein Leben hatte ohne ihn jeglichen Wert verloren.

Ein Klopfen, das ich kaum wahrnahm, dann wurde die Tür geöffnet und Amber Notker kam herein. In den Händen hielt sie etwas Langes, das von einem dünnen Tuch verdeckt war. Ich setzte mich im Bett auf und sah zu, wie sie auf mich zukam und mir das Etwas überreichte.

Mit zusammengekniffenen Augen nahm ich es entgegen. „Was ist das?"

„Von Luan", sagte die Ärztin. Ich hob den Kopf und blinzelte sie an.

„Er hat sie mir gestern gegeben und gesagt, sie wären für dich."

„Mehr hat er nicht gesagt?" Meine Stimme klang schrill.

Sie schüttelte den Kopf. Enttäuschung überschwappte mich wie schleimiges Wasser, doch ich ließ mir nichts anmerken. Behutsam zog ich das Tuch beiseite und mein Herz geriet ins Stolpern. Ich hielt einen Bogen und einen Köcher mit Pfeilen in den Händen. *Meinen* Bogen und *meine* Pfeile. Ich hatte sie an meinem Geburtstag bekommen. Ferne Erinnerungen holten mich ein und ich schnappte nach Luft. Ich erinnerte mich wieder, wie Luan ihnen merkwürdige Namen gegeben hatte.

Ein Schütteln erfasste meinen Körper, als ich an ihn dachte. Die Gedanken wahren wehmütig und ich musste an sein unverschämtes Grinsen denken, seinen Bizeps, die breiten Schultern, den durchtrainierten Körper und den schlechten Sinn für Humor. Meine Kehle war staubtrocken.

Ich umfasste das kalte Holz und presste es an mich. Luan hatte mir meine Waffen zukommen lassen. Das musste einen Grund haben, doch ich wollte nicht darüber nachdenken, welcher das war. Ich wollte an *ihn* denken – nein. Ich wollte ihn sehen und seine Stimme hören.

„Oh Gott", stöhnte ich leise. Ich war so vernarrt in einen Typen, den ich kaum kannte. Und obwohl erst zwei Tage vergangen waren, seit ich ihn zum letzten Mal gesehen hatte, fühlte es sich an wie eine halbe Ewigkeit.

„Nell?", drang die Stimme der Ärztin an mein pochendes Trommelfell.

„Mhm?"

„Du hast jetzt seit fast drei Tagen das Zimmer nicht verlassen. Wir müssen langsam mit dem Training anfangen. Mit Scarlett und Esme kann ich nicht ohne dich beginnen, weil ihr sonst nicht gleichauf wärt. Außerdem steht Carle immer noch ein bisschen unter Schock", sagte sie eindringlich.

Träge sah ich zu ihr auf. „Ich will nicht gegen sie kämpfen. Ich habe bereits eine Unschuldige umgebracht, das will ich nicht noch einmal tun. Außerdem", ich zog die Knie an meine Brust, „komme ich nur hier raus, wenn ich Luan sehen darf".

Amber Notker stöhnte laut. „Das wird nicht gehen."

„Warum nicht?"

Ihre roten Augen begannen zu funkeln. „Weil er dich nicht sehen will."

Einen Moment lang konnte ich sie nur fassungslos anstarren.

„Das hat er gesagt?", fragte ich mit bröckelnder Stimme.

Sie nickte. „Das Training ist enorm wichtig für dich. Luan musst du jetzt erstmal in den Hintergrund schieben und dich auf das Wesentliche konzentrieren", sagte sie eindringlich.

Mein Herz hatte bereits einen tiefen Riss und jetzt schien es endgültig zu zerreißen. Auch wenn ich es nicht wahrhaben wollte, schob sich der böse Gedanke in meinem Kopf herum.

Luan will keine Gefühle mehr für dich haben. Er will dich nicht sehen und er wird seinen Willen durchsetzen. Das Resultat wird sein, dass er dich hasst und dir aus dem Weg geht, dich vergisst. Und das alles nur, weil er sich Vorwürfe wegen Felicitys Tod macht, an dem ganz allein Arlo schuld ist.

Luan

Bert und Perts aus dem Schloss zu holen, war deutlich schwieriger als gedacht. Ich hatte erst einige Wachleute vorübergehend ausschalten müssen, um überhaupt das Lager zu verlassen. Dann war ich nur knapp Liam entwischt, den ich sowieso nicht ausstehen konnte und hatte schließlich Nells gesamten Kleiderschrank auseinandernehmen müssen, um ihre Waffen zu finden. Auf dem Rückweg war mir Amber Notker auf die Schliche gekommen und ich hatte ihr den Bogen samt Pfeilen überlassen müssen. Aber jetzt musste Nell ihre Waffen bekommen haben und das war gut so. In ihren nächsten Trainingsstunden würde sie nämlich nicht nur *mit,* sondern auch *gegen* Scarlett und Esme kämpfen. Mein Magen zog sich sehnsüchtig zusammen, als ich an Nell dachte.

An den Kuss.

An ihre weichen Lippen, die sich auf meine gedrückt hatten und an ihren warmen Körper. Ihren Duft, die seidigen Haare – verdammt.

Ich stöhnte frustriert und massierte meine pochende Schläfe. Keine Sekunde länger hielt ich es ohne sie aus, doch es musste sein. Mit mir an der Seite würde sie nur unnötig in Schwierigkeiten geraten. Nathan passte gut auf sie auf und der Vorteil daran war, dass er nicht auf jeden losgehen würde, der sie auch nur dumm ansah.

Im Gegensatz zu mir.

Ein Bein drückte sich gegen meinen Oberschenkel und die unangenehme Berührung holte mich mit einem Ruck aus den Gedanken. Kates große, blaue Augen fingen meinen Blick auf und sie begann zu lächeln.

„Alles gut?", fragte sie mit süßer Stimme. Ich nickte und versuchte möglichst unauffällig, etwas Abstand zwischen uns zu bringen. Währe Nell jetzt hier, würde sie ihrer Halbschwester wahrscheinlich die Augen auskratzen.

Ich holte tief Luft, als ich merkte, dass meine Gedanken schon wieder zu ihr abglitten. Was sie jetzt wohl gerade tat? Ob sie wütend auf mich war, ob sie mich genauso sehr vermisste wie ich sie? Ich konnte mir beides gut vorstellen.

„Luan?" Jetzt klang Kates Stimme nicht mehr so süßlich. Ich räusperte mich und hob etwas steif die Mundwinkel. „Alles gut."

Wie aus dem Nichts schlug mir Talis Water, dieser Verräter, freundschaftlich auf die Schulter und lächelte mich ohne Grund an. „Dann kann es ja weitergehen."

Ich knirschte mit den Zähnen, weil ich kurz davor war, ihm meine Faust in den Kiefer zu rammen. Er hatte Nells Mutter Bella hochschwanger allein gelassen und sie fünfzehn Jahre lang wie tot behandelt. Jetzt tauchte er mit zwei neuen Kindern hier auf und wollte sie zu einer Spezies machen, der momentan nur Nell und ich angehörten. Noch dazu war er der Anführer der Blue Eyes, dem Volk meines Vaters.

Ich schloss kurz die Augen, um mich zu sammeln, und als ich sie wieder öffnete, fiel mein Blick auf Chase. Der Typ tat mir echt leid. Schließlich war er derjenige, der das Serum als erster Mutant testen sollte.

Offiziell waren es natürlich die Water-Geschwister, aber ich hätte mir denken können, dass Talis das Leben seiner Kinder über das eines normalen Mutanten stellte. Chase würde das Serum zuerst gespritzt bekommen und an sich Tests durchführen lassen müssen. Wenn seine Mutation nach mindestens einer Woche erfolgreich war, würden Adam und Kate das Serum ebenfalls aufnehmen. Chase verzog den Mund und grinste mich an. Ich schnaubte. Dieser Typ war doch gestört, zumal er sich freiwillig für die Sache gemeldet hatte. Schlug das Serum bei ihm nicht an, würde er höchstwahrscheinlich sterben. Aber das schien ihm egal zu sein, denn er glaubte immer noch, dass Amber Notker ihn als ersten

Tester küren und er irgendeine Auszeichnung bekommen würde. Doch da irrte er sich.

Wieder einmal bewunderte ich, dass Amber Notker so viele Mutanten auftreiben konnte, dass es überhaupt so viele gab. Immerhin war diese Spezies unter den acht Völkern verboten und nur die Anführer der Blue-, Black- und Red Eyes wussten von der Existenz dieses Lagers, in das alle Mutanten gebracht wurden. Zu den mehr oder weniger natürlichen Mutanten, kamen noch diejenigen aus Amber Notkers Zucht. Reagenzglaskinder, ohne Mutter oder Vater. Allein aus der ersten Zucht hatten zwölf Mutanten überlebt, von insgesamt fünfundzwanzig Embryonen. Inzwischen gab es mehr als zehn Züchtungen unterschiedlichster Mischung. Auch Chase stammte aus so einer, vermutlich aus der dritten oder vierten Zucht. Er war halb Red, halb Yellow Eye. Letzteres verband ihn mit mir, auch wenn ich auf eine Gemeinsamkeit mit diesem Typen gern verzichtet hätte.

„Fangen wir an", brach Amber Notker das Schweigen und säuberte Chases Armbeuge. Ich gab mir einen Ruck und stellte mich neben ihn, angeblich hatte die Anwesenheit eines anderen Achaten eine positive Wirkung. Chase zitterte leicht, als sich die Spritze unter seine Haut schob. Verbissen folgte ich den aufgeregten Handgriffen der Ärztin. Es dauerte länger als erwartet, bis das gesamte Serum in Chases Adern geleitet war und Amber Notker ein Pflaster auf die Einstichstelle drückte.

„Die nächsten Tage kommst du jeden Morgen und Abend auf die Station, damit ich deinen Blutdruck messen kann. Du wirst mir sagen, wenn du dich stärker oder schwächer fühlst als sonst. Die ersten Tests deiner Kräfte werden in zwei Tagen durchgeführt", erklärte sie rasch.

Chase nickte langsam.

„Übelkeit und leichter Schwindel sollten ganz normal sein", fügte sie lächelnd hinzu. Ich konnte mir nur schwer ein verächtliches Schnauben verkneifen. Wie sehr mich das Leben hier, insbesondere Amber Notker, manchmal ankotzte. Doch hätte ich mich gegen sie aufgelehnt, hätten sie meinem Bruder wehgetan, bis ich wieder Ruhe gegeben hätte. Das war die erfolgreiche Zwickmühle des Lagers.

Nachdem Chase das Behandlungszimmer verlassen hatte, kam Kate auf mich zu. „Wollen wir noch was essen gehen?", fragte sie und strich sich das Haar aus der Stirn.

Ich hätte nein gesagt, doch der stechende Blick von Talis ließ mich schließlich zustimmen.

Ich war so ein Feigling.

Adam schloss sich uns an und wir ließen die Ärztin und den Anführer der Blue Eyes allein im Zimmer zurück.

In einer der Kantinen holten wir uns etwas zu essen und zogen uns in eine ruhige Ecke zurück. Ich konnte nur hoffen, dass sich Nell nicht gerade in der Nähe herumtrieb. Sähe sie mich zusammen mit Adam und vor allem Kate sehen, würde ich das nicht wiedergutmachen können.

„Ich bin schon so aufgeregt auf die Zeit, wenn wir zusammen trainieren", begann Kate mit glänzenden Augen. „Hoffentlich ist die Mutation bei Chase erfolgreich, damit es bei uns auch durchgeführt werden kann."

Ich nickte stumm und schlürfte an meinem Wasser.

Adam beugte sich vor, ein besorgter Zug um die Mundwinkel. „Wie geht es Nell? Ich habe gehört, dass das erste Treffen mit ihrer zukünftigen Trainingsgruppe nicht besonders gut verlaufen ist."

„Doch. Ich denke mal, es war ganz gut", murmelte ich abweisend.

Adam verengte die Brauen. „Du weißt es nicht?"

Ich stellte mein Glas auf den Tisch, bevor ich es zerquetschen konnte.

„Wir hatten in den letzten Tagen keinen Kontakt."

„Warum denn nicht?" Jetzt war auch Kates Interesse geweckt.

Meine Nasenflügel bebten. „Weil ich es für besser halte, wenn wir uns aus dem Weg gehen. Nathan kümmert sich gut um sie", antwortete ich steif.

„Und wie findet sie das?", hakte Adam nach.

Ich sah ihn finster an. „Du kannst sie gerne selber fragen. Aber mir fällt es auch nicht leicht, ihre Sicherheit in fremde Hände zu legen", erwiderte ich scharf.

Kate verdrehte die Augen. „Warum tun immer alle so, als wäre sie etwas ganz Besonderes?"

„Weil sie es ist", murmelte ich.

„Luan?" Die verzerrte Stimme hallte durch den fast leeren Gemeinschaftsraum. Ruckartig hob ich den Kopf und blickte in Nells blasses Gesicht. Sie sah komplett fertig aus. Mit dunklen Ringen unter den Augen und geschwollenen Lidern starrte sie mich an. Dann ging ihr Blick weiter zu Adam und blieb schließlich an Kate hängen. Zu spät merkte ich, dass sie ganz nah an mich gerutscht war und ihre Hand halb auf meinem Oberschenkel ruhte. Nell zog die Brauen zusammen und endlich sah sie wieder zu mir. Meine Kehle war plötzlich staubtrocken. „Nell …"

Ein gequältes Lächeln erschien auf ihren Lippen. „Schon gut, lass dich nicht stören", sagte sie mit leiser Stimme. Sie drehte um und stolperte an Nathan vorbei, der sich hinter ihr aufgebaut hatte, aus dem Raum.

Eilig schob ich Kate von mir und sprang auf, doch Adam legte mir eine Hand auf die Schulter. „Ich glaube, sie braucht jetzt Zeit für sich."

Wütend fuhr ich zu ihm herum. „Du weißt nichts über sie, nichts. Außer vielleicht den Namen ihres Vaters. Also hör auf, dich in ihr Leben einzumischen und zu glauben, es verbessern zu können!", brüllte ich.

Sobald ich mich wieder umgedreht hatte, war Nell verschwunden. Ohne zu überlegen, rannte ich ihr hinterher. Verdammt, sie war schnell.

Aber ich war schneller.

Nach einer kurzen Strecke hatte ich sie in einem leeren Gang eingeholt und griff nach ihren schmalen Handgelenken. Sie fuhr herum und funkelte mich an.

„Lass das", fauchte sie, doch die Beklemmung in ihrem Blick offenbarte ihre Verzweiflung. Ich ließ sie los und spannte den Kiefer an. „Wie geht's dir?", fragte ich und kam mir dabei wie der letzte Idiot vor.

Sie schluckte und senkte die Lider. „Warum fragst du, wenn du mich nicht sehen willst?"

Ich musterte sie verwirrt. „Ich habe nicht gesagt, dass ich dich nicht sehen will", erklärte ich.

Nell verengte die Brauen. „Aber Notker hat gesagt ..."

„Ich bringe sie um!", fluchte ich. Anscheinend hatte diese Schlange Nell absichtlich angelogen, damit ... ja, warum? Was brachte ihr das, wenn wir uns stritten?

Ich schnaubte. Es konnte mir egal sein, das Wichtigste war, dass Nell ihr nicht glaubte. Mit sanfterer Stimme fügte ich hinzu: „Das stimmt nicht. Wenn ich ehrlich bin, habe ich es kaum ausgehalten."

Himmel, warum brachte sie mich nur so aus dem Konzept. Ich wollte stark sein – für sie. Aber einer ihrer Blicke reichte und ich bekam weiche Knie.

Nell bekam etwas Farbe auf den Wangen und biss sich auf die Unterlippe.

„Fee ...", begann ich.

Sie hob den Kopf und sah mich direkt an. Es versetzte mir einen tiefen Stich.

„Es tut mir leid, aber ich will dich einfach nicht in Gefahr bringen", versuchte ich zu erklären. Sie schien hin- und hergerissen, was sie darauf antworten sollte.

„Kate?", fragte sie schließlich.

Ich stöhnte und griff mir in den Nacken.

„Kate ist echt lästig. Das gerade eben, ich wollte das nicht. Und ich weiß, dass ich ein elender Feigling bin, weil ich ihr nicht schon früher klargemacht habe, dass ich nichts von ihr will, aber –"

Nell machte einen schüchternen Schritt auf mich zu. „Du bist kein Feigling."

„Naja ...", schnaufte ich verunsichert.

Sie blinzelte zu mir auf. „Ich habe es nicht ausgehalten mit dem Gedanken, dass du mich hassen könntest."

Mein Magen zog sich zusammen. „Ich könnte dich niemals hassen, Nell", flüsterte ich eindringlich.

Ihre Brust hob sich. „Kannst du mich berühren, bitte?", hauchte sie gegen meinen Hals. Mein Atem ging stoßweise, als sie sich in meinem Shirt festkrallte.

„Nell, ich –"

„Bitte", flehte sie, fast verzweifelt.

Ich schluckte und war mit der Situation mehr als überfordert. Sofort hätte ich ihren Wunsch erfüllt, aber ich musste Abstand bewahren.

„Bitte", flüsterte sie immer und immer wieder und ich konnte nicht anders, als ihr nachzugeben. An der Taille zog ich sie zu mir heran und hob ihr Kinn, damit ich die wunderschönen, von dunklen Wimpern eingerahmten Augen sehen konnte. Die rechte Hand ließ ich über ihren Rücken gleiten, mit der anderen fuhr ich ihre Unterlippe nach. Sie stieß Luft gegen meine Wange und vergrub die Finger in meinem Haar. Doch sobald sie den Mund leicht öffnete und sich vorbeugte, sog ich scharf die Luft ein.

„Ich kann das wirklich nicht", murmelte ich verbissen.

Nell hielt inne und ihre Finger verkrampften an meinem Hinterkopf.

„Du bist tatsächlich ein Feigling." Sie wollte mich loslassen, doch ich hielt sie weiterhin fest.

„Wer weiß, was ich das nächste Mal tun werde, wenn dir jemand wehtut?", versuchte ich zu erklären.

Nell schnaubte. „Du hast nur Angst davor, nicht alles unter Kontrolle haben zu können."

„Nein, das stimmt nicht", ich schüttelte den Kopf. „Ich will, dass du in Sicherheit bist."

Mit bebenden Nasenflügeln sah sie mich an. „Wenn du bei mir bist, bin ich am sichersten, wann kapierst du das endlich?"

Ich blinzelte sie verwirrt an. Sie hatte es schon wieder geschafft, mir die Sprache zu verschlagen. „Nell ...", begann ich, doch sie winkte ab.

„Vielleicht hast du recht. Geh lieber zurück zu Kate und mach weiter, wo ich dich unterbrochen habe", schnaufte sie verletzt und wandte sich ab.

„Du hast mich dabei unterbrochen, an dich zu denken", sagte ich.

Sie hielt inne.

„Es tut mir leid, okay? Es tut mir leid, dass ich so ein Idiot gewesen bin und ich weiß, dass ich das, was ich in deiner Seele kaputtgemacht habe, mit Worten nicht wieder ganz machen kann.

Aber ich würde wenigstens gerne versuchen, es dir zu zeigen."
Ich drehte sie zu mir herum, zog sie an mich und strich eine verirrte Strähne aus ihrem blassen Gesicht.

„Danke für Bert und Perts", sagte sie plötzlich und sah zu mir auf.
Ich grinste breit. „Immer gern doch."
Behutsam beugte ich mich hinab, nahm ihren Körper, den Duft und die weiche Haut überdeutlich wahr.
„Darf ich? Wenn du dich von mir bedrängt fühlst, höre ich sofort auf."
Als Antwort drückte sie sich an mich.
„Das deute ich jetzt mal als *ja*", lachte ich leise. Sie lächelte.
„Kannst du mich küssen, bitte?"
Meine Stimme versagte, ich fand kaum noch genug Luft zum Atmen. Aber ich hatte verstanden. Mit einem kribbelnden Gefühl im Magen legte ich eine Hand in ihren Nacken und zog sie so nah an mich, dass kein Blatt mehr zwischen uns passte. Dann senkte ich den Kopf und küsste zuerst ihren Hals. Grinsend genoss ich die Schauder, die ihr dabei über die Haut jagten. Vorsichtig tastete ich mich bis zu ihrem Kinn vor und ließ mir etwas Zeit mit ihrer Wange. Nell wurde langsam ungeduldig und ich spannte sie nicht länger auf die Folter. Mein Mund legte sich auf ihren und sie vergrub die Finger in meinem Shirt. Langsam bewegte ich die Lippen und drückte sie immer energischer auf ihre.
„Luan Moor! Nellanyh Ivy!"
Ich erstarrte und Nells Atem stockte an meinem Mundwinkel. Amber Notkers rote Locken schoben sich zwischen uns und ich musste zurücktreten. „Was glaubt ihr eigentlich, was gewisse Leute denken, wenn sie den Flur durchqueren und euch so sehen?", fragte sie aufgebracht.
Ich zuckte nur mit den Schultern und vergrub meine Hände in den Hosentaschen, damit sie nicht wieder selbst die Kontrolle übernahmen.
Die Ärztin musterte mich kalt. „Diese Art von Körperkontakt werdet ihr in Zukunft sein lassen. Haben wir uns verstanden?"
Ich warf Nell einen Blick zu. Was blieb mir anderes übrig, als ja zu sagen? Daran halten würden wir uns sowieso nicht.

„Ja, alles klar", sagte ich und sah, wie Nells Augen enttäuscht flackerten.

Ich würde ihr später sagen, was damit gemeint war.

„Gehst du jetzt bitte zu Nathan?", sagte Amber Notker an sie gewandt. „Das Training mit Scarlett und Esme steht an."

Sie nickte stumm und warf mir noch einen scheuen Blick zu. Ich lächelte.

„Wir sehen uns." Mit hochroten Wangen drehte sie um und eilte aus dem Flur auf Nathan zu, der bereits mit verschränkten Armen wartete. Ich fragte mich, ob er uns die ganze Zeit zugesehen hatte.

„Ich will, dass du damit aufhörst", sagte Amber Notker, als Nell verschwunden war. „Wenn zwischen euch wieder so eine Verbindung entsteht wie mit Felicity und der eine bereit ist, sich für den anderen zu opfern, haben wir am Ende einen größeren Verlust, als wenn ihr euch einfach normal gegenübertretet."

Ich seufzte und fuhr mir mit der Hand durchs Haar. „Ich habe nicht vor, zu sterben. Und Nell auch nicht, das werde ich nicht zulassen. Diese Verbindung zwischen uns gibt es nämlich längst, daran können Sie nichts ändern."

Amber Notker rümpfte die Nase. Einige Augenblicke lieferten wir uns einen starren Blickkampf, den ich, wie jedes Mal, gewann.

„Du gehst jetzt besser zurück in den Gemeinschaftsraum. Oder in dein Zimmer und ruhst dich aus." Mit diesen gepressten Worten ließ sie mich zurück.

16

Nell

„Und jetzt rollen!"

„Rollen?", keuchte ich und ließ mich auf die Knie sinken.

„Das muss schneller gehen!"

Schnaufend legte ich meine Waffen, Bert und Perts, auf dem Boden ab und vollführte einen unschönen Purzelbaum. Dabei wollte ich schräg über die Schulter abrollen, um gleich wieder auf die Beine zu kommen, doch wie erwartet gelang es mir nicht. Schmerzen schossen meinen Arm nach oben, als mein Handgelenk knackte.

„Was war das denn?", ertönte Amber Notkers energische Stimme aus der Sprechanlage. „Hattest du nie Sportunterricht?"

Ich sparte mir eine Antwort und sprang auf, wollte nach Bogen und Pfeilen greifen, doch hinter mir lag nichts mehr. Verdutzt hob ich den Kopf und erblickte Scarlett, die meine Waffen höhnisch hochhielt und mit den Augenbrauen wackelte.

Ernsthaft?

Ich hob schwungvoll die Arme und wollte sie mit Efeuranken fesseln, doch sofort fiel mir wieder die heutige Trainingsaufgabe ein. Wir sollten nur mit unseren Waffen und ohne Kräfte zu benutzen auf die andere Seite der Halle gelangen. Wer als Erste ankam, hatte gewonnen, wer gegen sie Regeln verstieß, verlor automatisch.

Also ließ ich die Arme wieder sinken und sah mich kurz nach Esme um. Sie war wie immer die Klügste von uns allen und hatte die Hälfte der Strecke bereits zurückgelegt, ohne eine Schramme abbekommen zu haben.

Argh.

Aber das lag daran, dass Scarlett und ich nur darauf aus waren, zu verhindern, dass die andere zuerst ins Ziel kam. Dabei vergaßen wir mal wieder die Anwesenheit des zweiten Diamanten und so konnte Esme ohne Probleme jedes Mal gewinnen.

Aber heute würde es anders sein.

Entschlossen rannte ich los, auch ohne meine Waffen. Mein Glück war, dass ich um einiges schneller laufen konnte als Esme, doch Scarlett war auch nicht gerade im Schneckentempo unterwegs. Sie rammte mich an der Schulter, was mich kurzzeitig aus der Bahn brachte. Ich schnaubte und nahm wieder Kurs auf, doch Esme hatte bereits die gegenüberliegende Wand erreicht und schlug mit der Hand auf den kalten Beton. „Gewonnen!"

Verdammt!

Ich blieb keuchend stehen und rieb mir die schwitzigen Hände an der Hose ab. „Gut gemacht."

Strahlend drehte sich Esme zu mir um. „Ich weiß."

Ich rümpfte die Nase. „Und so bescheiden."

Sie lachte und kam auf mich zu. Auch wenn es heute erst unser zweiter Trainingstag war, hatte sich zwischen dem Diamanten und mir so etwas wie gegenseitige Akzeptanz aufgebaut. Von Vertrauen waren wir noch weit entfernt, aber es hätte auch um einiges schlechter laufen können. Wie zum Beispiel mit Scarlett. Seit der Sache mit Luan war sie zwar nicht mehr so hasserfüllt mir gegenüber, doch nutzte sie jede Gelegenheit, mich zu verhöhnen. Ich hatte beschlossen, Luan nichts davon zu erzählen, denn sonst hätte er mit ihr sicher schlimme Dinge angestellt – was mir Esme wiederum nicht verzeihen würde.

Mein Magen begann zu kribbeln, als ich an seine Berührungen dachte. Zu gern hätte ich mich jetzt in seine Arme geworfen und da weitergemacht, wo die Ärztin uns unterbrochen hatte.

Scharfe Klingen stachen in meinen nackten Oberarm und ich zuckte zurück.

Scarlett hielt mir auffordernd meine Waffen hin.

„Danke." Ich nahm sie entgegen und musterte sie, wie sie sich ihre schwarz-braunen Haare im Nacken eindrehte.

„Morgen werde ich es dir nicht so leicht machen", sagte sie an Esme gewandt. Die lachte nur. „Jaja. Ich weiß doch, dass dir viel mehr daran liegt, dass ein gewisser Achat nicht vor dir ins Ziel kommt."

„Das wird auch nicht passieren", erwiderte sie kühl, ohne mich anzusehen.

„Das werden wird ja sehen." Ich beschloss, das Spiel mitzuspielen.

Scarlett schnaubte und verschränkte die Hände vor der Brust.

„Du hast keine Chance gegen mich", stellte sie klar.

Mit großen Augen nickte ich und sah sie dabei treuherzig an. „Natürlich, ich wäre dir so sehr unterlegen, dass ich es nicht einmal zu versuchen bräuchte."

Esme kicherte.

„Sammelt eure Sachen ein und zieht euch um", schaltete sich Amber Notker über die Sprechanlage ein. Ich blickte hoch und fixierte den Spiegel, hinter dem die Ärztin saß. Dass sie mich sehen konnte, ich sie jedoch nicht, beunruhigte mich jedes Mal aufs Neue.

Bei meiner ersten Begegnung mit Scarlett und Esme hatte auch Luan dort oben gestanden und auf mich herabgesehen. Davor hatte er mir versprochen, bei jedem Training dabei zu sein und mich zu beschützen, falls etwas außer Kontrolle geraten sollte.

Doch er war nicht wiedergekommen.

Das war wahrscheinlich auch gut so, denn sonst hätte keiner hier Scarletts Sicherheit garantieren können. Trotzdem vermisste ich ihn. Seit unserem Kuss gestern hatte ich ihn nicht mehr gesehen. Inzwischen wusste ich auch Genaueres über die Mutation von Kate und Adam und dass Luan damit viel beschäftigt war. Wenn ich mich richtig erinnerte, sollte heute der erste Test mit dem Freiwilligen durchgeführt werden. Wie hieß er noch gleich – Cayden? Clyde? Ich hatte es vergessen.

„Kommst du? Oder willst du hier übernachten?", drängte mich Scarletts spöttische Stimme in die Realität zurück.

Ich schüttelte träge den Kopf und setzte mich in Bewegung. Nach drei Runden dieses Wer-hat-zuerst-die-Halle-durchquert-und-sammelt-dadurch-Punkte-bei-Amber-Notker-Spiels konnte ich mich kaum noch auf den Beinen halten.

Die Ärztin empfing uns im Vorraum und reichte uns frische Sachen. „Das Essen wird euch heute auf die Zimmer gebracht", sagte sie noch, bevor wir den dunklen Raum verließen.

Auf dem Flur warteten bereits Nathan und die beiden Begleiter von Scarlett und Esme. „Bis morgen!", flötete Esme und grinste mir zu.

Ich grinste schwerfällig zurück und warf auch Scarlett einen kurzen Blick zu.

Zu meiner Überraschung hoben sich ihre Mundwinkel leicht, doch es sah eher gezwungen als echt aus. Egal. Alles war besser, als von ihren eisernen Blicken niedergemacht zu werden.

„Gutes Training?", fragte Nathan, während wir zu zweit durch die langen Gänge liefen. Ich nickte stumm. In letzter Zeit hatte ich mich immer mehr an ihn gewöhnt und dachte nur noch selten an Dexter. Manchmal hasste ich mich dafür, schließlich war er gestorben beim Versuch, mich zu beschützen. Doch mir war ebenso klar, dass er sicher nicht glücklich wäre, wenn ich ihm auf Lebzeiten nachtrauerte.

Zurück auf meinem Zimmer ließ ich mich aufs Bett fallen und genoss Nathans stumme Anwesenheit, bis er sich zurückzog, als Lou und David eintrafen. Die beiden waren inzwischen so gut wie unzertrennlich, obwohl sie vollkommen verschieden waren. Lou, die immer was zum Plappern hatte und stets das Positive sah. David, der ihr meist stumm zuhörte, sich aber nie über ihren Redefluss beschwerte. Mir war auch nicht entgangen, wie er sie seit Neustem ansah. Irgendwie sehnsüchtig …

„Wie war das Training? Hat sich Scarlett benommen? Oh Gott – dein Handgelenk ist ganz rot!"

Ich seufzte und ergab mich Lou, die sich neben mir fallenließ und begann, vorsichtig mein Gelenk zu untersuchen.

„Alles gut", wiegelte ich ab und entzog ihr meinen Arm. „Ich bin nur falsch aufgekommen."

Lou zog skeptisch die Brauen zusammen. „Wie ist das passiert?"

„Purzelbaum", erwiderte ich träge und ließ mich zurück in die Kissen sinken.

Ein unterdrücktes Prusten von David. Mit gespielter Beleidigung warf ich ihm einen Stoffbatzen gegen den Kopf. „Das ist nicht lustig."

„Irgendwie schon."

Ein Klopfen an der Tür ließ uns innehalten. Die Klinke schnellte nach unten und Mrs. Wilson kam herein. Vor ihrer breiten

Hüfte hielt sie drei Teller, gefüllt mit einer dünnen Suppe, in der jeweils ein Löffel steckte. Die pummelige Köchin stellte das dampfende Porzellan auf unseren Nachttischen ab und lächelte uns breit an. „Gurkensuppe. Rezept von meiner Schwester."

„Ah", machte David und beäugte misstrauisch das Mittagessen. Lou warf ihm einen tadelnden Blick zu. „Danke, das sieht lecker aus!"

Überschwänglich nahm sie sich einen Teller und schob sich einen großen Löffel Suppe in den Mund. Mit aufgerissenen Augen und erhobenen Mundwinkeln demonstrierte sie uns, wie gut es schmecken musste. Ich warf Mrs. Wilson einen dankbaren Blick zu und nahm mir ebenfalls einen Teller. Sie galt als die beste Köchin im ganzen B-Block und hatte Lou und David an der Theke kennengelernt. Seit gestern brachte sie, wenn es einzurichten war, unser Essen sogar bis aufs Zimmer.

Vorsichtig nahm ich einen Löffel Gurkensuppe und musste feststellen, dass es hervorragend schmeckte. Natürlich, bei ihr schmeckten mir sogar Pilze.

Als auch David probiert hatte, zog sie sich wieder zurück.

„Ich muss auch schon wieder los. Lasst es euch schmecken!", trällerte sie und rauschte aus dem Zimmer.

Nachdem ich gegessen hatte, endlich geduscht und frisch angezogen war, verließ ich das aufgeheizte Badezimmer. David und Lou hockten auf meinem Bett über einem Schachbrett und lieferten sich eiserne Blickkämpfe. Ich schmunzelte und gesellte mich zu ihnen.

Sobald sie im Gemeinschaftsraum ein Schachbrett gefunden, ihre gemeinsame Leidenschaft fürs Spielen entdeckt und das Brett heimlich mitgenommen hatten, saßen sie immer häufiger davor. Ich persönlich verstand nichts von Schach und verspürte ehrlich gesagt auch keinen Drang, daran etwas zu ändern. Deshalb schlug ich vor, in den Gemeinschaftsraum zu gehen, wurde aber, wie jedes Mal, mit einem tadelnden Blick bestraft. Gelangweilt ließ ich mich hinter Lou aufs Bett fallen und beobachtete durch halb geöffnete Augen, wie David einen

Bauern verrückte. Irgendwann schlief ich ein und bekam kaum noch mit, wie Lou ihren Sieg feierte und David sich schnaubend ins Bad zurückzog.

Luan

Misstrauisch beobachtete ich Amber Notkers roten Haarschopf, der sich vor mir in die Trainingshalle schob. In der Mitte hatte sich Chase bereits positioniert, ein gehässiges Grinsen auf den Lippen. Nach seiner Aussage, dass er plötzlich unkontrolliert Flammen von sich geschossen hatte, war er von der Ärztin sofort hierher verfrachtet worden. Jetzt schloss sie hinter mir die schwere Stahltür und zog sich in den Kontrollraum zurück, von wo aus sie das Geschehen überblicken konnte, ohne ihre eigene Sicherheit zu gefährden.

Typisch.

Vor zwei Tagen hatte Chase das Serum gespritzt bekommen und heute sollten erstmals seine Kräfte getestet werden, dabei kam ich ins Spiel. Ich sollte die Energie aus ihm herausprovozieren, damit er zeigen konnte, was er draufhatte. Das war zumindest der Plan.

Kate und Adam hatten gestern das Zimmer direkt neben meinem, in Abteil 5, bezogen. Nells Zimmer war in Abteil 4, was es schwieriger machen würde, sie zu sehen. Ich war mir sicher, dass Amber Notker dahintersteckte.

Plötzlich strömte mir heiße Luft entgegen und brannte sich in meine Haut. Ruckartig hob ich den Kopf und fixierte Chases lachendes Gesicht.

„Was sollte das denn werden?", schimpfte ich und verbiss mir die Schmerzen.

Er prustete. „Du solltest mal deine Augen sehen ..."

Weiter kam er nicht, denn ich schoss vor und nagelte ihn an die Betonwand hinter ihm.

„Wow, wow, nicht gleich handgreiflich werden", rief er, immer noch schmunzelnd.

„Ich werde gleich etwas ganz anderes als handgreiflich.“

Unbeeindruckt hob er die Brauen. „Ach ja?“

„Ja, zum Beispiel deinen Hintern in die Luft katapultieren.“ Jetzt verstummte er und seine Mundwinkel sackten nach unten. „Okay, ich hab's verstanden. Du bist kein Typ, mit dem man Scherze macht“, murrte er.

Ich ließ meine Armmuskeln spielen und spannte den Bauch an. „Ein anderes Mal vielleicht“, erwiderte ich trocken und ließ ihn los.

Chase rieb sich die Schulter und ließ mich dabei nicht aus den Augen.

„Ihr wisst noch, warum ihr hier seid?“, schaltete sich Amber Notker über die Sprechanlage ein. „Luan, greif Chase an – aber bitte, tu ihm nicht allzu sehr weh, du weißt, was ich von ihm sehen will.“

Chase riss erschrocken die Augen auf. Damit hatte er nicht gerechnet.

Ich verzog den Mund. „Tja, so sieht es also aus.“

Langsam näherte ich mich ihm und mit jedem meiner Schritte wich er weiter zurück. „He–, hey. Wir können reden. Echt, ich bin –“

Ich hob einen Arm und ließ einen kalten Wasserschwall auf ihn niederregnen.

„Aaaaaa!“, kreischte Chase und tänzelte auf der Stelle, während ihm das eiskalte Wasser den Rücken hinablief. Schlotternd sah er zu mir herüber.

„Was sollte das?“

„Hast du den Boss nicht gehört?“, fragte ich. „Du sollst gegen mich kämpfen.“

„Ich ergebe mich freiwillig.“

„Du bist ein Feigling.“

„Das nehme ich gerne in Kauf.“

Meine Geduld schwand. „Komm schon“, versuchte ich ihn zu ermutigen. „Zeig mir, was du draufhast.“

Einen Moment lang sah mich Chase an wie ein verschrecktes Kaninchen, doch von einer Sekunde auf die andere sprang er vor und boxte mich in den Bauch. Vor Überraschung blinzelte ich verwirrt – der Typ konnte tatsächlich etwas.

Schon hatte er heiße Flammen durch seine Hände losgeschickt, die knisternd mein Shirt versengten. Ganz dumm schien er auch nicht zu sein, denn er setzte seine Lichtkräfte nicht ein. Da ich diese nämlich auch besaß, würden sie uns nicht wirklich weiterbringen. Das hieß, mich schon, ich war um einiges stärker als er, aber ich wollte fair bleiben.

„Du willst kämpfen?", höhnte Chase, für meinen Geschmack etwas zu siegessicher. „Dann kämpfen wir!"

Ich war noch dabei, mir ein Lachen über diesen Ausdruck zu verkneifen, als mich erneut eine Flammenwand traf. Diesmal wuchtiger. Sie loderte auf meiner Haut auf und ich fluchte laut. Das war schmerzhaft.

Ich schoss herum, packte seine Handgelenke und schreckte sofort wieder zurück. Sie waren glühend heiß.

Chase lachte.

Wütend funkelte ich ihn an. So langsam hatte ich keine Lust mehr auf dieses Spiel, ich würde dem ein Ende setzen. Also hob ich beide Arme und streckte die Flammen auf meiner Haut mit glasklarem Wasser nieder. Zurück blieb köchelnder Dampf, der mir zwar in den Augen brannte, den ich jedoch ausblenden musste. Eissplitter schossen aus meinen Handflächen direkt auf Chases Gesicht zu. Schmerzverzerrt schrie er auf, als sie sich in seine Haut bohrten. Sofort war ich bei ihm, packte seine Schultern und riss ihn zu Boden. Keuchend versuchte er, sich zu befreien, doch ich ließ ihm keine Gelegenheit dazu. Ein zweites Mal krachte spitzes Eis auf seinen Körper, dann ertönte Amber Notkers Stimme in der Sprechanlage: „Das reicht!"

In den etlichen Jahren, in denen ich hier gelebt hatte, hatte ich gelernt, ihre Anweisungen zu befolgen. Sie war der Boss, ich musste tun, was sie verlangte. Also ließ ich vom zitternden Chase ab und stand auf.

Schnaubend wischte ich mir sein weißes Blut von der Jeans und warf ihm einen Blick zu. Hatte ich ihn schlimmer erwischt als geplant? Doch das Blut stammte nur aus einer kleinen Schramme oberhalb seiner linken Augenbraue. Wahrscheinlich hatte ihm ein Splitter die Haut aufgerissen, sonst war er unverletzt.

„Das war gut", meinte die Ärztin jetzt. „Sehr gut sogar. Chase, halte an deinen Überraschungsmomenten fest, das wird dir aus einigen Situationen heraushelfen. Das reicht für heute. Ich schicke dir einen Arzt, der deine Wunde säubert."

Die Stahltür hinter uns ging mit einem tiefen Dröhnen auf und ich drehte mich um. Ein junger Arzt kam herein, der auf Chase zueilte, dabei aber einen stetigen Abstand zu mir hielt.

Da Amber Notker keine Worte an mich gerichtet hatte, ging ich einfach und verließ die Halle. Im Vorraum wurden mir frische Klamotten gereicht, die ich eilig anzog, und dann wurde ich entlassen.

Amber Notker erschien kurz darauf auf dem Gang. „Ich möchte noch kurz mit dir reden", sagte sie, einen ernsten Zug um den Mund.

„Worüber?"

Sie strich über ihre Bluse. „Con hat sich heute beim Training verletzt."

Sofort hatte ich mich vor ihr aufgebaut und überragte sie um einen guten Kopf. „Was soll das heißen?", knurrte ich und fixierte sie.

„Es ist nichts Schlimmes. Ihm wurde lediglich die Schulter ausgerenkt und er hat mehrere Blutergüsse im Gesicht", wiegelte sie ab.

Ich schnaubte kalt. Eine ausgerenkte Schulter und Blutergüsse wurden bei Amber Notker meist in die unterste Schublade geschoben.

„Wer hat ihm das angetan?", wollte ich wissen und ballte die Hände zu Fäusten.

Sie legte den Kopf schief. „Das werde ich dir ganz sicher nicht sagen, weil du ihn sonst umbringen würdest, das wissen wir beide."

Ich musste mich zusammenreißen, um sie nicht an den Schultern zu packen und herumzuschleudern, bis sie mir eine ordentliche Antwort gab.

„Ich wollte es nur erwähnt haben", meinte sie schließlich und wandte sich zum Gehen. Ich versperrte ihr den Weg, weil mir ein anderer Gedanke keine Ruhe mehr ließ. „Wann kann ich Nell das nächste Mal sehen?"

Amber Notker rümpfte die Nase. „Sobald sie nach Abteil 5 umzieht, werdet ihr euch vielleicht ein paar Mal über den Weg laufen."

„Aber wann wird das sein?"

„Sie zieht voraussichtlich in ein bis zwei Tagen um", meinte sie. Bevor ich ihr eine weitere Frage hätte stellen können, war sie wieder in der Halle verschwunden. Erschöpft fuhr ich mir durchs Haar und machte mich auf den Weg zu meinem Zimmer. Sonst hatte ich die freie Zeit meist mit Felicity verbracht. Ganz früher auch noch mit Con, aber seit feststand, dass er kein Achat war, wurden wir getrennt und sahen uns nur noch selten. Der Gemeinschaftsraum war für mich jedoch keine Option. Es gab nur einen in Abteil 5 und der war zu dieser Zeit ausnahmslos überfüllt. Auf diesen Trubel hatte ich im Moment nicht die geringste Lust.

Sobald meine Zimmertür in Sicht kam, entdeckte ich auch Kate und Adam, die davorstanden und mir entgegenblickten.

„Hey", begrüßte mich Kate. „Wie war der erste Test?"

„Gut", erwiderte ich und betrat mein Zimmer. Es roch nach Waschmittel und Desinfektionsspray. Ich rümpfte die Nase. Mein eigentliches Zimmer befand sich in Abteil 11. Das war das kleinste Abteil, weil dort die Ausbildung zum Außendienst stattfand. Bisher war ich der Einzige, der dort tätig war, und mein erster Auftrag war der von Nell gewesen. Mein Magen zog sich sehnsüchtig zusammen.

„Ich wollte mich nochmal entschuldigen", meinte Adam und holte mich aus meinen Gedanken. Ich drehte mich um und musterte die Geschwister, die hinter mir im Zimmer standen. Ich wusste, dass er die Sache mit Nell meinte. Vor zwei Tagen, als ich ihn im Gemeinschaftsraum in Abteil 4 angebrüllt hatte.

„Schon gut", murmelte ich und ließ mich aufs Bett fallen. „Was wollt ihr?"

„Dir Gesellschaft leisten?", antworte Kate und setzte sich neben mich.

So langsam musste ich ihr wohl wirklich mal sagen, dass ich sie zu aufdringlich fand. „Ich wollte eigentlich schlafen."

„Keine Chance", sagte Kate und schlug mir leicht auf den Arm. „Du kannst schlafen, wenn es Nacht ist, aber doch nicht jetzt."

Ich hob eine Braue und sah erst sie, dann Adam misstrauisch an.

„Was wollt ihr?", wiederholte ich.

„Reden", erwiderte Kate schlicht.

„Hast du dich mit Nell wieder vertragen?", warf Adam ein und lehnte sich mit der Hüfte gegen die Wand. Ich zog die Brauen zusammen. „Ja. Wir haben uns wieder *vertragen.*" Ein Lächeln schob sich auf meine Lippen, als ich daran dachte, wie wir uns versöhnt hatten. Kate kräuselte die Nase. „Echt jetzt?"

„Echt jetzt." Eine Weile herrschte Schweigen, weil niemand von uns so recht wusste, was er als Nächstes fragen sollte. „Hast du eigentlich Geschwister?", fragte Kate plötzlich. Ihre Augen funkelten interessiert.

Ich stöhnte innerlich. Konnten sie mich nicht einfach in Ruhe schlafen lassen? Doch ich erwiderte höflich: „Einen Bruder. Er ist ein Jahr älter als ich und wohnt in Abteil 9, Block C", fügte ich hinzu, um weiteren Fragen auszuweichen.

„Abteil 9 wird doch als lobenswert bezeichnet, oder?", vergewisserte sich Adam. Ich nickte stumm.

Wir unterhielten uns nicht mehr lange und bald kam auch Talis ins Zimmer, um seine Kinder zu besuchen – er wohnte anscheinend nicht im Lager.

Ich musste an meinen Vater denken, den ich vor einem Jahr das letzte Mal gesehen hatte. Er arbeitete als Hallenwärter in Abteil 7. Obwohl ich überglücklich war, dass er überhaupt noch lebte, ärgerte es mich ungemein, dass ich ihm nicht helfen konnte. In Abteil 7 waren alle Mutanten untergebracht, die als *unbrauchbar* eingestuft waren. Sie wurden nur für die Vorbereitungen in Abteil 2 am Leben gelassen.

Noemi war eine *Unbrauchbare* gewesen. Ich wusste von Nell, dass die beiden gegeneinander gekämpft hatten und natürlich hatte der Achat am Ende gesiegt. Noemi war tot. Ihr war das gleiche Schicksal widerfahren, wie es alle Mutanten aus Abteil 7 einmal einholen würde. Die meisten stammten aus einer von Amber Notkers Züchtungen – aus einer nicht erfolgreichen – oder waren einfach nicht gut genug, um in ein nächstes Abteil umziehen zu dürfen.

Meine Gedanken schwappten zu meiner Mutter und alles in mir zog sich zu einem dicken Klumpen zusammen. Sie war kurz nach meiner und Cons Einlieferung ins Lager von Red Eyes umgebracht worden.

Ich massierte meine Schläfe, hinter der es in vollen Touren rebellierte.

Als ich endlich zur Ruhe gekommen war, legte ich mich einfach hin, schloss die Augen und versuchte, ein paar Stunden zu schlafen.

17

Nell

Nach meinem Training am nächsten Tag, half ich David und Lou, ihre Sachen zusammenzupacken. Die beiden würden heute in ihr neues Zimmer in Abteil 5 einziehen und dort ihre Kräfte mütterlicherseits trainieren.

Zerknirscht nahm ich Lou in den Arm, denn ich würde noch einen Tag länger hier bleiben und in Abteil 5 mit Scarlett und Esme zusammenziehen. Dann würde ich Lou und David wahrscheinlich nur noch sehr selten sehen – wenn überhaupt. Ich presste sie an mich wie eine Verdurstende und sie tat es ebenfalls.

„Ich werde dich so sehr vermissen", flüsterte ich und schluckte meine Tränen hinunter. Immerhin wollte ich nicht vor Nathan, Carter und Logan anfangen zu heulen.

„Sag sowas nicht", Lou schüttelte den Kopf und löste sich von mir. „Wir werden uns sehen. Im Gemeinschaftsraum, ich habe gehört, es gibt dort nur einen, da können wir uns gar nicht verfehlen. Und beim Essen –"

„Wenn wir zur selben Zeit dort sind", warf ich zweifelnd ein.

„Hey", sie knuffte mich in die Seite. „Immerhin musst du uns dann nicht mehr beim Schach zusehen, sondern kannst über Dinge reden, über die Achate und Diamanten so reden. Davon habe ich ja keine Ahnung", sie zuckte mit den Achseln. Ich lachte ein wenig und wischte mir über die Augen.

„Alles klar?"

„Mhm."

Ich umarmte auch David, der unter meinem festen Griff zu zappeln begann, bis ich ihn kichernd losließ. Er würde mir auch fehlen mit seiner stummen, aber trotzdem interessierten Art. Bevor sie sich abwandte, beugte ich mich noch einmal zu Lou. „Was ist das eigentlich zwischen euch?", flüsterte ich.

Sie benetzte ihre Lippen. „Was meinst du?", flüsterte sie zurück.

Ich verdrehte die Augen. „Ich bin nicht blöd; ich merke doch, wie David dich ansieht."

Lou fasste sich an die Kehle und machte ein paar gespielte Würgegeräusche. „Meinst du das ernst?"

Ich nickte und sah sie herausfordernd an.

„Er ist ein guter, zugegeben mein einziger und bester Freund und ein verbissener Schachpartner. Aber ich steh nicht auf ihn und er tut es auch nicht", meinte sie leise. Ich glaubte ihr kein Wort – naja, dass *sie* nicht auf ihn stand war mir klar, aber bei *ihm* war ich mir vollkommen sicher.

„Dann bist du ja noch für jemand anderen zu haben ...", stichelte ich.

Lou verzog den Mund. „Con?"

„Ganz genau."

Sie stöhnte. „Nell, bitte, ich kenne ihn nicht einmal."

„Aber ich kenne ihn."

„Du hast ihn *einmal* gesehen."

„Na und?" Ich grinste schief und gab ihr einen leichten Stoß. „Jetzt geh schon, bevor ich mich an dich schmeiße und nicht wieder loslasse."

Sie prustete. „Ist das dein Humor?"

Ich zuckte mit den Schultern. „Gut möglich."

Logan schaltete sich mit einem Räuspern in unsere leise Unterhaltung ein.

„Louana? Wir müssen los", erinnerte er.

Ich wandte mich ab. Den Kerl war mir irgendwie unsympathisch. Doch Lou schien nichts gegen ihn zu haben, denn sie nickte eilig und winkte mir ein letztes Mal zu. Ich winkte zurück und zwinkerte David zu, woraufhin dieser prompt rot anlief. Ich grinste.

Mir blieb noch eine halbe Stunde bis zum Abendessen und ich hatte absolut keine Ahnung, was ich tun sollte. Normalerweise verbrachte ich diese Zeit immer mit Lou und David ...

Schließlich bat ich Nathan, mich zum Gemeinschaftsraum zu begleiten.

Vor der breiten Glastür blieben wir stehen und ich schielte in den großen Raum. Ich war nicht der Typ, dem es leicht fiel, auf andere zuzugehen und mit ihnen ein Gespräch anzufangen, aber diesmal riss ich mich zusammen. Ich hielt Ausschau nach Esme oder Scarlett und fand sie schließlich an einem Tisch. Sie saßen zusammen mit zwei Jungs etwas abseits und hatten die Köpfe zusammengesteckt.

„Ich bleibe hier draußen", sagte Nathan und verschränkte die Arme vor der Brust. Ich nickte stumm und schob mich durch die Tür ins Innere. Sofort umfing mich leise Musik und die gedämpften Stimmen der Mutanten, die sich entweder auf Sofas fläzten oder an Tischen Spiele spielten. Etwas steif bahnte ich mir einen Weg zu den Diamanten durch.

„Hi, Nell!", begrüßte mich Esme und strahlte mir entgegen. Beide Jungs hoben gleichzeitig die Köpfe und drehten sich zu mir um. Mein Herz geriet ins Stolpern. Aber nicht, weil ich sofort spürte, dass es ebenfalls Diamanten waren, sondern weil sie genau gleich aussahen. Wirklich *genau gleich*. Beide waren groß und schlank, hatten schwarze Locken, die ihnen in die helle Stirn fielen und wenn ich nicht gewusst hätte, dass sie Diamanten waren, hätte ich sie als nett und hübsch eingestuft. Okay, *hübsch* war leicht untertrieben.

„Setz dich doch", bot Esme an und klopfte neben sich auf einen freien Stuhl. Ich schenkte ihr ein kurzes Lächeln und tat wie mir geheißen. Die Jungs folgten jeder meiner Bewegungen und es war fast gruselig, wie synchron ihre Augen dabei hin- und herschnellten. Ich räusperte mich und versuchte, eine entspannte Miene aufzusetzen, was in Anwesenheit dieser Zwillinge ziemlich schwierig war.

„Das sind Henry und Harry", stellte Esme vor und zeigte auf die beiden. Ich suchte nach einem Unterscheidungsmerkmal, doch ich fand keines.

„Hi, ich bin Nell", sagte ich leise und hob die Mundwinkel. Henry, vielleicht war es auch Harry, ich hatte jetzt schon den Überblick verloren, nickte kaum merklich. Ich wich den bohrenden Blicken der beiden aus und versuchte, mich auf Esme zu konzentrieren.

„Sie sind eineiige Diamantenzwillige. Eigentlich wohnen sie, zusammen mit Arlo, in Abteil 11, aber heute haben sie uns besucht", redete sie los.

Bei dem Namen des Jungen, der Felicity und Dexter umgebracht hatte, schellten bei mir alle Alarmglocken. Trotzdem rang ich mir ein Lächeln ab.

„Aha."

„Wir kennen uns schon länger. Naja, wir haben uns hier im Lager kennengelernt. Ganz am Anfang, als ich eingeliefert wurde. Sie haben zu der Zeit noch ein bisschen auf mich aufgepasst. Ich bin nämlich bereits mit zwölf eingeliefert worden, nur weil ich Blutprobleme hatte, konnte ich erst vor einigen Monaten mit dem Training beginnen. Da habe ich dann auch Carle kennengelernt", sprudelte es aus ihr heraus.

Harry, ich glaubte es war Harry, legte ihr eine Hand auf die Schulter. „Lass es gut sein, Esme", murmelte er mit einer derart sanften Stimme, von der ich nicht einmal gewusst hatte, dass Diamanten sie überhaupt besaßen. Vielleicht waren sie doch nicht so grausam, wie alle behaupteten. Doch der Blick, den Harry mir danach zuwarf, ließ mich wortwörtlich zu Eis gefrieren.

Scarlett, die sich bis jetzt im Hintergrund gehalten hatte, rutschte auf ihrem Stuhl nach vorne. „Ab Morgen haben wir sie jeden Tag *plus* Nacht am Hals", stöhnte sie.

Esme stieß ihrer Freundin in die Seite. „Hey, ich mag Nell!" Ich erntete einen noch kälteren Blick von Harry. So langsam fühlte ich mich unwohl zwischen den Vieren.

„Mach dir nichts aus Carle", sagte Esme an mich gewandt. „Sie ist nur schlecht darin, neue Freundschaften zu knüpfen."

Genau wie ich – aber diesen Kommentar verkniff ich mir.

„Hat sich dein Anführer von dem Verlust des Mädchens wieder erholt?"

Es dauerte eine Weile, bis merkte, dass die Frage, die vermutlich von Henry kam, da Harry schwieg, an mich gerichtet war. Der Spott in seiner Stimme war nicht zu überhören.

Ich wusste, dass er Luan meinte, auch wenn er nicht mein Anführer war.

„Ja, er hat sich wieder erholt", erwiderte ich so distanziert wie möglich und erlaubte mir nicht, seinem klirrenden Blick auszuweichen. Henry verzog die Lippen. „Eine Tragödie, nicht wahr?" Konnte er nicht einfach seinen Mund halten?

„Es war nicht gerade freundlich von Arlo, wie ein Irrer durch die Gänge zu rennen und jeden umzubringen, der ihm in die Quere kam", brach es aus mir heraus.

Harry und Henry fixierten mich, Scarlett hob eine Braue und Esme spitzte die Lippen.

„Sollte das eine Beleidigung gegen unseren Anführer sein?", wollte Harry wissen und sein starrer Blick ließ mich frösteln. Arlo war ihr Anführer? Der Anführer aller Diamanten?

„N... nein, er... man hätte sein Problem ja auch anders regeln können", stotterte ich und merkte, wie mir die Röte ins Gesicht schoss.

Henry lachte kalt. „Wie denn?"

„Arlo will Achate töten, also tötet er Achate", fügte Harry hinzu. Er beugte sich so weit vor, dass sein eisiger Atem über meine Wange fuhr. „Und er wird erst Ruhe geben, wenn auch der Letzte von euch seine Seele an ihn verloren hat."

Ich zuckte zusammen. „Es gibt nur noch zwei Achate", erinnerte ich ihn steif.

Harry lehnte sich wieder zurück und grinste herablassend. „Das macht es umso leichter."

Meine Finger begannen zu zittern, ohne dass ich etwas dagegen tun konnte. Plötzlich legte sich von hinten eine schwere Hand auf meine Schulter. Ich fuhr herum und mein Herz setzte im nächsten Moment vor Erleichterung einen Schlag aus. Es war Nathan.

„Kommst du, Nell? Dein Essen steht bereits auf deinem Zimmer", sagte er mit tiefer Stimme, ohne mich dabei anzusehen. Er hatte seine schwarzen Augen auf die Zwillinge gerichtet.

„Okay", murmelte ich und rappelte mich eilig auf.

„Nell!", rief Esme, doch ich verließ den Raum, ohne zurückzusehen.

„Musste das sein?", fuhr sie Harry an. Was er erwiderte, verstand ich nicht mehr, denn die Glastür hatte sich hinter mir bereits geschlossen. Zitternd lehnte ich meinen Kopf gegen die Wand und schloss kurz die Augen. Dass ich einfach so weggerannt war, war ein deutliches Zeichen von Schwäche und ich ärgerte mich über meine Angst, aber ich hätte es keine Sekunde länger mit ihnen ausgehalten. Die kalten Blicke der Zwillinge schienen mich immer noch zu durchbohren.

Ich öffnete die Augen und blickte in Nathans besorgtes Gesicht. „Ich bringe dich jetzt auf dein Zimmer und werde gleich danach Amber Notker informieren. Sie sollte dir eine zweite Wache zuteilen. Die offene Drohung der beiden Jungs war nicht zu überhören und ich muss deine Sicherheit garantieren können", meinte er bestimmt und schob mich weg vom Gemeinschaftsraum.

Sobald er mich in meinem Zimmer eingeschlossen und sich auf den Weg zur Ärztin gemacht hatte, ließ ich mich erschöpft aufs Bett fallen. Jetzt hatte ich noch weniger Lust, mit Scarlett und Esme in einem Zimmer zu wohnen. Tag und Nacht ...

Das Essen bestand aus Brötchen, Wurst und Käse, doch mir war eindeutig der Appetit vergangen. Ohne auf Nathans Rückkehr zu warten, zog ich mir die Decke bis zur Nasenspitze hoch und schloss die Augen, um kurz darauf in einen unruhigen Schlaf zu fallen.

Luan

Beim nächsten Training hielt ich mich etwas zurück. Chase lernte erstaunlich schnell aus seinen Fehlern und machte sich das Überraschungsmoment daher oft zunutze.

Zur Mittagszeit verließ ich die Halle mit etlichen kleinen Verbrennungen und einem Schnitt am Hals, der genäht werden musste. Amber Notker brachte mich in einen der Behandlungsräume, überließ die Arbeit dann aber einem fremden Arzt. Die offene Stelle wurde gereinigt, dann betäubt. Einige Zeit später wurde ich entlassen, mit der Anweisung, mich nicht zu schnell zu bewegen und Kraft zu sparen. Ich ärgerte mich über meine

Missgeschicke in der Halle. Da ich die ganze Zeit an Nell gedacht hatte, war ich unaufmerksam gewesen und jetzt konnte Chase einen Sieg feiern.

Ich schnaufte und ließ mich auf mein Bett sinken. Meine Gedanken trommelten lauthals gegen meinen Schädel, während mein Bauch schmerzhaft rumorte. Und ehe ich mich wieder aufraffen konnte, wurden meine Lider nach unten gedrückt und ich nickte weg.

„Luan! Luan, hey!" Jemand rüttelte an meinen Schultern. Ein spitzer Fingernagel bohrte sich in meine Brust und schließlich spürte ich Lippen an meiner Wange. Ich erstarrte und schreckte im nächsten Moment hoch.

Kates Gesicht war nur wenige Zentimeter von meinem entfernt, während ihre Augen an meinem Mund haften blieben. Ich stöhnte innerlich und rollte mich unter ihr weg. Wie mein Schatten folgte sie mir ins Bad, wo ich mein T-Shirt auszog und nach einem frischen suchte. Dabei entgingen mir nicht ihre hungrigen Blicke, die über meinen nackten Oberkörper wanderten.

„Ich dachte, wir könnten gemeinsam in den Gemeinschaftsraum gehen. Adam und Chase sind auch da und ich glaube, dein Bruder auch", sagte sie.

Ich zog die Brauen zusammen. „Con?"

Wie kam der denn hierher?

Kate zuckte nur mit den Schultern und ließ ihre gebräunten Finger über meinen Bizeps wandern. Ich bückte mich, um ein sauberes Shirt aufzuheben und als ich mich umdrehte, warf sie sich an meinen Hals.

„Ähh, Kate?"

Ich versuchte, sie von mir zu schieben, doch sie ließ sich nicht beirren.

„Ich mag dich, Luan", flüsterte sie.

Das war nicht zu übersehen …

Plötzlich zog sie meinen Hals nach unten und presste ihre Lippen auf meine.

Vor Schreck rührte ich mich nicht, bis sie mit der Hand in meine Haare fuhr.

„Kate. Kate!", rief ich und löste sie von mir. Mit großen Rehaugen sah sie mich an. „Ich will doch nur spielen."
Meine Augenbrauen schossen in die Höhe. Ich legte eine Hand auf ihre Stirn, doch Fieber hatte sie nicht. Inzwischen fummelte sie an meinem Hosenbund herum.
„Lass das, Kate", ermahnte ich, doch sie wollte nicht hören. Langsam aber sicher wurde mir klar, dass etwas mit ihr nicht stimmte.
„Nellisdochviiielsulangweiligfürdich", lallte sie und hickste anschließend.
Ich packte sie an den Schultern und rüttelte ihren zarten Körper.
„Kate, hast du was genommen?", rief ich.
Sie grinste schief. „Nur ein bissl."
„Alkohol?"
Sie nickte unschuldig.
Wo um alles in er Welt hatte sie Alkohol her? Im Lager gab es keinen, darauf wurde strengstens geachtet. Sie schien meine Verwirrung bemerkt zu haben, denn sie zeigte hinter sich, während ihre Beine zitterten.
„Von Daddy. Hab mir welchen … ge… geborgt." Sie lachte erstickt.
Ich fluchte. Geborgt hieß bei ihr wahrscheinlich so viel wie geklaut.
Ich bückte mich, schob einen Arm unter ihre Kniekehlen und einen unter ihre Achseln. Dann hob ich sie hoch, trug sie zu meinem Bett und legte sie vorsichtig darauf ab. „Du musst deinen Rausch ausschlafen", sagte ich ernst und strich ihr das verklebte Haar aus der Stirn. Sie öffnete den Mund und rülpste mir entgegen.
„Zusammen?", hickste sie.
Ich schüttelte ungeduldig den Kopf. „Du bleibst hier liegen und versuchst zu schlafen. Ich gehe schnell deinen Bruder holen, damit er auf dich aufpasst."
Sie bäumte sich urplötzlich auf, klammerte sich an meinen Kragen und zog mich nach unten. „Geh nicht weg."
Der beißende Gestank nach Alkohol stieg mir in die Nase und ich löste eilig ihre steifen Finger von mir. „Ich bin gleich wieder da", murmelte ich und lief zur Tür.
„Nichweglaufen!", lallte sie weiter. Ich schüttelte den Kopf und schloss die Tür hinter mir. Erleichtert sog ich auf dem Gang die

nicht verpestete Luft ein und machte mich auf den Weg zum Gemeinschaftsraum.

Sobald ich Adam und Chase entdeckt hatte, rief ich die beiden zu mir.

„Was ist los?", wollte Adam wissen. „Wo ist Kate?"

Ich sah ihn vorwurfsvoll an. „Deine Schwester hat getrunken."

„*Was?*", entfuhr es Adam.

Ich nickte ernst. „Ziemlich viel sogar."

Adam fuhr sich durchs Haar. „Wo hat sie das Zeug überhaupt her?"

Ich zuckte mit den Schultern. „Sie sagt, sie hätte es sich von eurem Vater *geborgt*. Ich glaube allerdings eher, dass sie es heimlich eingesteckt hat, als sie das letzte Mal zu Hause war."

Adam fluchte. „Muss sie das ausgerechnet jetzt machen?"

Ich ging nicht auf seine Frage ein. „Sie liegt in meinem Bett. Ich habe ihr gesagt, sie soll versuchen zu schlafen."

„Ich geh schon", knurrte er und schob die Hände in die Taschen seiner Jeans.

„Falls sie schläft, lass sie ruhig erstmal bei mir", bot ich an.

Adam nickte und verschwand kopfschüttelnd aus dem Gemeinschaftsraum.

Sobald er verschwunden war, prustete Chase los. „Sie ist echt betrunken? Wie schlimm war es?", wollte er wissen.

Ich verdrehte die Augen. „Egal was du denkst, es war schlimmer."

Er grinste breit. „Hat sie dich vollgekotzt, geküsst oder beides?"

Ich schnaubte. „Ich will nicht darüber reden."

„Also beides?"

„Sie hat nicht gebrochen, sie hat gerülpst – das war schlimm genug", erwiderte ich.

Er boxte mich freundschaftlich in die Seite und ließ sich leise lachend auf einer Couch nieder. „Und, wie küsst sie so?"

Ich atmete tief durch. „Kannst du nicht einfach mal deinen Mund halten?"

Er verzog das Gesicht. „Ne, eigentlich nicht."

Ich nickte eisern und streckte die Beine aus.

„Wie geht's deinem Hals?", fing er ein neues Thema an.

„Alles bestens", knurrte ich. „Die Verbrennungen hättest du aber auch weglassen können."

Chase lachte. „Tut mir echt leid. Wenn ich gewusst hätte, dass du auf Feuer so empfindlich reagierst, hätte ich mich zurückgehalten."

Ich schnaubte. Als ob *er* sich bei *mir* zurückhalten müsste.

„Morgen werde ich nicht mehr so zurückhaltend sein", sagte ich.

Er lachte leise. „Ich hab jetzt schon Angst."

„Keine Sorge, die kommt noch früh genug."

18

Nell

„Bist du fertig?", fragte Nathan ein letztes Mal.
Ich nickte und schloss die Tür hinter mir. Sofort positionierte
sich Felix an meiner Rechten und nahm mir die kleine Tasche
ab, in die ich meine Sachen gestopft hatte. Er hatte heute Morgen
als mein zusätzlicher Begleiter mit Nathan in meinem Zimmer
gestanden. Ab jetzt würden nicht nur zwei, sondern vier Augen
ständig auf mich aufpassen. Nicht nur einer, sondern zwei mus-
kelbepackte Körper an meiner Seite stehen. Dabei hätte ich nur
Luan gebraucht und Arlo würde mich in Ruhe lassen.
Aber seit unserem letzten Treffen, das inzwischen mehrere Tage
zurücklag, hatte ich ihn nicht mehr gesehen. Natürlich nicht, er
war ja auch in Abteil 5 untergebracht.
In meinem Bauch schlüpften mehrere tausend Schmetterlinge,
die unkontrolliert und desorientiert herumflatterten, denn heute
würde ich auch in Abteil 5 umziehen und mein Zimmer, so hatte Amber Notker gesagt, lag im selben Gang wie Luans.
Von Felix und Nathan flankiert ließ ich die langen Flure hinter mir und kam irgendwann zu einer breiten Stahltür, die von
zwei bewaffneten Männern bewacht wurde.
„Achat", sagte Nathan nur und deutete auf mich. Die Männer
nickten und öffneten uns eilig die Tür. Felix legte eine Hand
auf meinen Rücken und signalisierte mir so, dass ich vorwärts-
gehen soll.
Wir betraten Abteil 5. Hinter mir fiel Stahl ins Schloss und ließ
ein unruhiges Gefühl bei mir zurück. Das war ein neuer Ab-
schnitt meines Lebens hier im Lager, davon war ich überzeugt.
Ab heute würde ich mit zwei Diamanten, meiner eigentlich ver-
feindeten Spezies, in einem Zimmer wohnen. Gleichzeitig würde ich Luan näher sein und ihn häufiger sehen können.
Lou und David betraf genau das Gegenteil.

Wir bogen in einen breiten Gang ein, der fast leer war. Nathan öffnete eine Tür, die in der Mitte des Flures lag, und bat mich herein. Das Zimmer, in das ich trat, war um einiges größer als mein altes.

Okay, es war viel größer.

Abgesehen von einem geräumigen Bad – sogar mit zwei Duschen – und drei kleineren Zimmern, in dem jeweils ein Doppelbett stand, gab es noch einen Raum, der wie ein kleines Wohnzimmer eingerichtet war. Zwei Sofas standen unter einem Fenster, durch das man in eines der Schlafzimmer gucken konnte. Außerdem gab es mehrere Regale, einen Tisch mit drei Stühlen und einen winzigen Kühlschrank.

„Deine Mitbewohnerinnen müssten auch gleich hergebracht werden", mischte sich Nathans Stimme in meine Gedanken. Ich nahm Felix meine Tasche ab und trug sie in den Raum, von dem aus man ins Wohnzimmer sah.

Schon ging die Eingangstür auf und Scarlett und Esme kamen herein. Kurz erhaschte ich einen Blick auf ihre Begleiter, beide waren Black Eyes.

„Wow!", rief Esme mit großen Augen und schaute in jedes Zimmer. Scarlett blieb vor dem Wohnzimmerfenster stehen, dann drehte sie sich plötzlich um und fixierte mich durch das saubere Glas. Ich rang mir ein kurzes Lächeln ab und erhob mich vom Bett, um zu den beiden zu gehen. Nathan und Felix waren nicht mehr da, aber ich wusste, dass mindestens einer von ihnen immer vor der Eingangstür Wache stehen würde.

„Nell!", quickte Esme, als sie mich sah, und fiel mir um den Hals. „Wie findest du es? Ist es nicht großartig?" Schon war sie in ihrem neuen Zimmer verschwunden und ließ sich auf das breite Bett fallen, das unter ihrem Gewicht kaum nachgab.

Ich spürte Scarletts Atem an meinem Ohr, als sie sich vorbeugte und flüsterte: „Bilde dir bloß nichts auf ihre Freundlichkeit ein. Sie hat nur ein schlechtes Gewissen wegen gestern Abend."

Mir kroch ein eisiger Schauder über den Rücken, als ich an die Diamantenzwillinge und Harrys Drohung dachte.

Nachdem wir uns eingerichtet und frisch gemacht hatten, mussten wir zum Training. Vor der Tür kamen uns Felix und die beiden anderen Begleiter entgegen, Nathan war nicht dabei. Ich hielt mich am Rand der kleinen Gruppe, während Esme sich bei Scarlett einhackte. Plötzlich wurde neben mir eine Zimmertür aufgerissen.

Erschrocken sprang ich zur Seite und erstarrte im nächsten Moment.

Luan blickte mir aus funkelnden Augen entgegen. „Nell."

Hinter ihm erschien eine Person. Eine Person mit beneidenswert langen, schlanken Beinen, hellblonden Haaren und einer spitzen Nase.

Kate.

„Nell, was machst du hier?", wollte Luan wissen und versperrte mir die Sicht auf Kate. Ich biss mir auf die Lippe. War sie in seinem Zimmer oder er in ihrem?

„Ich bin gerade umgezogen. Jetzt muss ich zum Training", sagte ich und musterte ihn. „Und was macht sie hier?"

Er strich mir eine Strähne hinters Ohr und umfasste meine Handgelenke.

„Das ist eine lange Geschichte, aber du musst mir glauben, zwischen uns war nichts", sagte er eindringlich. Die gelben Streifen in seinen Augen flackerten.

Ich glaubte ihm.

„Nell, kommst du bitte?", rief Felix. Scarlett und Esme waren mit ihren Begleitern schon im nächsten Gang verschwunden und er blickte ungeduldig zu mir zurück. Ich nickte ihm zu und löste mich aus Luans Griff.

„Wir sehen uns heute Nachmittag im Gemeinschafstraum, okay?", sagte er leise. „Es gibt nur einen, da werden wir uns nicht verfehlen."

„Okay", murmelte ich und wollte mich in Bewegung setzen, doch meine Beine waren wie gelähmt. Ich konnte den Blick nicht von Luan abwenden.

Ein gequältes Lächeln erschien auf seinen Lippen. Er beugte sich vor und küsste meine Wange. „Ich habe dich vermisst."

Kurz vergrub ich meine Stirn in seiner Halsbeuge und sog seinen bekannten Geruch auf. Ich hatte keine Ahnung, wie das sein konnte, aber er roch nach frischem Holz, Tannen und ein wenig nach Zimt.

„Jetzt geh bitte, bevor ich es mir anders überlege", flüsterte er mit rauer Stimme. Ich ließ ihn zögerlich los und machte mich auf den Weg. An der Abzweigung in den nächsten Gang drehte ich mich ein letztes Mal um.

Luan zwinkerte mir zu und im selben Moment trat Kate neben ihn. Ich fuhr herum und ließ die beiden hinter mir, während mein Herz vor lauter Verwirrung unruhig auf und ab hüpfte.

Die Lichter gingen aus, in der Halle wurde es stockdunkel. Heute sollten wir einen Parcours überwinden, der aus zuschnappenden Netzen, Sprühnebel und vollkommener Finsternis bestand. Zuvor hatten wir uns in Schutzkleidung zwängen müssen und das hieß so viel wie: Ihr dürft eure Gegenspielerinnen verletzen. Zum Glück durften wir auch unsere Kräfte benutzen, allerdings nur die mütterlicherseits, und Waffen hatten wir keine.

Von anbahnender Panik gepackt, drehte ich mich einmal um die eigene Achse. Ich wusste nicht mal mehr, wo oben und unten war. Plötzlich umschlossen Efeuranken meine Fußgelenke und ich fiel nach vorne. Mit den Handflächen versuchte ich meinen Sturz abzufedern und riss mir dadurch die Haut auf. Im nächsten Moment landete ein Körper auf meinem Rücken und drückte mich zu Boden. Ich wollte mich zur Seite rollen, doch meine Schultern wurden gepackt und nach unten gepresst.

„Esme?", keuchte ich, denn Scarlett hätte mir längst die Schulter ausgekugelt.

Sie beugte sich zu mir hinab. „Tut mir leid, aber ich will gewinnen." Ich stöhnte.

„Woher kannst du Efeuranken …?" Doch mir fiel es selbst wieder ein. Esme war halb Green, halb Gray Eye, da wir unsere mütterlichen Kräfte einsetzen sollten, war ihre Mutter wohl eine Green Eye, eine Frau aus dem Volk, an dessen Spitze ich aufgewachsen war.

Esme ließ eine weitere Ranke frei, die sich um meinen Hals schlängelte. Sie war also wirklich bereit, mir wehzutun … Ich hatte mich in ihr getäuscht.

In dem Moment ärgerte ich mich mehr denn je über meinen Fehler. Ich hatte in Esme so etwas wie eine Freundin gesehen und vielleicht war sie das auch gewesen, aber wenn wir uns im Kampf gegenüberstanden, sah sie mich wohl als Rivalin. Ich hätte nicht vergessen sollen, dass sie ein Diamant war.

Und dann geschah es.

Kurz blieb mir die Luft weg, aber dann nahm ich alles überdeutlich wahr. Ich wusste plötzlich, dass Scarlett bereits fast am Ziel war, ich hörte ihre leisen Schritte, die über den Beton huschten. Ich spürte einen brennenden Nebel, der mir in die Nase stieg. Esme, die über mir hockte und mich fest im Griff hatte. Meine Gedanken überschlugen sich so oft, dass mir übel wurde.

Ich hatte einen Sinnesschub.

Wie damals begannen meine Zähne zu ächzen, sie schienen sich zu verlängern. Mein Körper wurde in einer einzigen, flüssigen Bewegung gestreckt und meine Haut mit goldgelbem Fell überzogen. Krallen schossen aus meinen Nägeln und schließlich wurden meine Augen scharfgestellt, die Dunkelheit verblasste und ich konnte jedes Netz sehen, das vor mir lag und mich fesseln wollte. Esme schrie auf und krabbelte panisch von mir herunter. Doch sie war nicht die Einzige, die nackte Angst verspürte.

Ich gehörte auch dazu.

Wie sollte ich mich jemals zurückverwandeln? Was, wenn Amber Notker mich so sah? Luan hatte mir extra eingeschärft, dass die Ärztin nie davon erfahren durfte. Und das Schlimmste war: Esme- – meine verfeindete Spezies, sah mich so.

Mit geweiteten Augen starrte sie an mir hinab. Dann drehte sie um und verschwand, so schnell sie konnte, zwischen dem dichten Sprühnebel und der drückenden Dunkelheit. Ich hätte problemlos ihrem starken Angstgeruch folgen können, doch ich verharrte. Ich musste Ruhe bewahren und versuchen, irgendwie wieder ein Mensch zu werden.

Nichts von beidem gelang mir.

Mein Schwanz peitschte durch die Luft, als ich herumschnellte und panisch nach einem Weg suchte, aus diesem Albtraum aufzuwachen.

Plötzlich gingen die Deckenlampen an. Das grelle Licht blendete meine Augen und ich kauerte mich am Boden nieder. Ich war verloren.

Ich konnte förmlich die entsetzten Blicke von Scarlett und Esme auf mir spüren, die sich an der gegenüberliegenden Wand zusammendrängten. Dann wurde die Stahltür geöffnet und eine Person betrat die Halle.

Sie roch nach frischem Holz, Tannen und Zimt.

Moment mal …

Ich hob den Kopf und starrte Luan entgegen, der langsam auf mich zukam.

Eindringlich sah er mich an und blieb einen Meter vor mir stehen.

Hatte er auch Angst vor mir?

Schnell erhob ich mich und wollte auf ihn zuspringen, doch er wich zurück.

„Bleib, wo du bist", sagte er mit tiefer Stimme. Ich schluckte und blieb stehen.

Meine Ohren zuckten, als er einen Blick an mir vorbei auf die Diamanten warf. Er presste die Lippen zusammen und wandte sich wieder an mich. „Du musst dich dir als Mensch vorstellen. Schließ die Augen und stelle dich dir ganz genau vor", erklärte er langsam.

Ich tat wie mir geheißen.

„So ist es gut", murmelte Luan und machte einen Schritt auf mich zu. „Gut so."

Mein Schwanz strich über den Beton, während ich selbst vor meinem geistigen Auge langsam Gestalt annahm. Ich spürte, wie mein Körper schrumpfte, meine Zähne schrumpelten ein und das Fell verschwand.

„Das ging schnell", keuchte Luan. „Du kannst das ziemlich gut."

Sobald ich die Augen öffnete und an mir herabblickte, sah ich schlanke Beine, die in einem Anzug steckten. Erleichterung ließ meine Knie weich werden. Darauf wäre ich nie im Leben selbst gekommen.

„Nell?", fragte Luan und trat so nah an mich heran, dass ich von seiner Körperwärme eingehüllt wurde. „Geht es dir gut?"

„Ja." Meine Stimme klang ein wenig rau. Ich legte meinen Kopf auf seine Brust und genoss seine starken Arme, die sich um mich legten.

„Achate können also auch ihre Gestalt wechseln", schob sich Scarletts Stimme an mein pochendes Ohr. Ich drehte mich um und erblickte sie gute fünf Meter von uns entfernt. Dabei ließ sie Luan nicht aus den Augen.

„Auch?", hakte ich nach. Sie seufzte, anscheinend hatte sie ihren Fehler jetzt erst bemerkt.

„Ihr könnt euch also ebenfalls verwandeln?", schaltete sich Luan ein. Ich trat unruhig von einem Fuß auf den anderen und blickte zu dem großen Spiegel auf, der auch in dieser Hall hing.

„Sollten wir das nicht lieber wann anders besprechen?", flüsterte ich.

Er grinste. „Keine Sorge. Amber Notker war gar nicht da und die anderen Wachleute habe ich vorübergehend außer Gefecht gesetzt."

Erst jetzt erinnerte ich mich wieder daran, dass uns nicht die Ärztin, sondern ein Beamter die Trainingsaufgabe erteilt hatte.

„Sie sollte nichts davon erfahren und auch sonst niemand." Esme war neben Scarlett getreten, ihre Augen waren immer noch groß wie zwei Monde.

„Ich hatte auch nicht vor, ihr davon zu erzählen", sagte Luan trocken.

„Gut, dann hätten wir das geklärt", meinte Scarlett und strich sich die dunklen Haare aus dem Gesicht. „Sollen wir warten, bis die Wachmänner wieder zur Besinnung kommen, oder einfach schon gehen?"

Luan warf mir einen kurzen Blick zu. „Ich glaube es ist am besten, wenn ihr einfach wartet, bis sie wach werden, und ich verschwinde jetzt lieber."

Ich sah zu ihm auf. „Was sollen wir sagen, wenn sie wissen wollen, was passiert ist?" Meine Stimme zitterte mehr, als mir lieb war.

„Sagt, dass dir schwindelig geworden ist und du zusammengebrochen bist."

Ich nickte langsam. Er legte beide Hände an meine Wangen und zwang mich so, ihn direkt anzusehen. „Wir treffen uns wie vereinbart?"

„Ja."

Luan beugte sich hinab und küsste meinen Mundwinkel. Dann richtete er sich wieder auf, bedachte die beiden Diamanten mit einem warnenden Blick und verschwand aus der Halle.

„Seid ihr ... zusammen?", fragte Esme langsam.

Erschöpft wandte ich mich ihr zu. „Nein ... naja ... wie man's nimmt."

Ein Lächeln huschte über ihre Lippen. „Ihr passt gut zusammen." Scarlett räusperte sich scharf und warf ihrer Freundin einen eisernen Blick zu. Esme hob abwehrend die Hände und ließ sich auf dem kalten Boden nieder. Ihre hellen Haare fielen nach vorne über die zarten Schultern und sie seufzte.

„Was ist los?", fragte ich und setzte mich neben sie.

„Es ist wegen deiner Verwandlung", begann Esme.

„Sei leise", zischte Scarlett.

Ich schaute verwirrt zwischen den beiden hin und her.

„Nein, Carle. Sie kann es wissen", murmelte Esme, hob den Kopf und sah mich an. „Arlo ist sehr wütend auf mich, weil ich es noch nie geschafft habe, meine Gestalt zu wechseln. Alle anderen beherrschen es bereits, nur ich nicht. Zu allem Überfluss hatte ich noch nicht mal einen Sinnesschub."

Die Diamanten nannten es also auch Sinnesschub.

„Aber was ist denn so wichtig daran, ob du dich verwandeln kannst oder nicht?", fragte ich und schüttelte den Kopf.

Esme lachte erstickt. „Du kennst ihn nicht, Nell. Arlo ist es sehr wichtig, dass alle seine Leute diese Verwandlung im Schlaf beherrschen."

„Das reicht jetzt", unterbrach Scarlett sie und es fehlte nicht viel, dass sie mit dem Fuß aufstampfte wie ein Kleinkind. „Du weißt selbst am besten, was für uns auf dem Spiel steht."

Ich verstand überhaupt nichts mehr.

„Ich weigere mich, zu glauben, dass er seine dummen Spielchen wirklich durchsetzt", funkelte Esme sie an.

Scarlett fuchtelte mit den Armen in der Luft herum. „Du weißt genau, wozu er in der Lage ist. Du weißt, was er will und du weißt, dass er *immer* bekommt, was er will", rief sie.

Esme schluckte und ballte ihre kleinen Hände zu Fäusten. „Ich werde ihn nicht unterstützen. Diese Sache ist doch absurd. Ich will weder töten noch mich ihm unterwerfen", protestierte sie.

Scarlett starrte sie an. „Du wirst tun, was er dir sagt, und dich an den Plan halten." Jetzt kreischte sie wie eine Hexe.

Ich zuckte zurück und hielt die Luft an. Auf keinen Fall wollte ich mich jetzt einmischen, sonst würde ich diese Halle im Leben nicht wieder verlassen.

„Nein!" Esme verschränkte die Arme vor der Brust und setzte eine bockige Miene auf. Scarlett fluchte laut und baute sich vor ihr auf. Mich überragte sie schon um einen halben Kopf und Esme war noch kleiner als ich, zudem hockte sie immer noch auf dem Boden.

„Dann wird deine dumme Sturheit dein Tod sein. Willst du das? Was wird aus Harry? Er kann ohne dich nicht leben", schrie sie.

„Und ich kann es auch nicht", fügte sie leiser hinzu.

Esme schnaubte. „Ich mag Harry nicht mal richtig."

Scarlett holte stockend Luft und blickte an die Decke. Bildete ich mir das nur ein oder schimmerten ihre Augen feucht?

Plötzlich wurde die Stahltür geöffnet und drei Beamte kamen herein. „Was ist hier passiert?"

Ich entdeckte Luan in der hintersten Ecke des Gemeinschaftraums. Erschöpft ließ ich mich neben ihm nieder und schloss kurz die Augen. Zum Glück waren die Wachmänner auf meine lahme Ausrede hereingefallen und hatten uns drei entlassen. Esme war sofort wütend auf unser Zimmer geprescht und Scarlett war mit ihrem Begleiter irgendwo in den Gängen verschwunden.

„Alles okay?", fragte Luan besorgt.

Ich öffnete die schweren Lider und sah ihn an. „Nein, eigentlich überhaupt nicht."

Falten gruben sich in seine Stirn. „War Scarlett unfreundlich zu dir?"

Ich schüttelte den Kopf und verzog gleichzeitig den Mund. „Scarlett und Esme haben sich ziemlich gestritten. Es ging um Arlo."

Luan beugte sich alarmiert nach vorne.

„Es ging um irgendeinen Plan von Arlo und ich glaube, Esme hat nicht wirklich Lust, bei seinem Plan mitzumachen", begann ich. „Scarlett hat sie richtig angeschrien deswegen, aber ich glaube, sie hatte einfach Angst um ihre Freundin. Und dann hat sie noch was gesagt wie: Dann wird deine dumme Sturheit dein Tod sein. Glaubst du, Arlo hat den beiden womöglich mit dem Tod gedroht, wenn sie sich nicht an diesen Plan halten?"

Luan schwieg eine Weile, bevor er antwortete. „Vielleicht, dem Kerl ist alles zuzutrauen." Er strich mir eine Strähne aus dem Gesicht. „Hast du eine Idee, was für ein Plan das sein könnte?"

Ich zuckte mit den Achseln. „Die Vernichtung aller Achate?", witzelte ich träge.

Doch Luans Schultern spannten sich sofort an.

„Das war ein Scherz."

„Aber es kann wirklich sein. Arlo hat durch Felicity seine Kräfte verdoppelt, er ist momentan stärker als ich. Das wird er ausnutzen. Er lechzt nach Macht und Stärke und um das zu bekommen, macht er ganz sicher keine Umwege."

Seine Stimme klang ungewohnt ernst.

„Du glaubst also wirklich, dass er uns beide umbringen will?"

„Und Esme und Scarlett sind seine Spitzel."

Mir wurde eiskalt. „Wieso sollte er Spitzel nach mir schicken?"

Luans Brust hob sich. „Er will deine Seele, soviel steht fest. Und dass Esme und Scarlett mit dir zusammen trainieren, kommt ihm gerade recht. So hat er sozusagen immer ein Auge auf dich und kann Informationen sammeln."

„Was für Informationen?" Mein Gehirn war heute nicht besonders schnell.

„Darüber, wie dein Tagesablauf aussieht, wie du deine Kräfte einsetzt und wie stark sie sind. Denk doch mal nach, Esme und Scarlett tragen ihm alles zu, was sie über dich wissen. Wenn es dann zum abschließenden Kampf kommt, kennt er deine Techniken und deine Denkweise", erklärte er finster.

„Abschließender Kampf?", wiederholte ich mit piepsiger Stimme.

Er nickte stumm.

19

Luan

Das waren ja tolle Aussichten.

„Du braust keine Angst zu haben", versuchte ich sie zu beruhigen.

Nell lachte erstickt auf. „Ich habe eine Riesenangst."

Ich verzog den Mund. „Ab jetzt wohne ich im selben Gang wie du, wir werden uns täglich sehen und ich werde dich beschützen – hast du das verstanden?"

Sie legte ihren Kopf auf meine Brust und nickte stumm. Ich begann an ihren Haarspitzen herumzuspielen.

„Ich bin so froh, dass du da bist", flüsterte sie. Aus ihrem Augenwinkel löste sich eine dicke Träne. Mein Daumen jagte ihr nach, bis sie von meinem T-Shirt verschluckt wurde. Weitere Tränen folgten, bis ihr ganzer Körper vor Schluchzern bebte.

„Hey, hey was ist los?", fragte ich und hob sanft ihren Kopf an. Nells intensiv grüne Augen waren dunkel und der hellblaue Ring um ihre Pupille war geschrumpft. „Ich vermisse Mom und Lenn … immerhin war er fünfzehn Jahre lang wie ein Vater für mich. Ozea, ich habe sie seit Monaten nicht mehr gesehen. Liam und Liz … Ich habe mich mit Liz gestritten und nicht wieder vertragen, bevor ich eingeliefert wurde", schluchzte sie.

„Warum habt ihr gestritten?"

Sie biss sich auf die Unterlippe und wich meinem Blick aus.

„Weil … weil …", stotterte sie.

„Weil?"

„Weil Liam mich geküsst hat und sie dachte, ich könnte ihn mehr leiden als sie. Sie hatte Angst, zwischen uns würde sich etwas entwickeln", sagte Nell leise.

Ich sog scharf die Luft. Liam hatte sie geküsst?

Liam?

203

„Luan?" Nell umklammerte meine Oberarme und wischte sich gleichzeitig die Tränen von den blassen Wangen. „Es hatte wirklich nichts zu bedeuten."

Ich nickte, trotzdem konnte ich die Enge in meinem Bauch nicht unterdrücken.

„Was war das eigentlich mit Kate heute?", fragte sie plötzlich. Ich zog sie näher heran. „Kate hat gestern Alkohol getrunken, den sie heimlich ins Lager geschmuggelt hat."

Nell verengte ungläubig die Brauen. „Wir sprechen von derselben Kate?"

Ich grinste schief. „Ja, keine Ahnung, wie sie das geschafft hat. Auf jeden Fall kam sie völlig betrunken in mein Zimmer und ich musste Adam holen, damit er auf sie aufpassen konnte und sie keinen Unsinn anstellt. Sie hat letzte Nacht in meinem Bett geschlafen und ich bin zu Adam rübergegangen. Heute Morgen wollte ich sie dann gerade zurückbringen, als du vor meiner Tür standst."

Ich war froh, dass sie nicht wissen wollte, ob etwas zwischen uns gewesen war. Die unangenehmen Küsse von Kate wollte ich nämlich so schnell wie möglich vergessen. „Zurück zu Arlo", sagte ich und merkte, wie Nell augenblicklich verkrampfte. „Wahrscheinlich hat ihm Scarlett bereits erzählt, dass du dich verwandelt hast. Jetzt weiß er, dass deine zweite Gestalt eine Löwin ist", überlegte ich laut.

„Aber was bringt ihm das, außer dass er jetzt vielleicht weiß, worauf er sich vorbereiten muss?", fragte Nell stirnrunzelnd.

„Ich werde nicht schlau aus ihm." Verbissen fuhr ich mir durchs Haar. Es gefiel mir nicht, dass ich Arlo momentan mehr oder weniger unterlegen war.

„Wie soll ich mich beim Training verhalten? Müssen wir Amber Notker von seinem Plan erzählen?", fragte sie weiter.

Ich gab ihr einen Kuss auf die Schläfe. „Zerbrich dir nicht den Kopf darüber. Beim Training machst du weiter wie bisher, was bleibt dir auch anderes übrig – sie würden dich sonst schlimm verletzen. Und nein, ich glaube es ist besser, wenn Amber Notker vorerst nichts von Arlos Plan erfährt. Aber –" Ich brach ab. „Was?"

„Ich würde Adam und Kate davon erzählen. Sie stehen auf unserer Seite", beendete ich vorsichtig. Zu meiner Überraschung hatte Nell keine Einwände.

„Und was ist mit diesem Cayden?", meinte sie.

„Du meinst Chase?" Ich seufzte. „Eigentlich kann das gar nicht schaden. Seine Mutation ist bisher einwandfrei verlaufen und in zwei Tagen abgeschlossen. Dann ist er einer von uns."

Nell nickte und mir entging nicht, wie sie ihre Augen kaum noch offenhalten konnte. „Du solltest schlafen."

„Aber doch nicht hier." Sie schüttelte den Kopf und setzte sich auf.

„Ich bringe dich auf dein Zimmer."

„Bitte nicht", flehte sie. „Wir haben zwar abgetrennte Schlafräume, aber ich glaube ich brauche gerade etwas Abstand von Esme."

„Dann kommst du mit in mein Zimmer."

Sie erstarrte.

Ich grinste.

„Ich lasse dich auch in Ruhe schlafen", versprach ich und sah sie aufrichtig an.

„Damit du mich dann die ganze Zeit über anguckst und wenn ich aufwache sagst: Du siehst aus wie ein Engel, wenn du schläfst?", lachte sie.

„Ganz genau." Ohne auf ihr rotes Gesicht zu achten, stand ich auf und zog sie mit mir hoch. Wir schlängelten uns einen Weg an den Sofas und Tischen vorbei und ich öffnete ihr die Glastür.

„Ist es okay, wenn ich auf Luans Zimmer gehe?", fragte Nell an einen Typen gewandt, auf dessen Namensschild Felix stand. Die Frage schien ihr sichtlich unangenehm zu sein und ich konnte mir ein Grinsen nicht verkneifen.

Felix musterte mich kurz, nickte dann aber. „Nathan holt dich in zwei Stunden ab", sagte er noch. Nell nickte erleichtert und ließ sich anschließend von mir mitziehen. Ich kannte die Gänge in Abteil 5 fast so gut wie die in Abteil 11, auch wenn es hier fünfmal so viele waren.

Mein Herz hüpfte in meiner Brust wie das eines Kleinkindes, wenn ich daran dachte, dass ich ab jetzt zwei Stunden mit Nell verbringen konnte.

Ungestört. In meinem Zimmer.

Ich lachte leise in mich hinein und erntete dadurch einen bösen Seitenblick. Als wir meine Tür erreicht hatten, schloss ich auf und schob sie hinein.

„Kannst du diese irre Geschichte mit dem Schlösserknacken noch?", fragte sie und sah sich neugierig im Zimmer um.

Ich zog meine Schuhe aus und folgte ihr ins Bad. „Klar, lautlos." Sie blieb vor dem Spiegel stehen und ich trat hinter sie. Unsere Blicke verfingen sich im kalten Glas und ich hielt ihren fest. Ihre rückenlangen, hellblonden Haare fielen locker um ihre schmalen Schultern und glänzten im matten Licht der Deckenlampe wie Gold. Ihre Arme waren so nah an meinen, dass ich die Wärme spüren konnte, die von ihnen ausging. Und die mit Abstand schönsten Augen der Welt, gesäumt von langen, dunklen Wimpern, sahen mich an.

Mich.

Hatte ich sie überhaupt verdient?

Doch ich verbot mir, darüber nachzudenken, und legte von hinten beide Arme um ihre Taille. Nell lehnte ihren Hinterkopf gegen meine Brust und sah mich sehnsüchtig an. „Ich habe dich doch gar nicht verdient", flüsterte sie.

Ich sah sie empört an. Das waren meine Worte. „Hör auf, so etwas Dummes zu sagen", flüsterte ich.

„Du bist wunderschön, Luan Moor. Du bist nett, stark, einfühlsam, du kannst zuhören und lustig sein. Und zu deinem Körper – der sollte meiner Meinung nach verboten werden. Ich will gar nicht erst deine perfekte Haut sehen, ohne jeden Makel."

Ihre Worte lösten unbeschreibliche Gefühle in mir aus. Mein Verlangen danach, sie zu berühren und nie wieder loszulassen, wurde zur reinsten Qual. Doch ich trat einen Schritt zurück, kreuzte die Arme im Nacken und zog mir mein Shirt über den Kopf. Sie starrte mich sprachlos an.

Dann, ganz langsam, wanderte ihr Blick über meinen Oberkörper. Über meine angespannte Brust, den flachen Bauch und schließlich blieb er an der Narbe hängen, die sich von meinem Bauchnabel bis zum Bund meiner Jeans zog. Sie öffnete den Mund, doch kein Ton kam heraus. Ich stand vor ihr, hielt die Luft an und fragte mich, was aus meinem Leben geworden wäre, wenn ich dieses Mädchen nicht kennengelernt hätte.

20

Nell

Ich konnte mich nicht bewegen.

Luan stand vor mir, ohne Shirt.

Mein Blick glitt über seine Brust, seinen definierten Bauch und blieb an einer Narbe hängen. Sie zog sich von seinem Nabel bis zum Bund seiner bedenklich tiefsitzenden Jeans. Ich öffnete den Mund, wollte etwas sagen, *irgendetwas,* doch kein Ton kam heraus. Meine Kehle fühlte sich an wie taub.

„Und?", fragte er und deutete auf die Narbe. „Makellos?"

Ich konnte ihn nur anstarren. Das war für ihn ein Makel? Ich hatte nichts gegen Narben und seine sah sogar wunderschön aus. Ich war kurz davor, mich hinzuknien und sie zu berühren, doch ich riss mich zusammen.

„Die Narbe ist schön", brachte ich schließlich zustande.

„Die ist von Arlo", sagte er mit tiefer Stimme. „Aber dafür hat er zwei an seinen Beinen abbekommen."

„Luan –" Ich schüttelte den Kopf, der wie leergefegt war. Ich konnte meinen Blick einfach nicht von der Narbe lösen. „Das ist doch kein Makel."

„Ich will dich, Nell Ivy. Okay? Und zwar so, wie du bist. Mit allen Makeln, oder wie auch immer du sie nennen willst. Du bist perfekt."

Tränen brannten in meiner Kehle. „Bitte sag das nicht. Kein Mensch ist perfekt, mich eingeschlossen. Obwohl – es gibt da einen und der steht gerade vor mir und ich habe ihn nicht verdient", schluchzte ich.

Er streckte die Arme aus und zog mich an seinen Körper. Ich wusste nicht wohin mit meinen Händen und legte sie schließlich auf die breiten Schultern, die sich bei der Berührung anspannten. „Du hast Angst, oder?", flüsterte er. Sein Atem strich über meine glühende Wange. Woher wusste er das? „Hast du Angst, dass ich dich nicht mehr will, wenn ich dich ohne Kleidung sehe?"", fragte er weiter.

Mir wurde so heiß, dass mir der Schweiß über den Rücken lief. Einen Rücken, der wie verrückt unter seinen Händen kribbelte.

Er zog mich fester an sich. „Dann schlag dir das am besten gleich aus dem Kopf."

Meine Unterlippe zitterte. „Ich kann das nicht, Luan."

Er schob zwei Finger unter mein Kinn und hob es sachte an. „Wenn du dich nicht wohl fühlst, höre ich auf. Du musst es nur sagen. Aber wenn du es nicht gleich sagst, werde ich die Finger nicht mehr von dir lassen können, wenn wir nur noch eine Sekunde länger hier stehen", raunte er.

Als ich stocksteif verharrte und nichts erwiderte, fragte Luan: „Was willst du?"

Ich hob den Kopf und sah ihm direkt ins Gesicht. „Dich."

Die gelben Streifen in seinen Augen begannen zu lodern. Er atmete stockend aus, dann beugte er sich hinab und presste seine Lippen auf meine. Es war ein energischer, hungriger Kuss, in dem ich mich viel zu schnell verlor. Meine Knie wurden so weich, dass ich fast zurückfiel, doch Luan drängte mich gegen die Wand und hielt mich dort fest. Seine Lippen waren so berauschend, so perfekt, dass ich alles andere um uns herum vergaß. An Schlaf war nicht mehr zu denken.

Ich klammerte mich an seinen Rücken. Bestimmt hinterließen meine Nägel schon Spuren auf seiner Haut. Als er die Hand unter mein Shirt schob, entwich mir ein leises Keuchen. Luan schob den freien Arm unter meine Kniekehlen und hob mich hoch.

„Wir sollten zum Bett gehen", meinte er und sah mich mit flackerndem Blick an. Ich nickte nur und vergrub mein Gesicht in seiner Schulter.

Mit einem Fuß stieß er die Badtür auf und ich erhaschte einen flüchtigen Blick auf den Spiegel. Er war beschlagen.

Vorsichtig ließ mich Luan auf seinem Bett nieder und positionierte sich über mir. „Ich bin fünfzehn, da sollte man nicht solche Dinge tun, oder?", hauchte ich und sah ihn schüchtern an.

Ein warmes Lächeln zog an seinen Mundwinkeln. „In einem Jahr bist du sechzehn, dann bist du erwachsen und kannst tun und lassen, was du willst", flüsterte er zurück.

Ich grinste. „Stimmt." Er senkte sich mit seinem ganzen Gewicht auf mich und mein Herz begann zu rasen, stolperte und trommelte wie wild gegen meinen Brustkorb. Luan küsste mich erneut, diesmal jedoch so sachte, als hätte er Angst, etwas kaputtmachen zu können. Ich ließ meine Finger über seine Brust und den flachen Bauch wandern und schließlich fuhr ich seine Narbe nach. Dann richtete ich mich halb auf. Luan folgte meiner Bewegung.

„Du bist wunderschön", flüsterte ich leise, senkte den Kopf und küsste seine Narbe. Luan erschauderte und zog an meinem T-Shirt. Ich erhob mich wieder und half ihm, es mir auszuziehen. Er warf den Stofffetzen achtlos auf den Boden und ließ den Blick über meinen Oberkörper wandern.

Ich dankte Gott, dass ich einen BH trug.

Luan

Ich kniete über Nell, sie hatte ihr T-Shirt ausgezogen und starrte mich so unsicher an, dass mir ganz anders wurde.

Ich betrachtete sie eingehend, lange und intensiv, doch ich konnte keinen Makel finden. Ihr Gesicht war noch blasser als sonst, beinahe farblos. Dieser Anblick tat mir im Herzen weh. Sie hatte seit Monaten keine Sonne mehr auf der Haut gespürt. Seit Monaten keine Vögel zwischen den Bäumen zwitschern hören, war nicht im Wald gewesen und hatte trockenes Laub unter ihren Füßen rascheln hören. Nell war weit weg von ihrem Zuhause, von ihren Freunden, von vertrauter Umgebung. Und daran war nicht zuletzt ich schuld.

Immerhin hatte ich sie als Mutante identifiziert und dem Lager ausgeliefert.

Und sie hatte mir vergeben. Wieder und wieder.

Ich rang nach Luft und entfernte mich von ihr. Mit bebenden Schultern lief ich zur Badtür und wollte mich einschließen, aber Nells Stimme hielt mich zurück.

„Was ist denn?"

Ich drehte mich zu ihr herum und fuhr mir durchs Haar. „Du solltest dich wieder anziehen. Nathan kommt sicher bald."

„Habe ich etwas falsch gemacht?", fragte sie und zog ihre Beine an den Oberkörper.

Ich schüttelte heftig den Kopf. *Ich* hatte etwas falsch gemacht. „Wir sollten das nicht wiederholen. Ich ... du hast recht, du bist zu jung dafür", presste ich hervor und schob mich ins Bad. Ich konnte Nells Enttäuschung förmlich riechen, riss mich aber zusammen und stieg unter die Dusche. Der kalte Wasserstrahl tat gut auf meiner erhitzten Haut und ich genoss die leichte Gänsehaut, die mir über den Rücken kroch.

Nachdem ich geduscht und frisch angezogen war, trat ich vor den Spiegel. Mein Gesicht war nur schemenhaft zu erkennen, da das Glas noch immer beschlagen war. Ich fummelte eine Weile planlos in meinen Haaren herum und zwang mich schließlich, das Bad wieder zu verlassen.

Doch Nell war verschwunden.

Nell

Mein Gesicht glühte vor Scham.

Niemals hätte ich gedacht, dass der Besuch bei Luan so enden würde- orientierungslos und peinlich berührt durch die Gänge rennend. Keine gute Mischung.

Eigentlich hätte ich auch einfach bei Luan bleiben oder wenigstens in mein Zimmer zurückgehen können. Aber dort war vermutlich immer noch Esme und dem Diamanten wollte ich unbedingt aus dem Weg gehen.

Es war dumm von mir gewesen, einfach abzuhauen. Felix hatte mich alleingelassen im Glauben, dass Luan auf mich aufpassen würde. Mit meiner Kurzschlussreaktion brachte ich nicht nur die beiden, sondern auch Nathan in Schwierigkeiten. Aber meine Füße flogen wie von selbst über den kalten Beton. Ich wusste, dass ich ihn bekommen würde, noch bevor meine Sinne scharfstellten. Der Sinnesschub packte meinen Körper und drängte meine Beine weiter vorwärts. Plötzlich vernahm ich schnelle, kraftvolle Schritte hinter mir.

War es Luan? Felix? Nathan?

Doch ich konzentrierte mich nur auf den Weg vor mir. Schneller, immer schneller rannte ich durch die Flure, die erschrockenen Menschen sausten an mir vorbei, ohne dass ich sie beachtete. Und dann spürte ich einen eisernen Schmerz oberhalb meiner rechten Schulter.

Saß da nicht mein Erkennungschip?

Und wenn ja, warum strahlte er plötzlich so einen Schmerz aus?

Mir blieb keine Zeit, weiter darüber nachzudenken, denn meine Beine knickten auf einmal weg. Hart schlug mein Körper auf dem Beton auf und mein Kopf wurde nach hinten geschleudert. Der Schmerz lähmte meine Glieder und packte mein Herz. Ich röchelte, doch meine Sinne vernebelten bereits. Ein Gesicht tauchte über mir auf.

Luan.

Doch so schnell, wie es erschienen war, verschwand es auch wieder. Rote Locken schoben sich über mich. Dann wurde ich von rubingleichen Augen fixiert. Amber Notker.

Was machte sie hier?

Doch die Schmerzen pulsierten durch meinen Körper wie wütende Flammen und mein Kopf tat zu sehr weh, um mir Gedanken über das Erscheinen der Ärztin zu machen. Und dann wurde alles schwarz.

Ich holte erstickt Luft.

Meine Lungen brannten, als hätten sie seit mehreren Stunden keinen frischen Sauerstoff mehr bekommen und meine rechte Schulter zog. Ich blinzelte gegen grelles, unnatürliches Licht und richtete mich auf.

„Nell, geht es dir gut?" Die Stimme kam mir bekannt vor. Sehr bekannt.

Luan beugte sich über mich und strich mir eine Strähne aus der Stirn. Vor Erleichterung begannen meine Finger leicht zu zittern. „Ja", murmelte ich mit rauer Stimme und räusperte mich.

Ein vorsichtiges Lächeln huschte über seine Lippen. „Du hast gestern voll die Panik bekommen und Amber Notker war zufällig im selben Gang unterwegs wie du. Sie hat dich betäubt", erklärte er leise.

Ich verengte die Brauen. „Wie betäubt?"

„Erinnerst du dich noch, als dir dein Erkennungschip eingesetzt wurde? Amber Notker kann durch irgendein Gerät, das sie ständig mit sich herumträgt, einen leichten Stromschlag von dem Chip aussenden. Das hat dich ohnmächtig gemacht", meinte er und setzte sich neben mich aufs Bett.

Also hatte ich mit meiner Vermutung doch richtiggelegen.

Ich sah mich in dem kleinen Zimmer um und versuchte, die Geschehnisse der letzten Stunden einzuordnen.

„Nachdem du gestern hierher gebracht wurdest, bist du nicht wieder aufgewacht und ich bin über Nacht hiergeblieben", erzählte er weiter. „Vorhin hat Amber Notker schon vorbeigeschaut und gesagt, du sollst dich fürs Training fertigmachen, sobald du aufwachst."

„Wie spät ist es?", fragte ich alarmiert.

Er grinste sein typisches Luan-Grinsen. „Gleich neun."

„Oh Gott!", entfuhr es mir und ich rappelte mich auf.

„Hey!" Er war sofort an meiner Seite und schob einen Arm um meine Taille. „Du musst es langsam angehen, okay?"

Ich nickte und angelte nach dem weißen Shirt und der weißen Hose, die über einer Stuhllehne hingen. Luan öffnete mir eine kleine Tür und wir betraten ein Badezimmer.

Ich löste mich aus seinem Griff und drehte mich zu ihm um. „Tut mir leid, dass ich so viele Probleme mache."

Er verzog das Gesicht. „Du musst dich für nichts entschuldigen. Und wegen gestern … Es tut mir leid, wenn ich es zu weit getrieben habe."

Ich schüttelte meinen hochroten Kopf. „Nein, ist schon okay.“ Mein Magen begann wie verrückt zu flattern, als ich an den gestrigen Abend dachte. Gleichzeitig verstand ich immer noch nicht, warum Luan so plötzlich aufgehört hatte.

„Gut“, sagte er erleichtert und ließ mich allein.

Mit nagenden Gedanken im Hirn stieg ich unter die Dusche. Warum war Luan gestern so abrupt von mir weggewichen? Was hatte ihn dazu gedrängt, mich zurückzulassen und ins Bad zu verschwinden?

Ich stellte unüberlegt den Strahl an und eiskaltes Wasser rann über meinen verschwitzten Körper. Mir entwich ein Schrei.

„Alles in Ordnung?“, ertönte Luans gedämpfte Stimme vor der Tür.

„Ja, alles gut. Das Wasser ist nur sehr … kalt“, schlotterte ich.

Ich wusste, dass er immer noch vor der Tür stand und wahrscheinlich sofort reinstürmen würde, wenn ich einen weiteren Laut von mir gab. Das verriegelte Schloss würde ihn auf jeden Fall nicht aufhalten.

Als ich aus dem Badezimmer herauskam, lehnte Luan mit der Hüfte an der Wand und ließ den Blick über meinen Körper wandern. Ich fühlte mich sofort unwohl.

„Hey“, sagte er, stieß sich ab und stand mit zwei langen Schritten vor mir.

Ich musste den Kopf ein wenig in den Nacken legen, um ihm ins Gesicht sehen zu können. „Hey.“

Er schien etwas sagen zu wollen, entschied sich dann jedoch dagegen und öffnete mir nur stumm die Zimmertür. Dankbar schob ich mich an ihm vorbei in den Gang. Schweigend folgte ich den breiten Schultern, die mir den Weg wiesen. Luan schien auf einmal so weit entfernt zu sein, so unnahbar. Als würde ein riesiger Abgrund zwischen uns klaffen, obwohl wir uns gestern noch so nah gewesen waren.

Vor einer der vielen Hallen blieb er stehen und die Tür des Vorraums wurde von Nathan geöffnet. „Na endlich“, stöhnte er und schob mich hinein.

Verwirrt drehte ich mich zu Luan um. „Kommst du nicht mit?“

Er schüttelte zerknirscht den Kopf. „Ich muss nach Chase sehen."
Mein Herz sackte in die Hose. Darin, seine Versprechen zu halten, war er nicht besonders begabt. „Okay, sehen wir uns heute noch?", hörte ich mich fragen.
Er stand auf einmal direkt vor mir, beugte sich hinab und strich mit den Lippen über meine Wange. „Natürlich werden wir uns noch sehen heute."
Er richtete sich wieder auf. „Versprochen."
Nur mit Mühe konnte ich mir ein Schnauben verkneifen. Auf seine Versprechen konnte ich verzichten. Ich musste nur an den Tag denken, an dem er mir versprochen hatte, bei jeder Trainingsstunde mit Scarlett und Esme dabei zu sein …
„Nell?" Ich drehte mich um. Nathan hatte mir bereits die Stahltür zur Halle geöffnet und sah mich auffordernd an. „Amber Notker macht schon den ganzen Morgen lang Stress."
Ich nickte und wollte mich von Luan verabschieden, doch als ich mich umdrehte, war er bereits verschwunden.

Luan

Shit.
Ich hatte Nell versprochen, bei ihren Trainingsstunden dabei zu sein. Kein einziges Mal hatte ich mich daran gehalten. Kein Wunder, dass sie vor mir weglief.
Ich schüttelte frustriert den Kopf und hastete weiter. Amber Notker hatte mir aufgetragen, mit Chase ein Ausdauertraining zu machen, jetzt würde ich zu spät kommen.
Keuchend erreichte ich die weitläufige Halle, in der Chase vermutlich schon auf mich wartete. Ich tippte hastig einen Code ein und presste meinen Finger auf das vorgegebene Feld, dann ging die Tür mit einem leisen Klacken auf.
Sofort blieb ich verwundert stehen.
Drei Gestalten standen in der Mitte der Halle.
Drei?

Ich ging ein paar Schritte auf sie zu, doch ich wusste bereits, wer sie waren.

Diamanten.

Genauer gesagt Arlo, Henry und Harry. Die Zwillinge kannte ich bisher nur von Fotos. Sie waren angeblich die treusten Untertanen des Anführers ihrer Spezies.

„Luan, wie schön, dich zu sehen", begrüßte mich Arlo mit kalter Stimme.

In mir spannte sich alles an. Mit Henry und Harry würde ich allein fertigwerden, aber Arlo war momentan stärker als ich. Und wenn ich meine Kräfte schon für die Zwillingen aufgebraucht hätte ... Ich hatte keine Chance gegen Arlo.

Würde es zu einem Kampf kommen – und das war immer der Fall, wenn Arlo in der Nähe war – wäre ich unterlegen.

Arlo lachte. „Aber nicht doch. Du brauchst keine Angst zu haben, Achat." Das letzte Wort spuckte er wie Dreck aus seinem Mund. Ich sah ihm unbeeindruckt entgegen.

„Was willst du, Arlo?", fragte ich mit einer Stimme, die es locker mit der seinen aufnehmen konnte.

Er riss unschuldig die Augen auf. „Nur reden."

Ich schnaubte. „Du willst reden?", wiederholte ich ungläubig. Ich fragte gar nicht erst danach, wie er hier reingekommen war. Arlo hatte seine Verbündeten überall, außerdem ließ er sich ganz bestimmt nicht von einem Tastenfeld und Fingerscanner aufhalten.

„Über dein Mädchen", fuhr er fort und fixierte mich mit seinen rot-schwarzen Augen. Ich erstarrte. Nell?

„Ich möchte dir ein Angebot machen", sagte Arlo und trat ci nen Schritt vor. „Du gibst mir das Mädchen und ich verschone den Rest deiner Bande."

In mir zog sich alles zusammen. „Niemals."

„Mit Bande meine ich Chase und diese, wie hießen sie doch gleich? Die Kinder des großen Talis Water?" Er ging nicht auf meine Antwort ein. „Und da wäre ja noch dein lieber Bruder."

„Was hat das Ganze mit Con zu tun?", fuhr ich ihn an.

Henry und Harry warfen mir vernichtende Blicke zu, doch ich beachtete sie nicht. Arlo legte den Kopf leicht schräg. „Dein Bruder trägt das gleiche Gen in sich wie du. Ihn zu einem Achat zu machen, wäre viel einfacher als bei den Water-Geschwistern, weil er direkt mit dir verwandt ist. Aber ich hätte eigentlich gedacht, dass du so schlau bist und selbst darauf kommst." Er lachte schallend, dann verstummte er plötzlich. „Und Chase, der liebe alte Chase", er schüttelte wehmütig den Kopf. „Hast du dich denn nie gefragt, wie eine Mutation bei ihm möglich ist? Immerhin hat er doch weder Mutter noch Vater, die ihm das Gen vererben konnten. Hatte die hübsche Red-Eye-Ärztin nicht festgestellt, dass eine Mutation nur durchgeführt werden kann, wenn es in der Verwandtschaft jemanden gibt, der durch einen natürlichen Ursprung ein Achat ist?"

Verdammt. Warum war mir das nicht schon früher aufgefallen?

Arlo verzog triumphierend den Mund. „Du bist anscheinend auch nicht mehr der, für den ich dich einmal gehalten habe, Luan Moor."

Ich ging nicht auf seinen Kommentar ein. „Wie kann die Mutation bei Chase dann erfolgreich sein?"

Arlo schien eine Weile zu überlegen, dann grinste er wie der Teufel höchst persönlich. „Ich habe dir schon ziemlich viel verraten, findest du nicht? Wie wäre es, wenn ich dir einmal in den Bauch boxen darf? Dann bekommst du auch deine Antwort", beschloss er.

Ich hätte wissen müssen, dass er seine Informationen nicht einfach so preisgeben würde. Doch ich nickte. Ich würde jetzt keine Schwäche zeigen, nicht vor drei Diamanten. Nicht vor Arlo.

Dieser grinste. „Ja? Dann sind wir uns einig."

Seine geballte Faust sauste nach vorne und wurde mit so viel Wucht in meinen Bauch gerammt, dass mir für mehrere Sekunden die Luft wegblieb.

Arlo schüttelte seine Hand aus. „Du bist ganz schön zäh."

Dann schlug er erneut zu. Der Schmerz schoss mir bis in den Hals. Ich wich zurück. „Wir hatten *einen* Schlag ausgemacht."

Er verzog den Mund, als hätte er auf etwas Bitteres gebissen. „Aber ich habe mit dir noch eine Rechnung zu begleichen, siehe Narbe", schnauzte er und wirkte plötzlich wütend.

En wütender Arlo war nicht gut. Gar nicht gut.

Er hob den Arm und drosch seine Hand in meinen Unterlieb. Ich verkniff mir ein Stöhnen, hinderte ihn jedoch nicht daran, erneut zuzuschlagen. Hätte ich mich gewehrt, hätten mich Henry und Harry mit Gewalt stillgehalten, bis Arlo seine Wut an mir abgelassen hätte. So biss ich die Zähne zusammen und versuchte, so gut es ging, die kalten Schmerzen zu unterdrücken.

Nach dem sechsten Hieb taumelte ich zurück. Mein Shirt war zerfetzt und Blut rann aus einer Wunde, die direkt neben der Narbe klaffte. Die weiße Flüssigkeit triefte über meine Haut und sickerte in den Stoff meiner Jeans.

Arlo gab einen befriedigten Laut von sich und hielt sich gleichzeitig die Hand. Seine Knöchel traten weiß hervor und ich war froh darüber, dass er wenigstens auch ein paar Schmerzen gehabt hatte.

„Ava", keuchte er außer Atem und fixierte mich mit einem Blick, den ich nicht deuten konnte. „Ava Black. Sie ist aus derselben Zucht wie Chase. Sie ist ein Diamant." Er musste eine Pause machen und sich über den Mund wischen. Sein Handrücken hinterließ weißes Blut auf seinen Lippen. Mein Blut.

„Durch die Zucht sind sie mehr oder weniger verwandt und da sie ein Diamant ist, hat er das Gen, das Amber Notker braucht, um aus ihm einen Achat zu machen. Allerdings", Arlo beugte sich vor und sein trockener Atem fuhr über mein Kinn, „kann es sein, dass Chase sich beim letzten Kampf auf die Seite der Diamanten stellt, denn sein Gen ist mit dem von Ava gemischt – logischerweise. Es könnte sein, dass er sich gegen seine und für ihre Spezies entscheidet."

In mir brodelte es, und nicht nur, weil ich immer mehr Blut verlor. „Warum erzählst du mir das?", keuchte ich und wischte mir über die Stirn.

„Ich habe dir Informationen gegeben und jetzt erwarte ich eine ebenbürtige Gegenleistung", flüsterte er mit tiefer Stimme. Die Schmerzen zerrten an meinen Gliedern und ich hatte größte Mühe, mich aufrecht zu halten. „Du bekommst Nell nicht", presste ich hervor.

Arlo fixierte mich, dann lachte er eisig. „Ich erwarte nicht von dir, dass du sie mir bringst, Moor." Er verstummte. „Ich werde sie mir holen."

21

Nell

Mit vier Handgriffen hatte Scarlett mich aus dem Verkehr gezogen. Keuchend lag ich auf dem kalten Beton, während Esme auf die Zielgerade zustürmte. Drei Schritte vor der Wand wurden ihre Beine jedoch weggeschleudert und Scarlett grinste triumphierend. Betont langsam hob sie den Arm und drückte ihre flache Hand auf die Wand. „Gewonnen!"

In mir sollte es vor Wut kochen, da ich es bisher kein einziges Mal geschafft hatte, vor den beiden die Halle zu durchqueren. Doch insgeheim wusste ich, was auf dem Spiel stand. Es war keinesfalls schlecht, wenn Scarlett Arlo erzählte, wie schwach ich war. Beim richtigen Kampf, vor dem es mir immer noch graute, würde ich das Überraschungsmoment dann auf meiner Seite haben, wenn Arlo mich unterschätzt.

Nachdem Esme und Scarlett, die sich immer noch keines Blickes würdigten, von Amber Notker entlassen worden waren, wollte ich ihnen folgen, doch die Ärztin rief mich zurück.

„Du bist die Schlechteste", brachte sie es direkt auf den Punkt. Mein Bauch verkrampfte. Sie hatte nicht die geringste Ahnung, was hinter ihrem Rücken gespielt wurde.

„Ich möchte, dass du dich beim Training mehr anstrengst, Nell. Du bist kein schwacher Achat, du könntest Scarlett und Esme mit Leichtigkeit besiegen." Woher wollte sie das bitte wissen?

Als hätte die Ärztin meine Gedanken gelesen, fügte sie hinzu: „Ich sehe es an der Art, wie du dich bewegst. Du kannst den beiden Diamanten vielleicht etwas vormachen, aber mir nicht. Wie viele Sinnesschübe hattest du bereits?"

Ich erstarrte. Was sollte ich antworten?

„Noch keinen", sagte ich schließlich und wich ihrem bohrenden Blick aus.

Amber Notker verzog den Mund. Ich wappnete mich schon für eine weitere Frage, doch sie nickte nur und verschwand. Verblüfft schaute ich ihr nach.

„Hier", Nathan reichte mir ein Handtuch. Ich nahm es dankbar entgegen und wischte mir den Schweiß aus dem Gesicht. Als wir den Vorraum der Halle verließen und auf den Gang traten, kam uns Luan entgegen. Ich merkte sofort, dass etwas mit ihm nicht stimmte. Er hielt eine Hand auf seinen Bauch gepresst und sein Gesicht war schmerzhaft verzogen. Sorgen regten sich in mir und ich eilte zu ihm.

„Was ist los?" Aus der Nähe sah ich den Schweiß, der auf seiner Stirn glitzerte, und spürte den stockenden Atem.

„Nichts, es ist alles gut", sagte er und ließ augenblicklich die Hand sinken.

„Ich bringe Nell auf ihr Zimmer", meinte er an Nathan gewandt.

„Ich komme mit", erwiderte dieser und musterte Luan zweifelnd.

„Sie können in einer Viertelstunde den Posten vor Nells Tür einnehmen", drängte er. Nathan kräuselte die Nase, nickte dann jedoch.

„Ich bin in der Nähe", sagte er an mich gewandt.

Luan verdrehte die Augen. „Ich pass schon auf sie auf."

Ich nickte Nathan zu und ließ mich von Luan auf den Gang führen. Sobald wir ungestört einen schmalen Flur entlangliefen, warf ich ihm einen Seitenblick zu.

„Was ist passiert? Und hör auf mit deinen dummen Ausreden, ich sehe doch, dass dir etwas wehtut", zischte ich.

Luan biss die Zähne zusammen. „Auf meinem Zimmer."

Mehr sagte er nicht.

Sobald er uns in seinem Zimmer eingeschlossen hatte, ließ er sich aufs Bett fallen. In mir verkrampfte sich alles, als ich daran dachte, was wir gestern auf genau diesem Bett getan hatten.

„Es geht um Arlo", keuchte Luan und presste sich wieder die Hand auf den Bauch. Ich verengte die Brauen und ging auf ihn zu. Irgendetwas stimmte hier nicht.

„Nachdem ich dich beim Training abgesetzt hatte, wollte ich zu Chase in eine der anderen Hallen, um mit ihm seine Ausdauer zu trainieren."

Luan musste eine Pause machen, denn er krümmte sich und stöhnte. Sofort war ich neben ihm. „Was hat Arlo dir angetan?" Meine Stimme zitterte und die Angst, die darin lag, war nicht zu überhören.

Luan schüttelte bitter den Kopf. „Aber Chase war nicht da", fuhr er fort, ohne auf meine Frage einzugehen. „Stattdessen Arlo und die Diamantenzwillinge."

„Henry und Harry?"

Er hob den Kopf und sah mich verwundert an. „Du kennst sie?" Ich seufzte. „Naja. Ich habe sie mal im Gemeinschaftsraum in Abteil 4 getroffen. Harry war ziemlich mies drauf und deswegen laufen mir jetzt auch immer zwei Begleiter hinterher. Weil Nathan Angst hatte, dass Harry mich umbringen will, oder Arlo, oder beide." Ich schüttelte den Kopf.

„Warum hat mir keiner was davon gesagt?", fauchte Luan wütend. Im selben Moment zuckte er so heftig zusammen, dass meine Hand herunterrutschte, die auf seiner Schulter gelegen hatte.

„Luan, was hast du?", fragte ich ängstlich und rutschte näher. Wieder presste er sich die Hand auf den Unterleib.

Nachdem er mehrere Augenblicke lang nicht antwortete, wurde es mir zu viel. Ich zerrte sein T-Shirt hoch und erstarrte gleich darauf. Sein gesamter Bauch war in weißes Blut getränkt. Ich konnte nicht genau sehen, woher es kam, aber die Wunde musste gleich neben seiner Narbe liegen.

„Wie ist das passiert?" Ich wartete keine Antwort ab, sondern rannte ins Bad und rupfte alle Handtücher herunter, die ich finden konnte. Voller Panik stürmte ich zurück zu seinem Bett und presste das erste Handtuch auf die Wunde.

„Wie ist das passiert?", kreischte ich erneut. Luan stöhnte nur noch und ließ sich nach hinten fallen. Zum Glück landete sein Kopf weich auf einem Kissen.

„Arlo hat gesagt", keuchte er, „wenn ich dich ihm nicht freiwillig ausliefere, wird er dich holen".

Mir wurde kalt.

Angst packte meinen Körper und schnürte mir die Kehle zu, doch ich konzentrierte mich weiter auf Luans Bauch. Das Handtuch triefte inzwischen schon von seinem Blut und ich zerrte ein frisches aus dem Stapel. Lange würde das nicht mehr funktionieren, zumal ich nur noch ein weiteres Handtuch hatte.

Ich fluchte leise und verbannte die Tränen, die in meinen Augenwinkeln brannten. „Ich nehme an, du hast dich geweigert?", tippte ich und schob sein Shirt etwas weiter hoch. Dabei streiften meine Knöchel seine Haut und er schauderte leicht. Schweiß lief ihm über die Wangen und seine Lider hielt er nur mit Mühe offen.

„Ich … habe keine Ahnung, warum die Wunde so groß ist", er röchelte. „Mit einer Faust kann man einem doch kein Loch in den Bauch schlagen."

Ich verbot mir, die Bilder zuzulassen, die in meinem Kopf erschienen.

„Du glaubst doch nicht im Ernst, dass Arlo nur seine Faust in deinen Bauch gerammt hat", presste ich hervor und lehnte mich über ihn. „Bestimmt hat er gleichzeitig seine Kräfte in dir freigelassen, deshalb ist dir jetzt auch so heiß. Er ist doch halb Red Eye, wer weiß, wo er überall deine Haut verbrannt hat."

Ich schluckte. Auch das zweite Handtuch war durchweicht. Ich schmiss es zu Boden und drückte ein neues auf seinen Bauch. Das letzte.

Luan brauchte einen Arzt, und zwar sofort.

Eine Träne löste sich aus meinem Augenwinkel und rollte mir über die erhitzte Wange. Wenn ich ihn jetzt allein ließ, um Hilfe zu holen, würde ich das Handtuch nicht mehr auf seine Wunde pressen können. Und selbst war er im Moment auch nicht dazu in der Lage. Dann würde er verbluten.

„Hey." Luans Stimme klang ungewohnt rau. „Hey, nicht weinen."

Ich presste die Lippen zusammen, doch auch eine zweite Träne konnte ich nicht aufhalten. Ich beugte mich über ihn, unsere Gesichter waren nur noch wenige Zentimeter voneinander entfernt. „Ich hole Hilfe, okay?", flüsterte ich.

Vielleicht würde ich Nathan im Gang begegnen und er könnte Amber Notker holen, während ich zurück zu Luan ging. Ja, dann würde alles gut werden.

Erleichterung durchströmte mich.

Luan nickte leicht und legte einen schweren Arm um meine Taille. Ich ließ mich von ihm weiter nach unten ziehen und presste meine Lippen auf seine. Mein Magen rebellierte wie verrückt. Tausend Schmetterlinge flatterten durch mich hindurch. Er erwiderte den Kuss mit der gleichen Intensiät wie ich.

Und in dem Moment fiel es mir schwerer denn je, die drei Worte nicht auszusprechen. Die drei Worte, die meine Gefühle für ihn am deutlichsten machten. Ich liebte Luan, ich liebte ihn so sehr und ich sehnte den Tag herbei, an dem ich es ihm endlich sagen konnte.

Doch im Moment gab es wirklich wichtigere Dinge zu erledigen, als ihn zu küssen. Auch wenn es mir nicht leicht war und sich alles in mir dagegen sträubte, löste ich mich von ihm.

„Alles wird gut", murmelte ich auf seine leicht geöffneten Lippen. Luan nickte schwerfällig. „Ich werde versuchen, hier liegen zu bleiben. Aber vielleicht mache ich auch einen kleinen Spaziergang, beeil dich also lieber, bevor ich mich anders entscheide."

Ich lächelte ihn kopfschüttelnd an. „Du bist echt unmöglich."

Er erwiderte meine Geste und drückte ein letztes Mal meine Hand, bevor er mich gehen ließ. Ich atmete tief ein und eilte zur Tür, riss sie auf und sah mich hektisch im Gang um. Keine Menschenseele, im Ernst?

Ich verfluchte das Gebäude und schloss die Zimmertür hinter mir.

„Nathan?", rief ich mit zitternder Stimme. Keine Antwort.

Eine Viertelstunde war doch sicher schon vergangen.

„Kannst du hier mal bitte nicht so rumbrüllen?", beschwerte sich eine Stimme hinter mir. „Ich wollte gerade ein bisschen schlafen."

Ich schoss herum und war selbst überrascht, dass ich einmal so erleichtert wäre, sie zu sehen. „Kate!", entfuhr es mir und ich packte ihre Schultern.

Sie kreischte erschrocken auf und stieß mich zurück. „Warum hast du Blut an den Händen?"

Ich sah an mir hinab. Auf meiner weißen Kleidung war die Flüssigkeit nicht wirklich zu sehen, aber von meinen Händen und Armen hob sie sich deutlich ab. „Luan ist verletzt. Du musst einen Artzt holen!" Jetzt brüllte ich wirklich und meine Stimme zitterte kein bisschen mehr. Einen Moment lang starrte sie mich einfach nur an, dann setzte sie sich in Bewegung.

„Im nächsten Gang ist ein Krankenzimmer, ich schau mal, ob dort jemand ist", rief sie mir zu und verschwand.

Ich stieß erleichtert die Luft aus und wollte zurück zu Luan rennen, überlegte es mir jedoch noch einmal anders. Erst, als ich aus Kates und Adams Zimmer, das direkt neben Luans lag, weitere Handtücher geholt hatte, kehrte ich zurück.

Luan lag auf seinem Bett wie tot. Panik erfasste meinen Körper und ich stürmte zu ihm. „Luan?" Keine Antwort. Seine Augen waren geschlossen und das vollgesogene Handtuch war von seinem Bauch gerutscht. Ich presste ein frisches auf die Wunde und beugte mich zu ihm hinab. „Luan, ich bin wieder da. Kate holt Hilfe. Alles wird gut", flüsterte ich panisch.

Als er sich immer noch nicht regte, fuhr ich mit den Lippen über seine Wange.

„Luan?" Meine Stimme versagte. Das durfte nicht sein.

Plötzlich hustete er und ich schreckte zurück. Grinsend sah er zu mir auf. „Du hast *Kate* beauftragt, Hilfe zu holen?", fragte er ungläubig.

Ich schnaubte. „Du kannst froh sein, dass du gerade so schlimm aussiehst, sonst würde ich dich schlagen."

Er verzog den Mund zu einem stummen Lachen.

„Verdammt Luan, ich dachte du wärst tot", flüsterte ich und ließ mich wieder zu ihm hinab. Er zog mich näher als nötig an sich heran.

„Ich würde dich niemals allein lassen, Fee. Niemals."

Die Tür wurde aufgerissen und Kate stürmte herein. Ich erhob mich peinlich berührt und spürte, wie mir die Röte ins Gesicht schoss. Doch als ich sah, wen sie mitgebracht hatte, wich mir vermutlich jegliche Farbe von den Wangen.

„Ozea?", kiekste ich. Die Seherin hatte sich ihre schwarzen Haare zu einem festen Knoten im Nacken gebunden. Die dunklen Brauen zogen sich über grünen Augen fest zusammen, während ihre dünnen Arme hinter dem Rücken verschränkt waren. „Nell, wir reden später. Ich muss mich um den Verletzten kümmern", sagte sie sachlich und schob mich beiseite. Verwirrt stolperte ich zurück und beobachtete, wie sich die ältere Frau über Luan beugte. Inzwischen wirkte sein Gesicht ungewohnt blass und das Handtuch auf seinem Bauch war längst durchweicht. „Gott, was hat er?", flüsterte Kate leise. Sie wirkte ernsthaft besorgt. Ich ging nicht darauf ein und schaute stumm Ozea dabei zu, wie sie die frischen Handtücher um seine Taille wickelte. Dann ging sie in die Knie und legte einige Verschlüsse um. Schließlich stand das Bett auf Rollen und sie wies Kate an, die Tür zu öffnen. „Die Lage ist ernst", murmelte sie und schob Luans Bett auf den Gang. „Er muss umgehend operiert werden."

„Kate … Kate, komm her", keuchte Luan plötzlich.

In mir zog sich etwas zusammen. Fest.

„Ja?" Kate reihte sich neben ihm ein und legte eine Hand an seine Wange.

Luan sagte etwas zu ihr und auch wenn ich versuchte, es zu verstehen, er sprach zu leise. Kates Augen zuckten kurz zu mir, bevor sie einen Schmollmund zog. Doch als er noch etwas hinzufügte, versteinerte ihr Blick und sie nickte zögerlich.

Dann ging alles ganz schnell.

Ozea schob Luans Bett in einen großen Raum, in dem unzählige Geräte standen, bei deren bloßem Anblick mir übel wurde. Kate wurde herausgescheucht und die schweren Türen fielen direkt vor meiner Nase zu. Sie waren nicht aus Glas, sondern aus dunklem Holz.

Sobald wir allein im Gang standen, sah ich meine Halbschwester von der Seite an. „Was hat Luan dir gesagt?" Meine Stimme klang schnippischer als beabsichtigt. Kate seufzte, umfasste meinen Ellenbogen und zog mich fort.

„Geh in mein Zimmer, ich hole Adam", meinte sie und ließ mich einfach stehen. Verwirrt sah ich ihrer hochgewachsenen Statur hinterher. Nachdem sie verschwunden war, setzte ich mich kopfschüttelnd in Bewegung.

Ich musste nicht lange warten. Nach wenigen Minuten ging die Tür auf und Kate zog einen sehr verwirrt schauenden Adam hinter sich herein. Als er mich sah, hellte sich seine Miene auf. „Nell!"

Ohne Vorwarnung umarmte er mich fest.

Ich rang mir ein Lächeln ab und löste mich von seinem trainierten Körper. „Also", ich schaute zu Kate, die sich im Schneidersitz auf eines der Betten gesetzt hatte. Ich selbst stand an der Wand und hoffte inständig, dass meine Beine vor Panik nicht wegknicken würden. „Was hat Luan gesagt?", wollte ich wissen.

Adam lehnte sich neben mir an die Wand und verschränkte die Arme vor der Brust.

„Er hat gesagt", begann Kate betont langsam, „dass Arlo dich holen wird".

„Hä?", entwich es Adam. Ich warf ihm einen kurzen Blick zu.

Kate seufzte. „Jaha. Arlo ist wohl ziemlich sauer und will Nell gefangen nehmen oder was weiß ich. Und Luan besteht darauf, dass ab jetzt immer, also wirklich immer, jemand bei dir ist. Er hat sogar gesagt, dass Adam auf dich aufpassen soll. Wir sollen auch Nathan und Felix einweihen und die drei sollen dir nicht mehr von der Seite weichen. Es schien ihm verdammt wichtig zu sein", fügte sie schulterzuckend hinzu.

Adam atmete hörbar ein. „Okay … Dann werden wir das natürlich machen. Also ich habe kein Problem damit, auf Nell aufzupassen." Er grinste schief.

Ich warf ihm einen bösen Blick zu. Kapierten sie denn wirklich nicht, wie ernst die Sache war? Arlo wollte mich als Geisel nehmen oder töten. Ich zog instinktiv den Kopf ein und schauderte.

„Hey", Adam umschloss meine Schultern mit beiden Händen und sah mich an. „Du brauchst keine Angst zu haben. Luan ist in dem Fall sicher der bessere Aufpasser, aber auf mich kannst du dich genauso verlassen. Und Amber Notker wird nicht zulassen, dass ein weiterer Achat stirbt."

Seine Worte klangen ein wenig beruhigend und ich erlaubte mir, leise Hoffnung zu schöpfen. Wenigstens für einen kurzen Augenblick.

Am nächsten Tag erwachte ich in meinem Zimmer und rappelte mich im Bett auf. Durch die Glasscheibe konnte ich ins Wohnzimmer schauen. Adam saß auf einem der Sofas, neben ihm Felix. Kate stand mit verschränkten Armen vor der Eingangstür. Scarlett und Esme waren nicht zu sehen.

Ich richtete meine Haare, zog mich um und verließ den Raum. Adam sprang sofort auf und ließ den Blick über meinen Körper wandern. „Gut geschlafen?", fragte er gut gelaunt.

Ich kräuselte die Nase, nickte jedoch.

Kate stöhnte leise und öffnete die Tür. „Können wir?"

„Wohin?", fragte ich verwirrt und sah von ihr zu Adam und wieder zurück.

„Scarlett und Esme haben heute zu zweit Training", mischte Felix sich ein und stand ebenfalls auf. „Und Amber Notker hat angewiesen, dass du heute beim Abschluss von Chases Mutation dabei sein sollst."

„Und da gehen wir jetzt hin", fügte Kate hinzu.

Meine Gedanken schwenkten wieder zu Luan. Wie ging es ihm? War die Operation gut verlaufen? Wann würde ich ihn sehen können? Meine Knie begannen zu zittern vor Sorge um ihn. Adam legte mir einen Arm um die Schulter. „Danach möchte die Ärztin noch mit dir reden, die für Luan zuständig ist. Vielleicht darfst du auch zu ihm", sagte er, als hätte er meine Gedanken erraten.

„Die Ärztin?", echote ich. Kate verdrehte ungeduldig die Augen. Sie stand bereits im Gang. „Na die Seherin von den Green Eyes. Ozea, glaube ich."

„Ozea ist Ärztin?", fragte ich verblüfft. „Im Lager?"

Adam zuckte mit den Schultern. „Vermutlich hat es Amber Notker ihr angeboten, weil sie sich so gut mit dem Mute Curse auskennt."

Mir wurde mulmig, als ich an das Gebräu dachte, das mir fünfzehn Jahre lang untergemischt worden war, damit niemand bemerkte, dass ich eine Mutante war.

Ich nickte stumm und folgte den Geschwistern nach draußen. Felix nahm den Posten hinter mir ein und sobald wir in den nächsten Gang einbogen, tauchte auch Nathan auf. Ich stöhnte innerlich. So viel Begleitschutz wurde irgendwie unangenehm. Kate, Adam und ich betraten den Behandlungsraum, während Felix und Nathan sich vor der Tür positionierten. Amber Notker saß hinter einem schweren Schreibtisch und erhob sich, sobald wir eintrafen. Chase hockte auf einem weißen Stuhl, neben ihm ein Tablett mit einer Spritze und einem Blutdruckmessgerät.

„Nell!", begrüßte mich die Ärztin und schob mir einen Hocker zu. „Setz dich doch."

Ich tat wie mir geheißen.

Amber Notker nahm Chase Blut ab und erzählte etwas von seiner Mutation, seinen Kräften und dass alles erfolgreich und ohne Probleme verlaufen war.

Ich hörte kaum zu. Meine Gedanken schweiften immer wieder zu Luan ab. Der Drang, ihn zu sehen, ihn zu berühren, wurde immer größer, auch wenn wir uns vor weniger als vierundzwanzig Stunden noch gegenübergestanden hatten.

„Beginnen wir!", rief Amber Notker und ihrer Stimme war der Tatendrang deutlich anzuhören.

Ich schwappte zurück ins Hier und Jetzt.

Die grellen Deckenlampen waren auf einmal viel zu hell und ich musste die Augen zusammenkneifen. Ein stetiges Piepen brach in meinem Kopf aus und schleuderte meine Gedanken wild umher.

„Kate?" Die Ärztin sah meine Halbschwester auffordernd an.

Diese nickte mit einem festen Lächeln auf den Lippen und streckte ihren Arm aus.

„Nell, jetzt kommst du ins Spiel."

„Was?" Ich sah sie verwirrt an.

Amber Notker stöhnte. „Du sollst dich neben Kate stellen. Die Anwesenheit eines anderen Achaten hat eine positive Wirkung." Es klang, als hätte sie die Worte bereits zum zweiten Mal wiederholt und ich hatte beim ersten Mal nicht zugehört.

Ich erhob mich schnell und stellte mich neben Kate. Wir waren ungefähr gleich groß und ich konnte ihr direkt in die Augen blicken.

Ihre Armbeuge wurde gesäubert, dann führte Amber Notker mit einem geübten Handgriff die Nadel unter die Haut. Kate zuckte leicht zusammen und nach wenigen Sekunden bildete sich ein dünner Schweißfilm auf ihrer Stirn.

„Fertig." Amber Notker zog die Nadel heraus und winkte Adam heran.

Nachdem er das Serum auch gespritzt bekommen hatte, wies die Ärztin die Geschwister ein. Meine Gedanken flogen wieder zu Luan. Unbewusst schloss ich die Augen und ließ meinen Geist nach ihm suchen. Plötzlich stand ich vor der Tür, hinter der sein Bett gestern, zusammen mit Ozea, verschwunden war. Ich schob sie auf und betrat ein Labor. Zielstrebig schlängelte ich mich um die Tische und Geräte herum und bog schließlich um eine unscheinbare Ecke. Mein Blick wanderte zu dem Bett, das in der Mitte eines kleinen Raums stand. Langsam kam ich näher heran und blieb neben ihm stehen. Luan lag unter einer dünnen Decke, sein Brustkorb hob sich gleichmäßig. Seine kräftigen Unterarme lagen auf seinem Bauch, die Hände übereinander.

Er sah aus wie ein Toter.

Meine Knie wurden weich, zu weich. Ich krallte mich in die dünne Matratze und griff nach seinen Fingern. Doch bevor meine Haut die seine berühren konnte, packte mich jemand an der Schulter. Panisch fuhr ich herum und blickte in Adams besorgtes Gesicht.

„Alles okay?", wollte er mit zusammengezogenen Brauen wissen.

„Mhm", brachte ich hervor und sah mich um, doch Luan war verschwunden. Ich stand immer noch im Behandlungsraum. Amber Notker saß wieder hinter ihrem Schreibtisch und blätterte Ordner durch. Die Tür war einen Spalt breit geöffnet und ich konnte Nathan und Felix ausmachen, die davorstanden. Kate war nicht zu sehen und Chase auch nicht.

„Kommst du?", ertönte Adams Stimme neben mir.

Ich zuckte leicht zurück und riss mich zusammen. *Konzentrier dich, Nell!*

„Ja." Mit einem Nicken folgte ich ihm auf den Gang.

Felix, Nathan und Adam begleiteten mich zurück auf mein Zimmer. „Du kannst deine Seherin in einer halben Stunde im Gemeinschaftsraum treffen", sagte Adam. „Davor solltest du die Zeit nutzen und dich ausruhen."

„Okay", murmelte ich und er lächelte.

„Ich bin mit Kate und Chase nebenan und Nathan und Felix warten vor der Tür. Falls du was brauchst, sag Bescheid."

Ich nickte nur, doch bevor Adam in seinem Zimmer verschwinden konnte, sagte ich noch: „Danke."

Mein Halbbruder gab einen tiefen Laut von sich und verschwand.

Die Tür fiel hinter ihm zu und ich schlurfte in mein Zimmer.

Esmes Tür war verschlossen, vermutlich schlief sie auch gerade.

Die Tür zu Scarletts Raum stand offen. Ich wollte gar nicht wissen, was sie gerade trieb. Was sie Arlo vielleicht genau in diesem Moment erzählte.

Sie war ein Diamant.

Ich ein Achat.

Das durfte ich nie vergessen.

22

Nell

„Du arbeitest jetzt also für Amber Notker?", wiederholte ich.
Ozea nickte bedächtig. „Es ist auf jeden Fall besser, als in einem
Zimmer eingesperrt zu sein. Zurück zum Schloss hätten sie mich
sowieso nicht gelassen."
Heimweh packte mich wie eine eisige Zange und rüttelte an
mir.
Um meine trüben Gedanken zu verdrängen, sah ich mich im
Gemeinschaftsraum um. Es war kaum etwas los, da die meisten
Mutanten wahrscheinlich noch beim Training waren.
David und Lou waren auch nicht da.
„Und wie geht es Luan?", wagte ich mich schließlich zu fragen
und riss den Blick von Adam, Kate und Chase los, die an einem
Tisch nahe des Eingangs ein Brettspiel spielten.
Ozea seufzte. „Ich habe alles getan, was in meiner Kraft liegt.
Die Wunde wurde genäht und er müsste in der nächsten halben
Stunde aufwachen."
Ich biss mir auf die Lippe. „Wird eine Narbe zurückbleiben?"
Ozea wiegte den Kopf hin und her. „Vermutlich wird man kaum
etwas sehen."
Ich nickte kaum merklich und musterte sie unauffällig. Am
liebsten wäre ich ihr um den Hals gefallen und hätte ihren vertrauten Geruch in mich aufgesogen, aber etwas hielt mich davon
ab. Ozea war nicht mehr die, die sich an meinem Geburtstag
zurückgezogen hatte oder die, die verkündet hatte, dass Lenn
den Kampf um mich nicht gewinnen würde. Ich verfluchte
mich selbst, weil meine Gedanken so überheblich klangen und
weil ich Ozea nicht mehr so sah wie früher. Früher, als sie wie
eine zweite Mutter für mich gewesen war. Früher, als wir uns
noch nah gestanden hatten. Aber jetzt schien sie so weit entfernt, fast fremd.

Mir wurde wieder bewusst, dass sie in Lenns Wagen gesessen hatte, als dieser überfallen wurde. Sie hatte alles mitangesehen, vielleicht sogar, wie er und Peroll …

Ich brachte den Gedanken nicht zu Ende. Es tat so weh.

Was hatten die Red Eyes mit ihr und meiner Mutter angestellt, damit sie sich ihnen unterwarfen?

„Du hattest doch sicher Kontakt zu Bella, oder?", fragte Ozea plötzlich.

„Mhm? Ach so, ja. Wir haben uns ein paar Mal gesehen, aber nicht oft. Unser letzter Besuch ist schon etwas länger her", sagte ich erstickt.

Mom … ich vermisste sie so sehr. Ich wusste nicht, in welchem Abteil sie untergebracht war. Was sie gerade tat. Wie es ihr ging. Ich wusste überhaupt nichts. Die Trauer und Sehnsucht nach etwas Vertrautem, etwas, was ich schon vor der Zeit im Lager gekannt hatte, wurde unendlich groß.

Ozeas Anwesenheit hätte meine Stimmung eigentlich etwas aufhellen sollen, doch ich spürte nur Leere in mir. „Wir kommen hier nicht wieder weg, oder?", fragte ich leise und wich ihrem Blick aus.

„Nie wieder." Meine Stimme zitterte.

Ozea legte mir eine Hand auf den Rücken. „Nell", begann sie mit wissender Stimme. „Amber Notker hat mir so einiges über dich erzählt und darüber, welcher Spezies du angehörst. Unter Arlos Herrschaft werden die Diamanten zu einer ernsthaften Bedrohung. Amber Notker weiß so gut wie jeder andere, dass ein Krieg bevorsteht. Deshalb ja auch die Mutationen. Sobald dieser Krieg ausbricht, wird nichts mehr so sein, wie es jetzt ist."

Ich hob den Kopf und sah sie ängstlich an. „Wie meinst du das?"

Ozea holte tief Luft. „Amber Notker wird die Kontrolle über die Diamanten verlieren. Sie werden aus dem Lager ausbrechen. Der Krieg wird nicht geheim gehalten werden können. Jeder Mensch aus den acht Völkern wird ihn miterleben. Die Völker werden sich spalten zu zwei riesigen Gruppen. Die eine wird sich den Diamanten anschließen, die andere den Achaten."

Mir wurde immer kälter.

„Und dann wird sich zeigen, welche Spezies in der Lage ist, zu überleben."

„Hast du das alles vorausgesehen?", flüsterte ich.

Ozea hob die Schultern. „Man muss kein Genie sein, um das zu erahnen."

„Aber du weißt nicht, wer stärker ist?" Eigentlich wollte ich es gar nicht wissen, doch die Wörter verließen meine Zunge, bevor ich sie aufhalten konnte.

Die Seherin strich sich eine ergraute Strähne aus dem Gesicht. „Nein. Das weiß keiner."

Ich stand vor Luans Bett. Ozea hatte mich nach unserem Gespräch hierhergebracht und mich mit ihm alleingelassen. Hinter der Tür hatte alles so ausgesehen, wie schon heute früh in meinen Gedanken. Kate und Chase waren im Gemeinschaftsraum geblieben. Adam, Felix und Nathan hatten sich vor der Tür aufgestellt und unterhielten sich leise mit Ozea. Sie waren jedoch zu weit entfernt, als dass ich etwas hätte verstehen können. Außerdem hatte sich alles in mir auf Luan fokussiert.

Er schlief noch immer. Sein Brustkorb hob und senkte sich bei jedem seiner gleichmäßigen Atemzüge und seine Haut hatte wieder die vertraute Bräune angenommen. Sie war nicht mehr so blass wie bei meinem letzten Besuch.

Ich setzte mich auf die Bettkante und strich ihm eine dunkelblonde Strähne aus der Stirn. Meine Fingerkuppen streiften dabei kurz seine Haut und er regte sich. Erschrocken zog ich meine Hand zurück, doch plötzlich öffnete er die Augen und umfasste mein Handgelenk.

Die gelben Streifen zwischen den dunkelblauen Tiefen seiner Iris begannen zu lodern. „Hey, Fee."

Seine Stimme war tief. Vertraut. Beruhigend.

Ich lächelte ein bisschen. „Wie geht es dir?"

Er stieß Luft aus. „Besser." Langsam richtete er sich auf, bis er im Bett aufrecht saß und mit mir auf Augenhöhe war. „Hast du Arlo gesehen? Hat er Probleme gemacht?"

„Luan", ich schüttelte den Kopf und legte eine Hand auf seine Brust. „Es ist nichts passiert. Du musst dich ausruhen."

Er sah mich so intensiv an, dass ich Gänsehaut bekam.

„Ozea hat gesagt, dass die Wunde gut verheilt, aber du musst noch mindestens bis morgen im Bett bleiben", sagte ich.

Er schluckte sichtlich. „Ich muss in deiner Nähe bleiben. Arlo hat mir deutlich gesagt, was er plant, und das wird er auch durchziehen. Niemand kann dich momentan gegen ihn beschützen, das wird er ausnutzen."

„Luan, bitte", unterbrach ich ihn. „Du brauchst dir um mich keine Sorgen zu machen." Er schnaubte. Ich ging nicht darauf ein. „Chase` Mutation wurde heute Morgen übrigens abgeschlossen und Adam und Kate haben das Serum jetzt auch bekommen. Amber Notker hat gesagt, dass es bei ihnen schneller gehen sollte", erzählte ich. Die Sache mit dem Krieg ließ ich bewusst aus.

Seufzend ließ er sich zurück in die Kissen sinken. „Du weißt gar nicht, wie ätzend es ist, hier zu liegen. Mir ist langweilig, außerdem habe ich Hunger", grummelte er.

Ich lachte leise. „Dir kann gar nicht langweilig sein, du bist vor fünf Minuten erst aufgewacht." Ich schob mir eine Strähne hinters Ohr. „Aber gegen den Hunger kann ich etwas unternehmen. Ich könnte uns zwei Portionen holen, ich hatte heute auch noch nichts", schlug ich vor.

„Aber Adam, Nathan und Felix …"

„… kommen mit", versicherte ich ihm nickend.

Er seufzte erneut und fuhr sich mit der Hand durchs Haar. „Jetzt geh schon, bevor ich es mir anders überlege."

Ich grinste und erhob mich. Auf dem Gang sagte ich Ozea Bescheid, dass Luan aufgewacht war und es ihm gut ging. Dann machte ich mich in Begleitung drei gewisser Leute auf den Weg in eine der Kantinen. Die Flure waren ungewohnt leer und ein mulmiges Gefühl beschlich mich. Bisher hatte Arlo sich nicht mehr blicken lassen, was wollte er damit bezwecken?

Ich bekam eine leichte Gänsehaut, denn mein Nacken begann auf einmal zu prickeln. Es war nicht gerade ein angenehmes Gefühl.

Noch bevor wir die Kantine betraten, wusste ich, dass etwas nicht stimmte. Sobald die Glastüren hinter uns zuschlugen, brach Chaos aus. Es waren nicht viele Mutanten da, aber die, die zuvor an ihren Tischen gegessen hatten, sprangen schreiend auf. Ich rechnete damit, dass sie vor Panik wegrennen würden, aber sie rannten direkt auf mich zu.

Nathan und Felix stellten sich schützend vor mich, während Adam mich aus dem Weg zerrte. Er schubste mich hinter den Tresen und befahl mir, mich nicht zu rühren. Gleich darauf hallte Felix' schmerzverzerrter Schreidurch den Raum.

Ich fuhr hoch. „Ich kann helfen!"

„Du bleibst gefälligst hier sitzen!", blaffte Adam und drückte mich mit Gewalt wieder nach unten. „Wenn dir etwas passiert, reißt Luan mir den Kopf ab."

Ich spürte die Tränen, die in meinen Augenwinkeln zu brennen begannen und hasste mich mehr denn je dafür.

„Ich werde jetzt den beiden helfen und wenn ich dir zunicke, rennst du aus dieser Kantine und schlägst Alarm, hast du das verstanden?", fragte er und sah mich bohrend an. Fast erschrocken erwiderte ich seinen Blick.

Niemals hätte ich gedacht, dass Adam so bestimmt auftreten konnte.

„Okay", sagte ich kleinlaut, aber entschlossen.

Ein widerliches Knacken war zu hören, ein greller Schrei, dann spritzte Blut über den Tresen. Ich presste mir die Hand auf den Mund, um nicht aufzukreischen. Adam warf mir einen letzten, warnenden Blick zu, dann sprang er in einer geschmeidigen Bewegung über den Tresen und verschwand zwischen den Kämpfenden.

Ich drückte meinen Rücken gegen das kalte Holz, als erneut ein Schrei die Luft zerfetzte. Ich erkannte Nathans Stimme sofort.

Vorsichtig lugte ich über den Rand und erstarrte. Die Mutanten im Raum hatten sich alle auf Felix, Adam und Nathan gestürzt.

Was zur Hölle?

Waren sie Arlos Anhänger? Hatte er sie heimlich auf seine Seite gezogen?

Ich erkannte Henry und Harry, die sich gerade auf Adam warfen. Durch die Mutation war er jetzt halb Blue, halb Gray Eye. Aber er hatte erst heute Morgen das Serum gespritzt bekommen, seine Kräfte waren noch lange nicht ausgereift wie die von Chase.

Chase!

Seine Mutation war abgeschlossen. Er war jetzt ein richtiger Achat. Er könnte es locker mit diesen Mutanten aufnehmen oder Adam zumindest helfen, gegen die Zwillinge zu kämpfen. Aber wo steckte er? War er mit Kate nicht im Gemeinschaftsraum geblieben? Der lag doch in der Nähe der Kantine, er müsste uns hören.

Adams Brüllen ließ mich zusammenfahren. Henry hatte seine Kehle gepackt und Harry ließ seine Black-Eye-Kräfte frei. Luftverpestende Rauchwolken hüllten meinen Halbbruder ein, der erstickt nach Sauerstoff rang.

Ich schnaubte. Wie hatte er sich das mit dem Nicken vorgestellt? Ohne zu überlegen rannte ich um den Tresen herum auf die drei zu.

„Nell, weg da!", fluchte Adam lauthals.

Ich beachtete ihn nicht, fixierte Harry und rief meinen Mittelpunkt auf. Er drehte sich lächelnd zu mir um. „Wen haben wir denn da?"

Mit aller Kraft schleuderte ich ihm eine Wasserfontäne mitten ins Gesicht. Er stieß einen tiefen Laut aus, der fast wie ein Grollen klang, ließ sich aber nicht lange aufhalten. Kurz darauf bohrten sich Eissplitter in meine Haut, rissen sie auf und hinterließen blutige Striemen.

Wie bitte, dieser Kerl hatte auch die Kräfte der Blue Eyes? Aber ich würde nicht aufgeben, nicht mit so viel Hass auf diese Spezies, die alles zunichtemachte, nur für ihren Anführer. Und der lechzte nur so nach Macht und Stärke. Wie es anderen dabei ging, war ihm völlig egal.

Plötzlich packten mich starke Arme von hinten und zerrten mich zum Ausgang. Kurz dachte ich, es wäre Adam, doch Henry hielt immer noch seinen Hals umschlungen. Ich schrie, trat und ließ unkontrolliert Efeuranken frei, doch die Arme pressten mich nur noch fester an eine breite Brust. Finger bohrten sich in meine Haut und als wir die Kantine verlassen hatten, schlugen die Glastüren mit einem tiefen Seufzer vor meinen Augen zu.

„Nein", entfuhr es mir. „Nein!"

Panik packte meinen Körper, schnürte mir die Kehle zu und vernebelte meine Gedanken. Nathan, Felix und Adam waren da drin. Ich konnte ihnen nicht helfen. Sie waren gefangen hinter den Türen, während mich irgendein Typ hier draußen weiter den Gang entlangzerrte.

„Lass mich los!", brüllte ich und schaffte es irgendwie, meinen Arm zu befreien. Mit Wucht schleuderte ich meinem Widersacher den Ellenbogen mitten ins Gesicht. Er stöhnte, der Griff lockerte sich und ich trat ihm gegen das Schienbein. Sobald ich frei war, fuhr ich herum und schickte Efeuranken aus, die sich um seinen Hals schlangen.

„Chase?", rief ich verblüfft, als ich den Jungen erkannte.

Sein Gesicht war blutverschmiert, er hatte beide Hände an die Efeuranke gelegt und versuchte, sie wegzuzerren.

„Oh Gott Chase, tut mir leid", murmelte ich und ließ die Ranke zu Boden sinken.

Das war ein Fehler. Ein ganz, ganz dummer Fehler.

Doch das wurde mir erst bewusst, als sich Chase auf mich warf. Er riss mich zu Boden, senkte sich mit seinem ganzen Gewicht auf mich und nagelte meine Arme über dem Kopf zusammen. Mehrere Augenblicke lang starrte ich ihn regungslos an, bevor mir klar wurde, was er gerade getan hatte. Er hatte mich nicht retten wollen, er wollte mich wegschaffen. Zu Arlo bringen? Aber … aber das hieß, dass er sich mit den Diamanten verbündet hatte.

„Chase, bist du verrückt?", zischte ich und versuchte, mich zu befreien.

Er lachte bitter. „Nein, ich habe mich nur der stärkeren Spezies angeschlossen."

Wut braute sich in mir zusammen. „Du stehst auf der Seite der Diamanten?"

Chase nickte. „In meiner Zucht gab es einen weiblichen Diamanten – Ava Black. Sie war für mich wie eine Schwester, ich habe sie um ihre Kräfte beneidet. Deshalb habe ich mich auch freiwillig für die Mutation gemeldet. Ich hatte nie vor, ein Achat zu werden. Doch ich bin einer geworden, bin aber nicht Luan, sondern Arlo treu ergeben."

Ich spuckte ihm ins Gesicht. „Du widerst mich an."

Er verzog den Mund, senkte den Oberkörper und wischte die Spucke an meinem T-Shirt ab. „Genauso sehr wie du mich."

„Was willst du jetzt machen, hm?", fauchte ich und wollte ihm mein Knie zwischen die Beine rammen. Doch er sah meine Bewegung voraus und zog so heftig an meinem Arm, dass mein Knie wieder auf den Beton sackte.

„Ich bringe dich zu Arlo", antwortete er in Plauderstimme.

Ich verengte die Augen zu schmalen Schlitzen. „Und was hast du davon?"

Chase hob eine Braue. „Anerkennung."

Ich lachte auf. „Das ist alles? Im Ernst? Anerkennung dafür, dass du einen Achat zu Arlo bringen willst und auf dem Weg dorthin von Luan umgebracht wirst?" Ich war froh darüber, dass meine Stimme nicht zitterte.

Chase hob alarmiert den Kopf. „Luan liegt nutzlos in seinem Bett und träumt wahrscheinlich gerade von dir", höhnte er, als nichts geschah.

In mir zog sich etwas zusammen. Etwas, vor dem sich Chase lieber in Acht nehmen sollte. „Er wird dich umbringen, das ist dir schon klar."

Chase lachte nur.

„Gar nicht mal so abwegig", ertönte eine tiefe Stimme hinter uns. Chase fuhr herum und schleuderte noch in derselben Bewegung einen Blitz auf Luan. Dieser konnte nicht schnell genug ausweichen und wurde direkt in die Schulter getroffen. Ich rappelte mich auf und schickte zwei Efeuranken los, die sich um Chases Beine wanden und zuzogen. Er verlor das Gleichgewicht und landete mit einem satten Klatschen auf dem Beton.

Sofort war Luan über ihm, die Schmerzen in seiner Schulter schien er nur mit Mühe ausblenden zu können. „Du hast uns verraten", knurrte er mit gefährlich ruhiger Stimme.

Bei seinem Blick hätten sämtliche Lebewesen die Flucht ergriffen, Chase wahrscheinlich auch, wenn Luan nicht auf ihm gekniet hätte. Ich verengte die Ranken um Chases Füße, was ihn zum Keuchen brachte.

„Was mache ich jetzt mit dir?", überlegte Luan laut. „Dich umbringen, wie Nell schon gesagt hat, wäre toll – ein Idiot weniger
unter den acht Völkern. Aber", er schüttelte den Kopf, „es würde nicht so viel Spaß machen, wie wenn ich dich vorher noch
ein bisschen quälen würde. Was hältst du davon?"
Chase gab einen undefinierbaren Laut von sich. Luan schnaubte
und warf ihm einen abfälligen Blick zu. „Du bist es nicht wert."
Ohne Vorwarnung wurde er von Chase weggeschleudert. Sein
Hinterkopf schlug gegen die Wand und ich schrie auf.
Scarlett erschien wie aus dem Nichts und half Chase auf die Beine.
„Da liegen noch einige Trainingsstunden vor uns", zischte sie ihn
an. Er lachte erstickt. „Für Notfälle habe ich ja immer noch dich."
Sie schnaubte und wandte sich mir zu. „Kommst du freiwillig mit
oder muss ich dir meine Kräfte demonstrieren wie bei Luan?"
Ich presste die Lippen zusammen, mein Blick glitt zu dem Achat.
Sein Oberkörper war an die Wand gelehnt, der Kopf lag unbewegt
auf seiner Brust, die sich nur schwerfällig hob. Und das Blut …
überall war Blut. Es lief aus seiner Nase und eine tiefe Kopfwunde bildete bereits eine Lache neben seinem Oberschenkel.
„Du solltest froh sein, dass ich dich nicht gleich umgebracht habe,
Arlo will dich nämlich lebend. Keine Ahnung warum, meiner
Meinung nach ist das nur Zeitverschwendung, aber ich höre auf
meinen Boss. Er hat immer einen Plan, dieses Mal auch", mischte sich Scarletts eisige Stimme in meine Gedanken.
Ich fuhr zu ihr herum, rammte ihr einen dicken Eissplitter in
die Schulter und hieb auf sie ein. Wut verblendete mir die Sicht.
Mein Blickfeld wurde immer kleiner und kleiner, während ich
ununterbrochen auf sie einprügelte. Luan würde vielleicht …
Ich brachte den Gedanken nicht zu Ende, schüttelte den Kopf und
merkte erst dann, dass dabei weißes Blut in mein Gesicht spritzte. Doch es war nicht mein, sondern Scarletts Blut. Genugtuung
machte sich in mir breit. Meine Seele gefror zu Eis, ließ kein Gefühl mehr zu außer Hass. Unbeschreiblichen Hass auf dieses Mädchen, das Luan so zugerichtet hatte. Hass auf Arlo, diese Bestie.
Ich ballte meine Hand zur Faust und rammte sie in Scarletts
Bauch. In dem Moment, in dem meine Knöchel auf ihre Haut

trafen, entwich mir ein blutrünstiger Schrei. Lieber Gott … ich hätte Angst vor mir selbst haben müssen. Ich wusste nicht, was in meinem Körper vor sich ging. Vielleicht war es auch einfach nur aufgestaute Energie, gemischt mit Trauer und Verzweiflung, an der nur Arlo schuld war. Auf jeden Fall musste sie raus. Sie musste raus – jetzt. Doch bevor ich ein weiteres Mal auf Scarlett einschlagen konnte, wurde ich von ihrem zuckenden Körper gerissen. Meine Arme wurden gewaltsam nach hinten gebogen und ich schrie. Ich schrie mir die Seele aus dem Leib wie eine Wahnsinnige. Etwas Schweres traf meinen Kopf. Meine Knie gaben nach und ich sackte im Griff der Person zusammen, die mich immer noch festhielt. Meine Stimme versagte, nicht mal ein heiseres Krächzen brachte ich hervor. Dann setzte sich die Person hinter mir in Bewegung.

Zerrte mich an Scarlett vorbei und schließlich auch an Luan. Er war zu sich gekommen, lehnte zwar immer noch mit dem Rücken an der Wand, doch er sah mich an. Unsere Blicke verfingen sich und er ließ meinen nicht mehr los. Nicht mehr, bis eine schwarze Wolke in meinem Kopf aufwaberte, alle klaren Gedanken verschleierte und ein ständiger Piep-Ton meinen ganzen Körper zum Beben brachte.

„Luan", brachte ich mit rauchiger Stimme hervor.

Er rappelte sich hoch, wurde aber sofort von einem breiten Rücken verdeckt, der ihn wieder nach unten stieß.

„Lass mich los", brüllte Luan. „Lasst sie gehen und nehmt mich!"

Eine Glastür schlug hinter mir zu und ich war nicht mehr in der Lage, zu ihm zu gelangen.

„Nell!" Luan brüllte noch immer, doch jetzt war seine Stimme durch das kalte Glas gedämpft und die schweren Schritte meines Widersachers hallten wie dumpfe Kopfstöße im Gang wider. Ich erhaschte einen letzten Blick auf Luan. Die gelben Streifen in seinen Augen loderten wie gläsernes Feuer. Er bewegte die Lippen, doch ich hörte ihn nicht mehr. Ich hörte überhaupt nichts mehr.

Keine schmerzverzerrten, um Gnade flehenden Schreie.

Sogar das Piepen hatte aufgehört.

Ich wurde von einer tiefen, rauen Leere ins Nichts gezogen.

23

Luan

Henry stieß mich mit Wucht gegen die Wand.

Ich wehrte mich nicht.

Meine Hände waren feucht und die Knöchel aufgerissen. Die frisch genähte Bauchwunde hatte zu brennen begonnen und in mir zog sich vor Schmerz alles zusammen. Schwerfällig drehte ich den Kopf und starrte in den Gang, in dem Nell vor wenigen Sekunden verschwunden war.

Sie war fort.

Und ich hatte sie nicht retten können.

Meine Kehle wurde eng und trocken. Ich hatte sie nicht beschützen können, genau wie bei Felicity vor wenigen Wochen.

Ich hatte versagt.

Hilflos hatte ich zusehen müssen, wie sie fortgeschleppt wurde. Die blau-grünen Augen vor Angst weit aufgerissen und die Lippen zu einem stummen Schrei verzogen. Was würde Arlo mit ihr anstellen? Bei dem bloßen Gedanken daran, dass sie ihm vollkommen ausgeliefert war, wurde mir kalt. Die Wände schienen sich plötzlich zu bewegen und immer näher zu kommen. Hände packten meine Schultern und zogen mich grob auf die Beine.

Henry warf mir einen herablassenden Blick zu.

„Du wirst dich wohl von ihr verabschieden müssen", knurrte er.

In jeder anderen Situation hätte ich mich von ihm provozieren lassen und wäre auf ihn losgegangen. Hätte auf ihn eingeschlagen, bis er um Gnade flehend unter mir lag. Doch in diesem Zustand hatte ich keine Chance. Ich schnaubte nur und wischte mir über die blutende Nase.

„Was wollt ihr jetzt machen?", fragte ich stattdessen und fixierte ihn. Henry schien etwas überrascht, fing sich aber schnell wieder und setzte eine ausdruckslose Maske auf.

„Das geht dich nichts an", knurrte er und rümpfte die Nase.

„Ihr wollt also einfach so abhauen? Alle Verwundeten und toten Mutanten hier liegen lassen und abhauen?"

Henry verzog den Mund zu einem bösen Grinsen. „Du hast es erfasst, Kumpel. Was mit den Seelen hier passiert, ist mir mehr als gleichgültig. Mein Herz ist nicht so weich und zerbrechlich wie deins."

Ich hob die Brauen. „Deshalb hast du auch keine Freundin, oder?"

Er presste die Lippen zusammen. Ich hatte einen wunden Punkt getroffen. Zufrieden fuhr ich mir durchs Haar. „Pass auf. Du willst doch Arlos Anerkennung, wie wäre es da mit einem kleinen Bonuspunkt?"

„Was?", fragte er misstrauisch und sah sich kurz um.

Ich durchbohrte ihn weiterhin mit meinem Blick. „Ich lasse mich freiwillig von dir einfangen und du bringst mich zu Arlo. Drumherum kannst du dir noch eine schöne Geschichte ausdenken, wie du mich erwischt und brutal unterworfen hast. Wie wäre das? Dann hättet ihr Nell und mich in eurer Gewalt und keiner würde es wagen, euch anzugreifen, weil wir zu wertvoll sind", meinte ich leise. „Ich wäre eure Geisel. Ihr könntet Geld fordern, oder was auch immer ihr haben wollt. Ich bin sicher, dass Amber Notker keine Mühen scheuen wird, um Nell und mich wiederzubekommen. Da ist eine Summe das Geringste für sie."

Einen Moment blitzten Henrys Augen verschwörerisch auf. Ich war mir fast sicher, ihn so weit zu haben. Kurz davor zu sein. Doch dann wurde sein Blick dunkel und er fasste nach meinem Hals.

„Was laberst du? Ich bin doch nicht blöd. Deine Bonuspunkte kannst du dir sonst wo hinstecken", keifte er und drückte zu. Shit.

Ich wand mich unter seinem Griff, doch die Schmerzen, die von meinem Bauch ausstrahlten, ließen mir nicht genügend Kraft, um ihn von mir zu stoßen.

„Hey, Henry!", ertönte eine vertraute Stimme.

Meine Augen verengten sich zu schmalen Schlitzen, als sich Chase zu uns gesellte. Seine Augen blitzen amüsiert, als er uns musterte. „Du bezwingst den großen Luan?" Er lachte hässlich. „Respekt."

Ich würde diesen Kerl umbringen.

„Sollen wir ihn mitnehmen?", fragte Henry, ohne den Griff um meinen Hals zu lockern. „Dann würde er wenigstens keine Schwierigkeiten mehr machen."

Chase schüttelte den Kopf. „Das wäre zu langweilig. Die Sache soll schließlich auch ein bisschen Spaß machen, nicht?" Er sah mich mit zuckenden Brauen an.

Ich ignorierte es. „Wärst du so freundlich, deinem Kumpel zu sagen, dass er die Finger von mir lassen soll?"

„Natürlich", lachte Chase. „Henry, kümmere dich um Carle. Es hat sie schlimm erwischt."

Einen Moment lang zögerte Henry und warf Chase einen bösen Blick zu. Ihm schien es ganz und gar nicht zu gefallen, sich ihm unterzuordnen. Doch schließlich ließ er mit einem tiefen Schnauben von mir ab und verschwand um die nächste Ecke. Mit einem triumphierenden Lächeln wandte sich Chase wieder an mich.

„Schade eigentlich, dass du nicht auf unserer Seite bist. Wir könnten dich gut gebrauchen", sagte er.

Ich zog die Brauen zusammen. „*Ihr* könntet *mich* gebrauchen?" Er verzog den Mund, als hätte er auf etwas Bitteres gebissen. Dann beugte er sich ganz nah an mich heran und fixierte mich mit seinen rot-gelben Augen. „Wir sehen uns wieder, Moor."

Ich erwiderte seinen kalten Blick unbeeindruckt. „Natürlich sehen wir uns wieder."

Chase nickte langsam, dann drehte er sich schwungvoll um und verschwand in dieselbe Richtung wie kurz zuvor Henry. Ich stieß die aufgestaute Luft aus und wischte mir abermals über die Nase, da mir noch immer heißes Blut in den Mund lief. Erst jetzt nahm ich auch das dröhnende Pochen in meinem Kopf war. Hatte mich Scarlett nicht gegen die Wand geschleudert und mein Hirn hatte mit dem Beton Bekanntschaft gemacht? Die einzelnen Puzzleteile setzten sich stückchenweise zusammen. Ich stöhnte tief, als die Schmerzen immer mehr die Oberhand gewannen. Ich durfte jetzt nicht einknicken, vorher musste ich im Gemeinschaftsraum nach Verletzten suchen. Also stieß ich mich von der Wand ab und taumelte unbeholfen auf die Türen des Gemeinschaftsraums zu. Mit zitternden Händen stieß ich sie auf und erstarrte im selben

Moment. So gut wie alle Tische und Stühle waren umgeschmissen und kaputt. Über den dunklen Boden zogen sich weiße Blutspuren. Zwei oder drei Mutanten lagen regungslos da, aber man konnte sehen, dass sie noch atmeten. Viel schlimmer war der Anblick von Felix. Sein Kopf war auf Nathans Schoß gebettet, der wie eine starre Puppe über ihm hockte. Adam lehnte an dem breiten Tresen und hielt sich die Seite. Als ich mich näherte, hob er den Kopf und schloss gleich darauf gequält die Augen. Meine Nasenflügel begannen zu beben und Wut stieg in mir auf. Er hätte auf Nell achtgeben sollen. Er hätte sie gar nicht erst allein lassen dürfen. Warum zum Teufel war sie in den Gang gerannt? Hier drinnen wäre sie doch sicherer gewesen.

„Er ist tot", erklang die dumpfe Stimme von Nathan hinter mir. Ich drehte den Kopf und sah auf die beiden hinab. Felix' Hemd war aufgerissen und aus einer tiefen Wunde, die sich über seine gesamte Brust zog, triefte ununterbrochen Blut. Seine Augen waren bereits geschlossen, vermutlich hatte Nathan dafür gesorgt. Das Gesicht war bleich und von den Lippen war jegliche Farbe gewichen. Ich wandte mich mit einem fiesen Stechen im Unterleib ab.

Zu oft hatte ich Tote gesehen.

Zu oft hatte ich selbst getötet.

Doch der Anblick eines Toten, der auf meiner Seite gestanden hatte, ließ mich nicht völlig kalt. Ich schwor mir, Felix' Tod zu rächen. Genau wie unzählige andere, an denen ein Diamant schuld war.

Meine Aufmerksamkeit richtete sich wieder auf Adam. Er hielt sich immer noch die Seite und hatte das Gesicht schmerzhaft verzogen. Mit zwei langen Schritten stand ich vor ihm.

„Wo ist Nell?", fragte er mit rauer Stimme.

Das Pochen in meinem Schädel nahm zu. Meine Gedanken wurden von eisernen Händen umfasst, die daran zerrten und mich innerlich zerrissen.

„Weg."

Diese drei Buchstaben genügten, um Adams Blick flackern zu lassen. Er zuckte zusammen und zog gleichzeitig den Kopf ein, als ahnte er, was ihm bevorstand.

„Ich habe ihr gesagt, sie soll hinter dem Tresen bleiben. Aber als ich angegriffen wurde, wollte sie helfen. Ich habe ihr zugebrüllt, sie soll verschwinden. Dann", er schüttelte den Kopf, „dann habe ich kurzzeitig das Bewusstsein verloren und als ich wieder zu mir gekommen bin, war sie nicht mehr da." Er verzog den Mund. „Ich habe sie auf dem Gang gesehen. Sie hat mit Chase gekämpft –" Ich konnte mich nicht mehr zurückhalten. Ich musste meine Wut rauslassen, sonst würde ich auf der Stelle in die Luft gehen. Mit steifen Fingern packte ich Adam am Kragen und schüttelte ihn. „Du solltest sie beschützen!", brüllte ich ihm direkt ins Gesicht. „Du solltest auf sie achtgeben und jetzt ist fort. Jetzt ist sie bei Arlo, vollkommen ausgeliefert. Er wird sie umbringen!"

Und dafür werde ich dich umbringen.

Die Worte brannten mir auf der Zunge, doch ich schaffte es nicht, sie laut auszusprechen. Adam wehrte sich nicht, als wäre er selbst von sich enttäuscht. Als wollte er seinen Fehler rückgängig machen. Aber das konnte er nicht. Das konnte keiner von uns. Nell war bei Arlo und ich würde sie vielleicht nie wiedersehen.

„Beruhige dich, Junge." Starke Hände packten meine Schultern und zerrten mich von Adam weg. Ich unternahm keinen Versuch, mich aus Nathans Griff zu befreien. Ich war zu schlapp. Konnte kaum noch die Augen offen halten.

„Die Wachen werden gleich hier sein", knurrte Nathan und ließ sich auf einen knarzenden Stuhl nieder. Über Felix hatte er eine Decke gelegt, ich hatte keine Ahnung, woher er die hatte, aber wenigstens sah man jetzt seine bleiche Haut und die leicht stinkende Wunde nicht mehr.

Ich schnaubte. „Sie sind zu spät. Viel zu spät."

„Ich weiß, mein Junge, ich weiß", murmelte Nathan finster.

Ich ließ mich auf den Boden sinken und lehnte meinen Kopf gegen die Wand. Mein Schädel rebellierte, sodass mein ganzer Körper zu zittern begann. Mein Herz stolperte unbeholfen in meiner Brust auf und ab und meine Lungen schrien nach mehr Sauerstoff. Zu allem Überfluss wurden meine schweren Lider auch noch wie von selbst nach unten gepresst. Das Letzte, was ich sah, waren fünf bewaffnete Männer, die in den Gemeinschaftsraum stürmten. Das Letzte, was ich spürte, waren kräftige Arme, die mich nach oben zogen. Das Letzte, woran ich dachte, war Nell. Immer und immer wieder Nell.

Nell

Ich schwebte.

Ich schwebte hoch oben im Himmel zwischen Wolken hindurch, an denen helle Sonnenstrahlen leckten.

Ein dumpfes Quietschen unterbrach meine träumerischen Gedanken. Stöhnend drehte ich meinen Kopf auf die andere Seite. Ich war mir sicher, dass ich tot war. Der Himmel um mich herum war zu schön, zu nah, zu echt. Aber hörte man im Tod auch Stimmen?

Tiefe Stimmen, die fast mechanisch klangen? Ich runzelte die Stirn und zwinkerte probehalber. Sofort verschwand der schöne Himmel und die warme Sonne und ich wurde in ein schmieriges Dämmerlicht gezogen. War das die Hölle? Oder vielleicht … das Leben?

Ich wusste es wirklich nicht. Meine Erinnerungen waren wie weggefegt. Das Einzige, was mir in diesem Moment im Kopf herumspukte, war Angst. Angst vor diesem Dämmerlicht, das mich so ruppig aus einem schwebenden Himmel geholt hatte.

Schwebender Himmel?

Ich gab einen grunzenden Laut von mir. Okay, ich war definitiv tot. Ein funktionierendes Gehirn würde nicht über solche Dinge nachdenken.

Das Einzige, was dagegensprach, dass ich tot war, war, dass ich mich nicht tot fühlte. Ich konnte plötzlich meinen unregelmäßigen Herzschlag spüren, der unter meiner Brust rebellierte. Ich nahm auch die kühle Luft wahr, die über meine Wangen strich. Mir wurde kalt.

Ich wollte die Augen wieder schließen. Erneut abtauchen und schweben. Zwischen Wolken und mit warmen Sonnenstrahlen auf der Haut. Doch das Dämmerlicht verschwand nicht. Die Kälte verschwand nicht. Und meine Augen wollten sich einfach nicht schließen. Es dauerte eine Weile, bis mir klar wurde, dass das vermutlich an den zwei Gestalten lag, die in einigem Abstand vor mir standen. Sie waren beide recht klein, hatten schmale Schultern und verharrten in einem dunklen Schatten, der ihre Gesichter verbarg. Ich schob instinktiv die Decke, die über mir lag, ein bisschen höher, ließ die Gestalten dabei aber nicht aus den Augen. Plötzlich machte die eine einen zaghaften Schritt vor, mir entwich mir ein leises Wimmern und ich presste erschrocken die Lippen aufeinander. Nach und nach wurde mir immer bewusster, dass ich auf einem Bett lag. Mein Kopf ruhte auf einem großen Kissen, während mein gesamter Körper unter einer leichten Decke befand und sich verkrampfte.

Die Gestalt trat noch näher. Sie verließ den Schatten, der sie zu einem Unbekannten gemacht hatte und zeigte mir bewusst ihr Gesicht.

Gänsehaut ließ mich erschaudern. Es war Esme. Ich erkannte sie sofort.

Es war wirklich Esme Hill. Mit zerzausten, hellen Haaren, geschwungenen Augenbrauen, einer geraden Nase und der zierlichen Statur stand sie vor mir. Sie rührte sich nicht.

Wir starrten uns an. Keine von uns sagte ein Wort. Keine bewegte sich. Ich hätte mit jedem gerechnet. Mit Arlo, Henry oder Harry, mit Chase oder mit Scarlett, aber nicht mit Esme.

„Esme", sagte ich trocken und fasste mir im nächsten Moment stöhnend an die Kehle. Mein Rachen brannte wie Hölle. Hatte ich geschrien?

Sie trat noch ein wenig näher. In dem Moment löste sich auch die zweite Gestalt aus dem Schatten. „Das ist Ava Black", stellte Esme leise vor.

Mein Blick glitt von ihr zu dem Mädchen, das nun neben meinem Bett stand. Sie war groß und hatte eine gewisse Ähnlichkeit mit Chase.

„Sie ist aus derselben Zucht wie Chase", fügte Esme hinzu, als hätte sie meine Gedanken erraten. „Sie ist ein Diamant."

Als ob ich das nicht schon längst gespürt hätte. Ich wandte mich von Ava ab, ihr kalter Blick durchbohrte mich förmlich. Sie war ein Diamant durch und durch.

„Was wollt ihr und wo bin ich?", presste ich hervor und ärgerte mich, dass meine Stimme bröckelte. Esme atmete hörbar ein und wurde unruhiger. Ihre grau-grünen Augen huschten zwischen Ava und mir hin und her.

„Ich kann dir nicht sagen, wo du bist, aber ich bin hier, weil ich nach dir sehen wollte", murmelte sie. Ihre hellen Haare fielen nach vorne und verbargen das hübsche Gesicht, dessen Wangen leicht erröteten.

Ich schnaufte innerlich. Sie wollte nach mir sehen?

„Warum kümmerst du dich um mich? Ich bin ein Achat, du solltest mich hassen", entwich es mir. Doch ich versteckte mich nicht unter der Decke, sondern sah ihr herausfordernd ins Gesicht.

Esme riss die Augen auf. „Ich hasse dich aber nicht, Nell."

Ava sog scharf die Luft ein. „Was redest du da? Sie ist ein Achat." Den Namen meiner Spezies spuckte sie mir förmlich entgegen. Meine Lider begannen zu zittern. Verzweiflung lähmte meine Glieder und drückte mir die Luft weg. Ich wusste nicht, wo ich war. Ich wusste nicht was sie von mir wollten. Ich wusste nur, dass ich in sehr, sehr großen Schwierigkeiten steckte. Vermutlich würde ich hier nie wieder lebend rauskommen. Ich war allein mit Diamanten, die meine Seele haben wollten. Und Luan …

Sofort wurden meine Ohren taub und meine Gedanken dröhnend laut. Ich wusste weder, wo er war, noch, wie es ihm ging. Ich sehnte mich so sehr nach seiner Wärme, seiner Stimme, seiner Nähe, nach ihm, dass mir schlecht wurde. Ich stand kurz vor einem Nervenzusammenbruch. Die ersten Tränen brannten wie giftige Insekten in meinen Augenwinkeln und drängten zum Ausbruch. Aber ich wollte nicht weinen. Nicht vor Esme und Ava. Das würde mich in ihren Augen nur noch schwächer wirken lassen. Doch ich sehnte mich so sehr nach Luan, dass es richtig wehtat. Ich war nicht mehr als eine mickrige Seele, die Arlo vermutlich nicht viel stärker machen würde. Wenn ich tot war, würde er sich Luan holen. Und Luan … er war sicher total wehrlos. Er war verletzt. Er hatte eine üble Kopfwunde gehabt, als ich ihn das letzte Mal gesehen hatte. War das gestern gewesen? Vorgestern? Oder doch erst vor ein paar Stunden?

Ich wusste es nicht.

Und seine Wunde am Bauch war ebenfalls noch nicht ganz verheilt. Ich fühlte mich wie ein Regenwurm unter glühend heißen Sonnenstrahlen. Mein Verlangen nach Luan wurde unerträglich. Meine Sehnsucht. Ich hielt das nicht mehr länger aus. Und ich wollte, dass er wusste, dass ich ihn liebte. Ich wollte es ihm sagen. Ihm dabei gegenüberstehen und in diese wunderschönen und einzigartigen Augen blicken, die von unverschämt langen Wimpern umgeben waren. Ich brauchte Luan, um zu leben. Ohne ihn erschien mir das Luftholen sinnlos. Und erst in diesem Moment wurde mir klar, dass es die Verbindung zwischen uns war, die mich so quälte. Zwischen ihm und mir hatte sich ein Band gesponnen, das ungeduldig an mir zerrte. Ich versuchte auch gar nicht erst, ihn über meine Gedanken ausfindig zu machen. Zu groß war die Angst, dass ich ihn nicht finden könnte. Dass er zu weit weg war – unerreichbar für mich. Gleichzeitig mit meinem Verlangen wuchs auch die Sorge um ihn. Er war verletzt. Hatte Schmerzen und ich konnte nicht bei ihm sein, um ihn zu unterstützen. Wenn ich hinter diesem blöden Tresen geblieben wäre, würde ich jetzt vielleicht nicht hier in diesem Bett liegen und von zwei Diamanten angestarrt werden.

„Nell?" Esme beugte sich ein bisschen vor und ich wich panisch zurück.

Sie hielt inne. „Ich tue dir nichts."

Ava seufzte theatralisch. „Eigentlich wollte sie nur dabei sein, wenn du aufwachst, und dir sagen, dass du nicht mehr im Lager bist. Das hier ist deine Zelle – und Vorsicht, wenn du den Stäben zu nahe kommst, sendet dein Erkennungschip automatisch einen Stromschlag aus. Ich würde es also nicht ausprobieren", ratterte sie herunter.

Ich schluckte schwer. „Ich bin nicht mehr im Lager?"

„Nein", erwiderte Ava gelangweilt. Sie musterte mich, rümpfte die Nase und verschränkte die Arme vor der Brust. „Ich habe noch nie einen Achat aus der Nähe gesehen. Hätte es mir spannender vorgestellt", murmelte sie.

„Du bist mit Chase aufgewachsen und er ist ein Achat", warf Esme ein.

„Seit einigen Tagen", erwiderte sie und warf sich das Haar über die Schulter. „Wir gehen."

Esme funkelte sie wütend an, folgte jedoch, als sich Ava zurückzog.

„Halte dich von den Gitterstäben fern", zischte sie eindringlich und war verschwunden, bevor ich das nächste Mal Luft holen konnte. Und dann war ich allein.

24

Luan

„Gut gemacht! Kate, du kannst gehen."
Ich konnte deutlich das stolze Lächeln erkennen, das sich auf Kates Gesicht ausbreitete, als sie die Worte von Amber Notker durch die Sprechanlage vernahm. Mit verschränkten Armen ließ ich mich in meinem Sitz neben der Ärztin zurückfallen und folgte Kate mit den Augen, als sie sich in Bewegung setzte. Ihre schlanke Gestalt eilte durch die Halle und war kurz darauf hinter der schweren Stahltür im Vorraum verschwunden. Ich schloss die Augen, weil das Ziehen in meiner Brust wieder einmal so sehr wehtat. Es war erst eine Nacht vergangen, seit die Diamanten über Nell hergefallen waren. Es fühlte sich trotzdem an wie eine Ewigkeit, seit ich sie zum letzten Mal gesehen hatte. Jede Sekunde war zu einer einzigen Qual geworden. Ich hatte keine Ahnung, wo Nell war. Ich wusste nur, dass ich sie finden und retten würde. Was ich dabei verlieren oder kaputtmachen könnte, war mir egal. Ich musste Nell beschützen. Ich *wollte* sie beschützen. Die Verbindung zwischen uns war jetzt schon stärker als die, die zwischen Felicity und mir jemals gewesen war.
Ohne Nell erschien mir das Leben sinnlos.
Ich sehnte mich nach ihrem Lächeln. Den wunderschönen Augen und nach ihren glatten Haaren, die wie Gold schimmerten. Ich würde es keine Sekunde länger ohne sie aushalten, doch Arlo hatte sie vollkommen in seiner Gewalt. Was hatte er mit ihr vor? Wie erging es Nell in genau diesem Moment? Bekam sie genug zu essen? Und zu trinken? Hatte sie ein Bett oder musste sie auf dem Boden schlafen? Oder war sie vielleicht irgendwo im Wald an einen Baum gekettet oder doch in einer dunklen Zelle eingesperrt?
Wütend rieb ich mir die Stirn und fuhr mir anschließend durchs Haar. Ich hätte schon längst auf der Suche nach ihr sein können,

wenn Amber Notker mir, während ich ohnmächtig war, nicht diesen verdammten Chip eingesetzt hätte. Der sendete sofort einen Stromschlag aus, sobald ich mich einer Tür näherte, die nur mit einem Code zu öffnen war. Schon dreimal hatte ich versucht, mich den Schmerzen zu stellen und jetzt war ich vollkommen ausgelaugt. Dort, wo der Chip lag – in meinem Unterarm – rebellierten meine Adern und das Blut wurde viel zu schnell hindurchgepumpt.

„Luan, du musst zur Kontrolle", ertönte Amber Notkers Stimme. Ich öffnete die Augen und blinzelte zu ihr auf.

Die Ärztin hatte sich erhoben und stand vor meinem Stuhl. „Kate lernt schnell dazu. Morgen hat sie ihre letzte Prüfung und dann ist die Mutation offiziell abgeschlossen", wiederholte sie ihre Worte von vorhin. „Adam hingegen wird erst übermorgen fertig sein, weil er sich von seiner Wunde an der Seite erst erholen muss."

„Es interessiert mich nicht, wann die Mutation der beiden abgeschlossen ist. Ich will, dass Sie endlich nach Nell suchen. Oder wenigstens zulassen, dass ich es tue", schnaubte ich und stand etwas zu ruppig auf. Mich überkam ein leichter Schwindel, doch ich schluckte ihn entschieden herunter.

Amber Notker seufzte, ihre Augen schimmerten leicht verängstigt. „Das hatten wir doch schon, Luan. Wir werden nach Nell suchen, wir werden sie auch früher oder später finden – aber nicht jetzt."

„Später, wenn sie tot ist, oder wie?", blaffte ich und ballte die Hände zu Fäusten. „Sie wissen, wozu ich in der Lage bin, also lassen Sie mich nach Nell suchen oder ich werde mir den Weg aus diesem Lager selbstständig freischaufeln."

„Damit schaufelst du dir deinen eigenen Tod", rief sie. Ihre Augen funkelten nicht mehr ängstlich, sondern aufgebracht. „Luan Moor, wir stehen kurz vor einem Völkerkrieg. Arlo hat Nell als Geisel genommen, er wird sie nicht töten – lass mich ausreden!" Sie sah mich eindringlich an, weil ich protestierend Luft holte. „Im Moment müssen wir noch abwarten. Arlo wird sicher irgendeine Forderung stellen, im Gegenzug lässt er Nell frei. Eine andere Chance haben wir nicht. Du hast doch selbst gesehen, dass die Mutanten im Gemeinschaftsraum auf seiner Seite stehen. Wer weiß, wen Arlo hier noch alles als Verbündete hat? Das Lager bricht auseinander. Ich kann so gut wie niemandem mehr vertrauen. Deshalb ist es umso wichtiger, dass wir so schnell wie möglich neue Mutationen beginnen. Die Diamanten sind deutlich in der Überzahl und die meisten Mutanten haben sich ihnen bereits angeschlossen." Sie holte tief Luft und strich sich eine rote Strähne aus dem Augenwinkel. „Arlo wird alle Achate in Nullkommanichts töten und seine Kräfte werden ins Unvorstellbare steigen. Dann kann ihn keiner mehr aufhalten."

„Das kann jetzt schon keiner mehr", schnaubte ich tief.

„Doch", sie sah mir direkt in die Augen. „Du."

In mir zog sich etwas zusammen. „Und wie?"

„Ich bin nicht ohne Grund die höchste Ärztin im Lager. Bei Nachforschungen habe ich herausgefunden, dass du stärker bist als Arlo. Deine Kräfte sind ausdauernder und zäher. Dazu kommen deine Sinnesschübe, die Arlo nicht hat. Wenn wir anfangen, daran zu arbeiten, könntest du ihn locker besiegen", erzählte sie eifrig.

Amber Notker hatte ja keine Ahnung.

Ich war hin- und hergerissen, ob ich ihr die Wahrheit sagen sollte oder nicht. Aber wenn ich es nicht tat, würde Nell vielleicht sterben.

„Ich kann meine Gestalt wechseln und mich in einen Löwen verwandeln." Die Worte kamen ohne Vorwarnung über meine Lippen und hörten sich ziemlich trocken und bescheuert an, aber sie musste es wissen.

„Wie bitte?", fragte sie und blinzelte irritiert.

„Ich kann mich in einen Löwen verwandeln", wiederholte ich. „Und Arlo kann es auch. Nur wird er nicht zum Löwen, sondern zu einer anderen Raubkatze, ich weiß aber leider nicht, zu welcher."

Als sie mich einfach nur anstarrte, fuhr ich ungeduldig fort: „Ich spüre das. Ich spüre, dass Arlo die Gestalt wechseln kann. Ich bin mir wie gesagt nicht ganz sicher, aber ich tippe auf etwas Großes. Vielleicht ein Tiger. Es würde auf jeden Fall zu seinen geschmeidigen Bewegungen passen."

Amber Notker klammerte sich an meine Stuhllehne. „Sprich weiter."

„Scarlett Hunter kann sich auch verwandeln. Bei ihr bin ich mir ganz sicher, dass sie zum Tiger wird. Ich spüre es und weiß es außerdem von Nell." Bei der Erwähnung ihres Namens wurde meine Brust wieder eng und Verlangen zerrte an meiner Seele. Ich würde alles tun, um sie jetzt in den Armen zu halten und nie wieder loszulassen. „Warum hat mir das denn keiner gesagt?", rief sie aufgebracht. Ich schnaubte. „Sie hätten an uns nur weitere Tests durchgeführt oder uns gleich in ein Labor gesteckt, uns wie Tiere behandelt." Ich fixierte ihre roten Augen. „In gewisser Hinsicht sind wir ja auch Tiere, aber wir lassen uns nicht einsperren. Wir haben ein Recht auf ein eigenes Leben, das wir selbst bestimmen." Einige Momente lang zitterte ihre Lippe und ihr stockender Atem fuhr über mein Gesicht, aber dann fing sie sich wieder. „Morgen beginnen wir mit dem Training an deiner Verwandlung. Wenn du dich in einen Löwen verwandeln kannst, müssen Kate und Adam es auch können." Sie hielt inne und versteifte etwas. „Und Chase auch."

Ich holte tief Luft und fuhr mir durchs Haar, bevor ich mich wieder aufrichtete. Chase war verschwunden. Genau wie Arlo, Henry, Harry, Scarlett und Esme. Avas Zimmer war ebenfalls leer aufgefunden worden, so wie alle Zimmer, in denen zuvor Diamanten untergebracht waren. Die ganze Sippe war verschwunden und mit ihnen Nell. Es gab keine Spuren, keine Hinweise, keine Vermutungen. Sie waren allesamt wie vom Erdboden verschluckt. „Sag Kate bitte Bescheid, dass wir uns morgen früh wieder hier treffen. Ich will sehen, was du bereits kannst", wies sie an. „Aber jetzt gehst du endlich zur Kontrolle. Deine Kopfwunde muss untersucht werden, genau wie dein Bauch, das weißt du genau." Amber Notker eilte zur Tür und hielt sie mir auf. Ich nickte ihr kurz zu und trat auf den Gang, der nach dem gestrigen Angriff im Gemeinschaftsraum wie leergefegt war.

Bevor ich ging, drehte ich mich noch einmal zu ihr um. In meiner Kehle hatte sich ein schwerer Kloß gebildet. „Die Verbindung

255

zwischen Nell und mir ist stärker als die mit Felicity. Sie quält mich, schwächt mich und zerreißt mich. Viel länger halte ich es nicht mehr ohne sie aus, ohne zu wissen, wo sie ist und ob es ihr gut geht." Ich spannte die Brust an. „Wenn wir Nell nicht bald finden, werde ich nicht gegen Arlo in den Krieg ziehen können, weil ich sie dafür brauche. Wenn sie nicht an meiner Seite steht oder ich sie zumindest in Sicherheit weiß, kann ich die Achate nicht anführen. Ich weiß, dass Sie davon ausgehen, dass ich das Zeug zu ihrem Anführer habe. Vielleicht stimmt das sogar, aber nur, wenn Nells Seele sicher ist." Meine Stimme klang rau und bröckelnd, aber das war mir in diesem Moment egal. Amber Notker kräuselte die Nase und für einen kurzen Moment glaubte ich, einen Funken Mitgefühl in ihren sonst so kalten Augen zu erkennen. „Ich werde alles dafür tun, Nell wiederzufinden, das kannst du mir glauben", sagte sie mit ernster Stimme. Dann klopfte sie mir auf die Schulter und verschwand vor mir im Gang. Schwer atmend machte ich mich auf den Weg zu meiner Kontrolle. Der Raum lag drei Flure weiter und der Lauf dorthin war so beschwerlich, dass ich mich zweimal an der Wand abstützen musste. Das inzwischen vertraut-verhasste Pochen hinter meinem Schädel setzte ein und die Bauchwunde begann zu ziehen. Mit letzter Kraft schaffte ich es in den Untersuchungsraum und wurde sofort von Ärzten umringt, die mir das schwarze Shirt auszogen und mich zu einer Liege lotsten.

Wie sehr ich es hasste, mich schwach zu fühlen.

Wie sehr ich es hasste, schwach zu *sein*.

Von mir wurde erwartet, meine Spezies in wenigen Tagen in einen Völkerkrieg zu führen. Gut, vielleicht hatten wir noch eine Woche, aber viel mehr Zeit blieb uns nicht – blieb *mir* nicht. Ich musste gesund werden und wieder zu Kräften kommen, wenn ich Arlo gegenübertreten wollte. Und das würde ich. Ich war bereit, alle acht Völker auslöschen, um Nell zu retten. Ich würde noch viel schlimmere Dinger für sie tun …

„Luan, hey Kumpel", drang eine vertraute Stimme an mein Ohr. Ich hob den Kopf leicht an und erstarrte. Neben meiner Liege stand Con.

256

Mein Bruder.

Wie lange hatte ich ihn jetzt nicht mehr gesehen? Es war Monate her. Er sollte mich nicht so sehen. Nicht so schwach und hilflos, wie ich mich fühlte. Er sollte den Versager in mir nicht sehen. Con war ein Jahr älter als ich und hatte als großer Bruder immer auf mich achtgegeben. Mit mir hatte er genug Schwierigkeiten am Hals gehabt, vor allem, als Mom umgebracht worden war. Doch ich hatte mir geschworen, endlich groß zu sein. Auf eigenen Beinen zu stehen und nicht an seinen zu hängen. Umso schlimmer war es jetzt für mich, hier unter diesen Umständen vor ihm zu liegen.

„Hey Con", murmelte ich und wollte mich aufrichten, doch der Arzt, der gerade meinen Bauch unter die Lupe nahm, zwang mich wieder nach unten. Ich konnte meinem Bruder nicht in die Augen sehen, als ich zu sprechen anfing.

„Ich habe versagt. Arlo hat Nell und ich habe sie nicht beschützen können. Mal wieder habe ich nichts getan", knurrte ich. Ich brauchte Felicitys Namen nicht zu erwähnen, mein Bruder wusste, wovon ich sprach.

„Du bist nicht schuld, Luan. Du hast doch sicher versucht, sie zu beschützen, oder?", fragte er und hob eine Braue.

Ich sah ihn empört an. „Natürlich."

Er nickte zufrieden. „Nur das zählt. Du hast es versucht, okay?"

„Aber das reicht nicht, versteht das denn keiner?", fauchte ich. Schuldgefühle überschwappten mich. „Ich war nicht für sie da, als sie mich gebraucht hat."

Con seufzte schwer. „Willst du jetzt ernsthaft weiter in Selbstmitleid und Schuldgefühlen treiben, während sich im wahren Leben ein Krieg zusammenbraut?"

Ich knirschte mit dem Kiefer. Er hatte recht – wie immer.

„Ich bin momentan aber nicht in der Lage, in einen Krieg zu ziehen, das siehst du doch", murrte ich und wich seinem Blick aus.

„Deswegen sollst du dich ja auch schonen und so lange springe ich ein bisschen für dich ein", meinte er plötzlich.

Ich sah ihn verwirrt an. „Wie genau meinst du das jetzt?"

„Dieses Serum da, das Mutanten zu Achaten machen kann, das wurde mir gespritzt."

„Was?!" Ich fuhr hoch. Die bösen und verzweifelten Blicke der Ärzte rutschten in den Hintergrund, ebenso die brennenden Schmerzen in meinem Kopf.

Con zuckte nur mit den Schultern. „Du bist ein Achat und zufälligerweise mein Bruder, also schlägt das Serum auch bei mir an. Amber Notker hat es mir gestern gespritzt, kurz vor der Sache im Gemeinschaftsraum. Und ich hatte wenige Minuten danach auch schon meinen ersten Sinnesschub. Amber Notker hat davon aber nichts mitbekommen", fügte er schnell hinzu.

„Sie weiß eh schon, dass Diamanten und Achate die Gestalt wechseln können, aber ... was?" Ich sah ihn ungläubig an. „Du bist in einer Mutation?"

„Sieht so aus." Er fuhr sich durchs Haar. „Ich meine, es gibt so viele Diamanten und, warte kurz, drei Achate? Da wird es langsam Zeit, einzugreifen."

„Eigentlich nur zwei", korrigierte ich ihn träge. „Nell und mich. Chase hat sich den Diamanten angeschlossen." Und die Mutation von Kate und Adam war noch nicht ganz abgeschlossen.

Con schnaubte. „Ehrlich? Chase steht auf ihrer Seite?"

Ich zuckte mit den Schultern und ließ mich zurück auf die Liege sinken. „Es war sowieso eine bescheuerte Idee, Chase zu mutieren. Immerhin ist er aus derselben Zucht wie Ava und sie ist ein Diamant."

„Hat sich der Kerl nicht freiwillig für diese Sache gemeldet?"

„Eben. Das war mit Sicherheit vorher schon mit Arlo abgesprochen und Chase hat einen auf nett gemacht, bevor er sich gestern geoutet hat", schnaubte ich. Hier war etwas komplett falschgelaufen. Arlo hatte mich schon wieder hinters Licht geführt und ich war drauf reingefallen.

Con rieb sich das Kinn. Erst jetzt fiel mir auf, dass er einige Bartstoppeln bekommen hatte. Generell hatte er sich verändert. Er war gewachsen, wenn auch nicht besonders viel. Seine hellbraunen Haare waren etwas dunkler geworden und seine Schultern breiter und kräftiger. Aber seine Augen waren mir vertraut wie eh und je. Sie waren gelb und von einem hellblauen Schimmer überzogen.

„Wir sind hier fertig", sagte plötzlich einer der Ärzte und stellte meine Liege hoch. Ich zog mir wieder mein Shirt über und nickte ihnen dankbar zu. Con klopfte mir fest auf die Schulter und führte mich nach draußen in den Gang. Dort trat er einen Schritt zurück und musterte mich von oben bis unten. „Du siehst scheiße aus", stellte er fest.

„Vielen Dank."

Doch ich konnte das Grinsen nicht unterdrücken, meine Mundwinkel hoben sich wie von selbst. Schelmisch wuschelte mir mein großer Bruder durch die Haare, wie er es früher immer getan hatte, und ich ließ es ohne Protest geschehen. Dann zog er mich an sich und lehnte seine Stirn gegen meine.

„Hey, es ist lange her, seit ich dich das letzte Mal gesehen habe", murmelte er. „Aber von jetzt an bleiben wir zusammen, okay?"

Seine Augen bekamen einen anderen Ausdruck, der mir nur zu bekannt war. Genauso hatte Con mich angeschaut, als er damals von mir getrennt wurde, weil ich ein Achat war und er ein normaler Mutant. Aber jetzt würde sich einiges ändern. Ab jetzt würden wir zusammenbleiben. Ich würde für meinen Bruder sterben und er würde das gleiche für mich tun. Wir gehörten zusammen und daran konnte selbst Amber Notker nichts ändern.

„Okay", erwiderte ich mit rauer Stimme und nickte.

Con boxte mir leicht in die Seite und zog mich den Gang hinunter. Sofort schweiften meine Gedanken wieder zu Nell. Meine Brust schmerzte vor Sehnsucht und Schuldgefühlen. Ich hatte mich noch nie so verzweifelt gefühlt. Ich sollte dankbar sein, dass mein Bruder bei mir war, dass er von jetzt an an meiner Seite stehen würde. Aber ich konnte nicht ausblenden, dass Arlo Nell in seiner Gewalt hatte.

Wir erreichten mein Zimmer in Abteil 5 und traten ein. Con sah sich kurz um und ließ sich dann auf mein Bett fallen. In mir zog sich etwas zusammen, als ich daran dachte, dass ich mit Nell auf diesem Bett gelegen hatte. Ich hasste dieses Gefühl, ihr nicht helfen zu können. Einfach nur abwarten zu müssen und auf die Entscheidungen einer Ärztin zu hören, die mich schon so lange unter Kontrolle hatte. Der ich schon so lange gehorchte, dass ich mich fragte, ob ich überhaupt noch einen eigenen Willen hatte.

„Luan?" Cons Stimme klang ungewohnt sanft.

Ich schluckte schwer und lehnte mich mit der Hüfte gegen die Wand.

„Du liebst sie, oder?", wollte er wissen und fixierte mich.

Ich verschränkte die Arme vor der Brust.

„Oder?"

„Ja", rief ich lauter als beabsichtigt.

Doch mein Bruder schien damit kein Problem zu haben. Bedächtig nickend lehnte er sich zurück. „Weißt du, eigentlich bin ich sogar ein bisschen neidisch auf dich", begann er.

Ich sah ihn verblüfft an.

„Naja, du kommst so gut mit Frauen klar und ich …, ich … habe da so meine gewissen Probleme", stammelte er.

„Mädchen. Nell ist noch ein Mädchen", berichtigte ich ihn und versank gleich darauf in fernen Gedanken. Nell war so jung, so klug, so hübsch, so – sie hatte es einfach nicht verdient, so etwas Grausames wie das Lager zu erfahren. Sie hatte etwas Besseres als mich verdient.

„Sicher, aber du weißt was ich meine", mischten sich Cons Worte in meinen Kopf. „Hör zu, Arlo wird sie nicht anrühren. Er will dich nur ärgern und herausfordern. Ich kenne den Kerl besser, als du denkst."

„Warum sollte er sie nicht anrühren?", hörte ich mich fragen.

„Er wollte doch die ganze Zeit ihre Seele, wieso sollte er sie jetzt nicht anrühren?", murrte ich und stieß mich von der Wand ab. Mit schnellen Schritten begann ich durchs Zimmer zu tigern. „Was, wenn wir sie nicht rechtzeitig finden? Was, wenn er sie nie wieder hergibt? Was, wenn ich Nell nie wiedersehe?", fauchte ich und schlug mit der Faust gegen die Wand. Das Piepen in meinem Kopf nahm ich kaum wahr.

„He, beruhige dich, Mann", rief Con und sprang auf. „Ich glaube …" Er sprach nicht weiter.

„Was glaubst du?", fragte ich ungeduldig.

Er rieb über seine Stoppeln am Kinn. „Ich glaube, er mag sie."

Ich hielt mitten in der Bewegung inne. „Wie bitte?"

Meine Stimme hatte einen drohenden Unterton angenommen. Doch mein Bruder kannte mich zu gut, um davor zurückzuschrecken.

„Du hast mich schon verstanden. Ich glaube, Arlo mag Nell. Sonst hätte er sie schon längst umgebracht und euch das wissen lassen."

Meine Nasenflügel bebten. „Nell ist gerade mal knapp vierundzwanzig Stunden weg, vielleicht lässt er sich noch etwas Zeit", versuchte ich mehr mich selbst als ihn zu überzeugen.

Con schüttelte energisch den Kopf. „Er hätte sie umgebracht, da bin ich mir ganz sicher. Durch Felicitys Tod ist er das erste Mal seit Jahren wieder auf den Geschmack einer Seele gekommen und Arlo ist keiner, der sich mit wenig zufriedengibt. Wenn er gewollt hätte, hätte er Nells Seele also sofort aufgesogen –"

„Hör auf", unterbrach ich ihn. „Hör auf, darüber zu reden, als sei es keine große Sache."

Con fuhr sich durchs Haar. „Das tue ich auch nicht. Ich kann mir gut vorstellen, wie du dich gerade fühlst."

„Kannst du nicht. Du hast noch nie einen Menschen so sehr geliebt wie ich Nell", blaffte ich. Die versöhnende Geste vorhin im Gang war vergessen.

„Doch", sagte er leise und senkte den Kopf. „Ich habe Mom geliebt. Und sie ist vor meinen Augen gestorben. Ich weiß sehr gut, wie du dich fühlst, Bruder. Wie ein Regenwurm unter prallen Sonnenstrahlen."

Ich hob ruckartig den Kopf und sah ihn an. Plötzlich wirkte er müde und eingenickt. Hatte ich einmal gefragt, wie es ihm ergangen war?

Hatte ich mich einmal um ihn gesorgt, als Arlo frei herumlief? Und wie oft hatte ich in den letzten Monaten an ihn gedacht? Und an Mom, an Dad …ich hatte völlig versagt.

„Con …", begann ich, doch er wich vor mir zurück.

„Lass es. Es ist jetzt auch egal. Wir müssen uns auf das Wesentliche konzentrieren. Auf Nell. Aber ich glaube, es ist das Beste für alle Beteiligten, wenn wir beide uns dabei nicht gegenseitig an die Gurgel gehen."

Ich nickte nur, weil mir die Worte fehlten.

„Lass uns etwas essen gehen", schlug er vor. „Ich habe Hunger."
Auf dem Gang trafen wir Kate und Adam, die ebenfalls auf dem
Weg in die Kantine waren. Ich stellte den beiden meinen Bruder kurz vor und ließ mich dann zurückfallen, als Con und Kate
ein Gespräch über Alkohol begannen.

„Zum Glück hat sie nur eine kleine Flasche reingeschmuggelt und
die auch ganz leer getrunken. Jetzt hat sie auf jeden Fall nichts
mehr und sie hat sich tausend Mal bei mir entschuldigt und sich
für ihr Benehmen geschämt", sagte Adam plötzlich, der neben
mir herging. Ich murmelte eine leise Zustimmung und verdräng-
te die Bilder von Kate, die in meinem Kopf herumspuckten.

„Geht's dir gut?", fragte Adam und musterte mich von der Seite.
Ich zog die Schultern hoch und schob meine Hände in die Hosentaschen.

„Nein."

Es hatte keinen Sinn, zu lügen, und Adam war schließlich auch
schuld an Nells Verschwinden, da konnte er ruhig ein bisschen
von Schuldgefühlen erniedrigt werden.

Adam verengte die Brauen. „Luan, ich habe es verkackt, das weiß
ich. Aber glaubst du wirklich, ich mache mir keine Sorgen um
Nell? Sie ist meine Schwester."

„Halbschwester", korrigierte ich trocken.

Adam schnaubte entnervt. „Du hast doch keine Ahnung, wie
sich das anfühlt, wenn man es wirklich verbockt hat. Ich wusste, was ich zu tun hatte. Ich wollte sie beschützen, aber sie hat
nicht auf mich gehört."

Ich hob den Kopf und fixierte ihn. „Jetzt ist es also ihre Schuld?"

„Was ist wessen Schuld?", mischte sich Kate in das Gespräch ein.

Adam hielt meinem Blick kurz stand, dann seufzte er schwer und
schüttelte den Kopf. „Egal."

Kate warf ihm einen bösen Blick zu, bohrte aber nicht länger nach.

Wir suchten uns einen ruhigen Tisch im hinteren Teil der Kantine.
Kaum hatten wir uns gesetzt, kam Mrs. Wilson angerannt.

„Oh Gott, Kinder!", rief sie und hob die Hände an den Mund.

„Ich bin siebzehn", erinnerte Con leise und sah beleidigt zu ihr auf.

„Ich auch", meldete sich Adam zu Wort.

Mrs. Wilson machte eine wegwerfende Geste. „Es tut mir so leid, was mit Nell passiert ist. Sie ist so ein junges, hübsches Mädchen –"

„Und wir beruhigen uns alle wieder", unterbrach Kate sie scharf. Die pummelige Köchin verstummte und seufzte schwer. „Wenn ihr jemanden zum Reden braucht, ich bin immer für euch da." Sie hob einen Zeigefinger und ihre Augen wurden größer. „Aber zuerst habe ich was Leckeres für euch!" Sie verschwand wieder hinter dem Tresen.

Ich sah ihr stumm nach, ließ mich dann in meinem Stuhl weit zurücksinken und streckte die Beine aus. Meine Gedanken flogen wie von selbst wieder zu Nell. Ich hatte bereits oft genug versucht, sie über meine Gedanken zu finden, wenigstens ein Lebenszeichen von ihr zu erhalten. Aber da war nichts.

Absolute Funkstille.

Wer weiß, was Arlo genau in diesem Moment mit ihr anstellte, während ich hier saß und auf mein Essen wartete.

Da war Mrs. Wilson auch schon wieder bei uns und stellte vier dampfende Teller auf den Tisch.

„Meine Suppe, extra stark", verkündete sie und drückte mir wie einem Kleinkind den Löffel in die Hand. Murrend zog ich den dampfenden Teller näher heran und nahm einen kleinen Löffel. Die Suppe war noch etwas heiß auf der Zunge, aber sie schmeckte gut, viel zu gut für diese katrastohpalen Umstände.

„Ihr geht es sicher gut", sagte Mrs. Wilson und musterte mich mitfühlend.

So langsam ging sie mir auf die Nerven. Ich hatte diesen Satz heute schon oft genug gehört und war mir nicht mehr sicher, wie oft ich ihn noch hören wollte. Vor allem, weil alle, die ihn sagten, mehr sich selbst als mich überzeugen zu scheinen wollten.

Lustlos wischte ich meine Suppe hin- und her und wartete auf den Moment, in dem Mrs. Wilson wieder in der Küche verschwand.

Doch der kam nicht.

Stattdessen zog sie sich einen Stuhl vom Nachbartisch heran und setzte sich ächzend neben mich. Die restliche halbe Stunde erlag ich ihren mitfühlenden Worten und vor allem ihrer Hand, die stetig meinen Unterarm auf- und abfuhr.

Nachdem es schließlich auch Kate geschafft hatte, ihre Suppe aufzuessen, verließ ich die Kantine so schnell wie möglich.

„Wo willst du hin?", fragte Adam, der mir hinterher eilte, während Con und Kate erneut in ein Gespräch vertieft waren.

Ich fuhr mir durchs Haar und blieb stehen. „Ich bin müde. Ich werde versuchen, ein bisschen zu schlafen", sagte ich. Adam musterte mich besorgt, nickte dann jedoch. Bevor ich mich abwandte, legte er noch einmal seine Hand auf meine Schulter.

Ich versteifte ein wenig.

„Luan", seine Augen begannen zu flackern, „wir werden sie finden."

Er klang so entschlossen, so zuversichtlich, dass ich mich für einige Momente tatsächlich von seinen Worten überzeugen ließ.

25

Nell

Ich hatte keine Ahnung, wie viele Minuten oder Stunden vergangen waren, seit Esme und Ava mich in dieser Zelle alleingelassen hatten. Ich wusste nur, dass ich mich kurz darauf in mein Bett gelegt hatte und meine Augen wie von selbst zugefallen waren. Doch dieses leise Flüstern, das mich innerlich erschaudern ließ, weckte meine trägen Gedanken und ich öffnete die Augen. Sofort erblickte ich die Gestalt, die vor meiner Zelle stand. Sie war groß, hatte breite Schultern und eine aufrechte Haltung. Mit einem mulmigen Gefühl im Bauch richtete ich mich auf und wischte mir über die Augen. Das Gesicht der Gestalt lag im Dunkeln, wie bei Esme und Ava vorhin, doch ich wusste schon längst, dass es keine der beiden war, die mich da anstarrte. Schwarzrote Augen flammten auf und fesselten meinen Blick.

Ich schnappte ängstlich nach Luft und wich automatisch nach hinten. Mit einem leisen Klicken wurde die Zellentür geöffnet und die Gestalt trat ein. Sie verließ den Schatten und kam mit sicheren Schritten auf mich zu.

Es war Arlo.

Lieber Himmel, Arlo kam auf mich zu. Und ich war ihm vollkommen ausgeliefert. Lähmende Angst packte mein Herz und drückte zu; ich röchelte.

Einen halben Meter vor meinem Bett blieb Arlo stehen, seine kalten Augen fixierten mich. Obwohl ich noch immer meine Lagerkleidung trug, fühlte ich mich plötzlich nackt. Nackt und hilflos. Arlo verzog die Lippen zu einem schmalen Grinsen. „Ich werde dir nichts tun. Vorerst zumindest", sagte er und seine Stimme klang wie gebrochenes Glas auf kalten Fliesen. Mir jagten nun stetig die Angstschauder über den Rücken. Ich wollte etwas sagen, etwas, was mich in seinen Augen nicht mehr so schwach aussehen lassen sollte, aber ich brachte keinen Ton heraus.

„Solange du machst, was ich dir sage, wird dir keiner etwas antun."
Ich zuckte leicht zurück und umklammerte den Saum meiner
Decke fester.

„Und jetzt wirst du mitkommen", sagte Arlo und senkte den Kopf.
Er beugte sich vor und streckte den Arm nach mir aus. Zuerst
dachte ich, ich sollte seine Hand ergreifen, doch dann kam es
ganz anders. Er fuhr mit den Fingerkuppen über meine Wange
und hinterließ eine feine Gänsehaut überall dort, wo seine Haut
auf meine traf.

Mir wurde übel.

Seine Finger wanderten über meine Stirn, meine Wange und
schließlich gelangten sie zu meiner Unterlippe. Dort verharrten sie, Arlos Augen wurden schmal und er fuhr direkt über die
empfindliche Haut meiner Lippe.

Ich wagte nicht, zurückzuweichen oder ihn anzusehen.

Ich wagte nicht einmal mehr, zu atmen.

„Hat Luan deine Lippen schon einmal berührt?", fragte er plötzlich und hielt inne, um meinen Blick einzufangen. „Nicht mit
seinen Fingern, meine ich, sondern mit seinem Mund."

Ich senkte die Lider, mir wurde heiß und kalt gleichzeitig. Diese ganze Situation war unfassbar befremdlich. Hektisch stieß ich
die angehaltene Luft aus und vermied weiterhin den Blickkon-
takt mit dem Diamanten.

Arlo umfasste mein Kinn und hob es leicht an, jetzt musste ich
ihn ansehen. Seine Augen bohrten sich in meine wie zwei geschliffene Dolche.

„Beantwortest du mir meine Frage?", flüsterte er leise.

Ich brachte es irgendwie zustande, zu nicken. Doch das genüg-
te ihm nicht.

„Sag es."

„J- ja, hat er", krächzte ich und mein gesamter Körper zog sich
zusammen.

Arlos Miene verdüsterte sich schlagartig und sein Griff an meinem Kinn wurde fester. „So, hat er das?"

Ich wich seinem Blick aus, von dem ich ab jetzt sicher jede Nacht
Albträume bekommen würde. Dann ließ Arlo mich ruckartig

los und wich ein paar Schritte zurück. Seine Augen zuckten gehetzt hin und her.

„Ich hatte doch gesagt, wir werden jetzt gehen!", fauchte er.

Ich presste die Lippen zusammen, um nicht zu wimmern.

„Komm schon", seine Stimme klang wieder etwas sanfter. „Komm." Mit zitternden Fingern ließ ich die Decke los und schob mich quälend langsam aus dem Bett. Als meine nackten Füße auf den kalten Beton trafen, holte ich erstickt Luft.

„Hier hast du Schuhe." Arlo bückte sich und griff durch die Gitterstäbe. Mit einem Paar weißen Schuhen drehte er sich wieder um und reichte es mir. Ich nahm sie mit verschwitzten Händen entgegen und zog sie rasch an. Kurz huschten Arlos Augen über meinen steifen Körper, dann öffnete er die Zellentür und drückte etwas in ein kleines Tastenfeld ein, das außerhalb meines Sichtfeldes lag. Wenige Sekunden später öffnete er die Tür bis zum Anschlag und machte eine auffordernde Geste.

Halte dich von den Gitterstäben fern!

Esmes Worte hallten mir durch den Kopf. Ich schluckte hart. Meine Füße waren wie versteinert. Ich konnte mich nicht bewegen.

Arlo seufzte, als hätte er meine Gedanken gelesen. „Ich habe den Storm gerade abgestellt", sagte er und sah mich an.

In mir tobte ein Feuer aus Angst und Misstrauen. Doch ich riss mich zusammen und machte ein paar holprige Schritte in Richtung Tür.

Kein Schmerz durchzuckte meinen Körper. Nichts geschah.

Mit letzter Selbstbeherrschung eilte ich aus der Zelle und stellte mich hinter Arlo, als dieser die Tür wieder schloss.

„Siehst du? Kein Grund zur Panik", lachte dieser und drehte sich zu mir um. „Wir befinden uns unter der Erde. Das hier ist sozusagen mein Reich."

Sein Blick glitt aufmerksam über mein Gesicht, als versuchte er, meine Reaktion einzuschätzen. „Hier unten gibt es Zellen, aber auch kleinere Räume und sogar eine Halle, in der wir trainieren", fuhr er fort. „Und genau da werden wir jetzt hingehen."

Ich hatte keine Ahnung, wieso er mir das erzählte. Warum er mir solche Sachen anvertraute. Immerhin war ich ein Achat und er ein Diamant. Was mich auch wunderte, war, dass ich überhaupt noch am Leben war. Er hatte doch so sehr nach meiner Seele gelechzt, wieso hatte er sie sich dann nicht schon längst genommen?

Arlo führte mich stumm durch einen dunklen Gang, vorbei an etlichen weiteren Zellen und schließlich hielt er vor einer schweren Stahltür. Er beugte sich über eine Anzeigetafel und tippte etwas ein, dann öffnete sich die Tür von selbst. Der Diamant trat zur Seite und gab den Blick auf eine eigene Welt frei. Mir stockte der Atem. Vor mir schlängelten sich unzählige Flure durch ein unterirdisches System. Es gab kleine Türen, Abzweigungen, hinter einem Glasfenster konnte ich sogar eine winzige Kantine ausmachen.

Arlo musterte mich wieder aufmerksam von der Seite. „Und? Das hättest du nicht erwartet, oder?", fragte er leise.

Ich schüttelte etwas unbeholfen den Kopf, meine Augen waren immer noch wie gefesselt von dieser Idee, unter der Erde zu leben. Doch plötzlich traf mich die Erkenntnis wie ein Schlag vor den Kopf.

Wenn wir uns hier unter der Erde aufhielten, wie sollte mich dann jemand finden? Wie sollte jemand auch nur ahnen, dass ich hier unten gefangen gehalten wurde?

Wieder packten mich Angst und Panik und schnürten mir die Kehle zu.

Eine kalte Hand legte sich auf meine Schulter und ich fuhr herum. Arlo sah mir aus seinen schwarzroten Augen entgegen. „Gehen wir?", wollte er wissen und deutete mit dem Kinn geradeaus.

„Mhm", brachte ich mit Mühe hervor und folgte ihm, als er sich in Bewegung setzte. Der Diamant führte mich auf einen fast schwarzen Gang zu, aus dem ein modriger Geruch zu mir hinüberwehte.

„Vorsicht, Stufe!"

Doch die Warnung kam zu spät. Mein Fuß traf gegen Beton, ich verlor augenblicklich das Gleichgewicht und stürzte nach vorne. Starke Arme packten meinen Oberkörper und zogen mich wieder in eine aufrechte Position. Vor Schreck war ich wie erstarrt, wagte nicht, mich zu bewegen. Auch Arlo verharrte eine Weile so, die Hände an meiner Taille und die Augen eindringlich auf mich gerichtet. Lieber Gott, konnte er mich nicht einfach loslassen? „Du solltest aufpassen, wohin du deine Füße setzt", murmelte er. „Beim nächsten Mal pass ich auf", zitterte ich und begann, mich in seinem Griff zu winden. „Du kannst mich jetzt loslassen." Wie von einer Biene gestochen ließ er die Hände sinken, wandte sich ruckartig ab und eilte in den muffigen Gang hinein. Ich folgte ihm etwas langsamer und immer darauf bedacht, nicht erneut zu stolpern.

Ich hasste dunkle Gänge, oder Flure oder Räume, Zimmer, Häuser, Schränke – einfach alles, was nicht erhellt war. Und dieser Gang roch dazu auch noch so, als würde hier irgendwo ein halb verwestes Tier rumliegen. Meine hastigen Schritte hallten auf dem Untergrund wider und vermischten sich mit denen von Arlo, dessen Gestalt ich nur schemenhaft vor mir ausmachen konnte. Irgendwann wurde er langsamer und schließlich verließen wir die Dunkelheit. Grelles Licht umgab mich und meine Augen hatten kurzzeitig ernsthafte Probleme, sich an die plötzliche Helligkeit zu gewöhnen.

Als ich mich wieder gefangen hatte, befand ich mich in einer Halle. Sie war nicht besonders groß. Im Gegensatz zu den Hallen im Lager wirkte sie mickrig, aber es war schon schwer genug, überhaupt unter der Erde irgendetwas zu bauen. Vor mir standen drei Diamanten; ich wusste sofort, dass es welche waren. Ich spürte es an der Kälte, die aus ihren Körpern zu strömen schien. Zwei von ihnen kannte ich bereits. Ava Black und Esme Hill. Die dritte Person war ebenfalls ein Mädchen, allerdings sah sie älter aus als die beiden. Mein Blick zuckte zu ihren Augen. Braungrau. Sie war halb Brown, halb Grey Eye.

„Esme und Ava kennst du ja schon", ertönte Arlos Stimme. Er stand neben den Fremden und ließ mich keine Sekunde aus den Augen. „Und das hier", er deutete neben sich, „ist Vize Giray." Ich musterte Vize. Ihre kurzen, dunklen Haare und die helle Haut waren mir unbekannt. Ich hatte sie zuvor im Lager noch nie gesehen.

„Vize hatte das Kommando hier, solange ich fort war", sagte Arlo. Damit meinte er ganz deutlich seine Gefangenschaft im Lager. „Sie ist achtzehn und damit älter als wir alle", fügte er noch hinzu. Vizes kalte Augen glitten über meinen Körper und ein abschätziger Ausdruck machte sich in ihrem Gesicht breit. „Du bist also Nellanyh Ivy. Die Tochter aus reichem Hause", stellte sie trocken fest. „Ich hatte immer gehofft, dass wir uns eines Tages begegnen." Mir wurde kalt.

Diese junge Frau war Diamant durch und durch. An jeder Faser ihres Körpers, an jedem Blick aus ihren dunklen Augen konnte ich ihre Boshaftigkeit lesen.

Arlo seufzte tief und klatschte in die Hände. „Beginnen wir mit der ersten Trainingsstunde", rief er.

Mein Herz sackte wie ein plumper Stein nach unten. Training? Mit Diamanten?

Nein, bitte nicht.

„Esme." Ihr Name klang wie eine Seuche aus Arlos Mund. „Du weißt, was ich von dir erwarte."

Esme zog den Kopf ein und verkrampfte. Doch sie nickte.

„Nell", der Anführer der Diamanten wandte sich wieder an mich. „Kannst du dich bitte verwandeln?"

„Was?", kiekste ich und sah ihn verschreckt an.

„Du hast mich schon verstanden. Verwandle dich." Er machte eine auffordernde Handbewegung.

Meine Kehle war plötzlich staubtrocken. Es dauerte eine Weile, bis mir wieder einfiel, woher er das alles wusste. Durch mein Training mit Scarlett und Esme.

Vize schürzte die Lippe und sah mich gelangweilt an. „Heute noch?"

„Vize", ermahnte Arlo und warf ihr einen strengen Blick zu.

Sie sah mich vernichtend an, blieb aber stumm.

„Komm schon", drängte Arlo mich.

Ich unterdrückte ein Schnauben. Als ob das so leicht wäre.

Doch irgendwie schaffte ich es tatsächlich, meine menschliche Gestalt abzulegen und in die einer Löwin zu schlüpfen. Mein Körper überzog sich mit glänzend honigfarbenem Fell. Meine

Krallen fühlten sich zuerst ungewohnt lang an, doch nach einigen Sekunden gewöhnte ich mich daran, als wäre es das Selbstverständlichste auf der Welt, sich in eine Raubkatze zu verwandeln. Arlo nickte zufrieden. „Esme, jetzt du." Sie wurde sichtlich nervös und ihr Blick huschte zwischen mir und Arlo hin und her. Dann schloss sie die Augen und verkrampfte. Ballte die Hände zu Fäusten und ließ wieder locker. Nichts geschah.

„Esme!", brüllte Arlo so plötzlich, dass ich zusammenzuckte. Esme öffnete die Augen und sah ihn peinlich berührt an. „Ich kann das nicht."

„Natürlich kannst du das. Jeder Diamant kann die Gestalt wechseln", fauchte er entnervt. „Nochmal."

Wieder schloss Esme die Augen. Wieder passierte nichts. Das Ganze wiederholte sich drei Mal und mit jedem Mal wurde Arlo wuchtiger.

„Esme, du weißt, was das bedeutet, wenn du dich nicht verwandelst", sagte er betont ruhig, auch wenn es ihn viel Beherrschung zu kosten schien.

Sie nickte und zog den Kopf ein. „Ich bekomme das einfach nicht hin."

„Das ist mir egal", knurrte er aufgebracht. „Ich gebe dir Zeit bis morgen. Das ist mein letztes Wort."

Esme wimmerte leise und wich seinem Blick aus. Ich hatte keine Ahnung, was hier vor sich ging. Was würde geschehen, wenn sie es nicht schaffte, sich bis morgen zu verwandeln?

Mein Schwanz strich ungeduldig über den Boden und meine Raubtierinstinkte wurden von Minute zu Minute intensiver.

Arlo schüttelte den Kopf. „Vize, Ava." Er sah sie nicht an, doch die beiden schienen zu verstehen, denn innerhalb weniger Sekunden streckten sich ihre Körper. Die Haut der Diamanten wurde von mattem, braungoldenem Fell überzogen und ihre Köpfe wurden größer und breiter.

Puma?

Ich zuckte verwundert mit den Ohren. Waren Arlo und Scarlett nicht Tiger?

Vize war etwas größer als Ava, das war der einzige Anhaltspunkt, an dem ich die beiden auseinanderhalten konnte.

„Nell, versuche Kontakt mit den beiden aufzunehmen. Über deine Gedanken. Wenn du eine Löwin bist, kannst du nicht mehr sprechen wie Menschen, sondern dich über deinen Kopf verständigen", erklärte Arlo.

Ich senkte leicht das Kinn als Geste des Verstehens.

Kurz blinzelte ich, um meine Gedanken zu sortieren, dann begann ich, stumme Worte auszusenden.

Könnt ihr mich hören?

Die Pumagestalten von Vize und Ava senkten kurz die Köpfe. Zufrieden schnippte ich mit dem Schwanz. Das war einfacher als gedacht.

Sehr gut, du bist talentiert!

Ich zuckte zusammen, als Arlos Stimme in meinem Kopf ertönte. Noch viel mehr erschrak ich, als ich ihn sah.

Er hatte ebenfalls die Gestalt gewechselt und stand nun als prachtvoller Tiger vor mir. Sein gestreiftes Fell glänzte im schmierigen Licht der Lampen über uns. Die schwarzroten Augen musterten mich aufmerksam und unter seiner Haut spielten die Muskeln. Er war größer als ich und hatte die Brust gereckt.

Als Tiger war er noch viel furchteinflößender als in Menschengestalt.

Überrascht?

Er legte fragend den Kopf ein wenig schräg.

Unbeholfen trat ich von einer Pranke auf die andere.

Ein bisschen.

Der riesige Tiger vor mir nickte, was ziemlich merkwürdig aussah.

Das sollte für heute genug sein. Morgen werde ich dir einige Techniken beibringen, mit denen du dich gegen Ava und Vize verteidigen kannst.

Aus dem Augenwinkel sah ich deutlich, wie Vize abfällig mit den Ohren in meine Richtung zuckte und sich ihre Nackenhaare kräuselten. Doch sie hatte genug Respekt vor ihrem Anführer, um sich nicht einzumischen.

Zurückverwandeln!

Ava und Vize schafften es innerhalb von Sekunden, wieder zu Menschen zu werden. Arlo folgte ihnen ein paar Augenblicke später.

Nervös schloss ich die Augen und in mir spannte sich alles an. Ich spürte die Blicke der vier Diamanten auf mir; das machte es nicht unbedingt leichter. Doch letztendlich schaffte ich es, mich zurückzuverwandeln.

Meine Beine steckten wieder in Jeans, meine nackten Füße in unbequemen Schuhen und die Haut unter meinem Shirt war wieder glatt.

Luan

Als Con und ich am nächsten Tag in die vereinbarte Halle kamen, tummelten sich dort schon einige bekannte Gesichter. Amber Notker stand mit Talis zusammen und unterhielt sich eindringlich. Kate machte irgendwelche Übungen. Es sah aus, als würde sie sich aufwärmen. Bei einer ziemlich krampfhaft aussehenden Verrenkung musste ich unwillkürlich wieder an den Abend denken, an dem sie betrunken in mein Zimmer getaumelt war. Zum Glück hielt sie sich jetzt von Alkohol fern.

Ich ließ meinen Blick eilig weitergleiten und er blieb an Adam hängen, der neben einer erwachsenen Frau stand. Sie war schlank, hatte genau wie Adam sehr dunkle Haare, gebräunte Haut und sanft blaue Augen. Mein Gehirn begann zu rattern, doch ich hatte sie noch nie zuvor gesehen und hatte auch keine Ahnung, wer sie sein könnte.

Da sich Con bereits zu Kate gesellt hatte, ging ich auf Adam und die Frau zu.

„Guten Morgen", begrüßte er mich und unterbrach sein Gespräch.

„Morgen", erwiderte ich und nickte der Frau zu.

„Ach so, ja", Adam fuhr sich durchs Haar. „Mom, das ist Luan Moor."

Er wandte sich mir zu. „Luan, das ist meine Mom."

Ich setzte ein schwerfälliges Lächeln auf und schüttelte höflich die schmale Hand der Frau. „Kalinda."

„Luan", sagte ich und ließ die Hand wieder los.

„Ich bin heute leider zum ersten Mal hier, weil ich vorher nicht die Zeit gefunden habe", erklärte Kalinda und schaute entschuldigend zwischen ihrem Sohn und mir hin und her. „Aber besser spät als nie, nicht?"

„Natürlich." Ich nickte, doch in meinem Kopf braute sich leise Abscheu zusammen. Sie hatte nicht die Zeit gefunden, um ihre Kinder bei so einer wichtigen Sache zu unterstützen? Natürlich, sie war die Frau des Anführers der Blue Eyes, aber selbst Talis war fast immer dabei gewesen, als es um Kate und Adam gegangen war.

„Dein Bruder und meine Tochter scheinen sich recht gut zu verstehen", stellte sie leise fest und deutete mit dem Kinn hinter mich.

Ich folgte ihrem Blick und drehte mich um. Con und Kate standen nah zusammen und unterhielten sich angeregt. Sie hatte eine Hand an seinen Unterarm gelegt und er spielte gedankenverloren mit ihrem Haar.

Ich schnaubte innerlich. Kate sollte sich bloß von meinem Bruder fernhalten. Ich ahnte bereits, dass sie das nur tat, um mich eifersüchtig zu machen.

Und dafür würde sie Con benutzen.

Ich nahm mir vor, mit ihm ein ernsthaftes Wort zu wechseln, wenn dieser Morgen vorbei war.

„Sind alle da?", erhob sich Amber Notkers Stimme über die leisen Gespräche. „Dann können wir beginnen."

„Kalinda, Talis, Adam und Con, wir werden in den Kontrollraum gehen", verkündete sie. Kalinda verabschiedete sich von mir und folgte hinter Adam der kleinen Gruppe aus der Halle.

„Hallo, Luan." Kate kam auf mich zugerannt und lächelte zu mir auf.

Ich war dankbar, dass sie mir nicht um den Hals fiel.

„Hallo", erwiderte ich stumpf und ließ die Schultern kreisen.

„Worüber hast du denn mit Con gesprochen?", fragte ich möglichst gleichgültig.

Kates Augen zuckten von meiner Brust wieder nach oben. „Och, dies und das. Nichts Besonderes."

Auf einmal packte mich die Sehnsucht nach Nell. Ich hatte die ganze letzte Nacht nicht schlafen können, vor Sorge um sie. Heute Morgen war ich im Bad fast zusammengebrochen, weil ich einfach nicht mehr konnte. Ich konnte nicht mehr ohne sie weitermachen. Jeder Atemzug war wie eine Qual, wenn ich nicht wusste, ob sie überhaupt noch am Leben war. In meinem Körper herrschte ein einziges Chaos.

Einerseits zogen Stürme über Stürme in mir herum, andererseits fühlte ich mich einfach nur leer. Leer und nutzlos.

Ich würde töten, nur um zu wissen, ob sie noch lebte. Ich würde wieder töten, nur um zu wissen, wie es ihr ging.

Ich würde Völkermord begehen, um zu wissen, wo sie steckte, um endlich nach ihr suchen zu können. Endlich aus diesem verhassten Lager abzuhauen, in dem ich mehrere Jahre meiner Kindheit verbracht hatte. Zu viele Jahre.

„Luan?" Kates Stimme drang wie durch eine Barriere an mein Ohr. In mir wurden Stürme von Leere verschluckt und stiegen wieder auf.

Ich zerriss innerlich. Ganz langsam aber stetig wurde ich zertrennt. Und es tat mehr weh als alles, was ich zuvor gespürt hatte.

Mein Körper streckte sich, meine Nägel wurden zu langen, scharfen Krallen, meine Zähne zu Fangzähnen, die danach lechzten, Fleisch zu zerfetzten und Knochen zu durchtrennen. Ich spürte die schwarze Mähne, die sich um meinen kräftigen Hals wob, und die Muskelmasse, die sich verdreifachte.

Ich legte meine menschliche Gestalt vollständig ab und reckte meinen Löwenkopf. Mein Maul öffnete sich und entblößte mehrere Reihen meiner mörderischen Reiß- und Fangzähne. Ein ohrenbetäubendes Brüllen braute sich in meiner Kehle zusammen und ich machte mir keine Mühe, es zurückzuhalten. In diesem Moment fühlte ich mich so gut wie schon lange nicht mehr.

Ein Kreischen neben mir ließ mich zusammenfahren.

Kate stand mit offenem Mund und starren Augen vor mir, ihr ganzer Körper zitterte wie unter Strom gesetzt.

„Luan! Was soll das werden, wenn's fertig ist?", ertönte Amber Notkers strenge Stimme über die Sprechanlage.

Es ist schon fertig.

Ich hörte sie seufzen. Dann wies sie Kate an, sich ebenfalls zu verwandeln. „Schließ die Augen und stell dir ganz genau vor, wie du als Löwin vor dir selbst stehst."

Ich zog mich etwas zurück, damit Kate sich ganz auf ihre Aufgabe konzentrieren konnte. Sie senkte die Lider und presste sie schließlich zusammen, doch nichts geschah. Mit zuckendem Schwanz stand ich in der hinteren Ecke der Halle, während Kate in deren Mitte langsam verzweifelte.

Nach gefühlten fünfzehn Minuten unterbrach Amber Notkers das Geschehen. „Das ist seltsam. Bei Luan hat es doch auch funktioniert – wie bei Nell", überlegte sie laut.

Vielleicht hatte es ja etwas damit zu tun, dass Nell und ich auf natürliche Weise Achate waren und Kate nur durch eine Mutation. Doch dann kam mir eine andere Idee.

Ich setzte mich in Bewegung und trottete langsam auf sie zu. Kate stolperte ängstlich vor mir zurück. „Luan … Luan, was soll das werden?"

Meine Ohren zuckten belustigt.

Bleib stehen.

Doch sie tat es nicht. Natürlich nicht, sie konnte mich ja auch nicht hören. Aber für das, was ich vorhatte, musste ich in meiner Tiergestalt bleiben. Ich hob auffordernd den Schwanz, damit sie endlich stehenblieb.

„Luan, was hast du vor?", wollte Amber Notker über die Sprechanlage wissen. Ich konnte die Anspannung in ihrer Stimme deutlich hören.

Außerdem stieg mir Kates penetranter Angstgeruch in die Nase und verschleierte fast meine Sinne. Tief in meinem Innersten regte sich die Erkenntnis, dass ich leichtes Spiel mit ihr haben würde. Ich musste nur vorschnellen, sie mit dem Maul packen und …

Ich schüttelte heftig den Kopf und knurrte tief, damit die erschreckende Feststellung aus meinem Geist verschwand. Ich war keine

Bestie. Ich war nur ein Mensch, der diese irre Fähigkeit besaß, seine Gestalt zu wechseln.

„Verwandle dich erst einmal wieder zurück, damit wir wissen, was du vorhast", beschloss Amber Notker.

Nein. Ich würde mich jetzt nicht wieder zurückverwandeln, in die enge Haut meiner Menschengestalt kriechen.

Ungeduldig schlug ich mit dem Schwanz und ging weiter auf Kate zu.

Und sie wich weiter zurück.

„Luan! Du sollst damit aufhören, sofort!" Amber Notkers Stimme duldete keinen Widerspruch. Ich knurrte. Wenn sie nur wüsste, dass ich einfach nur Kates Geruch aufnehmen wollte – mehr nicht. Ich ignorierte ihre Warnungen und Verbote so lange, bis Kate mit dem Rücken gegen die Wand hinter sich stieß. Ihre Augen wurden groß wie Unterteller, als sie ihre Lage bemerkte. „Luan, bitte", stammelte sie und sah sich hilfesuchend um. Ich grinste in mich hinein. Ihr Gesicht sah zu komisch aus.

„Du hast es nicht anders gewollt", schnaubte Amber Notker.

Im nächsten Moment zog ein Stromschlag durch meinen Körper. Ich hielt inne. Zuckte zurück.

Aber ich würde jetzt nicht aufgeben und zusammensacken wie ein Kätzchen. Entschlossen reckte ich meinen massigen Kopf vor.

Kate stieß einen spitzen Schrei aus, als mein Atem ihre Wange traf. Ich öffnete die Nasenflügel und sog ihren Geruch tief ein. Zuerst kreischten meine Lungen empört, weil der starke Angstgeruch in solchen Massen fast eklig war. Doch dann, für eine Millisekunde, nahm ich auch noch einen anderen Geruch wahr. Einen, der nach Wald, Fell und … Kaninchen roch. Zufrieden ging ich wieder auf Abstand.

Ein zweiter Stromschlag schüttelte mich durch, doch ich nahm ihn geflissentlich in Kauf. Wenige Augenblicke später stand ich wieder als Mensch in der Halle.

Kates Angstgeruch war verschwunden, meine Nase nicht mehr in der Lage, ihre Gefühle zu riechen. Aber ich hatte gefunden, was ich gesucht hatte.

„Ich weiß, warum Kate sich nicht in eine Löwin verwandeln kann", rief ich.

Die Sprechanlage knarzte, doch Amber Notker unterbrach mich nicht.

Ich drehte mich wieder zu Kate um, der ein dünner Schweißfilm über die Stirn rann.

„Weil sie eine Wölfin ist."

Luan

„Bitte was?", quickte Kate hinter mir.

Ich hob vielsagend einen Mundwinkel. „Ich habe es gerochen. Du riechst nicht nach Löwe, sondern nach Wolf."

„Du hast an mir gerochen?"

Ich hob eine Braue. „Ja ...?"

Kate lachte hysterisch auf. „Ich dachte, du wolltest mich zum Mittagessen verspeisen."

Ich legte den Kopf schräg. „Ist noch zu früh fürs Essen."

„Sicher", stammelte sie vor sich hin und fasste sich aufs Herz. „Du hast mir eine Riesenangst eingejagt!"

„Alles in Ordnung da unten?" Das war nicht Amber Notkers Stimme, sondern die von Kalinda.

„Ja, Mom. Mir geht es gut", erwiderte Kate und nickte leicht.

„Dann probieren wir das Ganze jetzt nochmal von vorn, okay?", fragte ich sie.

Auch wenn sie meistens eine ziemliche Nervensäge war, war sie mir doch ans Herz gewachsen und ich wollte, dass es ihr gut ging und sie ihre Sache hinbekam.

Wie so oft schwappten Gedanken an Nell in meinem Kopf über.

„Okay." Kate lächelte mich dankbar an und schloss die Augen. „Also stell ich mich mir jetzt als Wolf vor."

Auch in dieser Variante brauchte sie mehrere Anläufe, doch am Ende der Trainingsstunde hatte sie es geschafft, sich dreimal zu verwandeln. Ihre Wolfsgestalt hatte hellgraues Fell, eine schmale Statur und spitze Ohren.

„War ich gut?", fragte sie mich, sobald wir in den Vorraum der Halle geschickt wurden. Sie wirkte immer noch etwas nervös.

„Du warst hervorragend", sagte ich und lächelte. Doch es war mehr gezwungen als ehrlich, weil mein Hirn vor Sorge um Nell ganz schwabbelig geworden war. Aber es würde nicht mehr lange dauern, bis Amber Notker mich endlich aus dem Lager lassen würde, um nach ihr zu suchen. Natürlich wurde die Umgebung bereits seit ihrem Verschwinden ununterbrochen kontrolliert, doch wie erwartet hatte Arlo alle Spuren verschwinden lassen. Ich schnaubte tief. Den Angestellten und ihren Spürhunden konnte er vielleicht etwas vormachen, aber mir nicht schon gar nicht, wenn ich in meine Tiergestalt wechselte. Drei, höchstens vier Tage noch, dann würde ich nicht ins Lager zurückkommen, bevor ich Nell gefunden hatte.

„Das war hervorragend!", lobte Amber Notker Kate, als sie zu uns traf. „Heute Nachmittag werde ich eine letzte Blutprobe machen, dann bist du endgültig ein Achat. Con wird auch dabei sein und anschließend werden wir bei ihm das Verwandeln üben", erklärte sie anschließend.

Kate nickte. „Und Adam?"

Die Ärztin strich ihren Rock glatt. „Er wird ebenfalls anwesend sein, auch wenn ich seine Mutation erst morgen abschließen kann. Aber seine Wunde verheilt gut", fügte sie noch hinzu.

Kate strahlte. „Vielen Dank!"

Amber Notkers Mundwinkel zuckten. „Natürlich."

„Sehen wir uns nachher im Gemeinschaftsraum?", fragte Kate an mich gewandt.

„Vielleicht", erwiderte ich nur. Kurz flackerte Enttäuschung in ihren Augen auf, doch sie nickte verständnisvoll und eilte zu ihren Eltern, die bereits im Gang auf sie warteten.

„Bevor ich dich auf dein Zimmer lasse, möchte ich mir noch einmal deinen Schädel und die Bauchwunde ansehen", sagte Amber Notker plötzlich.

In mir zog sich etwas zusammen, doch ich widersprach nicht und nickte.

Ich lächelte Talis und Kalinda zum Abschied zu, umarmte Adam und Kate flüchtig und folgte dann Amber Notker in einen anderen Flur, der zu einem der unzähligen Behandlungsräume führte. Con schloss sich uns an, doch besonders weit kamen wir nicht.

Aufgebrachte Rufe und eine laute Frauenstimme erfüllten den Gang vor uns und im nächsten Moment kam Bella auf uns zugerannt.

Nells Mutter wirkte vollkommen aufgelöst, ihre Haare waren zerzaust und dunkle Ringe befanden sich unter den glasigen Augen. Hinter ihr liefen zwei Mutanten, ein Junge und ein Mädchen und ganz am Schluss der kleinen Gruppe hetzten Carter und Logan, zwei Begleiter, die ich vom Sehen kannte.

„Was ist hier los?", rief Amber Notker und ihre roten Augen fixierten Bella.

„Wo – ist – meine – Tochter?" Bellas Stimme klang so kalt wie eine frostige Winternacht. Halleluja.

„Carter, Logan, schafft sie wieder auf ihr Zimmer", ordnete die Ärztin an, ohne auf Bellas Frage zu antworten.

„Nein!", schrie sie. Ich erstarrte. Noch nie hatte sich jemand dermaßen einer Anweisung von so weit oben widersetzt.

„Zuerst möchte ich wissen, wo Nell ist und was Sie tun, um meine Tochter zurückzubekommen", fauchte Bella und ihre Augen zuckten zu mir. „Bist du nicht Luan?", wollte sie wissen und ihre Stimme klang rauchig.

Mein Kiefer zuckte. „Ja."

Auf ihrem Gesicht breitete sich ein wehmütiger Ausdruck aus.

„Mrs. Ivy, wir können nachher in Ruhe sprechen. Ich versichere Ihnen, dass wir Ihre Tochter bereits suchen. Ich tue alles, was in meiner Kraft liegt, um sie wiederzufinden, aber das ist nun mal nicht besonders leicht", sagte Amber Notker mit ruhiger Stimme.

Bella ignorierte sie immer noch. Ihr Blick war starr auf mich gerichtet. „Du warst doch bei ihr?", fragte sie mich. „Warum hast du sie dann nicht beschützt? Du bist ein Achat, warum hast du sie nicht beschützt?" Jetzt schrie sie wieder und dicke Tränen quollen ihr aus den Augen. „Warum bist du nicht da gewesen, als sie dich gebraucht hat?"

Ich zuckte zusammen. Sie sprach nichts weiter aus als das, was mir seit Nells Verschwinden im Kopf herumgespuckt war. Und sie hatte recht.

„Mrs. Ivy! Sie haben kein Recht, so zu sprechen. Sie kannten weder die Umstände noch die Beziehung zwischen den beiden", fiel ihr Amber Notker mit schneidender Stimme ins Wort.

„Doch. Nell hat ihn geliebt, das wusste ich!", rief sie aufgebracht.

„Wollen Sie es wirklich wissen?", fauchte die Ärztin. „Luan lag zur Zeit von Nells Verschwinden wegen einer lebensbedrohlichen Bauchwunde im Bett. Er konnte sie in diesem Zustand nicht beschützen. Aber wissen Sie was? Ich würde meine Hand dafür ins Feuer legen, dass er für sie gestorben wäre!"

Mein Blick zuckte überrascht zu der Ärztin, die sich unerwartet so stark für mich einsetzte. Bella sah mich fassungslos an.

„Und ich kann weitermachen", rief Amber Notker. „Luan hat bei dem Versuch, Ihre Tochter zu beschützen, tatsächlich sein Leben riskiert. Er hat eine üble Kopfwunde davongetragen, an der hätte qualvoll sterben können. Also kommen Sie mir nicht damit, dass er nicht da gewesen ist und Nell nicht beschützt hat."

Bella erstarrte. Räusperte sich. Dann senkte sie den Kopf und murmelte: „Das wusste ich nicht. Es … es tut mir leid, aber ich sterbe fast vor Sorge um sie."

„Das verstehe ich doch", warf Amber Notker nun mit ruhigerer Stimme ein. „Und wie gesagt, ich setze alles daran, sie wiederzufinden, aber das ist nun mal nicht so einfach."

Bella nickte betroffen und wischte sich über die Augen. „Entschuldigen Sie mein Benehmen."

Ich schluckte hart und spürte mein Herz, das hinter meinem Brustkorb wie wild pochte. Nells Mutter sah genauso aus, wie ich mich fühlte. Niedergeschlagen, nutzlos und verzweifelt.

„So, und was machen David und Lou bei Ihnen?", wollte die Ärztin wissen.

„Wir haben sie im Gemeinschaftsraum getroffen, da war sie schon völlig außer sich. Als sie losgerannt ist, sind wir ihr gefolgt. Wir konnten sie doch nicht … ich meine, sie hätte alles Mögliche …", versuchte Lou zu erklären.

Jetzt erkannte ich auch ihr Gesicht wieder und das des Jungen war mir auch mehr oder weniger vertraut.

Amber Notker winkte ab. „Darüber reden wir später. „Logan, bring Mrs. Ivy bitte zurück auf ihr Zimmer."

Logan nickte und legte eine Hand auf Bellas Schulter. Diese warf mir einen letzten Blick zu, der mich fast zerriss. Sie sah mich so flehend, so verzweifelt und angsterfüllt an, dass mir ganz anders wurde.

Sobald die beiden abgezogen waren, wandte sich die Ärztin an David und Lou. „Müsstet ihr nicht beim Training sein?"

Die Mutanten warfen sich einen flüchtigen Blick zu. „Wir haben uns so große Sorgen um Nell gemacht und hatten gehofft, ihre Mutter im Gemeinschaftsraum zu finden, um ihr Mut zuzusprechen", meinte Lou.

„Na, das hat ja super funktioniert", murmelte Amber Notker. „Wie dem auch sei, ihr beiden geht jetzt bitte zurück auf euer Zimmer. Carter, du übernimmst."

Carter nickte langsam und wandte sich zum Gehen.

„Stimmt es, dass ein Völkerkrieg bevorsteht?", platzte Lou heraus.

Ich sog scharf die Luft ein. Con neben mir verkrampfte.

„Ja", erwiderte die Red Eye kurz angebunden. „Ihr könnt schon mal damit anfangen, euch zu überlegen, auf welcher Seite ihr stehen werdet."

Lou riss die Augen auf. „Natürlich bei den Achaten!"

Amber Notker nickte abgehackt. „Gut."

Carter schob sich zwischen sie und die Mutanten, um das Gespräch somit zu beenden. „Luan? Luan, können wir uns nachher im Gemeinschaftsraum treffen?", rief Lou mir zu.

Ich wechselte einen kurzen Blick mit der Ärztin, dann nickte ich. „Nach dem Essen, aber in meinem Zimmer, da sind wir ungestört."

„Nummer?" Sie war bereits vollständig hinter Carters breiten Schultern verschwunden.

„Acht."

Und dann war sie auch schon mit David hinter der nächsten Ecke verschwunden.

Nell

Nach meinem Training brachte mich Arlo zurück in meine Zelle.

„Hast du Hunger?", fragte er und schloss hinter sich die Tür.

Mir wurde noch immer mulmig, wenn er mir so nahe war oder mir bewusst wurde, in welcher Lage ich steckte. Und obwohl ich vor Sorge um Luan fast zerbrach und meine Sehnsucht mit jeder Minute quälender wurde, begann ich zu ahnen, dass auch Arlo zumindest nicht *nur* schlechte Seiten hatte.

Von mir selbst überrascht schüttelte ich den Kopf. Arlo hatte Dexter und Felicity umgebracht und nicht zuletzt den kleinen Jupiter, den ersten Achat im Lager. Es war nicht so, dass ich ihn mochte, im Gegenteil, ich verabscheute ihn und seine Art, alles unter seine Kontrolle bringen zu wollen. Doch trotzdem war er ein Mensch wie ich, wenn auch vollkommen anders.

„Nicht?"

„Ach so, doch, ja bitte", stammelte ich, da er mein Kopfschütteln falsch gedeutet hatte.

Arlo nickte langsam und folgte mir mit den Augen, als ich hinüber zu meinem Bett schlurfte und eine kleine Kerze anzündete, die auf meinem Nachttisch stand. Da dies die einzige Lichtquelle in der sonst stockdunklen Zelle war, konnte ich von Arlo nur die Umrisse und seine schwarzroten Augen ausmachen.

Ziemlich gruselig.

„Das vorhin, das habe ich ernst gemeint", sagte er plötzlich.

Ich drehte ihm ruckartig den Kopf zu. „Was denn?"

Mit vorsichtigen Schritten kam er auf mich zu. „Dass du talentiert bist."

„Ach so, das", nickte ich bedächtig und wich unweigerlich zurück.

„Du musst keine Angst vor mir haben, Nell."

Nell. Mein Name klang aus seinem Mund so merkwürdig und fremd.

Ich lachte auf. „Klar, es ist ja auch nicht so, dass du der Anführer der Diamanten bist, der Spezies, die meine auslöschen will."

Arlo blieb stehen und kniff die Augen zusammen.

Ich hielt erschrocken die Luft an. Warum konnte ich nicht einfach den Mund halten?

„Du hast recht, aber ich werde dir trotzdem nichts tun", sagte er schließlich.

Misstrauisch fixierte ich ihn. „Warum sollte ich dir glauben? Du wolltest doch unbedingt meine Seele."

„Wenn ich sie wollte, hätte ich sie mir schon längst genommen."

Darauf wusste ich tatsächlich nichts zu erwidern.

„Ach, fast hätte ich es vergessen", rief er und schlug sich gegen die helle Stirn. „In der Zelle neben dir habe ich deinen Freund untergebracht."

Ich starrte ihn an. Mein Herz begann zu rasen, dann stand es plötzlich ganz still. „Luan?"

Arlo lachte hässlich und Abneigung triefte in seinem Blick.

„Nein, Liam."

Ich starrte ihn an. Unfähig, mich zu bewegen oder auch nur irgendeinen klaren Gedanken zu fassen. In der Zelle neben mir saß Liam? *Liam?*

Arlo grinste wissend und wandte sich ab. „Ich glaube, jetzt hast du keinen Hunger mehr." Mit diesen Worten verschwand er und hinterließ eine frostige Wolke, die um mich herum aufwaberte. Mit zitternden Fingern und kaltem Schweiß auf der Stirn drehte ich mich zur Nachbarzelle. Die Zellen waren nur durch Gitterstäbe getrennt und ich konnte deutlich eine Gestalt hinter den Stangen erkennen.

Mit ruppigen Bewegungen trat ich näher heran, kurz war ich in Versuchung, die Stäbe zu berühren, doch ich schreckte rechtzeitig zurück.

Halte dich von den Gitterstäben fern!

Esmes Warnung pulsierte in meinem Kopf und ich machte gleich mehrere Schritte rückwärts, bis ich mit den Kniekehlen gegen die Bettkante stieß.

„Liam?", flüsterte ich in die Dunkelheit. „Liam, bist du da?"

Ein tiefes Stöhnen von der anderen Seite. Dann hörte ich eine Matratze quietschen und schließlich schwere Schritte, die auf mich zukamen.

„Vorsicht!" Ich riss die Augen auf. „Du musst Abstand zwischen den Gitterstäben und dir lassen, sonst tut das höllisch weh."

Die Schritte verstummten, nur noch schweres Atmen war zu hören.

„Liam?", wiederholte ich etwas leiser.

„Ja, ich heiße noch immer so."

Ich stieß die Luft aus. Ein hysterisches Gefühl kribbelte in meinem Bauch. Er war es wirklich. Es war wirklich Liam, mein bester Freund!

Doch so plötzlich, wie die Freude aufgeflackert war, erlosch sie wieder.

„Wo ist Liz?" Ich begann erneut zu zittern.

Stille.

„Liam? Bitte sag mir, dass es ihr gut geht", flehte ich leise.

Ein dunkles Seufzen. „Jetzt geht es ihr gut."

Ich kam nicht dazu, erleichtert zu sein. „Was soll das heißen?"

„Sie ist nicht mehr da." Seine Stimme klang rauchig und verbraucht.

Leere flutete meinen Körper. „Ist sie …?"

„Tot." Das Wort klang so bedeutungslos aus seinem Mund, dass es wehtat.

„Nein", stammelte ich. „Nein!"

Nein, das wollte – das *konnte* ich nicht glauben. Heiße Tränen lösten sich aus meinen Augenwinkeln und rannen leise über meine eiskalten Wangen.

„Aber sie … sie kann nicht –", fluchte ich und sackte auf dem harten Boden zusammen. Nein! Arlo hatte mir schon so viel genommen. *So* viel. Ich hatte mich mit dem Wissen am Leben gehalten, dass es wenigstens meinen besten Freunden gut ging. Dass sie in Sicherheit waren. Aber jetzt war Liz tot.

Sie war nicht mehr da und ich würde sie auch nie wiedersehen.

„Oh Gott, Liam. Liam! Ich habe mich nicht mal bei ihr verabschieden können. Liam!" Ich brüllte seinen Namen, obwohl er nichts dafür konnte.

„Nein." Ich ballte die Hände zu Fäusten. „Liam, wir haben uns gestritten, bevor ich ins Lager gebracht wurde! Wir haben uns richtig schlimm gestritten, verstehst du das? Wegen dem Kuss …"

Meine Stimme brach. Ich ließ mich zurück aufs Bett fallen und vergrub mein Gesicht im Kissen. Meine Tränen durchnässten den Stoff und schienen nie wieder verschwinden zu wollen.

„Sie war unschuldig", schluchzte ich. „Sie hatte überhaupt nichts mit der Sache zu tun."

„Ich weiß", ertönte seine leise Stimme.

Ich presste die Lider zusammen und gab mich voll und ganz den Schmerzen hin, die mich von innen heraus auffraßen.

„Wie … wie ist es passiert?", fragte ich nach einer Weile.

Liam seufzte schwerfällig. „Es ging alles sehr schnell. Sie und ich waren im Wald unterwegs und plötzlich waren Arlos Männer da. Diamanten, überall. Sie sind auf uns losgegangen und ich habe … Gott, ich habe versucht, Liz zu beschützen, aber ich war zu schwach. Sie haben sie kurzerhand umgelegt und mich gefangen genommen. Ich bin erst gerade eben hier aufgewacht, die letzten Stunden sind aus meinem Gehirn wie weggeblasen."

„Warte mal." Ich richtete mich wieder auf und wischte mir über die geschwollenen Augen. „Woher kennst du dann den Begriff *Diamanten*?"

Stille.

„Liam? Bitte sag was", flüsterte ich in die Dunkelheit. Ich konnte die Anspannung förmlich spüren, die von ihm ausging.

„Es gibt da etwas, was du wissen solltest", hob er an.

Ich hielt die Luft an.

„Nell, ich bin ein Achat und Liz war auch einer."

Meine Knie wurden weich, schwabbelig und meine Hände begannen zu zittern.

„Wir wussten, dass du ebenfalls ein Achat bist und nicht zuletzt deshalb waren wir immer an deiner Seite. Wir wussten vom Lager, wir wussten vom Mute Curse, den Ozea dir immer untergemischt hat, damit du weiterhin wie ein normaler Mensch wirkst. Liz und ich wussten alles, aber wir durften nichts sagen. Ozea hat es uns verboten. Und es war auch besser so", erklärte er leise.

Ich war heilfroh, dass ich auf meinem Bett saß, anderenfalls hätte mein Hintern jetzt vermutlich mit dem harten Boden Kontakt geschlossen.

„Liz und ich haben, genau wie du, Mute Curse zu uns genommen, damit keiner merkte, wer wir wirklich sind. Ozea hat es immer für uns hergestellt. Ich weiß, dass wir dich verraten haben. Ich weiß, dass du dich hintergangen fühlst. Ich weiß, was für schlechte Freunde wir waren. Aber das alles ist jetzt nicht mehr wichtig. Da draußen braut sich ein Völkerkrieg zusammen, der hunderttausende Leben kosten wird. Verhindern können wir ihn nicht mehr, wir können nur versuchen, ihn zu gewinnen."

Seine Worte klangen so eindringlich und entschlossen, dass ich für einige Momente vergaß, wo ich war und dass ich Liz nie wieder in die Arme schließen konnte.

„Wir müssen hier raus."

Ich lachte auf. „Und wie? An Arlo kommst du nicht vorbei, niemals." Ich hörte, wie Liam begann, unruhig hin und her zu laufen.

„Es muss einen Ausweg geben, den gibt es immer", beharrte er. Ich zog mir das riesige Kissen auf den Schoß und versenkte meine viel zu langen Fingernägel in dem weichen Stoff. „Diesmal nicht, Liam."

Er stöhnte laut. „Mit dieser Einstellung bin ich mir ganz sicher, dass wir Arlo in den Hintern treten können."

Ich rutschte auf der Matratze herum. „Es bringt aber nichts, sich etwas einzureden, was sowieso nicht funktioniert."

Auf einmal blieb er stehen. In der Stille konnte ich seinen schnellen Atem deutlich hören. „Kann es sein, dass du gar nicht hier wegwillst?"

Ich erstarrte. „Was? Natürlich will ich! Ich sterbe jeden Tag aufs Neue vor Sorge und Sehnsucht nach Luan."

„Und warum bist du dann so negativ?"

Ich biss mir auf die Lippe. „Das ist dumm."

„Sag", forderte er mich sanft auf.

„Ich habe Angst", flüsterte ich. „Ich habe Angst, in diesem Krieg noch mehr meiner Freunde zu verlieren. Oder Luan."

Liam setzte sich wieder in Bewegung und kam auf meine Zelle zu. In sicherem Abstand zu den Gitterstäben verharrte er. „Ich habe auch Angst", sagte er schließlich. „Mehr als du denkst. Um Mom und Dad, um Ozea und um dich. Aber wir müssen das tun, Nell. Und wir werden das schaffen. Wir alle zusammen."

In meiner Brust löste sich etwas und ein tiefer Schluchzer kam über meine trockenen Lippen.

„Wir müssen Liz rächen. Das ist das Mindeste, was wir ihr schulden. Hilfst du mir also?" fragte er leise und seine Worte klangen ungewohnt dumpf in der Zelle wider.

Mein Herzschlag verdoppelte sich, doch meine Antwort stand fest. Ich musste zu Luan. Diese Sehnsucht, dieses Verlangen, ihn ganz nah bei mir zu spüren, würde ich nicht länger aushalten. Zudem hatte Liam recht. Wir mussten Liz rächen und alle anderen, die Arlo auf dem Gewissen hatte. In den letzten Wochen hatte ich so viel Abscheuliches erlebt und mitansehen müssen, dass der Drang, um Liz zu trauern und auf Liam wütend zu sein, da er mich ebenfalls belogen hatte, etwas geringer geworden war.

Ich musste mich auf das Wesentliche konzentrieren und Liz für den Anfang in den Hintergrund schieben, auch wenn ich mich dafür abgrundtief hasste-. Nur so konnte ich etwas bewirken.

„Ja."

Ich hörte Liam lächeln. „Gut."

27

Luan

Nachdem sich Amber Notker meinen Schädel und die Bauchwunde angesehen hatte, entließ sie mich endlich. Sofort steuerte ich auf mein Zimmer zu. Kates Vorschlag, sich jetzt noch im Gemeinschaftsraum zu treffen, war längst vergessen. Ich wollte mit Lou reden. Sie war Nells erste Zimmergenossin im Lager gewesen und irgendwie fühlte ich mich in ihrer Anwesenheit mehr oder weniger mit Nell verbunden.

Vor meiner Zimmertür standen bereits David und Lou.

Ich nickte ihnen zu und öffnete die Tür, damit sie eintreten konnten.

„Setzt euch." Ich wies mit dem Kinn auf mein zerwühltes Bett. Eisige Hände packten meine Kehle und ich hielt inne. Immer wenn ich dieses Bett sah, wurden die Erinnerungen an Nell noch unerträglicher.

Die beiden Mutanten taten wie ihnen geheißen und setzten sich.

Ich lehnte mich mit der Hüfte gegen die Wand und heftete den Blick stur auf die verschlossene Badtür.

Ein Ruck ging durch meinen Körper. Blasse Erinnerungen an Nell wirbelten in meinem Kopf auf und pochten gegen meine Schläfe. Wie wir dort zusammen vor dem Spiegel gestanden hatten. Wie ich sie geküsst hatte.

Ein Gefühl der Enge breitete sich in mir aus. Ich wollte sie sehen. Jetzt.

Noch nie in meinem Leben hatte ich jemanden so sehr begehrt wie Nell. Ich musste mich wirklich zusammenreißen, um nicht auszurasten. Mein Körper fühlte sich wie eine tickende Zeitbombe an, die jeden Moment in die Luft gehen konnte.

Lou räusperte sich zaghaft und holte mich so in die Realität zurück. Steif richtete ich meine Aufmerksamkeit wieder auf meine Gäste.

„Ich werde euch nicht erklären, was passiert ist", sagte ich warnend. „Darüber werde ich kein Wort verlieren und ihr auch nicht, ist das klar?"

Mir war bewusst, wie abwehrend und böse das klang, aber ich wollte nicht noch tiefer in diesem schwarzen Loch versinken. „Klar", entgegnete Lou nickend.

Kurz herrschte ein unangenehmes Schweigen, dann ergriff sie endlich das Wort. „Eigentlich wollten wir nur darüber reden, wie es jetzt weitergeht. Ein Völkerkrieg steht kurz bevor und diese erstickende Anspannung scheint sich auch schon im Lager auszubreiten. Jeder Mutant muss sich vor die Frage stellen, auf welche Seite er gehört."

Ich folgte ihren Worten, die wie einstudiert klangen, nur mit halbem Ohr, auch wenn ich verwundert darüber war, wie sachlich sie klang.

„Unsere Freunde, also die Mutanten, mit denen wir in den letzten Tagen und Wochen Kontakt hatten, sind sich alle einig. Sie werden für dich kämpfen."

Lou sah mich erwartungsvoll an, während David schwieg. Ich war mir nicht sicher, ob ich ihn überhaupt schon einmal sprechen gehört hatte. Meine Kehle wurde eng und ich verschränkte die Arme vor der Brust.

„Ich kann nicht an der Spitze meiner Spezies in den Krieg ziehen, wenn ich nicht weiß, wo Nell ist. Ich brauche sie dafür. Ich brauche das Wissen, dass es ihr gut geht und sie vor Arlo in Sicherheit ist. Auf keinen Fall werde ich riskieren, dass sie in diesen Krieg verwickelt wird, geschweige denn, dass sie dabei zu Schaden kommt", erklärte ich mit rauer Stimme.

Lou sog scharf die Luft ein. „Also stellst du die Bedingung, Nell zu sehen, bevor du für deine Spezies kämpfst?"

Ich schüttelte den Kopf. „Ich will sie sehen und in Sicherheit wissen, bevor ich irgendetwas anderes tue."

„Aber es geht hier um eine ganze Spezies", sagte David plötzlich. Ich und auch Lou sahen ihn erstaunt an. Er schien sich unter meinen eisigen Blicken zu winden, doch er behielt das Wort. „Die Achate brauchen dich. Und alle anderen Mutanten, die sich dir angeschlossen haben, auch. Sie lassen sich von keinem anderen anführen als dir. Du musst sie führen, auch wenn du Nell vorher nicht gesehen hast."

„Nein!", rief ich aufgebracht und machte einen Schritt vor. David wich erschrocken auf dem Bett zurück.

„Versteht ihr das denn nicht? Ich würde es ja tun. Ich würde mich auch für das Überleben meiner Spezies opfern, aber ich kann nicht. Nell und ich sind verbunden wie mit einem durchsichtigen Band. Mit jedem Tag ohne sie werde ich schwächer und ungeduldiger. In meinem jetzigen Zustand könnte mich Arlo problemlos töten. Aber sobald Nell wieder in meiner Nähe ist, ich sie in Sicherheit weiß, werde ich wieder stärker und kann mich gegen Arlo behaupten. Genau deswegen hat er sie auch entführt, weil er genau weiß, dass ich jeden Tag schwächer werde. Wenn ich dann endgültig am Boden zerstört bin, wird er sich über mich hermachen und leichtes Spiel haben", polterte ich und rasende Wut packte mich. Dieser Mistkerl hatte mich schon wieder hinters Licht geführt. Ich hatte schon wieder versagt.

Wie mich diese ganze Situation anekelte.

David starrte mich an. Blanke Angst lag in seinem Blick. Doch Lou nickte kaum merklich. „Das ergibt tatsächlich Sinn."

Ich warf die Arme in die Luft. „Natürlich ergibt das Sinn."

„Kannst du spüren, ob sie noch am Leben ist?", wollte sie wissen.

Meine Augen verengten sich. „Ich kann es nicht spüren, aber ich glaube schon, dass sie noch lebt. Wenn nicht, würde es mir sicherlich noch schlechter gehen."

„Aber warum lässt Arlo sie leben?", überlegte Lou laut. „Wenn er sie umbringen würde, hätte er noch leichteres Spiel mit dir, weil du doch dann noch schwächer wärst."

Ich sah sie böse an. „Wie kannst du nur so über deine Freundin sprechen? Ich bekomme Krämpfe, wenn ich die Worte *umbringen, Arlo* und *Nell* in einem Satz höre."

Lou winkte ab und heftete ihre braungrünen Augen auf einen Punkt über meinem Kopf. Sie wirkte sehr konzentriert. „Du kommst schon wieder vom eigentlichen Thema ab. Die Frage ist, warum Arlo Nell leben lässt."

Ich ließ mich mit dem Rücken an der Wand hinabgleiten, bis ich den kalten Boden unter mir spürte. „Ich nehme an, du wirst es mir gleich verraten?"

„Weil er sie mag."

Ich fluchte laut. „Nicht schon wieder diese Nummer."

Lou sah mich verständnislos an. „Das ist die einzige Erklärung, die mir halbwegs logisch erscheint, Luan. Er mag sie und lässt sie leben, weil er es nicht über sich bringt, sie zu töten. Was eigentlich schon ziemlich verstörend ist, weil er ein Diamant ist und sie abgrundtief hassen müsste. Aber möglich ist alles."

„Hör endlich auf damit", fuhr ich sie an. „Ich ertrage das nicht mehr."

Doch sie beugte sich vor und sah mich eindringlich an. „Das, was du nicht erträgst, ist der Gedanke, dass Arlo sie mag und er soll sie nicht mögen. Denn Nell gehört dir. Liege ich da richtig?"

In mir wurde ein Feuer entfacht. Ein unglaublich heißes Feuer. War es Eifersucht?

„Und was genau ist so falsch daran, Nell nicht mit einem geisteskranken Diamanten teilen wollen?", fragte ich schroff.

„Nichts", erwiderte sie. „Ich finde es nur wichtig, dass du weißt, warum Arlo sie leben lässt und dass es sein kann, dass …"

„Dass was?", knurrte ich angespannt.

Lou wich meinem energischen Blick aus. „Naja, er könnte sie vielleicht … bedrängen."

„Bedrängen?", wiederholte ich. Sämtliche Alarmglocken schrillten in meinem Kopf. „Das soll er nur versuchen. Nell ist nicht schwach, sie wird das nicht so einfach mit sich machen lassen."

Lou erwiderte nichts mehr und wirkte auf einmal sehr besorgt und zerwühlt.

Dunkle Bilder von Nell und Arlo spukten in meinen Gedanken umher. Wie er sie anfasste und sie sich wehrte. Wie sie nach Hilfe schrie, sie aber niemand hörte. Wie er sie immer fester packte und ihr wehtat.

Ohne zu überlegen rammte ich meine Faust in die Wand hinter mir. Zusätzlich ließ ich einen Blitz frei, der in mörderischem Tempo in den Beton jagte und ihn spaltete. Putz bröckelte auf mich hinab. Schmerz zuckte durch mein Handgelenk. Doch ich schlug erneut zu. „Er wird sie nicht anfassen. Das wird er nicht wagen!", brüllte ich außer mir.

Plötzlich ging die Tür auf und Con stürmte herein. „Himmel, Luan, was machst du denn? Ich war grade drüben bei Kate und Adam und auf einmal haben wir einen Riss in der Wand –" Er sprach nicht weiter, als er mich sah.

„Scheiße", murmelte mein Bruder. Gleich darauf war er bei mir und zerrte mich vom Beton weg, der inzwischen vollständig zerstört war. Ich wehrte mich, doch irgendwann fehlte mir die Kraft, da auch Adam mich gepackt hatte und festhielt. Kate stand im Türrahmen, die Hände vor den Mund geschlagen und starrte mich an.

„Er wird sie nicht anfassen!", brüllte ich immer und immer wieder.

„Ist ja gut", rief Con und drückte mich auf mein Bett. „Beruhige dich, Luan."

Nach einer gefühlten Ewigkeit ebbte die Wut ab und machte Verzweiflung und Schuldgefühlen Platz. Ich hörte, wie sich Con leise mit Lou unterhielt, die ihn aufzuklären schien. Aber ich hatte nicht die Willenskraft, den beiden zuzuhören. Stattdessen schloss ich die Augen und ließ zu, dass sich Kate vorsichtig neben mich setzte und mir das Haar aus der Stirn strich. Meine Knöchel brannten wie Höllenfeuer und ich spürte das warme Blut, das aus der Wunde floss, doch nur so lange, bis Kate sie entdeckte und mit einem Handtuch die Blutung stillte. Irgendwann verließen David und Adam das Zimmer. Lou und Kate folgten etwas später, nur Con blieb bei mir. Er legte sich neben mich aufs Bett, zog eine dünne Decke über meinen bebenden Körper und verschränkte die Arme im Nacken. Nach einer Weile nickte ich weg und spürte nur noch, wie Con etwas näher an mich heranrückte.

Nell

Ich spürte einen kalten Atem auf meinen Lippen. Noch immer halb schlaftrunken öffnete ich die Augen und erschrak. Direkt über mir befand sich Arlos Gesicht. Seine schwarzroten Augen loderten und seine Nasenspitze berührte fast die meine. Panik packte meine Glieder und ich wich zurück, stieß jedoch gleich darauf mit dem Rücken gegen das Bettende. „Was hast du?", fragte Arlo leise und folgte mir.

Ich presste die Lippen fest zusammen und krallte meine Finger in die aufgewühlte Decke. „Bitte, Arlo, geh weg."

Er verzog den Mund zu einem flüchtigen Grinsen. „Ich tue dir doch nichts."

„Bitte", brachte ich mit zitternder Stimme hervor, weil er mir schon wieder viel zu nahe war. Seine Unterlippe fuhr über meine glühende Wange, während er seine Hände über meinen Oberschenkel schob. Mir entwich ein Wimmern. Ich fühlte mich hilfloser denn je und in diesem Moment lernte ich eine ganz neue Bedeutung des Begriffs *Bedrängnis* kennen. Am Tag nach meinem Geburtstag hatte ich mich bedrängt gefühlt, damals allerdings von Luan. Der Gedanke an ihn schmerzte viel mehr als an den Tagen zuvor.

„Lass das", rief ich, als Arlo am Bund meines Shirts zog.

Er grinste immer noch. „Ich werde dir schon nicht wehtun, Fee."

Ich erstarrte. Mein Griff versteifte sich und die Angst lief mir kalt den Rücken hinab. Woher wusste Arlo von dem Spitznamen, den Luan mir gegeben hatte?

„Arlo!", rief eine nahe Stimme. „Passiert heute eigentlich noch was oder soll ich in diesem dreckigen Loch verkümmern?"

Ich war noch nie so erleichtert gewesen, Liams Stimme zu hören. Arlo knurrte aus tiefer Kehle und fuhr herum. Mit hastigen Atemzügen ließ ich mich zurücksinken. Er sah mich nicht mehr an, er war mir nicht mehr nahe.

Beruhige dich, Nell.

„Nein, keine Sorge", keifte Arlo und trat an die Gitterstäbe zu Liams Zelle. „Ich habe ganz andere Sachen mit dir vor."

Liam lachte auf. „Gut zu wissen."

„Du gehst mir auf die Nerven. Hüte deine Zunge oder du bist sie schneller los, als Nell sich von ihr verabschieden kann", warnte er scharf.

Ich hielt die Luft an. Das Ganze war ein einziger Albtraum.

„Ich habe Hunger", überging Liam die Warnung.

Arlo schnaubte. „Pech für dich. Es gibt erst in ein paar Stunden was."

Mit diesen Worten verschwand er aus meiner Zelle. Erleichterung überschwappte mich und ich schloss kurz die brennenden Augen.

„Danke", flüsterte ich dann.

„Du musst dich nicht bedanken, Nell", erwiderte Liam. „Er hat dich angefasst, da werde ich doch nicht nur zusehen."

Ich presste die Lippen zusammen und nickte, obwohl er das nicht sehen konnte. „Ich bin so froh, dass du da bist."

„Ich werde dich nicht noch mal allein lassen, okay? Nie wieder", entgegnete er sanft. Ich nickte abermals und versuchte mit aller Kraft, die Tränen zurückzuhalten, die in meinen Augenwinkeln brannten.

Ich hörte, wie Liam sich auf sein Bett setzte. „Fee?", fragte er nur.

Ich lächelte flüchtig. „Luan hat mir diesen Namen gegeben."

„Du magst ihn, oder?"

Eine Träne löste sich und kullerte mir über die Wange. „Nein, Liam, ich liebe ihn." Meine Stimme zitterte wie verrückt.

Stille.

„Liebt er dich auch?"

Ich schluchzte laut auf und presste mir gleich darauf eine Hand auf den Mund.

„Ich weiß es nicht. Vielleicht."

„Dann wird er dich auch hier rausholen."

„Hast du nicht gestern gesagt, das müssen wir selbst in die Hand nehmen?"

„Ein bisschen Unterstützung kann nie schaden."

Ich wischte mir über die nassen Augen.

„Hey", seine Stimme klang tief und sanft, vertraut. „Alles wird wieder gut, Nell. Das verspreche ich dir."

Ich war mir da nicht so sicher. Die meisten Versprechen, die wir gaben, konnten wir sowieso nicht einhalten und ich war jetzt schon mindestens drei, vier, fünf Tage hier? Ich hatte den Überblick verloren, aber es schien Ewigkeiten her, seit ich Luan das letzte Mal gesehen hatte.

Mit zitterndem Atem lehnte ich meinen Hinterkopf gegen das Bettende und schloss die Augen. Es bestand immer noch eine Chance, dass Luan Liam und mich fand. Aber ich wusste nicht, wie lange noch.

Luan

Das Training am nächsten Tag verlief ziemlich flüssig. Ich konnte bereits meine Gestalt auf Knopfdruck wechseln und Kate stellte sich zu meiner Überraschung ebenfalls erstaunlich gut an. Wir übten verschiedene Kampfmethoden und Tricks, mit denen wir den Gegner überraschen konnten. Ich besiegte sie jedes Mal, doch trotzdem blieb ich nicht vor ihren zielsicheren Tritten und Bissen verschont. Als Wölfin war sie deutlich kleiner als ich, und dadurch auch etwas schneller. Sie duckte sich immer unter meinen Hieben weg, tauchte unter meinen Bauch und kratzte über meine Haut.

Beim Training kämpfte keiner von uns so stark, als dass wir den anderen hätten verletzten können. Wir mussten unsere Schläge so platzieren, dass unsere Krallen nur leicht durch das Fell glitten und auf die Haut trafen.

Nach zwei Stunden glänzte mein Fell von Schweiß, die Mähne klebte an meinem Kopf und meine Pranken zitterten leicht. Doch ich wollte noch lange nicht aufhören. Ich wollte Arlo besiegen, in einem fairen Zweikampf. Ich wollte ihm deutlich überlegen sein, ihn quälen bis zum Schluss, so wie er es bei Felicity getan hatte und es jetzt durch Nell bei mir tat.

Schauder glitten durch mich hindurch, wenn ich mir vorstellte, wie ich meine Krallen unter seine Haut bohren und meine Fangzähne in seinen Nacken graben würde.

Befriedigung machte sich in mir breit.

„Das reicht für heute Vormittag", schloss Amber Notker durch die Sprechanlage das Training ab. „Zieht euch um und geht etwas essen. Ihr macht wirklich gute Fortschritte, das wird was." Ihr Lob klang etwas hölzern, aber ich wusste es zu schätzen. Einer Red Eye fiel es generell nicht besonders leicht, andere zu loben oder sie zu beglückwünschen.

Ich presste die Lider zusammen und verwandelte mich zurück, damit ich mit ihr reden konnte. Inzwischen war es uns gelungen, in Tiergestalt über unsere Gedanken zu kommunizieren – ein riesiger Erflog in so kurzer Zeit.

Aber das reichte mir nicht.

Ich hatte keine Ahnung, was mich auf der Suche nach Nell erwarten würde. Arlo würde sie mir ganz sicher nicht freiwillig überlassen. Ich würde hart kämpfen müssen und dazu war ich mehr als bereit. Ich würde über Leichen gehen, um Nell zu retten, das war mir schon seit ihrem Verschwinden bewusst.

Entschlossen straffte ich die Schultern. „Ich will noch weiter trainieren. Kate kann gehen, aber darf ich noch ein bisschen für mich allein üben?"

Die Antwort kam sofort. „Nein. Du brauchst deine Kräfte, Luan. Wenn du dich jetzt zu sehr verausgabst, dann wirst du heute Nachmittag flachliegen."

Ich schüttelte den Kopf und ballte die Fäuste. „Ich werde auch heute Nachmittag voll und ganz dabei sein. Verstehen Sie doch, ich will auf alles vorbereitet sein."

„Das bist du, glaub mir."

Die Sprechanlage rauschte, damit war das Gespräch für die Ärztin beendet. Wütend ließ ich meinen Kiefer zucken. Ich war noch lange nicht ausreichend vorbereitet, so fühlte ich mich zumindest nicht.

Eine schmale Hand legte sich auf meine Schulter.

Ich zuckte leicht zusammen und sah in Kates Gesicht. Durch die Mutation waren ihre Augen jetzt nicht mehr eisblau, sondern zusätzlich mit dunkelgrauen Sprenkeln durchsetzt. „Amber Notker hat recht, Luan. Du bist enorm zäh, schnell, zielgenau und stark. Arlo hätte keine Chance gegen dich", meinte sie. Ich sah auf ihre Hand, die sie schnell zurückzog, als sie meinen Blick bemerkte. „Ich meine es ernst. Du bist phänomenal." Meine Mundwinkel zuckten, aber nicht, weil ich mich geschmeichelt fühlte, sondern vor Ungläubigkeit. Ich ließ mit einem tiefen Seufzen die Schultern sinken und fuhr mir durchs Haar. „Wie du meinst." Etwas anderes blieb mir auch gar nicht übrig, denn sich gegen das Wort von Amber Notker zu stellen, war mehr als aussichtslos. Trotzdem war ich selbst von mir überrascht, wie schnell ich nachgab. Es musste an der gebrochenen Verbindung zwischen Nell und mir liegen, dass meine Willenskraft und mein Durchsetzungsvermögen erheblich gesunken war.

Nachdem ich mich umgezogen und etwas gegessen hatte, wollte ich eigentlich nichts weiter, als ein bisschen zu schlafen. Doch der Gedanke wurde im Keim erstickt, als Kate, Adam und Con das Zimmer betraten. Als wäre das noch nicht genug, folgten ihnen auch noch Lou und David. Misstrauisch verengte ich die Brauen und richtete mich im Bett auf.
„Ist was passiert?", fragte ich langsam.
Adam lachte bitter auf. „So einiges, aber das müsstest du eigentlich wissen."
Ich schnaubte tief und verschränkte die Arme vor der Brust. „Ihr könnt hier nicht einfach alle reinmarschieren, ich wollte gerade schlafen", konterte ich rau.
Ohne auf meinen Kommentar zu achten, ließ sich Kate neben mir nieder. Adam lehnte sich mit der Schulter gegen die Badtür, während David, mit immer noch ängstlichem Blick, mitten im Raum stehen blieb. Mein Bruder und Lou stellten sich neben Adam.
„Du kannst später schlafen", meinte Con. „Wir sollten uns jetzt langsam mal einen Plan überlegen, wie und wo wir Nell suchen wollen."
Sofort verkrampfte sich mein Bauch und ein Gefühl der Enge breitete sich in mir aus. „Was machen die denn hier?" Abfällig

deutete ich mit dem Kinn auf Lou und David. David zuckte unter meiner Bemerkung zusammen und wurde rot.

„Sie werden uns helfen, Nell zu suchen."

Meine Brauen schossen in die Höhe. „Die?"

„Luan!"

„Was?", entfuhr es mir. „Ich habe doch wohl auch noch ein bisschen Mitspracherecht. Und ich glaube nicht, dass uns ein Grashalm und eine … ein Mädchen mit einem solchen Mund weiterhelfen."

„Was meinst du damit?", wollte Lou wissen und funkelte mich an.

Con legte ihr eine Hand auf die Schulter. „Luan geht es schlecht. Er –"

„Er weiß ganz genau, was er da sagt", fauchte ich.

Con warf mir einen scharfen Blick zu, den ich ignorierte. „Schluss jetzt." Ich ließ die Arme sinken. „Ihr alle verschwindet jetzt und lasst mich endlich in Frieden. Ich werde Nell alleine suchen. Sorry, aber ihr seid mir dabei nur im Weg."

Lou schnaubte. „Sie ist wohlbemerkt auch meine Freundin. Und ich werde nicht zusehen, wie du alleine das Lager verlässt und ernsthaft glaubst, du wirst sie finden und sicher zurückbringen."

Meine Nasenflügel bebten. „Ich werde sie sowieso nicht zurückbringen."

Lou verengte die Brauen. „Wie meinst du das?"

„So, wie ich es gesagt habe."

„Luan …", begann Con leise.

Ich unterbrach ihn erneut. „Auf keinen Fall werde ich Nell zurück ins Lager bringen. Ich bin schuld daran, dass sie überhaupt hier ist und ich bin schuld, dass sie ihre Familie verloren hat. Sie vor dem Lager zu schützen ist das Geringste, was ich für sie tun kann und das werde ich auch."

Con fluchte. „Nell hat nicht ihre ganze Familie verloren."

„Aber einen Mann, der fünfzehn Jahre wie ein Vater für sie gewesen war, weil ihr richtiger anderweitig beschäftigt war", brüllte ich und warf dabei Adam und Kate einen kalten Blick zu.

300

Ich wusste, dass die Geschwister nichts für das Verhalten ihres Vaters konnten, trotzdem waren sie mit ihm verwandt und ich konnte meine Wut im Moment nur an ihnen auslassen.

„Luan, beruhige dich", schnitt Cons Stimme durch meinen Kopf. Ich schnaubte nur.

Kate war von mir abgerückt und stand jetzt vor Adam. Sie sah mich aus großen Augen an und ihr Blick wirkte tief verletzt. Bei Adam sah ich nur Wut.

„Du glaubst also wirklich, dass du Nell alleine finden und retten kannst?", fragte er mit fauchender Stimme. „In deinem Zustand wirst du es doch nicht mal aus dem Lager schaffen."

„Adam!", zischte Kate. „Hör auf."

Er schüttelte stur den Kopf. „Ist doch so. Tag für Tag wirst du schwächer. Tut mir leid, Luan, aber *du* wirst ganz sicher nicht derjenige sein, der Nell retten wird."

Ich schoss vor, packte ihn am Kragen und presste ihn gegen die Wand. Auf meinen schwitzenden Handflächen knisterte bereits die Energie. Adam keuchte und versuchte, sich zu befreien, doch es gelang ihm nicht. Natürlich nicht – ich war um einiges stärker als er.

Kates Arme legten sich von hinten um meine Taille, als sie versuchte, mich wegzuziehen. Ich schüttelte sie ab und durchbohrte Adam mit Blicken. „Sag das noch einmal und es wird das Letzte sein, was du tust", knurrte ich.

Ein dünner Schweißfilm bildete sich auf seiner Stirn. Ich packte ihn fester und wollte gerade meine Energie freilassen, als mich jemand mit Gewalt zurückstieß. Ich stolperte überrumpelt nach hinten und stieß mit den Kniekehlen gegen das Bett.

„Luan!", fluchte Con und sah mich fassungslos an. „Dir geht es echt nicht mehr gut."

Adam fasste sich an den Hals und rieb sich über die leicht gerötete Stelle, an der ich ihn gepackt hatte. Dabei warf er mir verschleierte Blicke zu.

Ich rümpfte die Nase. „Er hat es nicht anders verdient. Von Anfang an war er lästig."

„Du bist doch nur eifersüchtig, weil Nell mit mir besser klarge-
kommen ist, als du gehofft hast", murmelte Adam bitter.
Ich wollte erneut auf ihn losgehen, aber Con stellte sich mir in
den Weg. Er legte beide Hände auf meine Brust und schob mich
zurück. „Lass es", warnte er und sah mich eindringlich an.
Nach einigen Momenten, in denen wir so verharrten, fing ich
mich wieder und wandte mich ab. Es war mir mehr als gleichgültig, was die anderen von mir hielten. Das Einzige, was ich
wollte, war Nell. Ich brauchte sie.
Nachdem sich die angespannte Situation etwas gelegt hatte, lehnte ich mich mit der Hüfte gegen die Wand und verschränkte die
Arme vor der Brust.
„Wo kommt ihr überhaupt her?", wollte ich schließlich wissen.
„Adam und ich haben noch ein bisschen das Verwandeln geübt.
Amber Notker wollte das mit uns eigentlich schon früher machen, aber es hat sich nicht ergeben", erwiderte mein Bruder ruhig. Er stand mir gegenüber, neben ihm Lou. Die Mutante warf
mir immer wieder flüchtige Blicke zu, als hätte sie Angst, ich
könne sie jeden Moment attackieren.
„Und?", fragte ich trocken. „Wie war's?"
Mein Herzschlag hatte sich wieder normalisiert und auch meine aufgestaute Energie war verschwunden. Stattdessen fühlte ich
mich jetzt wie ausgetrocknet. Auch nicht gerade berauschend.
„Sehr gut", nickte Con und tauschte einen Blick mit Adam. „Er
ist genau wie Kate ein Wolf und ich bin ein Löwe."
In mir begann etwas zu ziehen, weil ich nicht dabei gewesen war.
Zu gern hätte ich meinen großen Bruder als Löwen vor mir stehen
gesehen, aber die Gelegenheit würde ich schon noch bekommen.
„Zurück zum eigentlichen Grund, weshalb wir hier sind", sag-
te Con schließlich. „Wir haben uns überlegt, dass wir uns in
Gruppen aufteilen. Das Ganze haben wir auch schon von Am-
ber Notker genehmigt bekommen."
„Warte mal", ich hob eine Hand. „Ihr habt schon einen Plan?"
„Ja."
„Ohne mit mir vorher darüber zu reden?"
„Das tun wir ja jetzt", warf mein Bruder ein.

Ich schnaubte. „Trotzdem hätte ich gerne auch eigene Ideen eingebracht."

„Dann schieß los."

Ich schüttelte den Kopf. „Das geht nicht so auf Knopfdruck."

„Äh", mischte sich Lou ein. „Du brüllst die ganze Zeit rum, dass du Nell allein suchen willst, hast aber keinen Plan, wie?"

„So sieht's aus." Was Besseres fiel mir nicht dazu ein. Sie hatte recht. Ich hatte tatsächlich nicht den geringsten Ansatz eines Plans. Alle sahen mich mit hochgezogenen Brauen an. Das war auch nicht gerade berauschend. Con seufzte.

„Wir werden uns also in Gruppen aufteilen und systematisch die Umgebung absuchen. Kate, Adam und –"

Ich musste eingreifen. „So werdet ihr sie nicht finden."

Er sah mich entnervt an. „Aber mit deinem nicht vorhandenen Plan natürlich."

Ich schüttelte den Kopf. „Wenn ich aus dem Lager raus bin, werden wir nach Nell suchen, das ist richtig. Aber sobald ich sie spüren kann, werden wir uns alle treffen und gemeinsam die Spur weiterverfolgen."

„Und wie genau willst du sie bitte spüren?", fragte Lou.

„Ich werde meine Gestalt wechseln. Als Löwe kann ich besser sehen, hören und riechen. Außerdem besteht zwischen Nell und mir eine Art Verbindung. Wenn wir nah genug beieinander sind, können wir den anderen über unsere Gedanken suchen und den Ort sehen, an dem er sich befindet. Zusätzlich dazu spüren Mutanten ja, wenn ein anderer in der Nähe ist", erklärte ich schnell.

Lou sah mich etwas überrumpelt an. Con schien nicht ganz hinterher zu kommen, aber Kate und Adam schienen das Prinzip verstanden zu haben.

Wenigstens zwei.

„Das klingt nach einem Plan", stellte Con irgendwann fest.

„Das ist der einzige, den wir haben", fügte ich eisern hinzu.

28

Nell

Arlo hatte mich wieder in diese gruselige Halle gebracht, in der ich bereits einmal gewesen war. Gestern? Ich hatte jegliches Zeitgefühl verloren. Liam war in seiner Zelle zurückgeblieben und ohne seine Anwesenheit fühlte ich mich mehr als unwohl. Jetzt stand ich neben Arlo, vor mir Ava, Vize und Esme. Langsam fragte ich mich, wo Scarlett abgeblieben war. Hatte ich sie bei unserem Zweikampf wirklich so sehr verletzt, dass sie immer noch nicht am Training teilnehmen konnte?

Schlechtes Gewissen regte sich tief in mir.

Sie war ein Diamant.

Sie war böse.

Trotzdem hatte ich Mitleid mit ihr. Besonders gut schien es den Menschen unter Arlos Führung nicht zu gehen.

„Ich hatte gestern gesagt, dass ich heute mit dir trainieren werde", riss mich seine kalte Stimme aus den Gedanken. Sofort begannen meine Knie zu schlottern.

„Das werde ich natürlich nicht tun. Du wirst aber zusehen, wie wir trainieren."

Ich schluckte hart und warf Esme einen schnellen Blick zu. Ihre Unterlippe zitterte vor Anspannung und ihre Haltung war verkrampft. Wenn sie es heute nicht schaffte, sich zu verwandeln, würde etwas Schlimmes passieren, das hatte Arlo bereits angekündigt.

Das Training begann und Arlo befahl Vize, Ava anzugreifen. In einer geschmeidigen Bewegung wechselten die beiden ihre Gestalten und Vize fing an, Ava zu umkreisen. Dabei wirkte ihr Körper so angespannt wie auf einer echten Pirsch oder eben wie kurz vor einem Kampf. Plötzlich schoss Vizes Pumagestalt vor, versetzte Ava einen zielsicheren Schlag auf die Schnauze und zog sich gleich darauf wieder zurück. Mit Schrecken stellte ich fest, dass dickes Blut aus einem Riss in Avas Haut quoll. Es war rotes Blut, was bedeutete, dass Diamanten – und Achate wahrscheinlich auch – nur als Menschen weiß bluteten. Das ergab für mich keinen Sinn, doch ich schüttelte den Gedanken schnellstmöglich ab. Viel schlimmer war nämlich die Erkenntnis, dass bei diesem Training mit ausgefahrenen Krallen gekämpft wurde.

Ich spürte, wie Arlo mich von der Seite genau musterte. War er gespannt auf meine Reaktion? Plötzliche Wut durchströmte meinen Körper. Er hatte mich angefasst, bedrängt und jetzt tat er so, als wäre nichts gewesen. Aber noch viel wütender war ich auf mich selbst. Darüber, dass ich so schwach war. Das meine Angst vor ihm so groß war. Das ich einfach tat, was er mir sagte, ohne zu protestieren.

Ein schmerzverzerrter Schrei riss mich aus meinen Gedanken. Mein Blick flog ruckartig zu dem Pumaweibchen, das ihn ausgestoßen hatte. Ava lag am Boden. Ihr sonst glänzend glattes Fell war zerzaust und blutgetränkt. Ihre Augen waren weit aufgerissen und ihr Maul leicht geöffnet. Vize hatte ihre mächtige Pfote auf Avas zitternde Brust gelegt und ihre Krallen in deren Haut versenkt.

Ich konnte nicht länger hinsehen. Das war Folter und ich hatte plötzlich Mitleid mit Ava. Warum tat Arlo das? Er wies die seinen an, sich selbst zu verletzten. So kurz vor einem Krieg? Etwas ähnlich Dummes hatte ich selten erlebt.

„Ich tue das, um meine Krieger auf alles vorzubereiten", sagte Arlo plötzlich, als hätte er meine Gedanken gelesen. Ich zuckte zusammen. „Ich härte sie ab."

Sicher. Irgendwie erschien das ja auch Sinn zu ergeben, aber mich widerte diese Art des Abhärtens trotzdem an.

Wie aus dem Nichts rutschte mein vor Angst schnell schlagendes Herz in die Hose. Luan.

Sein Gesicht tauchte vor mir auf. Seine ebenmäßigen Züge und diese Augen, in denen ich viel zu schnell versank.

Plötzlich sehnte ich mich so sehr danach, ihn bei mir zu haben, dass es wehtat. Mein Bauch verkrampfte sich und ich zog die Brauen zusammen. Ein Wimmern, gefolgt von einem tiefen Schluchzer bahnte sich in meiner Kehle einen Weg nach oben.

Gerade noch rechtzeitig konnte ich mir die Hand auf den Mund pressen und diese Laute für mich behalten.

„Was hast du?" Ohne Vorwarnung stand Arlo vor mir und legte eine kalte Hand an meine Wange. Ich zuckte erschrocken zurück, doch er packte meine Ellenbogen. „Schau mich an, Fee." Ich biss die Zähne fest zusammen. Den Spitznamen, den Luan mir gegeben hatte, aus seinem Mund zu hören, war einfach widerlich.

Ich versuchte mich aus Arlos Griff zu befreien, doch er hielt mich nur fester.

„Rede mit mir", verlangte er scharf. „Antworte doch mal." Als ich stumm blieb, presste er mich gegen die Wand hinter uns und beugte sich vor. Sein kalter Atem strich über mein Gesicht und ich schauderte. Eiserne Angst packte mich und lähmte meine Glieder.

„Schau mich verdammt noch mal an, wenn ich mit dir rede!", keifte er und seine Spucke bedeckte die Haut zwischen meiner Nase und meiner Oberlippe. Vor Ekel presste ich den Mund fest zusammen und wich seinem Blick aus.

„Lass – mich – los", stotterte ich leise.

„Was?" Er beugte sich noch weiter vor, so weit, dass seine Lippen bei den nächsten Worten meine berührten. „Ich habe dich nicht verstanden."

Ich presste meinen Hinterkopf gegen den Beton. Mein Nacken verspannte sich. „Lass mich los", wiederholte ich etwas lauter.

Arlo verzog den Mund und zeigte seine raubtierhaften Zähne. „Wieso sollte ich? Fühlst du dich in meiner Nähe etwa unwohl?"

Ich schluckte hart. Meine Wangen begannen zu glühen, meine Hände wurden schwitzig. Mein Herzschlag rastete komplett aus, als ich begriff, in welcher Lage ich mich hier befand. Diesmal war Liam nicht da, um Arlo abzulenken.

„Lass sie in Ruhe", erklang plötzlich eine vertraute Stimme. Ich konnte nicht sehen, wo die Person stand, da sie von Arlos breiten Schultern verdeckt wurde, aber ich wusste, dass es Esme war. Ich war erleichtert und ängstlich zugleich. Esme sollte sich nicht einmischen; Arlo würde ihr wehtun, wenn sie ihm Anweisungen gab.

„Wie bitte?", fragte dieser, zog eine Braue hoch und sah mich dabei unverwandt an.

„Du hast mich schon verstanden", klang es zurück. „Lass Nell los."

Arlos Nasenflügel bebten, dann fuhr er herum. Ich atmete zitternd aus und schloss kurz die Augen. Dann wischte ich mir mit dem Handrücken die Spucke aus dem Gesicht.

„Du wagst es, mir Befehle zu geben?", polterte Arlo und ging auf Esme zu. Diese stand nur wenige Meter vor ihm, wich jedoch nicht zurück.

„Wenn es um die Sicherheit anderer geht, dann ja."

Sei still, Esme.

Einen Moment lang herrschte Totenstille in der dunklen Halle.

Nur das leise Keuchen von Ava drang an mein Ohr, die sich an den Rand geschleppt hatte und sich dort, in menschlicher Form, ihre Wunde hielt.

Vize stand neben ihr und beobachtete das Geschehen mit glitzernden Augen.

Dann ging alles ganz schnell.

Arlo wurde zum Tiger – mir blieb die Luft weg, als ich zum zweiten Mal dieses furchteinflößende Tier sah – und stürzte sich auf Esme. Sie schrie auf und wollte ausweichen, doch er war schneller. Seine massige Pranke schnellte vor und traf sie mit voller Wucht am Rückgrat. Esme keuchte, dann sackte sie zu Boden.

Ich wollte aufstehen und zu ihr rennen. Ich wollte sie vor Arlo beschützen und gleichzeitig wollte ich einfach nur wegrennen und diesen Tyrannen niemals wiedersehen.

Doch ich tat nichts von beidem.

Ich stand wie erstarrt da und rührte mich nicht. Arlo stieß ein tiefes Brüllen aus und riss das Maul auf. Unzählige, mörderisch aussehende Zähne kamen zum Vorschein. Esme gab keinen Laut mehr von sich. Sie lag nur unter ihm und ihr Körper wurde von unregelmäßigen Zuckungen heimgesucht. Dann senkte Arlo den Kopf, umschloss ihren schmalen Hals mit seinem Maul und bohrte die Zähne in ihre Haut.

Ein spitzer Aufschrei.

Knochen knackten, brachen.

Dann wurde es sehr still in der Halle.

Meine Augen brannten. Arlo trat zurück und gab den Blick auf Esmes Körper frei. Er war verdreht und steif. Sie sagte nichts mehr. Sie regte sich nicht mehr.

Nichts.

Die Zeit schien stillzustehen. Ich fühlte mich, als würde ich in einer großen Seifenblase schweben. Die plötzlich zersprang. Tausend Gefühle brachen über mir zusammen, schrien in mir, brannten sich unter meine Haut und hinterließen tiefe Narben, die nie wieder verschwinden würden. Meine Knie begannen zu zittern, ich konnten das Gewicht nicht mehr halten.

Zum Teufel mit mir. Zum Teufel mit meinen Sorgen. Zum Teufel mit meinen Schwächen und Ängsten.

Esme war tot – wegen mir. Weil sie mich vor Arlo beschützen wollte. Wie viele Unschuldige waren jetzt schon meinetwegen ums Leben gekommen?

Ich wusste es nicht mehr. Ich wusste gar nichts mehr.

Das Gefühl, das sich nun in mir ausbreite, konnte ich nicht beschreiben. Es war mehr als Leere und gleichzeitig zu viel. Mein Kopf schien zu explodieren. Schmerz hämmerte gegen meinen Schädel. Dieser unnütze Tod hatte das Fass zum Überlaufen gebracht. Doch ich tat nicht, was wahrscheinlich alle von mir dachten. Nein. Ich stürzte mich nicht auf Arlo und versuchte, ihn umzubringen. Dieser Schalter legte sich in meinem Kopf nicht um. Aber ein anderer.

Denn ab diesem Moment schwor ich mir, keine Gefühle mehr zu haben. Ich schwor mir, nichts mehr zu spüren, nichts zu fühlen oder zu empfinden. Ich konnte nicht mehr.

Gefühle machten kaputt. Gefühle taten weh und waren grausam. Ohne Gefühle war ein Mensch nicht derselbe, das wusste ich, aber genau deshalb wollte ich sie ja nicht mehr an mich heranlassen. Ich wollte nicht mehr Ich sein. Der Mensch, der Schuld an Toden von geliebten und unschuldigen Leuten war. Ich hasste mich selbst dafür, so sehr, wie ich mich noch nie zuvor gehasst hatte. Ich hasste mich dafür, dass ich mich versteckte, verkroch. Aber ich konnte nicht mehr.

Die Leere in mir gewann die Oberhand, packte meine Seele und drückte sie zu.

Zurück in meiner Zelle fragte Liam, was passiert war. Ich antwortete nicht, legte mich nur schweigend ins Bett und lauschte den angespannten Atemzügen meines besten Freundes. Irgendwann kam Essen, doch ich wollte nichts. Liam fragte immer und immer wieder, was los war – ich blieb stumm. Mein Herz war zerbrochen. Hatte überall Splitter und Scherben verloren, die sich nie wiederfinden würden. Stunden vergingen.

Als ich nach einem unruhigen Schlaf erwachte, herrschte in Liams Zelle Totenstille. Vermutlich schlief er. Ich konzentrierte mich auf die leisen Geräusche, die er von sich gab, wenn sich sein Brustkorb hob und senkte.
Ich schlief wieder ein.
Nach einiger Zeit wachte ich wieder auf. Ich lag mit dem Rücken auf der Matratze und starrte an die schwarze Decke. Liam schlief immer noch. Ich nickte weg, wachte auf, starrte an die Decke und schlief wieder ein.
Als ich durch ruppige Schritte aus einer Art Trance gerissen wurde, ließ ich die Augen geschlossen und stellte mich schlafend.
„Hat sie mit dir geredet?", fragte Arlos kalte Stimme.
„Nein", erwiderte Liam kantig. „Was hast du mit ihr gemacht?"
Arlo grunzte. „Ich habe gar nichts gemacht."
„Was ist in der Halle passiert?", drängte Liam weiter.
„Halt dein Maul!", knurrte Arlo. „Das geht dich einen Dreck an. Du bist sowieso bald tot."
Ich erstarrte.
„Sie hat sich bewegt", sagte Arlo plötzlich. Liam sog scharf die Luft ein. Ich konnte seinen Blick auf mir spüren.
„Ich glaube nicht."
Der Diamant schnaubte und ließ seine Finger knacken. „Wie dem auch sei. Bald wird alles vorbei sein. Der Krieg steht kurz bevor und wenn ich Luans Seele erstmal habe, werde ich das mächtigste Wesen unter den acht Völkern sein. Dann werde ich

dafür sorgen, dass Geschöpfe wie du gar nicht erst geboren werden", verkündete er.
Meine Brauen verengten sich und ich ballte die Hände zu Fäusten. Wut brodelte in mir auf. Obwohl ich mir dieses Gefühl strengstens verbot, konnte ich es nicht ignorieren. Arlo würde Luans Seele nicht bekommen.
Vorher würde ich mich selbst opfern.

Luan

Es vergingen eine Nacht und ein Tag.
Weitere Minuten, denen Stunden folgten. Das Leben fühlte sich an wie eine Blase, die alles und jeden verschluckte. Meine Glieder wurden immer träger und müder. Meine Lider schwerer. Mein Herzschlag langsamer.
Doch irgendwann, vielleicht nach zwei oder doch drei Tagen, war es so weit. Die Mutationen von Kate, Adam und Con waren abgeschlossen. Unzählige schweißtreibende Trainingsstunden lagen hinter uns, in denen wir das Verwandeln und Kämpfen geübt hatten.
Das Lager hatte sich in zwei Hälften gespalten. Die größere stand zwar auf meiner Seite, doch die, die bereit waren, sich Arlo anzuschließen, rebellierten immer mehr. Amber Notker hatte keine Mittel mehr, um sie aufzuhalten und entschied sich schließlich für eine Lösung, die den Krieg unausweichlich machte.
Sie öffnete die Tore.
Ich stand im zentralen Kontrollraum, von dem aus man das gesamte Lager überwachen konnte, und hatte den Blick starr auf den Monitor vor mir gerichtet.
Kate und Adam standen direkt neben mir und stierten auf den Bildschirm, der die gleiche Stelle überwachte wie der, vor dem ich stand. Con saß zurückgelehnt auf einem Drehstuhl, neben ihm Lou, die sich immer wieder unruhig die Haare hinters Ohr schob. Und David hockte auf einer Art Sitzsack, direkt neben

seiner Zimmergenossin. Kalinda und Talis Water standen dicht zusammen neben einem riesigen Schreibtisch, an dem Amber Notker saß.

Die roten Augen hatte sie auf einen grell schimmernden Knopf gerichtet, der in diesem Moment alles entschied. Ihr war deutlich anzumerken, wie sehr sie die ganze Sache mitnahm. Sicher, sie war eine Red Eye. Sie war schuld an unzähligen, sinnlosen Toden. Aber sie war auch die höchste Macht im Lager, hatte ihr ganzes Leben für diese Gebäude und ihre Ziele geopfert. Und das machte sie zu einer unverwechselbaren Frau.

Nun hob sie die zitternden Finger unter der Arbeitsplatte des Schreibtisches hervor. „Ich bereue vieles", sagte sie noch. „Ich bereue so vieles. Aber dass ich dich, Luan, zu mir geholt habe, das bereue ich heute nicht und das werde ich auch niemals bereuen."

Ich erschauderte.

Meine eigenen Gedanken wurden von dem lauten Piepen übertönt, das ausbrach, als Amber Notker ihre Hand auf den schimmernden Knopf gepresst hatte. Ich kniff die Augen zusammen und starrte angestrengt auf den Monitor vor mir. Der Bildschirm zeigte das Tor, welches das Lager von der Außenwelt abschirmte. Das Tor, das nun langsam aufging, ausgelöst durch den nach unten gedrückten Knopf auf dem Schreibtisch der Ärztin.

Ich hielt den Atem an und spürte, wie es Kate und Adam neben mir nicht anders ging. Der Monitor flackerte kurz auf, dann sah ich die etlichen Mutanten, die seit einiger Zeit immer stärker rebellierten und sich Arlo anschließen wollten. Und jetzt ließ Amber Notker sie frei.

Die Masse aus Köpfen, Haaren und einheitlicher, schwarz-weißer Kleidung drängte sich durch das Tor. Raus aus dem Lager, in dem sie so lange gegen ihren Willen festgehalten worden waren. Raus in die Freiheit?

Ich bezweifelte, dass man sein Leben als Freiheit bezeichnen konnte, wenn man sich Arlo anschloss. Unter seiner Herrschaft gab es nichts als Erniedrigung, Angst und Gewalt. Aber diese Mutanten waren nicht mehr aufzuhalten. Sie hatten ihren Weg frei gewählt und nun stürmten sie nach draußen, verließen das

Gelände innerhalb weniger Minuten und folgten dem Lauf eines schmalen Weges Richtung Wald. Als gemeinsame, riesige Gruppe verschwanden sie kurz darauf zwischen den hohen Bäumen und nur ihre lauten, entschlossenen Schreie blieben zurück, außerdem einige Kleidungsfetzen und die unzähligen Fußabdrücke auf dem staubigen Untergrund.

Ich stieß die angehaltene Luft aus und wandte mich vom Monitor ab. Jetzt musste es schnell gehen. Die restlichen Mutanten, die sich noch im Lager aufhielten, mussten sich sammeln und bereithalten. Während Amber Notker zusammen mit Carter, Logan, Nathan und anderen Begleitern dafür sorgte, dass dies geschah, würden Kate, Adam, David, Lou, mein Bruder und ich der Masse folgen. In sicherem Abstand und ohne entdeckt zu werden. Wenn alles gut ging, würde es ein einfaches Spiel werden. Die Mutanten würden uns in ihrer blinden Gier geradewegs zu Arlos Hauptsitz führen. David, Lou und Con würden die Stelle im Auge behalten, während die Water-Geschwister und ich zurück zum Lager laufen würden. Sobald Amber Notker Bescheid wusste, mussten nur noch meine Anhänger rausgelassen werden und uns zu der Stelle folgen, an der mein Bruder mit den beiden Mutanten wartete. Und dann …, dann würde ich Arlo umbringen und Nell wiedersehen. Mein Herz rastete bei dieser Vorstellung vollkommen aus und durch meinen tauben, steifen Körper fuhr ein gewaltiger Energiestoß.

Amber Notker öffnete die Tür des Kontrollraums und ich war der erste, der das Zimmer verließ und auf den totenstillen Gang trat. „Ihr kennt den Plan?", vergewisserte sich die Ärztin ein letztes Mal. Alle nickten, ich eingeschlossen.

Amber Notker schob sich ihre rote Haarpracht aus dem Gesicht. „Dann geht. Ich werde auf euch beide", sie sah Adam und Kate an, „und auf dich", sie nickte mir zu, „warten." Anschließend presste sie die Lippen aufeinander und deutete mit dem Kinn den Gang hinab.

Ich atmete tief durch und setzte mich in Bewegung. Hinter mir umarmten Kalinda und Talis ihre Kinder, während Con, Lou und David dicht neben mir herliefen.

„Ich hoffe, alles läuft nach Plan", murmelte Con und spannte seine Rückenmuskulatur an. Lou legte ihm eine Hand auf den Unterarm. „Das wird schon", sagte sie leise und lächelte schwach. Ich hatte keine Zeit, mich über das plötzlich so enge Verhältnis der beiden zu wundern, meine Gedanken kreisten einzig und allein um Nell und um den Kampf mit Arlo. Ich fühlte mich immer noch schwächer als sonst, aber ich war mir sicher: Sobald Nell in meiner Nähe war, konnte ich mich problemlos gegen ihn behaupten. Hoffentlich.

Nach kurzer Zeit erreichten wir den Fahrstuhl. Die Türen öffneten sich mit einem leisen Geräusch und wir quetschten uns zu sechst hinein. Als die Maschine in Bewegung gesetzt wurde und sich auf den Weg in Block A, Abteil 1 machte, verdoppelte sich meine Anspannung. Mein Herz rebellierte wilder als zuvor in meiner Brust, während ich in Gedanken immer wieder das Wiedersehen mit Nell durchspielte. Wie ich sie in die Arme schließen, an mich pressen, ihr hübsches Gesicht mit Küssen bedecken und sie nie, niemals wieder loslassen würde.

Der abrupte Stillstand des Fahrstuhls holte mich aus diesen Tagträumen. Die Türen öffneten sich und wir traten auf den Gang. Zielsicher bahnte ich mir einen Weg durch die labyrinthischen Flure, die alle genau gleich aussahen, erreichte aber schnell das Haupttor. Die Kamera, die über mir an der Wand befestigt war, drehte sich uns zu und blinkte kurz auf. Direkt danach erklang ein tiefes Brummen, das meinen Körper erreichte. Die Tore öffneten sich langsam, gaben immer mehr Sicht auf die Welt vor uns frei. Kühle Luft strömte mir entgegen, fuhr durch meine Haare und kroch über meine Haut. Ich stieß einen tiefen Laut der Zufriedenheit aus, denn dieser Wind war nicht der, der durch eine rauschende Klimaanlage zustande kam. Dieser Wind war echte Natur.

Mit langsamen Schritten trat ich hinaus, die anderen folgten. Wie lange war ich jetzt nicht mehr draußen gewesen? Ein, zwei, drei Monate? Oder noch länger?

Frische Luft umspielte meine Nase und ich atmete gierig ein. Ich spürte den knirschenden Sand unter meinen Füßen, entferntes Blätterrauschen, das vom Wald an mein Ohr drang.

Neben mir stieß Lou einen verzückten Schrei aus. Mit großen Augen eilte sie voraus, den Kopf im Nacken stierte sie in die unendliche Weite des Himmels, der über uns prangte wie ein gewaltiges Tuch. Con folgte ihr leise lächelnd und ich tat es ihm gleich. Auch Adam, Kate und David setzten sich in Bewegung.

Nach kurzer Zeit erreichten wir ein weiteres Tor, das eher wie ein Gitter war, die letzte Hürde die, wir durchqueren mussten, dann hatten wir das Lager wirklich verlassen. Auch hier hingen überall Kameras herum, die uns fixierten. Das Gitter wurde leise piepend geöffnet, mein Atem wurde immer hektischer. Vor mir tat sich der Weg auf, über den die Mutanten vorhin in den Wald gelangt war. Der Wald. Er ruhte wie ein riesiges Tier einige hundert Meter entfernt vor uns. Dunkelbraune Stämme ragten wie massige Beine gen Himmel, gekrönt von tausenden, tiefgrünen Blättern.

Ich schluckte schwer, meine Kehle brannte. Ich erinnerte mich plötzlich an den Tag zurück, an dem mich Nell mit den zwei Männern aus dem Lager erwischt hatte. Sie hatte sich angeschlichen, um uns zu belauschen, doch sie wurde erwischt. Die Männer hätten ihr wehgetan, wenn ich das Ganze nicht beendet hätte – mit dem Tod der beiden.

Ich blinzelte. Seit diesem Ereignis schien eine ganze Ewigkeit vergangen zu sein, eine Zeit, in der so vieles geschehen war. Größtenteils Schlechtes, an dem auch ich beteiligt war.

Eine große Hand legte sich auf meine Schulter. Cons gelb-blaue Augen musterten mich besorgt. „Alles okay?"

Ich schob seine Hand weg und nickte steif. „Lasst uns gehen."

Unsere kleine Gruppe setzte sich in Bewegung und hielt auf den nahen Wald zu. Die ganze Zeit, in der wir den Fußabdrücken unserer Vorgänger folgten, redete niemand ein Wort. Unangenehmes Schweigen begleitete uns so lange, bis wir in den Wald eintauchten. Gierig sog ich den vertrauten Duft nach Holz, Farn und Harz ein.

Con blickte geradeaus und verzog den Mund. „Es sollte nicht allzu schwer sein, den Mutanten zu Arlos Lager zu folgen", meinte er trocken.

Ich folgte seinem Blick. Er hatte recht. Vor uns waren Äste, Zweige und Gras weggetreten. Sträucher waren umgeknickt und Erde plattgepresst. Es war überdeutlich zu sehen, wohin die Masse gezogen war.

Wieder schweigend folgten wir dem neu entstandenen Weg. Mit jedem Schritt wuchs meine Anspannung.

Wo würde Arlo sein Lager haben? War es nur eine sicher versteckte Lichtung oder doch etwas, das so gut wie gar nicht zu finden war? Ich tippte auf Letzteres.

Irgendwann wurde der Weg etwas schmaler, als hätten die Mutanten beschlossen, in der Reihe hintereinander weiterzugehen. Nach einer leichten Kurve verstand ich auch, warum.

29

Luan

Vor uns tat sich ein kleines Waldhäuschen auf. Verblüfft schnappte Kate nach Luft, als sie neben mir zum Stehen kam. „Ich kann mir irgendwie nur schwer vorstellen, dass das Arlos Lager ist", meinte sie mit hochgezogenen Brauen. Ich schüttelte den Kopf und kniff die Augen zusammen. „Irgendetwas stimmt hier nicht", murmelte ich. Das passte nicht zusammen. Die Geräusche des Waldes, die mich noch vor einigen Minuten umgeben hatten, waren verstummt. Die Vögel schienen sich verkrochen zu haben und selbst die Blätter waren wie erstarrt. Eine seltsame Unruhe breitete sich in meiner Magengegend aus. Ich hatte plötzlich das Gefühl, die Bäume würden immer näherkommen. Und dann packte mich der schrecklichste Gedanke. Das alles erschien mir viel zu einfach; den Mutanten zu folgen, die uns geradewegs ins Herz von Arlos Lager führen würden. Natürlich war mir diese Erkenntnis schon früher gekommen, aber ich hatte nicht weiter darüber nachgedacht, einfach gehofft, es würde klappen. Aber das würde es nicht, das wurde mir in diesem Moment schmerzlich bewusst.

„Weg hier", murmelte ich und machte einen Schritt zurück.

„Was?", fragte Kate ungläubig.

„Ich sagte *weg hier!*"

Ich packte sie am Arm und zerrte sie zurück. Die anderen warfen mir nur verständnislose Blicke zu und rührten sich nicht von der Stelle.

„Lass das!", beschwerte sich Kate und versuchte sich zu befreien, aber ich stieß sie kurzerhand unter den nächstbesten Busch, damit sie vorerst in Sicherheit war, denn wie auf ein stummes Signal hin brach das Chaos aus.

Aus allen Ecken stürmten Mutanten. Sie kamen hinter Bäumen hervor und teilweise auch aus dem Waldhäuschen. Es dauerte nur wenige Sekunden, dann hatten sie uns umzingelt. Wie erstarrt blickte sich Adam um, mit dem Rücken stieß er gegen David, der erschrocken keuchte. Con zog Lou hinter sich und warf mir einen flüchtigen Blick zu, in dem deutlich zu sehen war, was er dachte: *Scheiße!*

Kate war die Einzige, die nicht von den Mutanten umzingelt war. Während die Masse den Kreis immer enger zog, versuchte ich alles Mögliche, um ihr zu verstehen zu geben, dass sie zurück zum Lager laufen und Hilfe holen sollte. Doch sie brauchte meine Anweisung nicht, drehte sich wie von selbst um und verschwand lautlos zwischen den Bäumen. Ich betete, dass sie rechtzeitig zurückkommen würde. Mit einem Ziehen im Magen wandte ich mich an einen Mutanten, der den Kreis verlassen hatte und auf David zuschritt.

„He", rief ich. Der Junge, er war ungefähr in meinem Alter, fuhr herum. „Ja genau du, was genau ist dein Plan?"

Er starrte mich kurz an, dann grinste er böse. „Du willst wissen, was mein Plan ist?", widerholte er und kam nun auf mich zu.

Ich nickte.

Zwei Meter vor mir blieb er stehen und spuckte mir vor die Füße. „Ich werde jeden einzelnen deiner Freunde hier umbringen, euch Achate vernichten."

Unbeeindruckt legte ich den Kopf leicht schräg. „Och, das wird dir Arlo aber bestimmt nicht gutheißen, ich glaube, er möchte mich ganz gerne selbst umbringen."

Der Mutant verengte die Brauen. „Halt den Mund. Was mit dir passiert, kann mir sowas von gestohlen bleiben."

Ich zuckte mit den Schultern. „Stimmt. Aber weißt du was?"

Der Fremde hob eine Braue.

„Was mit *dir* passiert, ist *mir* sowas von gestohlen."

Ich versuchte nicht, die merkwürdig klingende Satzstellung zu berichtigen, sondern schnellte nach vorne. Meine Hände packten seinen Hals und drückten zu. Der Junge begann zu röcheln, eine Ader auf seiner Stirn trat hervor. Ich hob das Knie und rammte es ihm zielsicher zwischen die Beine. Er zuckte in meinem Griff zusammen, ich packte fester zu. Der Mutant stöhnte laut, als ich meinen Mittelpunkt aufrief und ihm einen Stromschlag unter die Haut jagte. Das war das Letzte, was er spürte, bevor er zwischen meinen Händen erschlaffte.

Angewidert ließ ich seinen schlaffen Körper fallen und schüttelte die Handgelenke. Dann blickte ich in die Runde. „Will noch jemand?" Die Menge zog sich leise murmelnd zurück. Damit schienen sie nicht gerechnet zu haben. Genugtuung machte sich in mir breit.

„Ähmm", machte Adam leise hinter mir.

„Was ist?", fragte ich und wandte mich zu ihm um.

„Ich glaube, wir haben da ein klitzekleines Problem."

Ich folgte seinem Blick und presste die Lippen zusammen. Zwischen den Bäumen traten Gestalten hervor und belagerten die kleine Lichtung um das Waldhäuschen herum. Sie waren keine Mutanten, das spürte ich sofort. Mit eisernem Blick stellte ich fest, dass es Grey, Red, Black und auch einige Brown Eyes waren. Ziemlich viele sogar.

„Shit", murmelte ich und sog scharf die Luft ein.

„Da muss ich dir wohl zustimmen", meinte Adam und verspannte sich neben mir. „Was machen wir jetzt?", fragte er leise, ohne die näherkommenden Gegner aus den Augen zu lassen.

„Auf Kates Füße vertrauen", erwiderte ich.

Adam warf mir einen kurzen Seitenblick zu. „Was soll das denn heißen?"

Ich seufzte. „Ich hoffe, dass sie rechtzeitig mit Verstärkung zurückkommt."

Ein Red Eye, er war ungefähr so groß wie ich, allerdings einige Jahre älter, löste sich aus der Menge und bewegte sich in geschmeidigen Bewegungen auf David zu. Dieser stieß ein leises Wimmern aus.

„Wieso haben wir den nochmal mitgenommen?", fragte ich träge.

Adam kratzte sich im Nacken. „Er ist vielleicht nicht der beste Kämpfer, aber er ist schlau."

„Wäre also schade, wenn er verloren geht?"

Er hielt inne und sah mich mit zusammengekniffenen Augen an. „Seit wann setzt du in Situationen wie dieser auf Sarkasmus?", fragte er.

Ich zuckte mit den Schultern. „Das ist nur Vorfreude."

„Worauf?"

„Auf Arlos Leiche."

Adam sog scharf die Luft ein, doch das bekam ich kaum noch mit. Der Red Eye hatte sich David bis auf wenige Meter genähert und sah nicht so aus, als ob er ihn zum Frühstück einladen wollte. Ich setzte sich langsam in Bewegung und schlenderte auf die beiden zu.

„Den würde ich nicht umbringen", rief ich mit tiefer Stimme.

Der Red Eye fuhr herum und fixierte mich mit seinen rubinroten Augen. „Wieso nicht?"

Ich verzog den Mund. „Wäre zu schade um das ganze Wissen in seinem Köpfchen."

Lou warf mir einen bösen Blick zu, den ich geflissentlich ignorierte, während David so aussah, als würde er sich vor Erleichterung über meinen angehenden Rettungsversuch gleich in die Hose machen. Vielleicht aber auch vor Angst, dass konnte ich nicht ganz einschätzen.

Der Red Eye begann schallend zu lachen. „Du gefällst mir, Achat."

Von einer Sekunde auf die nächste war er wieder ernst. „Aber nur dein Kopf, und zwar auf Arlos Teller."

Unbeeindruckt schürzte ich die Lippen. „Zu schade, dass du auf diesen Anblick wohl noch eine Weile warten musst."

Plötzlich hob er seine Hände und feuerte mir eine glühende Kugel entgegen. Gerade noch rechtzeitig konnte ich ausweichen und der Feuerball schlug in den nächsten Baum ein. Die Flammen loderten auf und Hitze schoss über die Lichtung. „Mit solchen Versuchen würde ich nicht spielen, sonst brennt hier gleich alles lichterloh."

„Genau, also auch dein Hintern", keifte der Red Eye und wiederholte seinen Angriff. Auch diesmal traf der Feuerball einen Baum. Flammen züngelten am Stamm hinauf und die Mutanten, die in ihrer Nähe standen, wichen automatisch zurück.

„Luan, pass auf!", brüllte Con plötzlich. Ich fuhr herum und wich in letzter Sekunde einem weiteren Feuerball aus, den ein Red Eye von der anderen Seite aus abgefeuert hatte. Leise fluchend packte ich David am Arm und zerrte ihn aus der Schussbahn, als auch schon die nächsten Flammen zu Boden regneten.

„Ihr müsst sie ablenken und ich versuche irgendwie, ins Innere dieser Hütte zu kommen", sagte ich an Adam gewandt. Ich hatte so ein Gefühl, dass das Waldhäuschen doch nicht so unschuldig war, wie es aussah. „Kate müsste auch bald eintreffen. Schafft ihr das so lange auch ohne mich?"

Der frisch mutierte Achat nickte finster. „Irgendwie kriegen wir das schon hin."

Ich nickte und drehte mich um, um nach Lou und Con Ausschau zu halten. Entdecken konnte ich sie in der Masse nicht mehr, aber ich betete, dass es ihnen gut ging.

Kurz klopfte ich Adam auf die Schulter, dann schoss ich los. Die Hütte war nur wenige Meter von mir entfernt, aber der Weg dorthin war mehr als beschwerlich. Ständig musste ich Feuerbällen oder giftigen, schwarzen Rauchwolken ausweichen, die die frische Waldluft schon bald verpestet hatten. Keuchend erreichte ich die Tür und trat sie mit dem linken Fuß auf.

„Lasst ihn nicht entkommen!", kreischte jemand.

Hektisch verschwand ich in der Hütte. Von innen war sie nicht mehr als ein großer Raum, in dem ein altes Regal stand. Von draußen zog der Geruch nach verbranntem Gras und Stoff herein und ich rümpfte die Nase. Hinter mir ertönte ein lautes Poltern, als einige Mutanten und ein Black Eye meine Verfolgung aufnahmen. Ich hatte keine Zeit, weiter nach einem Geheimgang zu suchen, und fuhr herum. Es waren sogar drei Mutanten, doch dafür war der Black Eye ein kleiner Schwächling.

Innerhalb weniger Sekunden rief ich meinen Mittelpunkt auf und schleuderte einen Lichtblitz in die Gruppe. Ein Mutant ging sofort zu Boden, die anderen beiden begannen schwer zu husten. Plötzlich sprang der Black Eye vor und rammte mir den Ellenbogen in die Seite. Gleichzeitig ließ er eine dieser schrecklich stinkenden Rauchwolken frei.

Ich presste die Lippen zusammen und schleuderte den schmächtigen Körper von mir. Er prallte mit dem Rückgrat gegen das Regal. Ein hässliches Knacken schnitt durch die Luft.

Ich schluckte und hielt mir eine Hand vor den Mund, während ich mich abwandte und hektisch nach einer Tür suchte, die mich irgendwohin bringen würde. Der Rauch brannte mir in den Augen und ich musste sie notgedrungen schließen. Vom Eingang her hörte ich schwere Schritte, als weitere Feinde hereinkamen. Ich stolperte über eine plötzliche Erhebung im Boden und riss automatisch die Augen auf. Unter mir befand sich eine unscheinbare Einstiegsluke. Ich verzog den Mund. *Schlau, Arlo.*

Ich packte den Griff und zerrte die Luke auf. Darunter kam gähnend schwarze Leere zum Vorschein. Zerknirscht ging ich in die Hocke und steckte probehalber einen Arm nach unten. Meine schwitzigen Finger ertasteten eine schmale Leiter. Erleichtert zwängte ich mich ins Loch und zog den Kopf ein, als über mir etwas explodierte.

„Er hat die Luke gefunden!", brüllte jemand.

„Mach sie zu! Da kommt er sowieso nicht lebend raus!", kam es zurück.

Ein Schauder erfasste meinen Körper, doch ich zögerte nicht und kletterte eilig nach unten. Das Licht über mir verschwand prompt, als die Luke geschlossen wurde. In vollkommener Finsternis fühlten sich die Sprossen unter meinen Füßen immer schmieriger an. Dazu kam die Tatsache, dass der hohe Geräuschpegel von außen so plötzlich verstummt war, dass mein Magen zu rebellieren begann. Doch ich biss die Zähne zusammen und kletterte weiter nach unten. Ich spornte mich mit dem Gedanken an, wen ich dort unten treffen würde. Nämlich Nell – und für sie würde ich alles tun, da war das hier ja wohl das Mindeste.

Nell

Luan kam nicht.

Er war bis jetzt nicht gekommen und er würde auch nicht mehr kommen. Ich war nicht wütend auf ihn. Ich hoffte einfach nur, dass es ihm gut ging. Ich hoffte, dass er ein gutes, ein besseres

Leben führen konnte. Das er jemanden finden würde. Okay, das hoffte ich vielleicht nicht, aber ich wünschte es ihm irgendwie. Auf keinen Fall wollte ich, dass er mir für immer nachtrauerte.

„Nell ... bitte sag etwas", flehte Liam leise, nun gefühlt zum tausensten Mal.

Doch ich schwieg.

„Oder gib mir wenigstens ein Zeichen, dass es dir gut geht", versuchte er weiter. Ich presste die Lippen aufeinander. Gerne hätte ich ihm dieses Zeichen gegeben, aber es wäre gelogen gewesen. Mir ging es überhaupt nicht gut.

Ich hatte mir geschworen, keine Gefühle mehr zu zeigen. Das war zwar schwerer als gedacht, aber ich war bereit, es durchzuziehen. Plötzlich erklangen Schreie, die immer lauter wurden. Ich schloss die Augen und versuchte, den Lärm auszublenden, aber es gelang mir nicht. Der Krawall drang zwar nur gedämpft bis nach unten durch, aber ich konnte ahnen, dass über uns irgendwelche Typen aufeinander losgegangen waren. Wahrscheinlich Arlo, der jemanden zusammenschnauzte. Es wäre nicht das erste Mal. Doch als der Lärm nach fast zehn Minuten nicht abebbte, sondern immer mehr anschwoll, öffnete ich die Augen wieder und setzte mich in meinem Bett auf. Auch Liam war unruhig geworden und starrte ein Loch in die Decke.

„Irgendetwas stimmt da oben nicht", murmelte er angespannt.

Ich schluckte schwer und kämpfte mit aller Kraft gegen den schwachen Hoffnungsschimmer an, der tief in meinem Inneren zu rebellieren begann. Vielleicht war es Luan doch irgendwie gelungen, Arlos Lager ausfindig zu machen. Vielleicht war er jetzt gerade genau über mir und kämpfte mit dem Anführer der Diamanten. Vielleicht würde er mich in weniger als einer Stunde hier rausholen und dann würden wir abhauen, für immer.

Ich biss mir so fest auf die Lippe, dass die dünne Haut aufplatzte und ein spitzer Schmerz durch meinen Körper zuckte. Nein! Nein, ermahnte ich mich immer wieder. Ich wollte, ich durfte keine Gefühle zeigen. Luan würde sowieso nicht kommen. Ich wollte keine Hoffnung spüren, weil die Enttäuschung der Wahrheit dann noch viel mehr schmerzen würde.

Luan kommt nicht. Er – kommt – nicht. Nie mehr!
Doch mein Herz schlug immer schneller und unregelmäßiger. Ich sog scharf die Luft ein, als direkt über mir jemand so laut schrie, dass es mir durch Mark und Bein ging.

„Nell...", begann Liam langsam und drehte sich zu meiner Zelle um. Meine Augen hatten sich innerhalb der Zeit, die ich hier unten verbracht hatte, an die mickrigen Lichtverhältnisse gewöhnt, deshalb konnte ich jetzt deutlich den angespannten Zug um seinen Mund erkennen. „Denkst du, was ich denke?"

Ich schnaubte leise. „Was für eine komische Frage. Woher soll ich wissen, was du denkst?" Im nächsten Moment riss ich erschrocken die Augen auf und presste mir gleich darauf die Hand auf den Mund. Ich hatte mir verboten, auch nur ein Wort von mir zu geben.

Liam grinste schelmisch. „Ich wusste, dass du nicht standhaft bist."

Meine Augen ruckten zu seinen. „Was soll das denn heißen?"

Er schüttelte leise lachend den Kopf und winkte ab. „Nichts."

„Sicher", murmelte ich und ließ den Kopf sinken.

„Ist Luan da oben?", fragte er. Meine aufgeplatzte Lippe begann zu brennen und heißes Blut lief mir in den Mund, was daran lag, dass ich meine Zähne in die Wunde drückte.

„Woher soll ich das wissen?" Tränen sammelten sich in meinen Augenwinkeln.

„Weil du ihn vielleicht spüren kannst", erwiderte Liam ungewohnt sanft.

Ich zuckte leicht zusammen. Er hatte recht. Aber es machte keinen Sinn. „Unsere Verbindung ist geschwächt. Selbst wenn er direkt hinter mir stehen würde, würde ich es nicht spüren." Jedes meiner Worte schnitt wie Messer durch meine Haut. Es tat weh, diese Erkenntnis laut auszusprechen.

„Und würdest du ihn spüren, wenn er direkt neben dir stehen würde?"

Mir blieb die Luft weg und wagte es nicht, Liams Blick zu folgen. Nein, das konnte nicht sein. Das konnte einfach nicht sein. Oder doch? Ruckartig fuhr mein Kopf herum. Ich erstarrte, mein Körper wurde steif. Mein Gehirn hörte auf zu denken. Mein Herz hörte auf zu schlagen. Ein zweites Mal schien die Zeit stillzustehen.

Vor meiner Zelle, halb im Schatten verborgen, stand eine Gestalt. Eine ziemlich große Gestalt mit breiten, muskulösen Schultern, einer schmalen Taille und dunkelblonden Haaren. Jetzt hob sie den Kopf und tiefblaue Augen, von intensiv gelben Streifen durchzogen, sahen mich an.

Plötzlich setzte sich mein Herz wieder in Bewegung, genau wie die Gestalt. Während das Organ in meiner Brust explodierte, löste sich der Körper nur langsam aus den tiefschwarzen Schatten und kam auf meine Zelle zu.

Näher … noch näher … ganz nah.

Mit Beinen aus Wackelpudding stand ich vom Bett auf und stolperte unbeholfen auf die Gitterstäbe zu. Weiter, immer weiter.

„L – Lu –" Ich brachte es nicht über mich, seinen Namen auszusprechen. Ich konnte nicht glauben, dass er wirklich vor mir stand. Halluzinierte ich schon? Vielleicht wollte mich hier auch nur jemand veräppeln.

„Fee."

Das brachte das Fass nun endgültig zum Überlaufen. Seine Stimme war rau und tief und so vertraut wie bei unserer ersten Begegnung.

„Du bist es wirklich", stotterte ich. Die Tränen, die sich in meinen Augenwinkeln gesammelt hatten, brachen aus und strömten wie ein starker Landregen über meine erhitzten Wangen.

„Komm her", sagte er heiser und trat noch näher.

„Pass auf! Die kriegst einen Stromschlag, wenn –"

„Egal", unterbrach er mich. Dann senkte der den Kopf, fixierte das Schloss und plötzlich schossen aus seinen Augen Lichtblitze. Erschrocken zuckte ich zusammen. Erst einmal hatte ich ihn das tun sehen. Das war nach Felicitys Tod gewesen, als er am Boden zerstört war und ich ihn wieder ins Leben zurückgeholt hatte.

Der starke Geruch nach Rost und Feuer stieg mir in die Nase. Rauchwolken stoben auf und waberten um mich herum, bis ich nichts mehr sehen konnte. Das Brennen in meinen Augen sorgte für noch mehr Tränen, die inzwischen meinen Hals hinabrannen und unter meinem schmutzigen T-Shirt verschwanden.

„Luan?", rief ich panisch und presste die Lider zusammen. „Wo bist du?"

Starke Hände legten sich um meine Taille und zogen mich aus der Zelle heraus. „Ich bin hier. Alles wird gut, Fee. Ich bin da." Ich werde dich beschützen, alles wird gut", redete er leise auf mich ein und zog mich an sich. Ich wurde an seinen warmen Körper gepresst und schluchzte auf.

Das Brennen wurde endlich etwas weniger und ich schlang die Arme um seinen Nacken. Luan umfasste meine Oberschenkel und hob mich hoch. Ich legte die Beine um ihn und drückte mich gegen seine Taille. Die Hände vergrub ich in seinem Haar und meine Tränen durchnässten sein Shirt.

„Luan", schluchzte ich und er umfasste mich fester. „Luan, ich ..."

„Schhh", sagte er mit rauer Stimme und sein Atem fuhr über meine Wange. „Ich bin ja da. Alles wird gut, Nell. Ich bin da."

Luan

Ich konnte es kaum glauben. Ich hatte es wirklich geschafft. Nell war bei mir. Ich war bei ihr. Wir waren endlich wieder zusammen.

Ich spürte ihre heißen Tränen, die den Stoff meines Shirts durchnässten und langsam über die Haut darunter kullerten. Vorsichtig ließ ich sie wieder auf den Boden herunter und sofort schmiegte sie sich an mich. Die Stirn vergrub sie in meiner Halsbeuge und ich strich ihr in gleichmäßigen Bewegungen über den Rücken und presste die Lippen zusammen, als ihr Körper erneut von einem Schluchzer heimgesucht wurde. Am liebsten hätte ich ihr Kinn angehoben und sie geküsst, aber ich wollte ihr Zeit lassen. Sie brauchte das.

Stattdessen wurde mir der Ernst der Lage immer bewusster. Nachdem ich gefühlte fünf Minuten lang in vollkommener Dunkelheit diese Leiter hinuntergeklettert war, war unter mir irgendwann schwaches Licht aufgetaucht. Ich war in einem schmalen Gang gelandet, der mich nach ein paar Kurven direkt zu den Zellen geführt hatte.

Zu Nell.
Ihre Finger krallten sich in meinen Rücken und die meinen in ihr Haar. Ich wollte sie nie wieder loslassen.
Doch sie wurde mir genommen.

30

Nell

Starke Hände packten mich von hinten und zerrten mich von Luan weg. Ich schrie erstickt auf und strampelte, aber der Griff wurde noch fester. Kalter Atem blies über meine Wange und ich presste die Lippen fest zusammen. *Nein, nein, bitte nicht!* Doch es war Arlo, der mich gepackt hatte. Als ich den Kopf hob, sah ich Luan – einen ziemlich wütenden Luan.

„Sie gehört mir!", keifte Arlo und bohrte die Nägel in meine Haut. Ich zuckte zusammen und wand mich, doch er ließ nicht los. Luans Nasenflügel bebten. Die Luft um ihn herum begann zu vibrieren und von ihm ausgehende Hitze schlug mir entgegen. „Du lässt sie los, *jetzt*", knurrte er mit beunruhigend tiefer Stimme. Arlo schnaubte und presste mich gegen seine Brust. „Das kannst du knicken. Sie gehört mir."

Luan ging in die Luft. Er sprang vor, packte Arlo am Hals und zerrte ihn zur Seite. Dann presste er ihn mit dem Rücken gegen die Wand und beugte sich so weit vor, dass seine Nasenspitze fast die von Arlo berührte. „Du hast ja keine Ahnung, wie lange ich auf diesen Moment gewartet habe", sagte er kalt und seine Augen begannen zu lodern.

Der Diamant verzog abfällig das Gesicht. „Die Freude liegt ganz auf meiner Seite. Aber wenn wir kämpfen, dann richtig."

Er bäumte sich auf und Luan wurde zurückgeschleudert. Ich schrie auf und wollte zu ihm rennen, aber Liam brüllte mir zu, ich solle ihn rauslassen. Panisch fuhr ich herum und eilte auf seine Zelle zu. Hektisch nestelte ich an seinem Schloss herum und schaffte es schließlich mit dünnen Efeuranken, das Schloss von außen zu knacken. Liam stolperte zu mir heraus und ich drehte mich wieder um, um Luan zu helfen. Doch weder er noch Arlo waren in ihrer menschlichen Form. Beide hatten sich gewandelt und standen sich nun, Auge in Auge, in Gestalt einer massigen Raubkatze gegenüber.

Luans hellbraunes Fell schimmerte im schmierigen Licht. Seine prächtige, schwarze Mähne war nun vollkommen ausgereift und ließ seinen Kopf um einiges größer wirken. Unter der glatten Haut spielten Muskeln, während seine blau-gelben Augen Arlo feindselig musterten. Der Diamant selbst war genauso furchteinflößend wie in dem Moment, in dem er sich während des Trainings verwandelt hatte. Sein gestreiftes Fell war sauber und die Farben kräftig. Der muskulöse Körper war riesig und länger als der von Luan. Nackte Angst packte mich, als die beiden in Bewegung kamen. Wie zwei Wirbelstürme krachten sie zusammen und gingen zu Boden. Mörderische Krallen blitzen auf, ritzten durch Haut und trennten Sehnen. Beide Raubkatzen stießen ein ohrenbetäubendes Brüllen aus. Luan gelang es, sich aufzurichten und Arlo am Boden festzunageln. Seine Klauen bohrten sich in die Schulter seines Widersachers.

Mit Schrecken stellte ich fest, dass er am Bauch stark blutete. Ich wollte ihm gerade zu Hilfe eilen, als mich ein tiefes Knurren mitten in der Bewegung erstarren ließ.

Aus dem dunklen Gang vor uns schossen zwei weitere Tiger heran, einer sah genauso aus wie der andere. Verblüfft starrte ich auf die Zwillinge, die ich nun zum ersten Mal in ihrer Tiergestalt sah. Henry und Harry waren ein winziges bisschen kleiner und schlanker als Arlo, doch der Unterschied fiel kaum auf, was meine Angst ins Unermessliche trieb.

Die beiden warfen sich auf Luan und zerrten ihn von ihrem Anführer. Harry – vielleicht war es auch Henry – packte das Löwenmännchen an der Schulter und schleuderte es an die gegenüberliegende Wand.

Ich zuckte zusammen. Meine Panik verwandelte sich in Wut. Die beiden sollten sich gefälligst da raushalten. Das war eine Sache zwischen Arlo und Luan, Henry und Harry hatten hier nichts verloren.

Mit einem Schlag wurde mir bewusst, wie tief wir in der Klemme saßen. Die Zwillinge waren bereit, für ihren Anführer zu kämpfen. Doch Arlo hatte nicht gesagt, dass sie ihn unterstützen würden. Wären sie nicht aufgetaucht, hätte Luan ihn jetzt vielleicht schon längst umgebracht. Er war stärker als Arlo und auch stärker als die Zwillinge, aber wenn alle drei zusammen kämpften, hatte er keine Chance.

Jetzt schnellte Henry vor und attackierte ihn von rechts, während Harry von links angriff. Arlo hatte sich inzwischen wieder aufgerappelt und schoss ebenfalls auf Luan zu. Ohne zu überlegen wandelte ich mich um.

Nach weniger als zwei Sekunden hatte ich meine menschliche Gestalt abgelegt und fand mich im Körper einer Löwin wieder. Ich war selbst erstaunt, wie schnell ich das hinbekommen hatte, aber es blieb keine Zeit, mich darüber zu freuen. Entschlossen stieß ich ein Brüllen aus, was erschreckend laut von den Wänden widerhallte.

Die Diamanten hielten verwirrt inne und sahen zu mir hinüber. Auch wenn es nur wenige Millisekunden der Unachtsamkeit waren, Luan ergriff sie. Der Achat streckte seine Pranke aus und packte Henrys Hals. Seine Krallen gruben sich unter die gestreifte Haut und zogen den ganzen Kopf mit nach unten.

Der Tiger brüllte auf und biss um sich, doch Luan war schneller. Innerhalb weniger Augenblicke hatte er Henry ganz auf den Boden gepresst und kauerte über ihm. Mit einem Blick, der von Hass und Abneigung nur so triefte, öffnete er das Maul und biss direkt in die Brust seines Opfers. Die Raubkatze unter ihm keuchte auf und gleich darauf floss dunkelrotes Blut in einem großen Schwall aus der Wunde. Die dicke Flüssigkeit sickerte durch sein Fell, lief auf den Betonboden und bildete eine Lache.

Harry stieß einen markerschütternden Schrei aus und warf sich auf Luan. Dieser wurde von Henrys Körper geschleudert und prallte gegen die Wand.

Mir blieb das Herz stehen, als ich den dumpfen Aufprall hörte und sich Luan nach seinem Fall nicht wieder aufrichtete.

Ich wollte mich gerade in Bewegung setzen, als sich ein massiger Körper vor mich schob. Verwirrt blinzelte ich auf und erstarrte. Diese Augen, verdammt, ich kannte diese Augen.

Auch wenn ich es nicht wahrhaben wollte, es war Liam, der da in seiner Löwengestalt vor mir stand und mir den Weg zu Luan versperrte.

Ich hatte allerdings keine Zeit, um ihn zu mustern, denn Harry schoss bereits auf den reglosen Löwenkörper zu.

Lass mich vorbei, ich muss ihm helfen!

Es war ein merkwürdiges Gefühl, über meine Gedanken mit einer anderen Gestalt zu kommunizieren.

Du wirst von hier verschwinden, wenn ich dir zubrülle. Ich werde Luan helfen. Sobald er wieder bei sich ist, werden wir einen Weg nach draußen finden.

Ich werde nicht einfach abhauen, Liam. Ich lass euch nicht allein mit Arlo!

Das Löwenmännchen verzog die Schnauze.

Du kannst sowieso nicht viel gegen ihn ausrichten.

Ich hatte absolut keine Lust, jetzt mit Liam zu diskutieren. Deshalb schob ich mich an ihm vorbei und stolperte auf Harry zu, der sich über Luan gebeugt hatte und seine Hinterpranken unter dessen Haut schob. Mit einem erschreckend tiefen Brüllen verbiss ich mich im Schwanz des Widersachers und zerrte daran. Harry donnerte auf und ließ von seinem Opfer ab. Er fuhr zu mir herum, packte meinen ungeschützten Hals und grub die Zähne in mein Fell. Als meine Haut darunter aufriss, keuchte ich schmerzhaft auf und wand mich unter seinem Griff.

Währenddessen hatte sich Liam auf Arlo geworfen. Doch nachdem der riesige Tiger den deutlich kleineren Löwen problemlos gepackt und zu Boden geschleudert hatte, wurde mir klar, dass Arlo durch Liz' Seele noch stärkere Kräfte hatte. Diese Tatsache brannte sich wie Feuer unter meine Haut.

Harrys Zähne ließen mich versteifen, doch irgendwie schaffte ich es, mich zu befreien. Ich riss den Kopf herum und hielt nach Luan Ausschau.

Er hatte sich aufgerappelt, seine Mähne stand wirr nach allen Seiten ab und er hatte eine tiefe Wunde am Bauch, die fürchterlich blutete. Mehr seiner Verletzungen konnte ich nicht sehen, denn Harry bäumte sich auf und warf sich erneut auf mich. In geduckter Haltung wich ich gerade so vor seinen bedrohlich langen Krallen aus und eilte auf Luan zu.

Ich musste ihm helfen. Ich musste mir seine Wunden ansehen. Ich musste ihn heilen, ich musste –

Eiserner Schmerz lähmte meinen gesamten Körper, als Harry sich mit seinem ganzen Gewicht auf mich warf. Der Länge nach wurde ich auf den kalten Betonboden gepresst. Mein Kopf schlug auf und kurze Zeit bekam ich keine Luft mehr. Ich spürte heißen Atem neben meinem zuckenden Ohr und dann vernahm ich Harrys Stimme in meinem Kopf.

Es hat sich ausgespielt, Achat.

Meine Panik erlosch so plötzlich, wie die Wut in mir aufflammte. Rasende, kalte Wut.

Ich würde nicht sterben. Nicht jetzt, so kurz vor dem Ziel.

Mit neuer Kraft drehte ich mich auf den Rücken, streckte meine Gliedmaßen und ritzte Harry den Bauch auf. Dieser stieß ein tiefes Brüllen aus und rutschte von mir herunter. Sein massiger Körper landete schwer auf dem Boden, direkt neben dem seines Zwillingsbruders. Ich sprang auf, wobei meine Pranken über den blutverschmierten Untergrund rutschten, und verbiss mich in Harrys Hals. Genugtuung machte sich in mir breit, als ich spürte, wie er versteifte. Erst als sein stinkender Atem nicht mehr in mein Gesicht blies, ließ ich von ihm ab. Mit zitternden Beinen richtete ich mich auf. Mein Herz schlug viel zu schnell und meine Kehle brannte. Dazu kamen die offenen Wunden, die Harry mir zugefügt hatte, doch all das rutschte schlagartig in den Hintergrund, als ich den Löwen sah. Zuerst war ich mir nicht sicher, ob es Liam oder Luan war, doch als ich den menschlichen Körper meines besten Freundes auf mich zu stolpern sah, wusste ich es.

Ich merkte gar nicht, wie ich mich zurückverwandelte. Nach wenigen Sekunden stand ich jedoch mit verschwitzten Haaren und aufgeplatzter Lippe im Gang neben meiner Zelle. Mein Gehirn nahm kaum wahr, dass Liam sich hinter mich stellte und mir eindringliche Worte zurief. Ich sah nur dieses Löwenmännchen, das wenige Schritte von mir entfernt auf dem blutigen Boden lag.

„Luan!", kreischte ich und stolperte vor. Doch Liam schlang die Arme um meine Taille und hielt mich zurück. Keuchend sah ich auf den zerschundenen Löwenkörper – Luans Körper.

Seine prächtige Mähne war zerrissen und hatte einige kahle Stellen. Sein gesamtes Fell war mit dunkelroten Spritzern übersät und seine linke Pranke war verdreht. Die ausgefahrenen Krallen zersplittert und leere Augen starrten ins Nichts. Wut und nacke Verzweiflung brodelten in meinem Inneren, als ich den Kopf hob und Arlo erblickte. Henry und Harrys Leichen lagen ihm zu Füßen, doch er kümmerte sich nicht darum. Seine kalten Augen fixierten mich. Meine Nasenflügel bebten und ich spürte geballte Energie, die durch meinen Körper strömte. Er hatte Luan umgebracht – dafür würde er mit seinem Leben bezahlen.

Liams Griff wurde fester, als ahnte er, was ich vorhatte. „Tu's nicht." Doch mein Entschluss stand fest. Mit einem mörderischen Schrei ging ich auf Arlo los. Meine geballte Faust traf ihn auf die Nase, er keuchte kurz, hatte sich aber gleich darauf wieder gefangen. Mit starken Händen packte er meine Handgelenke und verdrehte sie mir auf dem Rücken. Ich stöhnte vor Schmerzen, biss jedoch die Zähne zusammen und rammte ihm mein Knie zwischen die Beine. Einen Moment lang sah er mich mit schmerzverzerrtem Gesicht an und ich nutzte die Gelegenheit, um meinen Mittelpunkt aufzurufen. Meine Adern pulsierten vor Kraft, die zum Einsatz kommen wollte.

Mit unbeschreiblichem Hass gab ich mein Können zum Besten. Dicke Efeuranken schossen auf Arlos Hals zu und verhakten sich darum.

Er knurrte wütend und versuchte sie wegzuschleudern, doch durch seinen Kampf gegen Luan war er bereits geschwächt. Und ich hatte gerade erst angefangen.

Mit Schwung hob ich die Arme und schleuderte ihm mehrere Wasserfontänen samt Eissplittern ins Gesicht. Er verlor das Gleichgewicht und sackte zu Boden. Keine Sekunde später war ich über ihm. Meine Fingernägel zogen tiefe Furchen in seine Wangen, Blut tropfte ihm in die Augen. Sein Körper begann zu beben. Kurz wechselte er in seine Tigergestalt und schaffte es, mich von sich zu schleudern. Ich hörte Liam hinter mir fluchen, doch ich wies ihn an, er solle sich nicht einmischen.

Das hier war inzwischen zu einer Sache zwischen Arlo und mir geworden. Als Mensch setzte ich zum Sprung an, stieß mich ab und landete als Löwin direkt auf Arlos Schultern. Seine Tigergestalt gab unter mir nach und schlug mit einem hässlichen Knirschen auf dem Betonboden auf. Er stieß ein tiefes Brüllen aus, das ich mit zwei Hieben auf seine blutige Schnauze erstickte. Von rasender Wut angetrieben schlug ich auf ihn ein. Dunkelrotes Blut spritzte mir in die Augen und ich musste stark blinzeln. Doch es war nicht meins, sondern Arlos Blut, das mir die Sicht verschleierte. Ich konnte nicht aufhören. Das, was ich tat, war mehr als nur grausam und kein bisschen besser, als das was Arlo getan hatte, aber ich konnte nicht aufhören.

„Nell!", rief Liam. Ich hörte ihn kaum. „Nell, es ist vorbei. Beruhige dich."

Schwer atmend hielt ich inne. Meine Krallen, die sich in Arlos steifen Körper gebohrt hatten, waren zu Fingern mit eingerissenen Nägeln geworden. Verwirrt sah ich auf ihn hinab. Seine Brust hob sich nicht mehr und der leere Blick gab mir den Rest.

„Ist er...?", setzte ich an.

Liam kam zu mir und verzog den Mund. „Ja, er ist tot."

Ich konnte es nicht glauben, das konnte nicht wahr sein.

„Luan hat seine menschliche Gestalt getötet und du gerade eben seine tierische. Arlo ist nicht mehr. Er war."

Ich stolperte von dem toten Körper und ließ mich gegen die Brust meines besten Freundes sinken. „Du hast es geschafft", flüsterte er in mein Haar. „Du hast es wirklich geschafft, diesen Tyrannen zu besiegen."

Mein Herz raste und die Gedanken dröhnten.

Atme, Nell! Atme!

Ich kauerte neben Luans Leichnam nieder. Verschwitzte Haare klebten an meinen tränennassen Wangen und die Erleichterung und Hoffnung, die ich noch vor wenigen Minuten gespürt hatte, war wie weggefegt.

Unter regelmäßigen Zuckungen, die meinen Körper zum Beben brachten, lehnte ich mich über Luan. Meine zitternden Finger fuhren durch sein blutverklebtes Fell und schoben sich schließlich in die kalte Mähne. Ich senkte meinen Kopf hinab und vergrub die Stirn für kurze Zeit an seiner entblößten Brust. Wie eine Wahnsinnige sog ich seinen vertrauten Duft in mich auf. „Luan –", stammelte ich und presste die Lider zusammen. „Luan, bitte, sag etwas, irgendetwas." Ich flehte stumm und laut, ich betete leise und schrie die Worte in den dunklen Gang. Doch nichts geschah. Luans Körper blieb steif und leblos.

Irgendwann spürte ich eine Decke, die um meine Schultern geschlungen wurde und dann hüllte mich Liams Duft ein. Ich lehnte meinen Rücken gegen seine Brust und schluchzte auf. „Nein. Er kann mich doch nicht allein lassen. Nein – er, er ..." Ich presste die Lippen zusammen und verkrampfte. Es fühlte sich fast so an, als würde ich Luans Tod mitsterben. Ich fühlte mich leer und stumpf. Nutzlos. Ich fühlte mich schmutzig. Weil ich nicht für ihn dagewesen war.

Liam zog mich in eine enge Umarmung und drückte mich gegen sich. Ich ließ es geschehen. Er strich mit den Fingern durch mein Haar, wickelte einzelne Strähnen ein und ließ sie wieder fallen. Dann, plötzlich, richtete er sich etwas auf. „Du musst ihn heilen", sagte er und seine Augen begannen hoffnungsvoll zu lodern. Ich musste mich nicht einmal bemühen, mich von dieser Hoffnung nicht anstecken zu lassen, denn sie war sinnlos.

„Luan hat mir einmal gesagt, dass man nicht einfach so aus dem Nichts heilen kann. Das muss man lernen, üben und vor allem können." Mit verschleiertem Blick ließ ich die Schultern sinken. „Und selbst wenn ich es könnte, es wäre jetzt sicher schon zu spät."

Als mir diese Erkenntnis über die Lippen kam, wurde mir schlecht. Kalte Tränen brachen erneut aus meinen Augenwinkeln aus und strömten mir über die Wangen. Ich weinte so sehr, dass ich Kopfschmerzen bekam. Wie ein Todkranker robbte ich näher an Luans Körper heran und schlang meine zitternden Arme um ihn. Mir war egal, dass er bereits ein wenig stank. Mir war egal, dass sein getrocknetes Blut über meine Wange bröselte.

Ich presste meine Stirn in sein stumpfes Nackenfell und schloss die Augen. Meine kalten Finger verkrampften neben seinem aufgeritzten Ohr.

„Luan", flüsterte ich unter zwei Schluchzern hervor. „Luan, seit wir uns das erste Mal begegnet sind, habe ich mich zu dir hingezogen gefühlt. Ich habe es gehasst, dass du so viel Zeit mit May verbracht hast." Ich verzog den Mund, während meine Tränen leise durch sein Fell rannen. „Aber im Lager, im Lager warst du ganz anders. Du warst nett zu mir, meistens zumindest. Du hast mir so vieles beigebracht, was du dir wahrscheinlich gar nicht vorstellen kannst", presste ich hervor und schüttelte den Kopf. „Ich glaube diese Verbindung zwischen uns, die war schon viel früher da, als wir gedacht haben. Viel früher." Ich drehte mich so, dass ich fast auf ihm lag. „Und weißt du noch", schluchzte ich auf. „Weißt du noch, als ich dir vor einer gefühlten Ewigkeit in einem dieser verdammten Gänge sagen wollte, was ich für dich empfinde?" Meine Nasenflügel bebten. „Weißt du noch, wie du gesagt hast, dass du diese Worte erst von mir hörten willst, wenn das hier vorbei ist? Wenn Arlo tot ist und du mich vor ihm beschützen kannst?"

Ich verkrampfte und holte rasselnd Luft, bevor der nächste Tränenschwall über mich hereinbrach. „Luan, wir haben es geschafft. Arlo ist tot. Wir beide wollten ihn umbringen und das haben wir getan. Du den menschlichen und ich den tierischen Tyrannen in ihm. Oh Luan, und du hast es auch geschafft, mich vor ihm zu beschützen."

Meine Stimme war nicht mehr als ein heiseres Krächzen.

„Aber ich –" Ich stolperte über die Worte, die mir auf der Zunge lagen. „Ich habe es nicht geschafft, dich zu schützen."

Ich schluchzte laut auf und gab mich der Verzweiflung und dem Schmerz hin, der mich von innen heraus verbrannte. „Luan, ich wünschte ..., ich wünschte du könntest mir verzeihen. Ich wünschte, ich könnte alles rückgängig machen, aber das kann ich nicht."

Mein Herz zog sich zusammen als wäre eine Eiszeit über mich hergefallen und hätte alles erstarren lassen, was mich sonst am Leben hielt.

„Luan, ich liebe dich. Ich habe dich schon geliebt, bevor mir bewusst wurde, dass es da diese Schmetterlinge in mir gibt, die immer ausbrechen, wenn du nur in meiner Nähe warst. Ich liebe dich so sehr, dass es wehtut." Meine Stimme brach nun endgültig. Aber Liams Keuchen ließ mich aufschauen. Ich erstarrte.

Der Löwenkörper unter mir begann zu flimmern. Weißes Licht stieg flimmernd aus dem verkrusteten Fell auf und umhüllte mich. Ich rechnete mit Panik, die mich befallen und mir die Luft zum Atmen nehmen würde, doch nichts dergleichen geschah. Stattdessen zog sich die triefende Leere in mir immer weiter zurück. Schließlich erlosch sie und mit ihr auch das weiße Licht. Ich blinzelte energisch. Unter mir lag kein totes Löwenmännchen mehr, sondern ein menschlicher Körper. Ein Körper, der mir ziemlich vertraut war. Das Shirt, das Luan trug, war zerfetzt und gab den Blick auf nackte Haut frei. Gleichmäßige, glatte Haut, mit vielen Schnitt- und Beißwunden.

Mir stockte der Atem und ich rutschte ein wenig zurück, um meine rasenden Gedanken zu sammeln. Doch dazu blieb keine Zeit, denn Luan bewegte sich. Er hustete und keuchte, dann richtete er sich halb auf und verharrte auf seinen Unterarm gestützt. Die dunkelblonden Haare fielen ihm in langen Strähnen ins Gesicht. Die trockenen Lippen hatte er zusammengepresst, ich wusste nicht, ob vor Anstrengung oder Schmerz. Ich wusste überhaupt nichts mehr. Ich hatte Luan für tot gehalten, ich hatte mir bereits überlegt, wie ich zu ihm gelangen konnte, und jetzt …, jetzt lebte er plötzlich wieder.

Luan hob den Kopf und sah mich an. Mein Hirn wurde weich und schwabbelig. In seinem Blick lag so vieles: Schmerz, großer Schmerz, aber sobald er mich sah, mischte sich Erleichterung darunter und noch etwas anders, was ich nicht ganz deuten konnte. „Oh mein Gott", hauchte ich mit zitternder Stimme und beugte mich vor.

Er verzog den Mund. „Sehe ich wirklich so schlimm aus?"

Meine Kehle begann zu brennen, Tränen lösten sich aus meinen Augenwinkeln und rannen siedend heiß über meine Wangen, wie schon so oft in den letzten Minuten.

„Hey", sagte er sanft und richtete sich weiter stöhnend auf. „Nicht weinen."
Er streckte den freien Arm aus und jagte mit seinem Daumen meinen Tränen nach. Ich schüttelte schluchzend den Kopf und umfasste sein Handgelenk mit beiden Händen.
„Ich dachte du ..., du –" Meine Stimme stockte und brach.
„Ich weiß, Fee. Ich weiß", murmelte er leise und schaffte es irgendwie, sich gerade hinzusetzen. „Aber jetzt ist alles gut."
Ich schüttelte erneut den Kopf, diesmal heftiger. „Gar nichts ist gut. Du bist verletzt. Du kannst vielleicht nie wieder laufen. Du –"
Luan bewegte sich so schnell, dass ich erschrocken nach Luft schnappte. Plötzlich stieß sein Atem über meine Lippen. „Ich liebe dich, Nell. Du hast keine Ahnung, wie sehr."
Ich blinzelte. Einmal. Ein zweites Mal.
Weder mein Puls noch mein Herz wollten sich wieder beruhigen. Sie schlugen so schnell, dass es fast wehtat. „Ich liebe dich", brachte ich schließlich hervor und ließ mich von seinen Lippen ertränken. Ich spürte seinen Mund auf meinem. Seinen Geruch überall um mich herum und ich spürte seine Hände, die meine Taille umfassten. Mein Atem ging unkontrolliert und stoßweise, ich hörte mich fast an, als hätte ich einen unendlich langen Sprint hinter mir, aber das war mir egal.
Liam räusperte sich.
Ich fuhr zurück und sofort begann mein Gesicht zu glühen. Als ich in das frech grinsende Gesicht des Achaten vor mir blickte, hätte man auf meinen Wangen ganz sicher problemlos ein fettes Stück Fleisch braten können.
„Ich unterbreche euch ja wirklich nur sehr ungern, aber da oben spielt sich gerade ein Völkerkrieg ab. Allerdings ist der Lärm vor wenigen Minuten plötzlich verschwunden", bemerkte Liam trocken.
Ich drehte mich um und lauschte. Er hatte recht. Die Schreie, die noch vor kurzer Zeit zu uns hinunter gedrungen waren, waren verstummt.
Mit gerunzelter Stirn stand ich auf und half Luan dabei, es mir gleichzutun.

„Ich bin mir nicht sicher, ob das jetzt gut und schlecht sein soll", sagte ich leise.

„Sollen wir nachsehen?", fragte Liam angespannt.

Die plötzliche Stille und dazu das Bild der Leichen am Boden jagten mir mehrere Schauer über den Rücken.

„Natürlich", lachte Luan. „Ich habe nicht vor, hier unten alt zu werden."

Damit setzte er sich schwerfällig in Bewegung. Ich war sofort an seiner Seite, um ihn zu stützen, und Liam folgte uns kopfschüttelnd. So bahnten wir uns einen Weg durch den halbdunklen Gang, bis wir schließlich einen größeren erreichten. Schritte hallten von den nahen Wänden wider und wir fuhren zusammen. Kurz darauf rief jemand nach Luan und mir.

Mein Herz, was zuvor wie erstarrt gewesen war, begann zu hüpfen. „Adam?"

„Nell!" Mein Halbbruder bog um die nächste Ecke und stürmte mir entgegen. Kommentarlos zog er mich an seine Brust und ließ mich nicht los, bis ich zu röcheln begann.

Langsam schob er mich ein Stück von sich und sah auf mich hinab. „Lieber Gott, dir geht es gut", stellte er erleichtert fest und grinste.

Gerne hätte ich seine Geste erwidert, doch es gelang mir nicht. Als Adam zu Luan blickte, verstand er auch, warum.

„Dich hats verwischt", murmelte er bitter und musterte ihn.

Luan verzog den Mund. „Normalerweise habe ich ja nichts dagegen, wenn man mich anstarrt, aber in meinem jetzigen Zustand könnte ich darauf verzichten. Außerdem weiß ich nicht, ob es mir gefällt, wie lange du Nell gedrückt hast", fügte er hinzu.

Einen Moment lang starrte Adam ihn an, dann begann er zu lachen und klopfte ihm auf die Schulter. „Mann, ich habe mir Sorgen um dich gemacht."

„Wie schmeichelnd", erwiderte Luan trocken und fuhr sich durchs Haar. „Wo ist der Rest der Truppe?", wollte er dann wissen.

Adam deutete mit dem Kinn in die Richtung, aus der er gekommen war. „Oben."

Sein Blick fiel auf Liam, der dicht hinter mir stand. „Und du bist?"

„Nells bester Freund; der, den sie am längsten kennt", meinte dieser.

Ich biss mir auf die Lippe.

Adam hob die Brauen und nickte langsam. „Also Liam."

„Nell hat von mir erzählt?"

„Sie hat dich irgendwann mal kurz erwähnt."

„Hallo? Ich bin hier immer noch anwesend", mischte ich mich ein, bevor aus der angespannten Stimmung mehr werden konnte. „Wir sollten hier raus, und zwar so schnell wie möglich. Da oben gibt es bestimmt Verwundete, die Hilfe brauchen."

„Och, um einen von dieser Sorte zu finden, müssen wir gar nicht unbedingt hoch", erwiderte Adam und warf Luan einen neckenden Blick zu.

„Sei still", schnaubte dieser und setzte sich in Bewegung.

Ich reihte mich neben ihm ein, um ihn zu stützen. Während mein Bruder vorneweg lief, bildete Liam das stumme Schlusslicht. Nach einer Weile erreichten wir endlich eine schwere Stahltür, die bereits offenstand und durch die helles Licht in den Gang fiel. Ich kniff die Augen vor den ungewohnten Strahlen zusammen und drängte mich näher an Luan heran. Seine Nähe beruhigte mich. Trotzdem ratterte mein Herz los, als ich kühle Luft spürte, die über meine Haut kroch.

Ich war wirklich draußen.

31

Nell

Ich hätte am liebsten einen Luftsprung gemacht, doch aus vielerlei Gründen ließ ich es lieber sein. Stattdessen weiteten sich meine Augen immer weiter, während sich die feinen Härchen auf meinem Körper aufrichteten.

Die Stahltür hatte uns am Rande einer winzigen Lichtung ausgespuckt. Überall ragten Bäume gen Himmel, der sich grau zugezogen hatte und kaum Sonnenlicht durchließ. Aber das war mir egal.

Gierig sog ich den Duft nach nassem Holz, Regen und feuchtem Moos ein. Während der Schlacht musste es zu regnen begonnen haben, denn meine Schuhe versanken im Matsch. Doch auch das nahm ich kaum wahr.

Ich genoss den sachten Wind auf meinen Wangen und versuchte mich an diese unendliche Weite über meinem Kopf zu gewöhnen. Seit etlichen Monaten hatte ich nur Wände über mir gehabt, doch jetzt war da nichts mehr.

Nur Freiheit, die hoffnungsvoll in mir aufkeimte.

Ich hatte es geschafft. Ich hatte es wirklich geschafft, die letzten Monate zu überstehen und jetzt war ich frei. Ich war draußen.

Meine riesengroßen Augen fingen den Seitenblick von Adam auf. Er wirkte besorgt.

Meine Hoffnung wurde im Keim erstickt.

Jetzt nahm ich auch das wahr, was nicht über mir, sondern vor mir lag. Sehr viele tote Körper.

Der schlammige Boden war aufgetreten, Pfützen hatten sich mit weißem Blut gefüllt und überall lagen diese steifen und verdrehten Körper. Mein Herz zog sich zusammen. Betonschwere Schuld legte sich auf meine Schultern und drohte, mich in den Matsch zu pressen, um mich zu ersticken.

Verzweifelt stolperte ich vor und überflog mit den Augen die Gefallenen. Einige kannte ich vom Sehen, doch die meisten waren mir fremd.

„Wo sind Lou und David?", fragte ich mit angespannter Stimme. „Und – Kate?"

Was auch immer zwischen uns gewesen war, sie war meine Schwester und ich machte mir große Sorgen um sie.

Adam trat neben mich. „Ich habe sie in den Wald geschickt, um sich zu verstecken. Ihnen geht es gut. Con ist ebenfalls wohlauf."

Erleichtert atmete ich auf. Doch sofort legte sich erneut ein dunkler Schleier über mich. „Weißt du, wo meine Mom und Ozea sind?"

„Sie sind mit Amber Notker im Lager geblieben."

Ich schluckte. Dann ging es ihnen also auch gut.

Drei Tage später

Ich saß in meinem Zimmer auf meinem Bett und starrte auf den Boden.

Nachdem Arlo vernichtet worden war, waren Liam, Adam, Luan und ich im Wald auf Kate, Lou, David und Con gestoßen. Ihnen allen war nichts besonders Schlimmes passiert – zumindest nichts, was man mit Luans Verfassung vergleichen konnte. Wir hatten die Nacht in einer kleinen Wanderhütte verbracht und waren am Morgen Richtung Schloss aufgebrochen. Da Luan den Weg von meinem Zuhause bis zum Lager kannte, waren wir ohne Umwege angekommen. Mason und Taylor, Liams Eltern, waren ihm weinend um den Hals gefallen. Taylor hatte Luan versorgt und ihm ein Zimmer im Schloss zugewiesen, in dem er sofort eingeschlafen war. Den Rest des Tages hatte jeder mehr oder weniger für sich verbracht.

Lou war einige Male auf mein Zimmer gekommen und hatte versucht, mich abzulenken, aber ich war einer Trance verfallen. Am nächsten Morgen hatte ich nach Luan gesehen, doch er hatte nach wie vor tief geschlafen.

Liam und Kate verstanden sich außerordentlich gut und eigentlich wäre ich ziemlich eifersüchtig auf sie gewesen, aber sie tat Liam gut. Lou und Con kamen sich ebenfalls immer näher, während David weiterhin der stumme, zurückhaltende Junge war. Adam war nur selten im Schloss, er verbrachte viel Zeit im Wald. Wahrscheinlich hatte er das Bedürfnis, sich immer wieder davon zu überzeugen, dass kein Diamant in der Nähe war.

Ich vermisste meine Mom und Ozea. Aber am allermeisten – und damit hätte ich gar nicht gerechnet – vermisste ich Lenn. Er war fünfzehn Jahre lang ein Vater für mich gewesen, *der* Vater. Sein Tod war in dem ganzen Trubel der letzten Monate vollkommen untergegangen. Ich sehnte mich nach seinem Lachen, diesen warmen, ehrlichen Augen und der festen Umarmung. Ich hatte keinen Dad mehr und diese Erkenntnis zerfraß mich.

Ich merkte kaum, wie sich eine Träne aus meinem Augenwinkel löste, die langsam meine Wange hinabkullerte und unter meinem T-Shirt verschwand. So sehr hatte ich mich auf mein zu Hause gefreut, auf das neue Leben, das mich nach dem Lager erwarten würde. Doch nichts war mehr wie früher, alles war anders. Liz, meine beste und damals wahrscheinlich auch einzige Freundin, war nicht mehr da. Esme war ebenfalls tot und ich würde sie nie wiedersehen.

Meine Gedanken schweiften zu Scarlett ab.

Ich hatte sie seit meiner Entführung aus dem Lager nicht mehr gesehen. Auch auf der kleinen Lichtung war sie nicht aufgetaucht, genauso wie Ava und Vize. Unbehagen regte sich in meinem Inneren, wenn ich darüber nachdachte, dass sie noch irgendwo frei herumliefen. Scarlett, getrieben von kaltem Hass auf mich wegen Esmes Tod – vorausgesetzt, sie wusste davon. Vize und Ava, angespornt von Rache.

Luan und ich hatten Arlo umgebracht, ihren Anführer.

Auch wenn er noch so grausam gewesen war, die beiden standen voll und ganz hinter ihm und hätten sich ohne zu zögern für ihn geopfert.

Zu diesen schweren Schuld- und Angstgefühlen kam die eine Frage, die mir seit drei Tagen im Kopf umherspukte. Die Frage, wie Luan wieder zum Leben erwacht war. Ich hatte gesagt, dass ich ihn liebte, und daraufhin waren diese weißen Wolken aufgestoben. Danach hatte er als Mensch und lebendig vor mir gelegen. Vielleicht hatte es mit meiner Anwesenheit und den Worten zu tun, die über meine Lippen gekommen waren. Vielleicht hatte das in ihm etwas ausgelöst.

Und plötzlich hatte ich eine Antwort.

Was wäre, wenn jeder Achat sozusagen zwei Leben hatte? Ich wusste, das klang mehr als absurd, aber irgendwie ergab es auch Sinn. Die Achate konnten ihre Gestalt wechseln, das hieß, sie lebten eigentlich in zwei Körpern. Wenn der eine starb, dann könnte es sein, dass der andere trotzdem weiterlebte. Sobald ein Achat also als Mensch starb, könnte er immer noch als Löwe oder als Wolf weiterleben und umgekehrt. Doch konnte er sich dann immer noch verwandeln?

Eigentlich nicht, denn den toten Körper gab es ja nicht mehr.

Aber wenn das stimmte, wenn diese irrsinnige Theorie irgendetwas mit der Wahrheit zu tun haben könnte, dann würde das heißen, dass Luan sich nie wieder verwandeln konnte. Doch dieser Gedanke wurde von einem viel dunkleren überschattet. Das würde nämlich auch bedeuten, dass Henry und Harry gar nicht tot waren. Nicht richtig zumindest. Ihr menschliches Wesen musste es immer noch geben.

Ein Klopfen an meiner geschlossenen Tür ließ mich zusammenfahren.

„Ja?"

Adam streckte den Kopf ins Zimmer. Seine dunklen Haare standen in alle Richtungen ab und er war etwas blass um die Nase. Die Augen, die vor seiner Mutation noch ein sanftes Blau gewesen waren, hatten sich jetzt mit einem starken Grauton vermischt. „Deine Mom ist da", sagte er und öffnete die Tür ganz. Einen Moment lang starrte ich ihn nur verwirrt an, dann stand ich wie in Trance auf und ging auf ihn zu.

„Ozea und meine Eltern auch. Sie sind alle auf dem Vorplatz."

Stumm folgte ich meinem Bruder aus dem Schloss und trat ins Freie. Die Regenwolken des Kampfes hatten sich zusammen mit dem kalten Wind verzogen und heute schien eine warme Sonne auf uns hinab. Die Strahlen wärmten meine nackten Arme. Wie jedes Mal, wenn ich nach draußen ging, musste ich die Augen vor der ungewohnten Helligkeit zusammenpressen. Zu lange hatte ich nur künstliches und letztlich so gut wie gar kein Licht mehr gesehen. Meine Mom stand vor dem großen Brunnen, der in der Mitte des Vorplatzes prangte. Sie wirkte angespannt und aufgewühlt. Als sie mich sah, stieß sie einen leisen Schrei aus und rannte auf mich zu. Sie zog mich an sich und vergrub die Nase in meinem Haar. Ich schlang die Arme um ihren Rücken und genoss ihren vertraut-süßen Duft, der mich umhüllte. Tränen lösten sich wie von selbst aus meinen Augenwinkeln und brannten sich in meine heißen Wangen. „Mom … Mom, ich …"

„Schhh", machte sie und drückte mich fester. „Das Einzige, was zählt, ist, dass es dir gut geht."

Eine Weile standen wir einfach schweigend so da, ganz dicht zusammen und jeder genoss die Nähe des anderen. Als wir uns irgendwann voneinander lösten, waren die Augen meiner Mom gerötet. „Dir geht es gut", flüsterte sie immer wieder und lächelte mich warm an. Ich lächelte zurück und fühlte mich auf einmal leichter. Besser.

Schließlich kam auch Ozea zu uns und zog mich in eine tiefe Umarmung. Ich erwiderte die Geste und begann erneut zu weinen. Ich konnte nicht anders. Ich war einfach nur froh, dass es den beiden gut ging, dass wenigstens sie vor Arlo verschont geblieben waren.

„Auf welchem Zimmer liegt Luan?", fragte Ozea und strich sich die langen schwarzen Haare von der Schulter. „Ich möchte ihn mir ansehen."

Sofort wurde mein Herz ein wenig schwerer, doch ich antwortete ihr. Ozea war nicht nur Seherin, sondern auch Ärztin. Sie war gut in dem, was sie tat. Sie würde sich um Luan kümmern und er würde wieder gesund werden.

Der Abend kam schneller als geahnt und als es draußen dunkel wurde, saßen wir alle zusammen im riesigen Wohnbereich am

Kamin. Kalinda und Talis hatten Kate und Adam in ihre Mitte genommen. Con saß neben Lou, die ihren Kopf an seine Schulter gelehnt hatte. David hockte im Sessel direkt daneben, während Ozea, Mom und ich uns eine Couch teilten. Genauso Mason, Taylor und Liam, die uns gegenübersaßen. Luan war immer noch auf seinem Zimmer, aber Ozea war überzeugt, dass er bereits morgen früh wieder nach draußen gehen konnte.

„Und Amber Notker hat euch einfach so gehen lassen?", wiederholte Kate ihre Frage und sah verwundert in die Runde.

Ozea nickte. „Sie hat beschlossen, das Lager aufzulösen. Zusammen mit ein paar Begleitern, unter anderem auch Carter, Logan und Nathan, ist sie im Gebäude geblieben und überlegt, wie es weitergehen soll."

„Und was ist mit den restlichen Mutanten passiert, die nicht während des Kriegs ihr Leben verloren habe?", wollte Con wissen.

Ozea seufzte. „Von der Existenz des Lagers wussten eigentlich nur die Anführer der Blue, Black und Red Eyes. Doch durch den Völkerkrieg wissen jetzt natürlich alle davon. Amber Notker hat geplant, sich mit den anderen Anführern aus allen acht Völkern zusammenzusetzen und über das Gesetz, dass Mutanten verboten sind, zu reden. Vermutlich werden sie es aufheben. Somit gibt es für das Lager keinen Gebrauch mehr. Vielleicht wird daraus ein großes Krankenhaus oder ein Ort, an den Mutanten kommen, wenn sie Ärger machen. Und alle anderen können ab jetzt ein freies Leben führen."

Konnte es wirklich so einfach sein?

„Amber Notker nimmt das alles einfach so hin?", sprach Adam meine Zweifel aus.

Ozea zuckte die Schultern. „Sie hat keine Wahl. Nach dem Völkerkrieg haben sich alle Mutanten verstreut, die bekommt sie nie im Leben wieder vollständig zusammen."

„Was ist mit den Diamanten?", traute ich mich schließlich zu fragen. Alle Augen richteten sich auf mich und mir wurde heiß.

„Das ist eine weitere Unklarheit", mischte sich Mom ein.

„Die laufen jetzt alle frei da draußen herum", murmelte Adam und starrte in die stockdunkle Nacht hinaus.

„Sie werden nicht zu uns kommen. Wir sind zu viele", mein-te Kate kopfschüttelnd. Ich war mir nicht sicher, wen sie damit mehr überzeugen wollte – uns oder sich selbst.

Adam hob die Brauen. „Sie sind auch viele."

„Deswegen schlage ich vor, dass wir mit dem Training fortfah-ren", ergriff Ozea das Wort. „So bleiben wir fit und können uns wehren, falls es erneut zu einem Angriff kommt." Damit schie-nen alle einverstanden zu sein.

„Wie geht es eigentlich Luan?" Lou hatte sich den ganzen Abend über stumm verhalten, bis jetzt. „Ist er aufgewacht?"

„Er war vorhin kurz wach, ist aber schnell wieder eingeschla-fen", berichtete Ozea. „Ihm geht es gut. Ich denke, ab morgen kann er wieder aufstehen."

„Hat es ihn wirklich so schlimm erwischt?" Sorge schwang in Lous Stimme mit.

Ich stieß die Luft durch die Nase aus. „Er ist sozusagen von den Toten auferstanden, also hat es ihn ziemlich schlimm erwischt." Erneut richteten sich alle Augenpaare auf mich, doch diesmal nahm ich es kaum wahr. „Luan ist da unten vor meiner Zelle gestorben. Aber dann war da dieses Licht und dann lag er plötz-lich nicht mehr als Löwe, sondern als Mensch vor mir und hat geatmet", berichtete ich und starrte dabei auf die Wand hinter dem Kamin.

„Aber wie soll das möglich sein?", wunderte sich Talis. Bis jetzt hatte auch er sich aus dem Gespräch rausgehalten und stumm zugehört.

Ich zog träge die Schultern hoch. „Vielleicht, ich habe keine Ah-nung ob, das sein kann, aber vielleicht ist das eine normale Ab-folge."

Niemand schien mich zu verstehen, nur Liam nickte knapp.

„Es könnte sein, dass wenn ein Achat als Tier stirbt, er trotzdem als Mensch weiterleben kann, und andersherum ", versuchte ich es so einfach wie möglich zu erklären.

„Willst du damit sagen", begann Con angespannt, „dass sich Luan nie wieder in einen Löwen verwandeln kann, oder könn-te er das trotzdem noch?"

„Ich weiß es doch selbst nicht", seufzte ich tief und schüttelte den Kopf. „Das Ganze ist nur eine irrsinnige Theorie."

„Das werden wir morgen herausfinden", sagte Ozea plötzlich. Ihre grünen Augen funkelten.

„Dann wünschen wir euch viel Erfolg dabei", meinte Talis, den Blick eisern auf seine Finger gerichtet.

„Was soll das heißen, Dad?", wollte Kate wissen.

Mein Vater – wie seltsam es sich anhörte, ihn so zu nennen – verzog den Mund. „Wir werden morgen früh zurück nach Hause gehen. Ich bin der Anführer eines ganzen Volkes, eines Volkes, das nach dem Krieg nichts mehr braucht als seinen Herrscher."

„Aber ...", begann Kate zu protestieren, doch ihre Mutter legte ihr eine Hand auf die Schulter.

„Es muss sein, Kate. Die Blue Eyes brauchen deinen Vater und mich und wir werden euch ganz sicher nicht hier zurücklassen, nach allem ..., nach allem, was passiert ist", sagte sie mit leiser, aber bestimmter Stimme.

„Mom", wandte Adam kopfschüttelnd ein. „Ich bin erwachsen. Ich kann meine eigenen Entscheidungen treffen und das werde ich."

Talis und Kalinda sahen ihren Sohn verletzt an. Ohne auf ihre Blicke zu achten, fügte er hinzu: „Ich werde hierbleiben."

„Nein, das wirst du nicht!", polterte Talis auf. „Wir waren lang genug voneinander getrennt, wir sind eine Familie und wir werden auch als solche wieder heimkehren." Er hob die Arme. „Denk an deine Ausbildung. Wenn der Tag kommt, an dem ich nicht mehr herrschen kann, wirst du mein Nachfolger sein. Du wirst die Verantwortung eines ganzen Volkes tragen und darauf muss man sich vorbereiten."

„Das weiß ich", sagte Adam ungerührt. „Aber im Moment erscheint es mir wichtiger, hier bei Nell zu bleiben."

Talis ließ schnaubend seine Arme sinken. „Warum bist du nur so undankbar?"

Mit einem scharfen Räuspern unterbrach Kalinda die brenzlige Situation. „Es wäre besser, wenn wir jetzt alle ins Bett gehen. Es war ein anstrengender Tag." Ihre Miene duldete keinen Widerspruch. Nachdem die Blue Eyes auf ihre Zimmer gegangen waren, erhob sich auch Lou. „Gute Nacht", sagte sie leise und tappte, dicht gefolgt von David, aus dem großen Raum, der nur spärlich durch den Kamin beleuchtet wurde. An der Tür drehte sie sich noch einmal um und winkte mir zu. Etwas verwirrt stemmte ich mich hoch und kam mit fragendem Blick auf sie zu. „Nell", raunte Lou mit belegter Stimme. „Ich werde auch nicht mehr allzu lange hierbleiben." Immer wieder wich sie meinem Blick aus. „Ich vermisse mein Zuhause. Hier fühle ich mich zwar auch sehr wohl, aber –"

„Ist schon gut." Ich rang mir ein Lächeln ab. „Es ist wirklich okay, Lou. Ich verstehe das."

Endlich hob sie den Kopf und sah mich an. „Ich habe Con noch nichts davon erzählt. Und ich glaube nicht, dass ich das schaffe." Ihre Stimme zitterte bedenklich.

„Ich sag es ihm", versprach ich ruhig, auch wenn ich keine Ahnung hatte, wie ich das anstellen sollte.

Doch Lou schüttelte heftig den Kopf. „Nein, bitte tu das nicht. Ich –", sie suchte nach den richtigen Worten, „ich möchte nicht, dass er mitkommt. Er soll hierbleiben, bei Luan. Bei dir."

„Das ist doch Schwachsinn", protestierte ich. „Wenn er mit dir geht, ist er doch längst nicht aus der Welt. Luan braucht ihn, ich weiß, aber er hat immer noch mich." Wie von selbst löste sich eine Träne aus meinem Augenwinkel. Ich schniefte auf und versuchte hektisch, sie vor Lou zu verbergen. Es misslang mir kläglich.

„Oh Nell", sie zog mich in eine kurze, aber feste Umarmung. „Bitte sag Con nichts davon. Ich glaube, ich liebe ihn, aber er wird hier mehr gebraucht als bei mir zu Hause. Ich möchte die beiden Brüder nicht trennen nach all dem, was sie durchgemacht haben."

Leise schluchzend nickte ich und wischte mir über die Nase. „Was wird aus David?" Dieser hatte sich bereits stumm nach oben verzogen.

„Er möchte mit zu mir kommen", presste Lou hervor. „Ich habe versucht, ihn umzustimmen, aber der Kerl ist sturer, als man denkt."

Unter einem erneuten Tränenschwall lachte ich auf. „Er will dich nicht allein lassen, das ist irgendwie süß."

Sie kniff warnend die Augen zusammen, doch ihr Gesicht erhellte sich deutlich. „Bis morgen, Nell."

„Schlaf gut."

Der nächste Tag kam viel zu früh. Zarte Sonnenstrahlen drangen durch meine weißen Vorhänge ins Zimmer und streiften über mein Gesicht. Schlaftrunken zog ich mich um, machte mich im Bad fertig und betrat den langen Flur vor meiner Tür. Bevor ich nach unten zum Frühstück ging, hatte ich allerdings noch einen anderen Weg vor mir. Ich musste zu Luan.

Beim Gedanken an ihn begann mein Herz merkwürdig zu hüpfen. Ich unterdrückte meine Sorgen und eilte zielsicher den Gang hinab. Vor der Tür zu Luans Zimmer verharrte ich. Meine Brust wurde eng, als ich eine vertraute Mädchenstimme vernahm.

Kate war bei ihm.

Der Stich in meiner Brust ging tiefer als erwartet. Luan liebte mich, das wusste ich, und Kate war meine Schwester. Nach allem, was sie getan und gesagt hatte, nach alldem wollte ich mit ihr nicht mehr aneinandergeraten. Ich wusste, dass sie heute mit meinem Vater und Kalinda zu den Blue Eyes zurückkehren würde. Sie wollte sich wahrscheinlich einfach nur verabschieden. Ich wäre die mieseste Schwester, wenn ich ihr das nicht gönnen würde.

Ich wollte mich gerade abwenden, als die Tür hinter mir aufging. Ertappt drehte ich mich um und blickte in Kates blaugraue Augen. „Hey", murmelte ich und versuchte ein kurzes Lächeln. Zu meiner Überraschung erwiderte sie es offen. „Luan ist wach. Ich habe mich nur von ihm verabschiedet."

Ich nickte stumm, da ich keine Ahnung hatte, was ich darauf antworten sollte.

„Nell", begann Kate mit belegter Stimme. „Egal, was in der Zeit im Lager zwischen uns war, wie gemein ich zu dir war, ich ...", sie schien mit sich zu ringen. „Ich werde dich vermissen, glaub ich."

Ich presste die Lippen aufeinander und zog sie ohne zu überlegen in eine Umarmung. Zuerst war sie viel zu überrascht, um zu reagieren, aber dann schlang sie die Arme um meinen Rücken und drückte mich an sich.

„Ich meine, hey", sie lachte traurig in mein Haar, „wir sind Schwestern. Wir hatten so gut wie gar keine Zeit, uns kennenzulernen. Glaubst du wir können das irgendwann nachholen?"

Tränen lösten sich aus meinen Augenwinkeln. Ich hatte es so statt, immer zu weinen, aber es geschah wie von selbst. Wir lösten uns voneinander und ich sah sie blinzelnd an. „Ich habe keine Ahnung, wie es jetzt weitergehen soll. Ich weiß nicht mal, wer jetzt die Green Eyes anführen wird, aber wir werden uns wiedersehen, Kate."

Sie verzog schelmisch den Mund. „Ist gut, aber nicht, dass du mir ab jetzt immer auf die Nerven gehst."

Ich lachte auf. „Keine Sorge. Dafür trennen uns zu viele Kilometer."

Meine Schwester lächelte kopfschüttelnd und wandte sich ab. „Also dann, bis irgendwann."

Zum Abschied hob ich die Hand, auch wenn es sich mehr als merkwürdig anfühlte. Dieses ganze Gespräch mit Kate fühlte sich merkwürdig an.

„Ach, und Nell …"

„Ja?"

Sie atmete auf. „Dad, also Talis, ich soll dir alles Gute von ihm ausrichten. Er bereut, was er damals getan hat. Er bereut sehr vieles."

Meine Hände begannen zu zittern. Er bereute es? Ernsthaft?

Mein Vater bereute, dass er meine Mutter hochschwanger zurückgelassen hatte und sie und ich fünfzehn Jahre lang für ihn nicht existiert haben? Dass er war nicht einmal in der Lage, mir das persönlich ins Gesicht zu sagen? Oder wenigstens Mom?

Doch ich verkniff mir all diese Worte, weil Kate nichts dafür konnte. Sie war nicht schuld an meiner Geburt.

„Okay, danke", sagte ich schließlich und rang mir ein Lächeln ab. Sie nickte, drehte sich um und ging den Gang hinab. Weg von Luan. Weg von mir. Es tat so sehr weh, dass ich verwundert die Brauen verengte. Ich wollte nicht, dass sie ging. Das hatte ich in meinem Inneren vermutlich nie gewollt, aber nun stand ich hier und konnte nichts weiter tun, als ihr hinterherzusehen. Ich konnte sie nicht aufhalten, weil weder ich noch sie bereits erwachsen waren. Kate ging und ich hatte keine Ahnung, wann ich sie wiedersehen würde.

Luan

Leise schloss Nell die Tür hinter sich und drehte sich seufzend zu mir um. Ich fing ihren dunklen Blick auf und hielt ihn fest, solange, bis sie sich neben mich aufs Bett setzte und nach meiner Hand griff.

„Kate ist gegangen", sagte sie leise, ohne mich anzusehen.

„Nell?" Meine Stimme klang rau, viel zu rau.

„Mhm?"

„Schau mich an."

Sie presste die Lippen zusammen, hob aber den Kopf und blinzelte mir ins Gesicht. Meine Brust verengte sich schmerzlich. Wenn ich gekonnt hätte, wäre ich Kate nachgelaufen und hätte sie unten auf dem Vorplatz verabschiedet.

„Sie ist ja nicht aus der Welt." Nells Stimme drang an mein Ohr. Ich brauchte einen Moment, um zu begreifen, dass sie von Kate sprach. „Wir werden uns wiedersehen."

Dabei klang sie so entschlossen, dass ich gar nicht anders konnte, als zu lächeln. „Natürlich werdet ihr das."

Sie nickte, während sich ihre Mundwinkel hoben, trotzdem wirkte sie immer noch etwas zerknirscht. „Wie geht es dir?"

„Besser." Ich richtete mich im Bett ganz auf, beugte mich vor und umfasste ihr Kinn mit meiner rechten Hand. „Wie geht es *dir*?", wollte ich besorgt wissen und musterte sie eindringlich.

Nell schürzte die Lippen. „Gut."

„Und in Wahrheit?", hakte ich nach.

„Auch gut."

Ich wollte mich mit dieser Antwort nicht zufriedengeben, wollte, dass die Wehmut in ihrem Blick verschwand, aber ich kam nicht dazu.

„Lou wird auch bald das Schloss verlassen, zusammen mit David."

Ich ließ sie los und sank zurück, ohne sie aus den Augen zu lassen. „Nell, ich wünschte, ich … Wenn ich könnte, würde ich etwas tun, damit alle hierbleiben können", murmelte ich. Ohne Vorwarnung rutschte sie ganz auf die Matratze, streckte sich neben mir aus und legte ihren Kopf auf meine Brust. Der plötzlich Körperkontakt brachte mein träge schlagendes Herz völlig aus dem Takt. „Du solltest jetzt nicht bei mir sein", presste ich hervor. „Geh runter und verabschiede dich vernünftig von Kate, Adam, Talis und Kalinda."

Das war gelogen. Ich wollte auf keinen Fall, dass sie ging. Aber noch weniger wollte ich ihr diesen Abschied versauen. Ihre Finger bohrten sich in den dünnen Stoff meines Shirts.

„Adam bleibt hier und außerdem", sie hob den Kopf, sodass unsere Gesichter nur noch wenige Zentimeter voneinander entfernt waren. „Außerdem will ich jetzt hier sein, bei dir."

Wieso war meine Kehle auf einmal so trocken? Und wieso musste ich plötzlich so heftig blinzeln?

„Luan, ich weiß nicht, ob du noch bei Bewusstsein warst, als ich es dir gesagt habe." Sie senkte den Blick und ihre Wangen verfärbten sich rot.

Da ich keine Ahnung hatte, wovon sie sprach, fragte ich: „Was?" Nell biss sich auf die Lippe. „Dass ich dich liebe."

Mein Magen begann sich bedenklich zu regen, während mein Herz in einen merkwürdigen, viel zu schnellen Rhythmus verfiel. „Nell …" Mit leicht zitternden Fingern umfasste ich ihr Kinn erneut, hob es hoch, sodass sie mich ansehen musste. Ihre Augen waren so wunderschön. So intensiv und so vertraut. In dem Moment wurde mir deutlicher denn je bewusst, dass ich keinen einzigen Tag mehr ohne diese Augen verbringen wollte. Dass ich keinen Tag ohne diese Augen überleben würde. Denn ich brauchte Nell so sehr wie die Luft zum Atmen.

„Du hast ja keine Ahnung, wie sehr *ich* dich liebe", brachte ich irgendwie zustande und schob ihr eine Strähne hinters Ohr.

„Und du hast auch keine Ahnung, warum ich aufgehört habe." Als ich ihren erschrockenen Ausdruck bemerkte, hätte ich mich am liebsten selbst geohrfeigt. „Nein, ich meine nicht das", ich schüttelte heftig den Kopf. „Ich meine die Zeit im Lager, der Tag, an dem du mit auf mein Zimmer gekommen bist und … und …" Ich schaffte es nicht, den Satz zu beenden, aber sie verstand mich auch so. „Ich habe aufgehört, weil ich mir Vorwürfe gemacht habe. Weil ich schuld daran war, dass du überhaupt ins Lager gekommen warst. Ich konnte nicht ertragen, wie du mir immer und immer wieder einfach so vergeben hast."

Ich verstummte, als sie sich vorbeugte und ihre Lippen ganz sachte auf meine drückte. „Hör auf damit, Luan. Amber Notker hätte mich so oder so gefunden, du bist nicht schuld."

Ich wollte protestieren, brachte aber keinen Ton heraus. Stattdessen gab ich einen kehligen Laut von mir, als sie sich näher an mich schmiegte. Ich legte die Arme um ihren Rücken und zog sie ganz auf meinen Schoß. Und dann erwiderte ich ihren Kuss.

Ich hatte keine Ahnung, wie lange wir uns küssten, aber als wir uns voneinander lösten, waren Nells Lippen leicht geschwollen und ihre Haare zerwühlt. Aber das schien sie nicht im Geringsten zu stören, denn sie lächelte mich an und das erste Mal, seit sie aus dem Lager entführt worden war, erreichte das Lächeln auch ihre Augen und brachte sie zum Leuchten. Für Nell war es vielleicht nur ein einfaches Lächeln, aber für mich war es eine Geste, die mein Herz erwärmte.

Für mich bedeutete ihr Lächeln die Welt.

Denn sie war glücklich, den Umständen entsprechend, und solange sie glücklich war, war ich das auch.

32

Nell

Es war bereits eine gute Woche her, seit Talis, Kalinda und Kate das Schloss verlassen hatten. Jetzt stand ich erneut auf dem kiesigen Vorplatz, allerdings, um zwei andere Personen zu verabschieden. Zwei Personen, die mir so sehr ans Herz gewachsen waren, dass ich sie am liebsten niemals gehen lassen würde. Aber Lou wollte zurück zu ihrer Familie, was mehr als verständlich war, und David wich ihr schon seit Längerem nicht mehr von der Seite. Luan stand dicht neben mir, unsere Oberarme berührten sich und sein Körper spendete mir an diesem kalten Morgen eine wohlige Wärme. Schwacher Wind zupfte an meinen Haaren und blies über meine Haut, sodass ich leicht schauderte. Der Winter war nun wirklich zum Greifen nah.

Lou stand neben einem der Wächter und verabschiedete sich gerade von Liam. Dieser war seit Kates Abreise in eine Art Trance verfallen, was mir täglich einen Stich versetzte.

Eine warme Hand umfasste meine eiskalten Finger und ich sah dankbar zu Luan auf. Ein besorgter Zug um seinen Mund ließ ihn älter wirken als sonst, aber seine Augen waren mir vertraut wie am ersten Tag.

Lou löste sich aus Liams Umarmung und strich sich die Haare zurück, dann kam sie auf mich zu. Ich atmete zittrig ein und ließ Luans Hand los, als sie mich erreicht hatte.

„Nell …"

Wortlos fiel ich ihr um den Hals und drückte sie an mich. Ich spürte Lou an meinem Ohr lächeln und dann schlang auch sie die Arme um mich. Eine Weile standen wir einfach so da und rührten uns nicht. Als wir uns schließlich doch trennten, waren ihre Augen gerötet und sie schniefte.

„Bis bald", murmelte ich. Ich wählte diese Worte bewusst, weil ich fest davon überzeugt war, dass wir uns wiedersehen würden.

Schon bald. Dafür würde ich sorgen. Denn ich konnte mir ein Leben ohne Lou inzwischen kaum vorstellen.

Sie lächelte schwach und nickte. „Ich komme dich mit meiner Familie besuchen."

„Auf jeden Fall", erwiderte ich. Nachdem ich mich auch von David verabschiedet hatte, trat ich ein paar Schritte zurück und stieß prompt gegen Luans Brust. Leise lachend legte er von hinten die Arme um mich und bettete sein Kinn auf meinem Kopf ab. Ihm ging es inzwischen wieder vollkommen gut, nur manchmal hatte er gewisse Tiefpunkte, wenn ihm schmerzlich bewusst wurde, dass er sich nicht mehr wandeln konnte.

„Wo ist eigentlich Con?", wollte Lou mit dünner Stimme wissen und sah sich suchend um. Ich hatte ihn den ganzen Morgen noch nicht gesehen, aber irgendetwas sagte mir, dass er sich in den Wald zurückgezogen hatte. Con mochte Lou sehr und ihr Abschied machte ihm mehr zu schaffen, als er je zugegeben hätte. Doch jetzt war er nicht hier, um ihr vorübergehend Lebwohl zu sagen.

„Er ist in den Wald gegangen, als es noch dunkel war", sagte Adam, der plötzlich bei uns stand. Mein Bruder war tatsächlich hiergeblieben und würde auch weiterhin hier wohnen. Bis jetzt hatte ich mich noch nicht ganz daran gewöhnt, ihn als meinen Bruder zu bezeichnen, wo ich doch fünfzehn Jahre lang nicht gewusst hatte, dass er überhaupt existierte.

Bei seinen Worten zuckte Lou leicht zusammen, doch dann straffte sie die Schultern und drückte den Rücken durch. „Ist gut. Aber richtet ihm liebe Grüße von mir aus, wenn er zurückkommt."

Adam nickte und musterte sie mitfühlend. Keiner hatte eine Ahnung, was da zwischen den beiden gelaufen war. Vermutlich wussten sie das auch selbst nicht. Aber nicht mal Con konnte leugnen, dass er mehr als nur freundschaftliche Gefühle für Lou hegte.

Als sich der Tag langsam zum Abend wandelte, war Con immer noch nicht zurück und langsam fing ich an, mir ernsthaft Sorgen zu machen.

„Wir sollten ihn suchen gehen", beschloss Adam. Er stand im riesigen Wohnzimmer vor einem der hohen Fenster, hatte die Arme vor der Brust verschränkt und starrte nach draußen. „Irgendetwas stimmt da nicht", fügte er hinzu und wandte sich kopfschüttelnd zu uns um.

Ich warf Luan einen kurzen Blick zu. Er saß mir gegenüber auf einem Sofa und fixierte seine Hände. Liam neben ihm hatte sich bis jetzt ebenfalls stumm verhalten.

„Ich gehe ihn suchen", wiederholte Adam etwas lauter und durchquerte den langen Raum.

Ich erhob mich ebenfalls. „Ich komme mit."

Ruckartig hob Luan den Kopf und starrte mich an. Ein Muskel in seinem Kiefer zuckte. „Ohne mich wirst du nirgendwo hingehen."

Ich verdrehte die Augen. „Dann komm eben auch mit."

Letztendlich standen Liam, Adam, Luan und ich am Waldrand. Ein kühler Wind blies mir die Haare aus dem Gesicht und kroch leise flüsternd über meine Haut. Ich trat näher an Luan heran, der mir beruhigend eine Hand auf den Rücken legte.

„Wir sollten uns aufteilen", meinte er. „Liam und Adam, ihr sucht den östlichen Teil ab und Nell und ich übernehmen den westlichen."

„Wäre es nicht besser, wenn wir alle zusammenbleiben?", meinte Liam stirnrunzelnd. „Immerhin haben wir keine Ahnung, was da drinnen in der Nacht alles rumläuft."

Luan warf ihm einen knappen Blick zu. „Du bist in diesem Wald aufgewachsen. Du solltest ihn am besten kennen von uns allen."

„Ich würde auch sagen, dass wir zusammenbleiben", betonte Adam.

Luan stöhnte auf und fuhr sich durchs Haar. „Wie auch immer."

Doch am Ende durchstreiften wir alle zu viert den dunklen Wald, auf der Suche nach Con. Es dauerte nicht einmal lange, bis wir hinter uns ein Geräusch vernahmen, das stetig lauter wurde. Plötzlich zerschnitt ein greller Schrei die Nacht und ich zuckte zusammen. Luan schob mich eilig hinter sich.

„Egal, was kommt, bleib immer in meiner Nähe, wenn möglich hinter mir", zischte er mir zu. Am liebsten hätte ich protestiert, aber die Angst erstickte jedes Wort. Auf einmal lösten sich mehrere Schatten hinter einer Baumgruppe hervor und kamen auf uns zu. Der helle Mond erleuchtete ihre Gesichter und mir wurde angst und bange.

Vor uns standen Scarlett, Henry, Harry und Chase. Und alle sahen so aus, als wollten sie uns am liebsten sofort die Kehle rausreißen, um dann genüsslich darauf herumzukauen.

„So sieht man sich wieder", höhnte Scarlett, ihr Blick durchbohrte mich förmlich. „Ich habe lange auf diesen Moment gewartet, wisst ihr? Sehr lange sogar. Und jetzt ist er endlich gekommen. Heute Nacht werde ich euer Blut vergießen und Esme rächen."

Esme?

„Wir haben nichts mit ihrem Tod zu tun", zischte Adam mit schmalen Augen.

Harry lachte kalt. „Du vielleicht nicht, aber sie." Er zeigte mit einem blassen Finger auf mich.

Luan trat einen Schritt vor. „Wo ist mein Bruder?", wollte er wissen.

Harry lachte wieder. „Wie wäre es mit einem kleinen Angebot, Achat?"

„Ihr überlasst uns Nell und im Gegenzug bekommt ihr Con", verkündete Chase, der nun neben Harry stand. Breitbeinig und mit verschränkten Armen.

Panik packte mich am Hals und presste mir die Luft aus den Lungen.

„Eure kindischen Angebote könnt ihr vergessen", knurrte Luan energisch. „Ihr werdet mir jetzt sagen, wo mein Bruder ist, oder ich werde jedem Einzelnen von euch den Hals umdrehen."

Scarlett wechselte innerhalb einer halben Sekunde ihre Gestalt. Sie war ein Tiger, genau wie Arlo. Ihre Augen waren glasig und schnellten zwischen Luan und mir hin und her. Ihr Blick wirkte gehetzt, hasserfüllt, erbarmungslos. Es sah fast so aus, als sei sie nicht sie selbst, sondern von einer unsichtbaren, bösen Macht getrieben.

Luan fluchte laut, als sich die starken Muskeln unter ihrem glatten Fell anspannten und sie auf mich zusprang. Mit vor Schreck geweiteten Augen wich ich zurück. „Scarlett, ich wollte das nicht.

Es tut mir leid, ich weiß, wie sehr du an Esme gehangen hast. Ich weiß, dass du sie immer nur beschützen wolltest –"

Spar dir deinen Atem. Du bist schuld! Wegen dir ist sie gestorben und dafür wirst du büßen!, spie sie mir in meinem Kopf entgegen. Sie riss das Maul auf und ihre todbringenden Zähne wurden entblößt. Im nächsten Moment stürzte sie sich auf mich, doch in letzter Sekunde warf sich Luan vor mich. Der Tiger schrie wütend auf und schlug nach ihm. Ich kreischte panisch, als ich das weiße Blut sah, das aus Luans Brust spritzte. Im Nahkampf hatte er nicht die geringste Chance gegen diese Raubkatze, die bereit war, über alle Leichen dieser Welt zu gehen, um eine tote Freundin zu rächen.

Ohne es wirklich zu merken, wechselte ich ebenfalls die Gestalt. In kurzer Zeit hatte sich mein Körper gestreckt und war mit glänzendem Fell überzogen. Ich hatte vollkommen vergessen, wie gut sich das anfühlte. Ich fühlte mich stark. Ich würde Scarlett nicht weiter mit mir spielen lassen. Im Lager waren wir vielleicht gerade mal so etwas wie der Ansatz von Freunden gewesen, aber dann war ich entführt worden und das hatte alles verändert.

Ich straffte die Schultern und stieß ein entschlossenes Brüllen aus. Scarlett hob den Kopf und zuckte zufrieden mit den Ohren. Sie ließ von Luan ab, der sich stöhnend aufrappelte und sich eine Hand auf die Wunde presste. Als er realisierte, was ich vorhatte, riss er erschrocken die Augen auf.

Ich holte tief Luft und trat Scarlett entgegen. Diese keifte zufrieden und begann, mich wie ein Opfer zu umkreisen. Als sie mit den beängstigend langen Krallen über den moosigen Boden scharrte und zum Sprung ansetzte, biss ich die Zähne zusammen und fixierte meine Feindin. Ich wollte diesen Kampf nicht. Ich hatte nie gewollt, dass es mit Scarlett und mir so enden würde, auch wenn ich es irgendwie immer geahnt hatte. Aber dieser Kampf würde etwas zwischen den Achaten und den Diamanten verändern. Eine von uns beiden würde heute Abend sterben, das wusste ich.

Entweder Scarlett oder ich.

Mit einem fürchterlichen Schrei der Entschlossenheit warf sie sich auf mich. Ich war nicht schnell genug, um auszuweichen und wurde direkt getroffen. Ihre Krallen ritzten durch mein Fell, durchbohrten die Haut darunter. Ich kreischte und schlug nach ihrem Gesicht. Leicht verletzte ich ihre Schnauze, doch Scarlett war schnell und zog sich zurück, bevor ich ein zweites Mal ausholen konnte.

Während sich Chase auf Liam warf, griffen die Zwillinge Adam und Luan an. Scarlett und ich kämpften ohne Gnade. Sie stieß mich in den Schlamm, ich biss in ihre Pranken. Wir suhlten uns auf dem Waldboden, ich schlug um mich, sie zielte auf meine Augen. Ich könnte schwören, dass es der härteste Kampf war, den ich je geführt hatte. Die Löwin in mir verließ sich auf ihre Stärke, während Scarletts Tigergestalt mehr von ihrer Schnelligkeit profitierte.

Aus dem Augenwinkel sah ich, wie sich das Unterholz plötzlich teilte und drei Gestalten herausstürmten. Vor Erleichterung bekam ich ganz weiche Beine, weil es Mom, Mason und Taylor waren. Mason stürzte sich auf Henry, der Luan unter sich begraben hatte. Mom und Taylor zerrten Chase von Adam.

Wir würden diesen Kampf gewinnen und demnach zu urteilen, wie wütend und entschlossen die Erwachsenen wirkten, würde es sicher Tote geben. Aber nicht von unserer Seite.

Ich schaffte es irgendwie, Scarlett unter mir auf den Boden zu nageln. Ihr Körper bebte vor Anstrengung, sie hatte alle ihre Reserven aufgebraucht.

Mir ging es genauso.

Doch ich war dank meiner Position im Vorteil. Ich könnte sie umbringen. Ich müsste nur mein Maul aufreißen und meine Zähne in ihre Kehle graben. Es wäre ein Leichtes gewesen, ihr Leben zu beenden. Aber ich tat es nicht.

Ich konnte nicht.

Ich hatte schon zu viel, zu oft getötet. Ich war an zu vielen sinnlosen Toden schuld. Ich konnte nicht mehr. Ich verlagerte mein Gewicht, damit sie besser atmen konnte und flüsterte dann in ihrem Kopf:

Es tut mir leid, Carle. Ich habe Esme auch gemocht, ich wollte ihren Tod nie. Ich bin auch nicht allein schuld daran, das weißt du genauso gut wie ich. Arlo hat sie umgebracht, nicht ich. Dein Anführer hat deine beste Freundin vor unseren Augen ermordet, weil sie sich für mich eingesetzt hat. Ihr Tod wird mich ein Leben lang verfolgen, aber du musst endlich aufhören, deine Rache stillen zu wollen. Wenn du weiterhin so kopflos durch die Gegend irrst, bist du nicht besser als Arlo selbst.

Ich atmete zittrig ein.

Ich weiß aber, dass du besser sein kannst als er. Du bist ein Diamant, die kälteste und härteste Spezies, die es unter den acht Völkern gibt, aber auch du besitzt ein Herz. Das besitzt jeder von euch.

Mit diesen Worten ließ ich von ihr ab und schüttelte den Kopf, um das Blut aus meinen Ohren zu katapultieren. Einige Momente lang blieb Scarlett vollkommen regungslos liegen, aber dann erhob sie sich schwerfällig. Ihre Tigergestalt flimmerte kurz auf, dann stand sie wieder als Mutante vor mir. Ihre Haare hingen ihr strähnig ins Gesicht und ihre Körperhaltung war gekrümmt. Aber ihre Augen loderten nicht mehr vor Hass, sondern vor Trauer.

Keuchend, als würde ihr jeder Atemzug Schmerzen bereiten, drehte sie sich um und humpelte an ihren Kameraden vorbei. Mason kletterte von Henry herunter, der stöhnend und mit einer tiefen Bauchwunde auf die Beine kam. Sein Bruder folgte ihm, am ganzen Körper zitternd. Und Chase, Chase senkte den Kopf vor mir, als wolle er mich so stumm um Vergebung bitten. Ein letztes Mal drehte sich Scarlett zu mir um, ihre Pupillen waren riesig und sie schien mir zu danken. Ich lächelte leise, als Zeichen des Verstehens, dann verschwanden sie alle ohne ein einziges Wort in den Tiefen des Waldes.

Wir fanden Con nahe einer Wegkreuzung an einen Baum gefesselt. Luan machte sich eilig daran, ihn zu befreien. Zum Glück war Scarlett so gnädig gewesen und hatte ihn nicht angegriffen oder verletzt.

Zusammen machten wir uns auf den Rückweg zum Schloss und Mom schlang mir einen Arm um die Schulter. „Ich bin stolz auf dich, Nell", flüsterte sie leise. „Aber verrate mir eins, was hast du zu Scarlett gesagt, dass sie sich schließlich geschlagen gegeben hat?", wollte sie wissen.

Ich nickte langsam. „Weißt du, Mom, Worte können Kriege entfachen, Worte können Frieden und Trost spenden, man muss nur richtig mit ihnen umgehen können." Meine Mutter sah mich erstaunt und verwirrt gleichzeitig von der Seite an. „Wann bist du eigentlich so erwachsen geworden?" Tränen standen ihr in den grünen Augen. Ich lächelte matt.

Im Lager, Mom. Im Lager.

Ich sah Scarlett Hunter nie wieder. Genau wie Chase, Ava Black, Vize Giray und Henry und Harry. Ich hoffte für sie alle, dass sie ein gutes Leben irgendwo unter den acht Völkern führten. Ein Leben, dass nicht von einem Tagesablauf bestimmt wurde, den Amber Notker oder ein anderer Arzt festgelegt hatte. Denn das hatten sie nicht verdient.

Scarlett hatte mich umbringen wollen. Chase hatte die Achate verraten. Und Ava, Vize, Henry und Harry waren schlicht und einfach Diamanten, die geboren waren, um böse zu sein. Aber trotzdem waren sie uns, den Achaten, gar nicht mal so unähnlich. Sie waren auch nur Lebewesen, die es verdient hatten, zu leben. In dieser Nacht trauerten wir alle zusammen um die Personen, die in den letzten Monaten ihr Leben gelassen hatten. Wir trauerten um Liz, eine verstorbene Tochter, eine unersetzbare Freundin, eine wundervolle Schwester. Wir trauerten auch um Dexter, meinen ehemaligen Begleiter, der sein Leben für mich geopfert hatte. Wir trauerten um Esme und ich trauerte im Stillen, ganz leise nur, auch ein klitzekleines bisschen um Arlo. Er war ein Tyrann gewesen. Er war das Böse in Person, aber vielleicht auch nur, weil er es nie anders kennengelernt hatte. Weil er in einer Zelle aufgewachsen und wie eine Maschine behandelt worden war. Wir trauerten ebenfalls um Lenn und Peroll, die viel zu früh von uns gegangen waren. Aber ich war mir sicher, dass Lenn stolz auf mich und meine Mutter gewesen wäre. Genau wie Peroll. Tief in meinem Herzen dachte ich in diesen Stunden auch an Felicity und Jupiter, die ebenfalls Opfer von Arlos Gewalt geworden waren.

All diese Menschen gab es nicht mehr. Sie waren für immer fort. Aber die Erinnerung an sie lebte in jedem von uns weiter und würden nie aufhören, in unserer Seele zu atmen.

EPILOG

Nell

Zwei Jahre später

Es war mein siebzehnter Geburtstag.

Mein siebzehnter Geburtstag und ich hatte verschlafen. Mit vor Hektik zitternden Fingern zwängte ich mich in das Kleid, das mir Mom am Vorabend rausgelegt hatte. Wieso um alles in der Welt hatte mich eigentlich keiner geweckt? Mit leicht angesäuerter Stimmung, weil meine Haare ausgerechnet heute so widerspenstig waren, kämmte ich mir durch die Strähnen und machte einen lockeren Dutt. Dann verließ ich mein Zimmer und huschte durch die langen Gänge des Schlosses. Niemand war da. Niemand. Verwirrt machte ich mich auf Richtung Ausgang, um auf dem Vorplatz nachzusehen. Mit etwas zu viel Schwung riss ich die schwere Flügeltür auf und erstarrte, denn auf dem Vorplatz erstarrten auch alle. Und dann, als hätte jemand einen Hebel umgelegt, fingen sie an zu singen und zu klatschen.

Vollkommen verdattert blieb ich stehen und hob eine Braue, als Mom zu mir hochkam. Sie zog mich in eine feste Umarmung und küsste mich auf den Kopf.

„Guten Morgen, wie ich sehe, hast du es tatsächlich aus dem Bett geschafft", begrüßte sie mich und schüttete mir etwas Glitzer über die Haare. „Alles Gute zum Geburtstag, Nelly."

Ich grinste über beide Backen, als ich realisierte, was hier vor sich ging. Die ganzen Leute waren nur wegen mir gekommen, um meinen Geburtstag zu feiern.

Ich zog Mom überschwänglich an mich. Sie lachte. „Danke, Mom. Das ist wirklich toll", flüsterte ich überwältigt. Wir lösten uns voneinander und ich ging die Stufen hinunter, um alle zu begrüßen.

Alle waren da. Wirklich alle.

Zuerst wurde ich von Liam aufgehalten, der mir alles Gute wünschte und mir den übervollen Geschenktisch zeigte. Ich konnte es kaum erwarten, alles auszupacken. Mit Tränen in den Augen fiel ich Lou um den Hals und zerquetschte sie fast. Wir hatten uns zwar ein paar Mal gesehen, aber es war trotzdem nie genug gewesen. Ich hatte wirklich nicht damit gerechnet, sie heute hier anzutreffen. David war auch da. Er sah anders aus, irgendwie reifer. Seine glatten, dunklen Klamotten passten perfekt zu den nach hinten gestylten Haaren. Oh ja, er hatte sich wirklich verändert.

Er klopfte mir grinsend auf die Schulter. „Alles Gute, Nell."

Ich lächelte zurück. „Du siehst toll aus, David."

Eine leichte Röte erfasste seine Wangen. „Es ist meine Aufgabe, *dir* zu sagen, wie toll du aussiehst."

Ich lachte auf. „Ich bitte dich, ich bin vor zehn Minuten aufgestanden."

Lou hakte sich bei mir unter und schüttelte mit großen Augen den Kopf.

„Gar nicht wahr. Mit den Haaren hättest du ruhig meine Hilfe verlangen können, aber sonst strahlst du wie ein heller Stern am dunklen Nachthimmel."

Skeptisch verengte ich die Brauen und ließ den Blick über ihr langes, tiefblaues Kleid wandern. Ihre Haut war gleichmäßig gebräunt und hob sich perfekt von der Farbe ab. Dazu waren ihre braunen Haare kunstvoll hochgesteckt. „Neben dir fühle ich mich eher wie ein schwarzes Loch", murmelte ich.

Sie lachte. „Wie ein schwarzes Loch, das alles um sich herum an sich zieht, ja." Sie stieß mir freundschaftlich in die Seite. „Mal im Ernst, Nell. Du siehst Wahnsinn aus."

„Ja?"

„Mhm!" Sie sah sich zwischen den Leuten um und es schien, als würde sie jemanden suchen. „Du sag mal, ist Con eigentlich auch da?"

Ich konnte mir ein vielsagendes Grinsen nicht verkneifen. Lou war tatsächlich immer noch in ihn verschossen, obwohl sich die beiden in der letzten Zeit noch seltener gesehen hatten als wir uns. Doch sofort verschwand mein Grinsen wieder, weil mir bewusst wurde, dass Con vergeben war. Seit vier Monaten war er mit Nara zusammen, einer alten Freundin von mir. Lou boxte mich empört in die Seite. „Nicht deswegen", rief sie. Ich hielt mir die Stelle, an der ihre Hand auf meine Haut getroffen war. Hatte sie meine Gedanken erraten oder konnte man in meinem Gesicht lesen wie in einem offenen Buch? Wohl eher Letzteres, hoffte ich.

„Ich bin mit David zusammen. Wollte Con nur mal wieder Hallo sagen", erklärte sie mit erhobenen Brauen. Meine Kinnlade klappte herunter. Sie war mit David zusammen?

„Bevor du fragst: Wir sind schon länger zusammen. Und jetzt würde ich echt gerne mal zu Con", meinte Lou und drückte mein Kinn wieder hoch. Ich grummelte eine kleine Entrüstung, weil sie mir nicht schon früher davon erzählt hatte und sagte ihr dann, dass ich keine Ahnung hatte, wo Con war. Wiederstrebend verabschiedeten wir uns vorübergehend und sie zog mit David los, um nach Luans Bruder zu suchen.

Luan.

Wo war der eigentlich abgeblieben?

Ich hob den Kopf, stellte mich auf die Zehenspitzen, um einigermaßen gut sehen zu können, aber ich konnte seinen dunkelblonden Schopf nirgends finden.

Plötzlich berührte mich jemand an der Schulter und ich fiel zurück auf den ganzen Fuß. Dann drehte ich mich hastig um und wollte mich schon in die Arme des Achaten werfen, als ich perplex innehielt. Vor mir standen Kate und Adam.

Ich blinzelte verwirrt und ließ schnell die Arme sinken. Kate stemmte die Hände in die Hüften und zog eine Braue hoch. „Na vielen Dank, das ist wirklich eine tolle Art, von seiner Schwester begrüßt zu werden", murrte sie finster.

Ich schob Luan in meinem Kopf ganz weit nach hinten und lachte auf. Er würde schon auftauchen. Hoffentlich.

Ich zog Kate in eine feste Umarmung. „Schön, dass du da bist."

Sie erwiderte die Geste und löste sich wieder von mir, um mein Kleid zu betrachten. „Wow, du siehst —"

„Echt heiß aus", beendete Adam grinsend ihren Satz.

Sie stieß ihn mit der Hüfte an. „Ich wollte eigentlich sexy sagen."

„Ist ja auch egal", mischte ich mich ein und legte beide Arme um den Nacken meines Bruders. Dann zog ich ihn zu mir herunter und gab ihm einen Kuss auf die Wange. Er stieß einen zufriedenen Laut aus und zog mich an seinen trainierten Körper. Das Verhältnis zwischen Adam und mir konnte besser gar nicht sein. Es war fast so, als würden wir uns schon unser ganzes Leben lang kennen. Als würde er sich schon immer auf seine Weise über mich lustig machen und ich ihn schon immer auf meine Weise aufziehen.

„Hey, jetzt fühle ich mich aber ausgeschlossen", lachte Kate und boxte mich in die Seite. Genau in die Stelle, mit der kurz zuvor auch Lous Hand Bekanntschaft gemacht hatte. Ich zuckte von Adam zurück und verzog das Gesicht. Warum mussten mich denn heute alle boxen?

Kate grinste warm und sah sich zufrieden um. „Die Arbeit von gestern hat sich echt gelohnt", stellte sie fest.

Ich nickte bestätigend. Der Vorplatz sah aus wie ein Paradies. Ich blickte wieder zu Kate und musste unweigerlich lächeln. Wer hätte gedacht, dass wir uns eines Tages so gut verstehen würden? Als sie sechzehn geworden war, hatte sie sich aus dem Staub gemacht und war zu den Green Eyes ins Schloss eingezogen. Ich liebte sie dafür, denn so hatte ich meine Geschwister jeden Tag bei mir. Zwar konnten sie mit ihren Sticheleien und Streitereien ganz schön nervig werden, aber im Endeffekt war ich unglaublich dankbar, sie hier zu wissen. Ich winkte Talis und Kalinda zu, die vom Buffet aus zu uns herübersahen. Sogar Luans und Cons Vater war da.

Dann wandte ich mich wieder um und musste feststellen, dass Kate und Adam in ein Gespräch mit Brian, auch einem alten Freund von mir, verwickelt waren. Er wünschte mir ebenfalls alles Gute. Ich beschloss, nach Luan zu suchen, wenn er schon nicht von sich aus zu mir kommen wollte. Weit kam ich leider nicht, da ich von hinten von zwei starken Armen umarmt wurde. Ich drehte mich herum und blickte in Cons klare Augen.

„Happy Birthday, Nelly", flötete er. Ich konnte nicht anders als auch ihn zu umarmen und so langsam stiegen mir wirklich die Tränen in die Augen. Hinter ihm kam Nara, seine Freundin, zum Vorschein. Sie sah wunderschön aus in dem engen, hautfarbenen Kleid. „Oh Nell, jetzt bist du ernsthaft siebzehn", quiekte sie und zerrte mich an ihre Brust. Lachend gab ich mich ihr hin. Nara war noch sechzehn und würde erst in einigen Monaten so alt sein wie ich. Damit war sie in unserer Clique die Jüngste – sie hasste es.

„Lou sucht dich", berichtete ich Con, nachdem ich mich von meiner Freundin gelöst hatte.

Er nickte wissend. „Ich komme immer noch nicht damit klar, dass sie mit David zusammen ist. Was will sie denn von ihm?" Seine Stimme klang nicht abneigend und auch nicht wütend, sondern ehrlich verwundert.

Jetzt war es an mir, einen Boxer auszuteilen. „Lass sie doch. Die beiden sind so süß zusammen, das glaubst du gar nicht. Lou ist in seiner Gegenwart total hibbelig", meinte ich.

Er zuckte nur mit den breiten Schultern. Die gleichen breiten Schultern, die auch Luan hatte. „Weißt du zufällig, wo dein Bruder ist?", fragte ich möglichst beiläufig und hoffte inständig, dass er nicht sah, wie angespannt ich war.

Con verzog wissend den Mund. „Ich weiß gar nicht …" Er sah sich suchend um, aber ich wusste, dass er nicht nach ihm Ausschau hielt.

Flehend blickte ich zu ihm auf. „Bitte, Con, sag mir, wo er ist."

Ein Grinsen schlich sich auf seine wohlgeformten Lippen und er legte den Kopf leicht schräg. „Es könnte sein, also ganz theoretisch, dass er mir gesagt hat", er hob einen Zeigefinger, „dass ich dir sagen soll, wo er zu finden ist."

Ich stöhnte auf und tippte ihm energisch gegen die Brust. „Jetzt sag schon, sonst kann ich für nichts mehr garantieren", beschwor ich ihn.

Er schniefte und ließ die Hand sinken. „Okay, er ist auf der Waldlichtung."

„Danke, Con!", rief ich und stürmte los.

Kopfschüttelnd sah er mir hinterher. „Also ich fand meine Variante der Offenbarung ja irgendwie besser." Leise lachend zogen er und Nara sich zurück.

Auf dem Weg durch die vielen Menschen winkte ich Jess und – argh! – May zu, die ebenfalls gekommen waren. Gegen Jess hatte ich zwar nichts, aber May war immer noch die alte Aufreißerin. Aber die Feier ganz ohne Hürden zu verlassen, das war mir natürlich nicht vergönnt.

„Nell, warte doch mal!", rief eine bekannte Stimme. Innerlich fluchend bremste ich ab und drehte mich zu Ozea um. Ich bekam große Augen. Neben ihr standen Carter, Davids ehemaliger Begleiter, Logan, Lous Begleiter, den ich noch nie sonderlich leiden konnte, Nathan, mein ehemaliger Begleiter und Amber Notker. Ich hatte diese Frau ganz sicher nicht eingeladen, aber ich war überzeugt, dass Ozea das für mich übernommen hatte.

Amber Notker lächelte und ihre roten Augen glitten über meinen Körper. „Nellanyh Ivy, herzlichen Glückwunsch", sagte sie schließlich.

Ich hasste es, dass sie mich beim ganzen Namen nannte, doch ich zuckte nicht zurück, sondern nickte ihr zu. „Danke", meinte ich knapp.

Die drei Begleiter wünschten mir das Gleiche und Nathan zog mich sogar in eine kurze Umarmung. „Du siehst fantastisch aus", flüsterte er mir zu.

Meine Wangen flammten auf und ich löste mich schnell von ihm. „Ich muss leider gehen." Entschuldigend machte ich einen Schritt nach hinten.

Ozea legte die faltige Stirn noch mehr in Falten. „Wo willst du denn hin? Wir wollen uns ein bisschen unterhalten."

Unterhalten? Worüber? Darüber, dass Amber Notker aus dem ehemaligen Lager ein Krankenhaus gemacht hatte und jetzt von allen dafür gefeiert wurde? Oder darüber, dass sie herausgefunden hatte, dass Felicity und Esme an einem Gendefekt gelitten hatten, der die Gestaltwandlung für sie unmöglich gemacht hatte? Dass es Amber Notker es leidtat, dass Esme nur wegen eines verdammten Gendefekts umgebracht worden war? Oder doch darüber, wie gut sie sich mit Ozea verstand?

„Ich muss wirklich zu Luan", meinte ich und machte noch einen Schritt nach hinten.

Die Ärztin kniff die Augen zusammen. „Ist er denn gar nicht hier?"

„Natürlich, ich wollte ihn nur holen", sagte ich ausweichend. Ich warf Ozea einen flehenden Blick zu und endlich ließ sie mich gehen. Ich drehte um und rannte in den Wald. Es war mir egal, was für ein merkwürdiges Bild ich dabei abgab, ich wollte nur zu Luan. Eilig suchte ich mir den Weg um Büsche und Sträucher herum, blieb mit dem Kleid mehrfach hängen, bis es ganz schmutzig war. Egal.

In der Stille des Waldes konnte ich erleichtert aufatmen und mein Herz beruhigen. Doch als ich die Lichtung betrat, wurde alles wieder zunichte gemacht. Denn da stand Luan mitten auf der hellen Wiese. Mein Herz raste los. Ich beachtete gar nicht Bert und Perts, die neben seinen Füßen auf dem Boden lagen, sondern rannte einfach auf ihn zu. Übermütig sprang ich an seine Brust und er machte lachend einen Schritt nach hinten, bevor er meine Oberschenkel packte, um mich festzuhalten. Ich lehnte meine Stirn an seine und vergrub die Finger in seinem seidigen Haar.

„Ich dachte, du wärst nicht mehr da", flüsterte ich.

Er umfasste mich fester. „Mich wirst du so schnell nicht mehr los."

Ich grinste. „Damit habe ich kein Problem."

Für eine Weile stand er einfach nur da und wir genossen die Nähe des anderen, bevor er mich wieder hinunterließ. „Wollen wir ein bisschen jagen gehen?", schlug er vor und hob meinen Bogen auf. Ich musterte sein Gesicht. Er und Con sahen ihrem Vater so ähnlich. Andrew Moor war einige Monate nach dem Völkerkrieg ebenfalls zu uns ins Schloss gezogen, das jetzt von neuen Bewohnern nur so überquoll. Etwa zur gleichen Zeit hatte Luan den Platz meines Vaters eingenommen. Er war vom gesamten Volk anerkannt worden, auch wenn er kein Ivy war. Doch nun war er der Anführer der Green Eyes, meines Volkes. Er war nicht nur Herrscher, berühmter Kämpfer, Friedensstifter, nein, für mich war er alles. Er war wie meine Luft zum Atmen und ich liebte ihn mehr als mich selbst. Ja, das hatte ich mir schon vor einer ganzen Weile eingestehen müssen. Spätestens in dem Moment, in dem er mir gesagt hatte, warum er damals im Lager aufgehört hatte, mich zu küssen. Spätestens in dem Moment hatte ich ihm nicht nur mein Herz, sondern auch gleich meine Seele in die Hand gedrückt, weil ich wusste, dass er sie hüten würde wie einen Schatz.

„Ja", erwiderte ich breit lächelnd und nahm ihm Bert und Perts ab. Ich wollte gerade losschleichen, als er mich zurückhielt.

„Tut mir leid, *Fee,* aber den Namen habe ich dir wirklich nicht gegeben, weil du dich so leise bewegst wie sie", meinte er schief grinsend.

Ich verschränkte die Arme vor der Brust. „Ach, tatsächlich?"

„Mhm." Er kam näher. „Das kannst du bis heute nicht."

Ich schnaubte empört. „Vielleicht bist du auch einfach nur ein schlechter Lehrer."

Er gab mir einen Kuss auf die Nasenspitze. „Lass mich meinen Job machen und du machst deinen, okay?"

„Okay", murrte ich widerwillig. Zufrieden machte sich Luan auf den Weg, um nach einer geeigneten Beute zu suchen, die ich anschließend einfangen würde. Wir gingen oft zusammen auf die Jagd und ich liebte es, ihm dabei zuzusehen, wie geschmeidig er sich durch die Gegend bewegte. Und auch wenn er nie wieder in seine tierische Gestalt wechseln konnte, so würde ich dank seiner Stärke und Balance immer den Löwen in ihm sehen, der er einst gewesen war.

Die Autorin

Die Jungautorin Adina Wohlfarth kam 2006 in Jena
zur Welt. Varius ist ihr Erstlingswerk, welches sie als
Gymnasialschülerin im Alter von 12 Jahren schrieb.
Neben dem Schreiben ist sie In ihrer Freizeit als
Leichtathletin im Leistungssport erfolgreich.

Der Verlag

*Wer aufhört
besser zu werden,
hat aufgehört
gut zu sein!*

Basierend auf diesem Motto ist es dem novum Verlag
ein Anliegen neue Manuskripte aufzuspüren, zu ver-
öffentlichen und deren Autoren langfristig zu fördern.
Mittlerweile gilt der 1997 gegründete und mehrfach
prämierte Verlag als Spezialist für Neuautoren in
Deutschland, Österreich und der Schweiz.

**Für jedes neue Manuskript wird innerhalb
weniger Wochen eine kostenfreie, unverbind-
liche Lektorats-Prüfung erstellt.**

Weitere Informationen zum Verlag und
seinen Büchern finden Sie im Internet unter:

www.novumverlag.com